国家社科基金一般项目“数字美学理论话语建构研究”（批准号：19BZW027）中期成果；江西省高校人文社会科学研究项目“网络文艺的江西气象”（立项编号：ZGW21106）成果。

21世纪数字文娱审美透视

何志钧 等◎著

華文出版社
SINO-CULTURE PRESS

图书在版编目（CIP）数据

21世纪数字文娱审美透视 / 何志钧等著 .—北京：华文出版社，2023.6

ISBN 978-7-5075-5784-8

Ⅰ .①2… Ⅱ .①何… Ⅲ .①文艺—网络传播—研究—中国 Ⅳ .①I0-39

中国国家版本馆CIP数据核字（2023）第097048号

21世纪数字文娱审美透视

著　　者： 何志钧 等
责任编辑： 谭　笑　修文龙
出版发行： 华文出版社
地　　址： 北京市西城区广外大街305号8区2号楼
邮政编码： 100055
电　　话： 总编室 010-58336239　发行部 010-58336270
责任编辑 010-63426125
经　　销： 新华书店
印　　刷： 三河市龙大印装有限公司
开　　本： 710mm × 1000mm　1/16
印　　张： 20
字　　数： 276千字
版　　次： 2024年1月第1版
印　　次： 2024年1月第1次印刷
标准书号： ISBN 978-7-5075-5784-8
定　　价： 88.00元

目　录

CONTENTS

上　篇

中 篇

下 篇

导论　华语数字文娱审美发展的回顾与前瞻

岁月如梭，从1991年华语网文诞生至今，华语数字文娱审美已有三十多年的历史了。从最初“很文艺”的网络涂鸦到“很商业”的文娱再到文、艺、科、娱、产、用统一的泛文娱，从赛博空间野蛮生长到商业世界资本狂欢再到国家规范引导迅速“主流化”，从“榕树下”抒写性情、心无旁骛的非商业模式到“起点”收费阅读模式、“盛大”全版权运营盈利模式再到“阅文”模式、免费阅读模式。无论是为了回顾与反思，还是为了前瞻与利导，华语数字文娱审美的嬗变、转型都值得认真研究、透视。

如同任何一种文娱形式一样，网文和数字文娱审美也有其产生和发展的过程。网文和数字文娱审美产生的首要前提条件是网络传播技术的出现和互联网络的成型。可以说，网络传播技术的诞生构成了网文和数字文娱审美发生的技术原点。1969年11月21日中午，6名美国科学家成功地将加利福尼亚大学洛杉矶分校计算机实验室里的一台计算机与千里之外的斯坦福研究所的另一台计算机联通了起来。这一创举开启了网络传播的新纪元，预示着一个前所未有的网络文化时代的来临。由此，依凭网络传播的网文和数字文娱审美也呼之欲出。1993年，互联网向公众正式开放，从此，互联网络的光缆得以向普通大众的居室延伸，并渐成蛛网传播之势。到1997年，年仅4岁的互联网已拥有5000多万用户。在这一过程中，传统的轻灵缥缈的文学、气韵四溢的艺术和各种审美实践逐渐与冷峻严谨的数字技术、网络传播技术结盟，借助被称为“第四媒体”的互联网，文艺和审美开始为自己打造一个新的奇瑰的世界，网文和数字文娱审美由此异军突起。如果说文娱在网络上最初的行走还显得稚嫩、孱弱，早期网文还主要局限于理工科技术精英的小圈子，还有更多的是一种心情告白式的自说自话，那么进入21世纪后，网文，特别是华语网文，则吸引了越来越多人的目光，成为各行各业的人们普遍熟悉的新文类，颇有“喧宾夺主”之势。广播、电视和音乐、戏剧、漫画、动画、DV（数字视频）短片等也和网络结合形成了新的传播、下载、共享、收听收看模式。同时，网文和其他各种网络文娱审美实践也逐渐改变了其最初抒发性情、心无旁骛的无功利、非商业的存在态势，日渐与大众传媒、现代出版业、娱乐产业合流，走上了产业化的运行轨道，成为引人注目的新型文娱产业。

如同任何一种艺术形式一样，网文和数字文娱审美的产生也并非空穴来风。网文和数字文娱审美的产生和发展是一种继往开来的不断累积、不断探索、不断演化的开放性过程。20世纪中期大型电子计算机技术的逐渐成熟为电脑写作奠定了基础，这种由电脑写作形成的电子文本堪称网文的始祖。而1971年美国伊利诺伊大学的哈特（Michael Hart）启动数码图书馆项目，将文学作品变成电子文本上网，则可谓英语网文的滥觞。[①]1993年，卡尔·马拉默德在美国推出了一档名为“Internet Talk Radio”的脱口秀节目，并通过网络同步播出，这是最早的网络电台栏目。1993年，MP3音频压缩技术诞生，CD音乐由此得以在转换后上传网络供大众共享，音乐网站、在线音乐商店也随即纷纷涌现。2000年8月18日，由中国台湾地区春水堂制作的世界上第一部网络电影《175度色盲》发行。它率先采取真人拍摄与2D、3D动画和网络制作软件相结合的电影制作方法，而且受众可在网上与

① 黄鸣奋：《网络文学：从理论上证明自己的存在》，《中南大学学报（社会科学版）》2004年第6期。

之进行互动，按照自己喜欢的顺序进行观看。2005 年 2 月，美籍华人陈士骏等人联合创立提供在线视频服务的 YouTube 公司，YouTube 成为全球最大的视频分享网站。同年 4 月，中国第一家视频分享网站土豆网也成立了。由此，微电影、DV 短片等如雨后春笋般涌现并广为传播。随着智能手机的普及和移动互联时代的到来，手机小说、手机电影、手机剧等新型文娱形式也不断涌现。2004 年 11 月 16 日，中国台湾作家黄玄所撰中国第一部手机小说《距离》正式上线。2005 年 1 月 17 日，千夫长所撰手机短信小说《城外》发布，创下了高达 80 万名用户手机订阅的纪录。2005 年 2 月 6 日，由上海文广新闻传媒集团与上海移动联合策划制作的我国第一部手机短剧《新年星事》正式播出。同样是在 2005 年，草根歌手杨臣刚、庞龙、唐磊以《老鼠爱大米》《两只蝴蝶》《丁香花》为网络音乐奠定了发展的在该阶段的里程碑。各种彩铃音乐、网游音乐、背景音乐更是成了大众日常生活的“时空伴随者”。

1993 年以来，数字文娱从无到有，逐渐走向成熟，登堂入室，成为独立的文娱形式。超文本、网络歌曲、无线音乐、数码戏剧、电子游戏与网络游戏、博客书写、文字冒险游戏、数字绘画、数字摄影、数字电影、网络动漫、数字设计、交互网络电视、微电影、短视频、网络自制剧、网络综艺、“蒸汽波”艺术、网络视频直播等缤纷陆离，次第走进我们的视野。鉴于网文是各种网络文娱形式中影响极大、成就较高、更为成熟的形态，下面笔者以网文为主进行分析，同时兼及其他网络文娱形式。

迄今为止，网文经历了 50 多年的成长历程，逐渐从无到有，从小到大，渐成气候，形成了超文本网文、多媒体网文、机器网文、集体合作复数动态网文（如接龙网文、网络 AB 剧等）等多类型网文多元共生的格局。互联网和超文本技术的出现更使网文逐渐超越初级状态，显示出图、声、文、动画并茂的多媒体特性和超级链接的超文本特性，使网文以其实时在线交互的话语风格和依托网络链接的超文本存在形式而迥异于传统的纸质文学和文娱书写，为文娱创作和接受提供了新的经验和向度。同时，随着网文的逐步发展和网络写手创作经验的积累，随着网络书写带给人们的最初的新奇性的消退，在如何处理技术性和文学性的复杂关系问题上，网文也不断进行着自我调整，不断深化着对自身特色的认识。

如同历史上任何一种文娱形式一样，网文的产生和发展也不是一帆风顺的，而是充满了坎坷和波折。网文从一产生起就被迫为自身求证存在的合理性和合法性，直到今天，网文依然深陷“命名焦虑”之中，何谓网文，是否存在一种与传统文艺有别的所谓“网络文学”“网络艺术”，“网络文学”“网络艺术”是文艺还是文娱产业依然众说纷纭，莫衷一是。在笔者看来，网文的根本属性不是文学性、审美性，而是数字性、娱乐性、商业性。一些网文和数字文娱审美具有较强的文学性、审美性，但这无改于网文整体上是以娱乐性、产业性见长的事实。网文和数字文娱审美是文、艺、科、娱、产、用的混融形态，与其宣称它们是文学艺术，不如称之为数字文娱。从数字文娱产业的视角对之进行审视和因势利导更为可行。

（一）网文的产生

在华语数字文娱审美中，网文举足轻重，尤其值得深究。如前所述，网文并非天外来客、无源之水。20世纪80年代出现的超文本小说为网文的出现奠定了技术思维的基础和艺术变革的前提。网文正是超文本技术、网络传播技术和传统文学艺术惯例交会化合的结果。

1987年，迈克尔·乔伊斯（Michael Joyce）于美国计算机协会第一届超文本会议上发表了超文本小说《午后，一个故事》。这一早期超文本小说的经典之作不仅开创性地运用了超文本技术，而且为之后超文本小说与网络的对接奠定了基础。在迈克尔·乔伊斯之后，美国作家史都尔·摩斯洛坡（Stuart Moulthrop）的超文本小说《胜利花园》同时以磁盘版和网络版的形式发布，开启了日后网络超文本小说创作的潮流。这些网络超文本小说或在文本主体之外进行链接、跳转，或在文本之中选择节点进行链接，或间隔一定时间自动跳转，或在众多页面间随机跳转。这样便形成了变动不居的、多线性的阅读文本，为受众的阅览提供了多重文本对象、多路径的叙事景观和不雷同的阅读体验，也使网络超文本文学显示出了与传统文学迥异的艺术特色。进入 20 世纪 90 年代后，网络超文本写作更进入了大学课堂。美国小说家罗伯特·库佛（Robert Coover）1992 年在布朗大学开设了超文本小说写作班。珍尼特·穆瑞（Janet Murray）教授则在麻省理工学院开设了“交互性和非线性小说”课程。[①] 同时，进入 20 世纪 90 年代后，海外网文创作接受的交流性、交互性、消遣性和游戏性得到了进一步的彰显。1997 年 4 月，一个“全国小说”的互联网写作活动在加拿大拉开了序幕，代表加拿大全国 12 个省区的 12 位作家围绕“跨国故事”（Cross Country Story）这一主题在 12 小时内完成了一篇集体创作的小说。每一位作者都竭尽想象和虚构之能事，努力补救上一作者留下的缺憾，这使得这部多人合作写成的小说虽有结构的不连贯性，但仍然情节跌宕，峰回路转，引人入胜。这种别开生面的小说写作形式本身也很能吸引加拿大人的注意。与此类似，在网上书店亚马逊公司的主持下，美国作家约翰·厄普代克等 45 位作家也在网上合作完成了题为“故事由谋杀开始”的接龙小说。厄普代克首先通过电子邮件提供了一段 293 个单词的故事开场章节，接着其他作家次第接龙写作。这些文学写作试验比较自觉地因应了互联网写作的即时性、交互性、集体性特点，显示了网文独有的实时在线交互的话语风格。

与美国网络超文本小说产生大致同时，原创性华语网文也呱呱落地。华语网文的产生发展与海外留学生创办电子刊物和网络新闻组，在网络上发表原创文学作品的艺术实践息息相关。1991 年 4 月 5 日，全球第一家中

① 马季：《欧美网络文学》，《红豆》2006 年第 15 期。

文电子周刊《华夏文摘》在美国诞生。同年，王笑飞创办了“海外中文诗歌通讯网”（chpoem-1@listserv.acsu.buffalo.edu），这大概是华语原创网络文学的萌芽。迄今能见到的第一篇中文网文原创作品是署名“张郎郎”的杂文《不愿做儿皇帝》，该文发表于1991年4月16日《华夏文摘》第3期。第一篇中文网络原创小说是名为《鼠类文明》（作者佚名）的小小说，该文发表于1991年11月1日《华夏文摘》第31期。[①] 网文的最初运作方式除了电子文学期刊外就是网络新闻组。在华语网文的产生过程中，ACT也功不可没。1992年6月28日，在美国印第安纳大学出现了一个以alt.chinese.text为域名的互联网新闻组（简称ACT）。ACT虽然仅仅是在互联网的局部功能上使用了中文，但它的意义极为重大。它在当时海外留学生中产生了深广的影响，大批留学生为了抒发游子思乡情怀和表达对华语母语的留恋，在ACT上发表了小说、散文、诗歌等大量的华语文学作品。ACT在短短的一两年时间内聚集起了分散在世界各地的来自中国大陆和台湾地区的留学生。当时的抽样统计表明，简体和繁体两种版本的ACT有将近8万的读者数，其中简体版读者数近5万人。[②]1993年，以加拿大留学生为主要支持者架构的ACT，即互联网新闻组的出现也促进了早期汉语网文的发展。之后，诗阳、鲁鸣等人于1995年创办了网络中文诗刊《橄榄树》（http：//www.rpi.edu/~cheny6）。1996年，第一份汉语女性网文刊物《花招》（http：//www.huazhao.com）也正式诞生了。进而，随着1994年互联网登陆中国大陆，汉语网文也从海外迅速向母语本土回流。1997年，我国最大的中文网文原创网站“榕树下”在上海成立。“黄金书屋”“白鹿书院”“博库”“文学城”“莽昆仑”“碧海银沙”“中文网络文学精粹”“书路”“原创广场”“原创动力文库”“琪琪书吧”“天涯虚拟社区”“八面来风”“麦田守望者”“左边卫”等几十家文学网站也次第诞生。一时间汉语网文占尽风光。

---

① 欧阳友权：《数字媒介与中国文学的转型》，《中国社会科学》2007年第1期。

② 徐文武：《论中国网络文学的起源与发展》，《江汉石油学院学报》2002年第1期。

综观中外网文的产生状况，不难发现，网文是信息媒体时代书写新思维的表征，是信息媒体革命渗入文语书写传统和文学惯例的结果。网文作为一种新媒介文娱形式，从一产生起就与技术精英的创想有着不解之缘。在美国，电脑网络系统最早是出于军事目的开发的，之后，大学成了政府之外的第一批用户。这决定了游弋于赛博空间的主体具有很高的文化素质，多为理工技术精英。汉语网文的主体构成状况同样如此。汉语网文最早出现在海外华人留学生创办的各种网文刊物中，海外华文网文的出现最初也是得益于理工科出身的留学生，他们远离祖国，爱好文学，有着高超的电脑技术水平和一定的艺术修养，充满思乡之愁和异国之慨，互联网这一新兴媒体恰好为他们倾注满腔的情思、抒写社会人生的感悟提供了一个前所未有的平台和园地。但不同的文化背景和文化心理决定了欧美网文与汉语网文从一产生起就有着大为不同的文化追求和审美取向。如果说欧美网文走的是网络技术的新路，更多地向技术性一端倾斜，那么华语网文走的就是传统文学的老路，更追求古老的文学情性与新型的媒介技术的化合交融。[①] 这其中既有中国文化背景和文化心理的深层原因，也与华语网文创作主体的特殊状况有着密切关联。最初的华语网文主要出现在遍布世界各国的中国留学生联谊会主办的电子刊物、中文网站和文学主页上，它是海外游子渴望心灵与情感的交流，克服文化疏离感，寄托思乡之情的自发结果，对祖国的思念和对中文的依恋是早期网文产生的深层原因。这决定了华语网文从一产生起就更偏重心灵性、情感性、倾诉性，而非技术性。早期华语网文的创作者大都是理工出身的留学生，其书写的文本多抒发游子思国怀乡之情，这种非专业化的网文文本天然、质朴、率真、灵动，以往专业作家创作，报刊编辑审稿，出版发行受到限制，作品与读者一对多单向传输的创作接受常规被打破了，淡化了创作的功利意识，突出了创作接受的

① 马季：《欧美网络文学》，《红豆》2006 年第 15 期。

交流性、交互性和消遣性，同时又借助网络传播技术，图、声、文、动画并茂的多媒体综合表现性、互联网的无限可修改性和即时复制性赋予了文学新的表现形式和存在形态，为信息时代的文娱审美发展提供了新的思路，开拓了新的空间，展现了奇瑰的前景。

（二）网文的发展轨迹

在迄今为止的网文的发展历史中，国外网文、海外华人网文、中国大陆的网文是不可忽视的三大部分，也基本构成了网文发展的三部曲。

北美网文是国外网文中最早出现的形态。在20世纪90年代，北美网文步入了成熟阶段，其中1997年4月的加拿大的12位作家围绕"跨国故事"（Cross Country Story）这一主题的互联网接龙写作活动和美国作家约翰·厄普代克等45名作家合作完成的题为"故事由谋杀开始"的网络接龙小说尤具代表性。这些网络接龙小说充分体现了网络创作的即时性、集体性、合成性和游戏性。在加拿大的"跨国故事"写作过程中，作家凯文·梅杰是这一文学"接力赛"的第一棒，他为小说设计了一种带有浓郁浪漫气息的情境，故事开篇，男女主人公带着一条狗在夏日里到海滨度假。接着第二位作家为小说塑造了第三个人物——海边小屋里独居的补网老头儿。由此，在游客与老人间出现了富有海岛风情和传奇色彩的情节发展的诸多可能。第三位作家顺势为小说注入了金钱、利诱和秘密的情节结构，老头儿在男子高价收买的利诱下把岩洞的秘密透露给了他们。紧接着，下一位作家浓墨重彩渲染了海洋与历险的情境。女作家苏·斯旺则又使"加拿大文学女神"（Can-Lit Goddess）和故事挂上了钩，赋予了作品神妙奇瑰的色调。下一位作家又让男女主人公身处小艇电池用光的危险情境中。接着，盖尔·鲍温把前几位作家编造的险象环生的故事描写为一场梦中奇遇。最后，女诗人马斯克雷夫以祖父讲述的传说为全篇作结。每一位作者都在前几棒的基础上尽力生发、精心补救和拓展作品情节结构，这使得这部多人合成的小说有更多结构的不连贯性和情节发展的随机性、偶然性，使作品悬念迭起，汪洋辟阖，别有一番特色。美国作家厄普代克等人的网络接龙小说也同样充满传奇色彩，悬念丛生。主人公塔索·波尔克小姐是一家杂志的编辑，她莫名其妙地置身于盘根错节的一系列奇怪事件之中，为了揭开谜团，她费尽苦心地试图对老雇员马里恩·海德·梅里维特自杀事件进行调查。这些网文作品显示了北美网络写作对试验性的热衷和对创生新奇的网文话语风格的痴迷。这些网络作品与其说是文学性的一种新颖表征，不如说是对网络写作可能性的积极探索，体现了北美网文偏爱技术性和写作试验的艺术情结。

无独有偶，“诗与数学的统一”的追求在欧美数码艺术领域有着更为充分的体现。计算机与艺术联姻的历史可以上溯到 19 世纪。著名英国诗人拜伦（Geroge Gordon Byron）的女儿阿达第一个看到计算机作为艺术工具的潜能。20 世纪 90 年代，新的计算机编程语言的问世，更促成了新的艺术类型的诞生。1995 年，美国升阳公司公布 Java 语言之后，好奇而热心的程序员与艺术家迅速地利用它来进行创作。相关作品在网络上不胫而走，其中有不少被收入专题艺术博物馆（Java Museum）。巴黎艺术家莱迈特雷的《滑冰》（2003）、阿根廷艺术家埃切恩的《以数字作画》（2002）、《关于维斯塔女灶神之船的混沌》（2002）等都是别具特色的数码之作。[①]

在海外网文中，韩日网文也有声有色、可圈可点。韩国网文也如同韩剧一样充满着富有韩国特色的时尚浪漫和轻松俏皮，俊男靓女、青春情恋也是韩国网文的恒定模式。网文在韩国的发展几乎与中国同步，世纪之交的韩国网文的代表作是自称“我不是一个作家，我也不会写作”的金浩植所创作的《我的野蛮女友》，这部网络小说曾在韩国内外广为传播。韩国网

① 黄鸣奋：《数码艺术 50 年：理念、技术与创新》，《文艺理论研究》2004 年第 6 期。

文的骨灰级写手当属原名李韵世的少女作家可爱淘，2003年，年仅17岁的忠北制川女子高中学生可爱淘以其网络小说《那小子真帅》在韩国内外掀起了一场声势浩大的“那小子”浪潮，许多青少年患上了所谓的“那小子综合征”。一时间，仅在网上就有180多个可爱淘的读者俱乐部，同时加入作者的个人网站的会员数迅速超过了300万名，该书正式出版后销售量迅速直抵200万册，一时居韩国畅销小说榜榜首。位列2004年度韩国网络小说十大排行榜的《这个男孩有点野》《狼的诱惑·终结版》《那家伙好》《狼的诱惑》《那小子真帅》《坏小子》《爱他就去追》《第五代帅男孩》《女生的偶像》《爱的开始是约定》和2006年前后在韩国最为走红的两部网络小说《我不是聪明女生》和《Kiss中毒症》，也仍是青春小说一统天下。①

日本网文也足以与韩国网文媲美。这首先得力于日本网络普及率的迅速攀升，日本网络普及率在6年间由1997年的不足10%迅速攀升到了70%左右，这为日本网文的发展打下了受众基础。与韩国网文相比，日本网文的产业化特征更为突出，与其他产业形成良好的融合态势。网文作为日本文化产业的有机组成部分，与网络电影、电视剧、动画片、网上音乐会实况转播等内容是密切配合、互相促进的，构成了日本网络文化产业的亮点。在经济效益最大化动机的驱动下，“手机小说”“BBS小说”竞相登场。中央公论新社、新潮社、STARTS出版株式会社等出版界大腕对网络小说、手机小说等的出版、经营甚为青睐，甚至出现了名为“AmebaBooks”的博客出版社。如果说在韩国网文中还更多是心性流露、情感交流的纯文学的审美追求，非功利色彩还非常明显，那么日本的“手机小说”则有着更多商业气息和利润算计，网文和网站、运营商关系密切、声息相通。日本网文的另一特色是其集成性，“书+网络+手机”三位一体的小说月刊令其他国家的网文相形见绌。2003年，风靡日本的“手机小说”《深爱》的作

① 马季:《韩日网络文学》,《红豆》2006年第13期。

者石田衣良本是手机网站的经营者，他为了宣传自己的网站，把自己创作的小说放到了网上供手机用户随意下载阅读。2004 年 7 月 10 日，日本老牌出版社中央公论新社创刊了“三位一体”的小说月刊，这份名为《WEB 小说中公》的杂志，通过小册子、因特网、手机网络 3 种形式向读者发布小说文本。从而实现了纸媒体与互联网、手机网上阅读的共存互补。[①]“BBS 小说”也是日本网文的独创。2004 年，红极一时的《电车男》的内容全部来自 BBS 网站上的留言板，它讲述的是 2004 年 4 月发生在日本东京的一个真实故事：22 岁的“电车男”性格内向，没有女人缘，除了痴迷电脑游戏外，偶尔也去日本最大的 BBS 网站“2 频道”上留言、写日记，再就是日复一日地坐着电车上下班，但在无聊的日子中却偶然邂逅了一位被骚扰的美丽姑娘爱马仕，在 BBS 网站上众多热心网友的鼓励和帮助下，他终于赢得了姑娘的芳心。这一“网络时代的古典爱情故事”被标新立异的新潮社整理出版后，仅 3 天订货量就高达 12.5 万册，在亚马逊网上书店的销量也位居第一。[②]2005 年年初面世的《本周，妻子红杏出墙》（中央公论新社出版）同样也来自 BBS，遭遇妻子红杏出墙的男子拙于应对，情急之下在 BBS 上发帖求助，得到了网友的鼎力相助，终使夫妻感情走出了僵局。由此，《本周，妻子红杏出墙》也几乎成了日本青年的婚后爱情教科书。[③]

在网文“涉世未深”的发展生涯中，华语网文尤显辉煌，堪称 20 世纪末到 21 世纪初网文发展史上最引人注目的风景线。网络超文本小说虽发端于北美大陆，但华语网文却后来居上，它与更为技术化、新奇化的欧美超文本小说明显不同，主要以文学性、玄幻性、故事性、娱乐性取胜，在文娱商业化大潮中如鱼得水。尤其是近年来随着“网文出海”，汉语网文在东

---

① 姚雪：《中国的手机小说谁来写》，《中华读书报》2004 年 4 月 21 日；马季：《韩日网络文学》，《红豆》2006 年第 13 期。

② 戴铮：《〈电车男〉：BBS 贴出超级畅销书》，《中华读书报》2004 年 12 月 22 日。

③ 戴铮：《2005 年日本书业谁领风骚》，《中华读书报》2005 年 2 月 16 日。

西方拥趸无数，无论是数量上还是质量上都是欧美的数字文学所无法比拟的，堪称迄今为止网文的冠冕。网文在中国的兴起与繁荣或许是得力于中国文化环境的外因和中国网民的自身特点的内因。[①]

在华语网文中，海外华人网文首开其端。中国大陆和台湾地区的网文则继其声气而又不断嬗变，不断呈现出新的气象。

如前所述，海外华人网文的产生有其特殊性。当时网络刚刚走出军旅、走向社会，还远未普及，网文的写作和接受群体基本上局限于知识分子阶层内。这决定了海外汉语网文的精英化气质，当时的网文写手多为海外留学生，他们具有良好的文化素质和较高的文学素养，这使得海外华人网文艺术水准很高，带有明显的高雅文化印记。

1991 年，电子周刊《华夏文摘》和“海外中文诗歌通讯网”的问世可以说是华语网文的“创世纪”，华语网文由此开始了最初的耕耘。在这一过程中涌现出了图雅、少君、阿待、路离等早期海外华人网文的佼佼者。1993 年出现，1996 年离开网络，真实姓氏至今不为人所知的图雅可以说是海外华人网文的“祖父级前辈”，他为华语网文打造了最初的神话，有关他的帖子和故事至今仍被人不断地传诵、转载。图雅被称为“网上王朔”，他的小说有着俏皮的京味儿，与别人绝不雷同；他的诗意象清新而又平易浅近，情感真挚而又萦绕着挥之不去的感伤情调，读来令人久久难忘。“图雅之所以被人记住，除去他极具独创性的语言之外，就在于他所经营的那种可以称之为‘情绪’或者是‘氛围’这样的东西，把当时人们想说又没有说出来的东西都以一种特有的幽默诙谐的语言说了出来。他在中文网的三年，可以说是中文网络同一、非商业化的黄金时代，图雅自然也就成了那个时代的一个象征。”[②] 本名钱建军的少君也是颇有影响的早期海外华人网文写手，他也是第一个将网络作品结集出版的华人写手。少君的小说兼具新

① 马季：《欧美网络文学》，《红豆》2006 年第 15 期。

② 傅小平：《陈村：网络文学最好的时期已过去》，《文学报》2004 年 10 月 28 日。

闻和文学两种特性，显示出与传统和经典意义上的小说不同的格调和追求。他的“人生自白”系列以含蓄而略带调侃的笔调塑造了三教九流、各色人等，以身置其中的平视姿态写出了人生的曲折、世事的无常、凡人的甘苦，自然真切，如话家常。阿待则是北美华文网络作家中尤能显示专业作家水准的人物，她的作品数量众多，风格各异，文笔精美，无人能及。1972 年生于上海后到加拿大留学的路离，则给北美华文网络小说界带来了一种新的声音和格调，他的作品通篇透射着一种青春的气息和光芒。

华语网文早期的精英化使得其艺术水准很高，带有明显的高雅文化印记，而异国体验和思乡之慨又使得海外华人网文呈现更多的乡愁和感伤的气息。书写流离于异国他乡的凄苦忧愁和人生感喟构成了这一时期华语网文的主流。随着网络光缆的延展和用户的猛增，在海外华人网文的示范下，华语网文迅速向中国回流，华语网文蔚然成为一种世界性的景观。同时，网文书写的主体构成也发生了很大变化，大学理工科学生、都市白领青年、广大青少年学子成为汉语网文书写和接受的主体。中国互联网络信息中心（CNNIC）的调查显示，从 1994 年我国正式向公众开放互联网起到 1997 年 10 月 31 日，上网用户达 62 万人。而截至 2000 年 12 月 31 日，国内上网用户人数已达到 2251 万。到 2003 年年底，中国网民总数更增至 7950 万。第 15 次《中国互联网络发展状况统计报告》则显示，2005 年年初中国网民人数已达 9400 万，其中 35 岁以下的青少年超过 82%，而尤以 18～24 岁的年轻人所占比例最高，超过了 34%。中国互联网络信息中心发布的第 47 次《中国互联网络发展状况统计报告》显示，2020 年 12 月我国网民规模达 9.89 亿，手机网民规模达 9.86 亿，互联网普及率达 70.4%。其中，40 岁以下网民超过 50%，学生网民最多，占比为 21.0%。中国互联网络信息中心发布的第 48 次《中国互联网络发展状况统计报告》显示，2021 年 6 月，我国网民规模高达 10.11 亿，互联网普及率上升到 71.6%。这为网文在青少年中的普及奠定了基础，也使得 20 世纪末 21 世纪初的华语网文更多地成为青春文学、言情文学、梦幻文学。

网文的青春化、言情化、梦幻化突出体现在中国台湾成功大学水利研究所博士研究生蔡智恒（网名“痞子蔡”）从1998年3月22日到5月29日以jht为笔名在电子公告栏（BBS）上连续发表的网络小说《第一次的亲密接触》中。《第一次的亲密接触》为本土汉语网文开了一个言情化、青春化的头，以其灵动清婉的情爱恋歌感动了数以百万计的大学生。在蔡智恒连载该小说的同时，各色纷飞的帖子恰与蔡智恒的创作声息呼应，共同打造了20世纪末汉语网文的奇观。随之，《第二次的亲密接触》《活得像个人样》《网上自有颜如玉》《迷失在网络与现实之间的爱情》《我一定要找到你》《交换》《悟空传》等凄美哀婉的情恋故事纷纷出现。一时间青年男女网上邂逅，情投意合，红颜薄命，生离死别成了网文习用的模式，汉语网文的世界中尸横遍野、泪水泛滥。同时，《第一次的亲密接触》也为汉语网文与时尚、商业和消费文化的“亲密接触”提供了范例。《第一次的亲密接触》被作家陈村称为“泰坦尼克号”的网络版，它有着调侃作秀的网络文风，表征着鲜明的都市时尚，体现了与传统印刷文化时代的深度美学不同的平面化、娱乐化、无厘头的文娱追求，适合于一次性的快餐式消费。

与蔡智恒的《第一次的亲密接触》大为不同，中国台湾铭传大学中文系学生罗森在台湾交通大学BBS上连载的《风姿物语》开启了华语网文的另一种路径。该作从1997年8月开始连载到2006年1月完结，历时近10年，字数逾520万。《风姿物语》显示出了网文和传统写作的明显异趋：在与受众互动中随时改写的动态的超长篇幅巨作、注水的口语化表述、对一个与现实世界不同的包罗万象的神异世界的浓厚兴趣和淋漓尽致的展现。到现在，它的开篇“无限广远的次元，有着数不清的各类世界，其中，有个叫做‘鲲仑’的有趣世界。鲲仑，由炎、风、水、地四块大陆组成，彼此间以海洋相隔，互通往来”已成网文的俗套，但在它刚刚出现的时候，确属惊鸿一现。作为深受电子游戏《暗黑破坏神》《罪恶装备》《鬼畜王兰斯》等影响的网文，它借用电子游戏构型世界的手法描绘一个异世界的书写模式在当时也令人耳目一新。显然它与后来如日中天的玄幻网文有着承传关系。

这些早期网文为汉语网文的大规模发展提供了积极的启示，催生出了大陆网文的“黑马”——邢育森、俞白眉、李寻欢、安妮宝贝。在蔡智恒之后，黑可可、今何在、尚爱兰、龙吟等网络写手次第登场，网文以几何级数的态势猛增，一时风光无限。如果说《风姿物语》《第一次的亲密接触》为中国本土网文带来了第一次冲击波，那么，号称2000年“最佳网络文学”的今何在的《悟空传》的推出和2001年4月人民文学出版社首次出版网络原创作品《风中玫瑰》，无疑激起了网文的第二次冲击波。之后，汉语网文急剧向商业化、欲望化、肉身化、都市生活化的方向跃进。2002年、2003年，大陆网文迎来了第三次浪潮。在这一过程中，汉语网文也迅速从初期的自由书写、业余化写作向商业化写作、职业化写作转变，迅速从一种民间自发的文学行为、新民间文学、小众文化转变为商业介入、资本运作局势下的大众文化，以至于为网文长期摇旗呐喊的作家陈村在2004年痛陈“网络文学最好的时期已过去”。但是，也应看到，随着网络用户的进一步增多，各行各业的人们开始介入网络，传统作家“触网”和网络写手“下网”形成犬牙交错之势，传统文学经典网络化的上网之文、超文本链接多媒体演绎的超链之文、网上创作、网上发表，且网民互动网语连篇的原创网文呈三足鼎立、共生互补之势，网文的格局日趋多元化、复杂化，这对网文走向成熟和健康发展又有着积极的意义。

（三）网文发展的特点与趋势

网文以高科技为其技术支点，是在数字文化的枝丫上结出的艺术花蕾。它背倚现代信息技术、数字文化和互联网络，昂首瞻望新的文学星空，其高技术含量、高情感含量、年轻化的主体构成状况使它洋溢着青春的活力，闪耀着迷离的异彩，秉有着别具一格的审美追求。新生的网文以其实时动态交互的性状改变了传统创作和接受的方式，刷新了代代传承的书写惯例，改写了并仍在改写着文艺的价值和功能。由此，文学的存在方式、人们的审美观念、艺术理想都发生了改变，文学理论的学理范式也无可避免地需要重构。在网文面前，传统文学的神性品格显得时过境迁、迂腐落伍，文学的神圣感遭到了亵渎，传统文学的游戏规则或者失效，或者遭到挑战，传统文学面临着被"格式化"的危险。长期以来，对于网文，赞扬者有之，斥责者有之，赞者捧之上天，斥者贬之入地，聚讼纷纭，莫衷一是。但不管是热情赞扬，还是恶语贬斥，人们都无法回避它野泼的存在和迅猛的长势。如前所述，在迄今为止全世界网文发展的历程中，华语网文代表了网文发展的最高水准。因此，通过对华语网文发展的特点和趋势的分析，可以比较清晰和明确地揭示网文发展的特点和规律。

多种文本形态和传播形式并行互补、多元共生是网文生产、传播、消费的新态势和大势所趋。从华语网文产生之初起，传统文学和传统期刊的网络化形态和原创网文并行不悖、齐头并进一直是网文发展中的一大景观。早在2000年前，新生的网文就已显露出跨媒体传播的鲜明特点，在线网文与线下传统期刊、出版机构已开始形成连锁互动之势，这固然与商业利润的追求、资本运作的渗入有关，但也充分体现了网文发展的开放性特点。世纪之交的1999年，网易公司与文学网站"榕树下"的文学评奖受到了人们的瞩目。与此大致同时，蔡智恒的《第一次的亲密接触》在大陆由知识出版社出版，并被北京人艺改编为首部网络话剧。由顾晓鸣主编的"网话文"丛书《草鸡看世界》，也在2000年年底出版。时代文艺出版社出版的《中国网络原创作品精选》更首次以全景式的视野将本土网络原创作品介绍给读者。漓江出版社则每年都要结集出版《年度中国网络文学精选》。春风文艺出版社每年都要出版《21世纪中国文学大系·年度网络写作》。2001年4月，人民文学出版社也开始出版网络原创作品《风中玫瑰》。随之，《彼岸花》《旧同居时代》《智圣东方朔》《悟空传》《成都，今夜请将我遗忘》《天堂向左，深圳往右》等许多网文作品也次第走下网络，寄身纸质文本，在社会上大批量印行。2006年4月，敦煌文艺出版社同时推出了洛艺嘉的《一个人的非洲》的纸质版、网络版和手机版。这样一来，人们实际上是在通过网上、线下两种渠道接触网文，一部分人是通过上网在网上阅览和参与创作原生态的网文文本，享受在线阅读、实时交互、互相激发的文学创作接受乐趣；另一部分人则是通过精选后印行的流行网文选本了解和欣赏网文的。时至今日，事实显示，网络传播的出现并没有真的导致所谓的“出版大崩溃”，相反，纸质文本与数字化的网文不但相安无事，而且优势互补、互相促进，最终携手共进。

网文发展的开放性还体现在网文从一开始就具有超越国界和地域的“脱域”天性，使文娱审美传播和接受打破了地域和民族的界限。在今天，网文还逐渐呈现出跨国界相互激发的新气象。北美华人网文产生之初，就曾以其成百上千的中文电子杂志吸引了全球千万个华人家庭的目光，并带动了一批文学杂志争先恐后上网。学者赵毅衡曾高度评价华人网文促成了一个有效的世界性网上汉语文化，不再有海内外之分。[①] 不仅汉语网文发展如此，在汉语网文与非汉语网文之间同样可以看到这种现象。例如，中国女孩儿董晓磊的《我不是聪明女生》曾被中、韩各网站频频转帖，人气极旺，该网络小说在中国国内尚未出版时已经席卷了韩国图书市场，发行量在两周内即已突破300万册，甚至引发了“哈唐”之风。同样，韩国少女可爱淘的《那小子真帅》在2004年由世界知识出版社引进后也立刻风靡神州大地，影响之强烈较韩国本土毫不逊色。

网文的发展也是一个变动不居的不断进行自我调整的过程，网文在其发展过程中总是摇摆于技术性与艺术性两极间并逐渐在二者间取得某种平衡。早期的网文更多是传统文学的网络版，往往对传统纸质文学资源进行简单转换移植，在此时网络更多是作为外在的载体和媒介而存在的，网文

① 钱建军：《美华网络文学》，《世界华文文学论坛》2005年第2期。

的自身特性还比较模糊。随着网文的发展，网络写作的自身特色得到了自觉突出。原创网文堪称网文的核心命脉，网文的特色和优势，网文与传统文学的最主要的差异在于利用多媒体和WEB交互作用创作超媒体、超文本的链接式作品，使文字、动画、计算机程序、高保真音像设备等有机化合，作者与读者实时动态交互。早在1999年，新浪网就曾与《中华工商时报》联合举办为期1年的接力小说活动《网上跑过斑点狗》。后来“花脸道”网站还开展了“花脸道双媒互动小说接龙”活动，中文网络文学网站策划了故事接龙《谱写你自己的故事·千年之恋》，“榕树下”网站也曾出现网友接龙小说《城市的绿地》，亿接龙网站开设了《青青校园，我唱我歌》《情爱悠悠，共渡爱河》等接龙作品栏目，文学咖啡屋网站开展了“多结局小说网络竞写”，在网上也曾流行《超情书》《危险》等超文本回环链接诗歌实验。[①]这些尝试都自觉突出了网文的技术天性和特色优势，非常富有开创意义。同时，网文的题材、类型与审美追求也日趋多元化。进入21世纪后，网文写作逐渐形成了多元共生的格局，除了既往的小资路数外，今何在的《悟空传》、林长治的《沙僧日记》等“戏说”体的作品和《水煮三国》式的财经类写作也颇有市场，大陆的网文走过了一条不寻常的道路。[②]同样，台湾地区的网文除了青春情恋题材外，奇幻的、科幻的、推理的非爱情小说也缤纷陆离。网络写手对生活的反映、刻绘，对网络书写特点方式的领会和写作技艺都在不断提升中。晚近的网文作品日益精致化、深透化，对深层自我的开掘，对人性的透视都渐臻圆熟。网文逐渐从对少男少女纯情爱恋的玩味转向对人性、对生活的深思与质疑。从蔡智恒到安妮宝贝，有情人生离死别、“尸横遍野”的网络写作格局也逐渐改观，安妮宝贝的《告别薇安》以一个青春、激情和消逝的充满感伤和绝望的故事为网文

---

① 欧阳友权：《互联网上的文学风景——我国网络文学现状调查与走势分析》，《三峡大学学报》2001年第6期。

② 傅小平：《陈村：网络文学最好的时期已过去》，《文学报》2004年10月28日。

带来了新的气息和神采，从此，“故事不再是天马行空的‘胡思乱想’，它开始贴近现实，而且文体也有了新的规范，变得考究起来”。[①]这个过程即为技术性日见娴熟、艺术性日渐加强的过程。

网文发展的过程也是一个人们对网文自身的理性思考不断深入的过程。随着文娱审美在网络上乐此不疲地持续行走，人们对网文的思索分析日趋深入，从简单的意气化、印象化的评判逐渐向冷静客观的学理化分析转变，从对网文的概念的探讨逐步深入到对其内涵外延的辨析，从网文的写作方式和语体特征的分析逐渐深入到对网文的本质、功能、发展趋势和根本性质的钻探，从对网文作品的分析逐渐深入到对网络文化的根因和实质的思考。网文也逐渐引起了学院派的重视，网文研究日趋进驻学院空间。2000年4月26日，湖北教育出版社、《湖北日报》文艺部、华中师范大学出版社编辑学研究中心、华中师范大学文学批评学研究中心曾联合举办“网络文学讨论会”，网络写手元辰为此还提出了《对武汉四家联办网络文学研讨会的八点建议》，强调网文评论必须祛除先入为主的观念，必须立足网文的经验事实。2001年，《社会科学》组织上海大学中文系、上海社会科学杂志社的多名学者和编辑就网络文学与当代文学发展问题进行研讨，《社会科学》杂志还在2001年第8期刊载了这一组笔谈。2004年6月14日至16日，由中南大学文学院、《文学评论》编辑部、《文艺理论与批评》编辑部共同举办的首届“网络文学与数字文化”全国学术研讨会在湖南长沙拉开序幕。2005年11月，由北京铁血科技有限公司主办，修正文库、凤凰网和新浪读书频道等协办的“传统写作和网络写作，谁会走得更长远”作家座谈会在北京举行。时至今日，这一类活动更是俯拾即是、不胜枚举。

华语网文发展的过程也是一个文语书写与商业和资本关系日益密切，网文日益功利化、产业化的过程。“榕树下”网站从1999年第一届网络原

① 傅小平：《陈村：网络文学最好的时期已过去》，《文学报》2004年10月28日。

创文学作品奖起，连续3届的获奖作品都曾由天津人民出版社出版，获利甚丰。花城出版社2000年也曾推出的3卷本“网络之星丛书”，湖北教育出版社2000年曾推出10种“网络文学丛书”，上海文艺出版社曾推出“榕树下·网络原创作品丛书”，华夏出版社推出了《情调EMAIL——网络文学采撷本》及续集，作家出版社、知识出版社、天津人民出版社、漓江出版社、中国社会科学出版社、上海三联书店、中信出版社、群言出版社、杭州出版社、敦煌文艺出版社等也相继出版网文丛书或作品集。一时间，点击率和人气指数成了眼球经济的同义词，网文成了现代出版界的摇钱树。“榕树下”网站建立之初，其主编朱威廉曾描述过他的网络文学理想：“什么是网络文学？这是个一直在持续的争议。我觉得网络文学就是新时代的大众文学，Internet的无限延伸创造了肥沃的土壤，大众化的自由创作空间使天地更为广阔。没有印刷、纸张的烦琐，跳过了出版社、书商的层层限制，无数人执起了笔，一篇源自平凡人手下的文章可以瞬间走进千家万户。”[①] 长期对网文呵护有加的作家陈村也赞扬网文前途无量。但进入21世纪后，网文与商业和利润过从日密，早期网络写作抒写性情，不求利润回报的无功利品格、“赤子之心”逐渐消退。对此，网络写手蔡智恒感慨出版界太早地介入网络形成了一种商业导向，使写手的心态不复单纯。他认为商业化是网文发展的根本不足。商业利益对网络写手来说是一个伤害。网络写手应保有野生动物的野性，不应该被得失心豢养。陈村也慨叹网文最好的时期已过去，网络写作作为一种独立、自由的写作姿态开始走向衰微。认为网络写作日趋功利是网文衰落的明显表征。[②] 但是，网文与出版业的合流客观上也促进了网文的传播，扩大了网文的影响，调动了网络写手的积极性，为网文的发展奠定了物质基础。这对网文走向成熟和健康发展不无积极意义。

2003年是网文生产消费机制变革极为关键的一年。起点中文网引领的

---

① 朱威廉：《文学发展的肥沃土壤》，《文学报》2000年2月17日。

② 傅小平：《陈村：网络文学最好的时期已过去》，《文学报》2004年10月28日。

阅读收费的商业模式在这一年拉开序幕。2003 年 10 月，起点中文网开始尝试 VIP 在线收费阅读模式，这种阅读收费制允许受众免费阅读网文前半部分，之后的章节则需要支付每 1000 字 2 分钱左右的阅读费。所得收益由起点中文网和网文写手分成。阅读收费让网文生产的低迷颓势得到有力遏制，起点中文网和盛大文学有限公司（2004 年盛大文学有限公司收购了起点中文网）大获成功，迅速崛起。之后，在生产一端，它还积极尝试了职业作家体系（2005 年）、白金作家签约计划（2006 年）、作家福利体系（2006 年），网络写手职业化制度由此奠定。在消费一端，它尝试和不断健全月票、粉丝值系统、打赏机制，激活了网文粉丝消费模式的生机活力。到 2010 年，拥有包括起点中文网、小说阅读网、潇湘书院在内的中国 6 大知名文学网站的盛大文学已成为当时中国最大的网文平台、中国移动阅读基地最大的收费内容供应商。

在网文界，盛大文学有限公司的全版权运营盈利模式一度是神话般的存在。它以网站上的网文内容版权为核心，以线上阅读盈利与无线业务盈利为主导，将线上阅读的电子版权、移动终端的电子版权、线下出版物的出版权、影视作品和游戏改编权一网打尽，成为兴盛一时的数字出版帝国。盛大文学下各个文学网站与优秀写手签约，提供“管家式服务”，并获得版权代理，对消费者采取“微支付”的收费模式提供网文阅读。盛大文学还将电子内容制作成实体书籍出售。2010 年，盛大文学自主研发了电子书 Bambook（锦书），建成了包罗万象的内容平台“云中书城”。进军无线阅读市场，征集手机小说创意，打造国内第一批手机小说家。随着 PC 时代落幕，移动互联时代到来，2014 年以来，IP 开发耀眼夺目。盛大文学也适应潮流，采用多平台应用、多终端开发的模式，围绕网络出版、手机阅读、传统图书、游戏动漫、影视话剧等积极构造一体化产业链。[①] 早在 2007 年

① 郭新茹、王诗晴：《中国数字出版产业链纵向整合模式及绩效研究——以盛大文学为例》，《经济与管理战略研究》2013 年第 4 期。

它就转让《鬼吹灯》影视改编权给华映电影公司，运营基于《鬼吹灯》的游戏。

然而，网文阅读 VIP 收费模式也逐渐显露出了其弊端。网文阅读收费模式当初是基于一二线城市的消费状况制定的，随着互联网普及率的提高，三线及其以下城市和地区众多的网民成为网文消费举足轻重的“下沉市场”，原有的网文生产消费模式显得力不从心。这在最近一些年收费阅读模式与免费阅读模式的剧烈矛盾、连尚文学和今日头条、读吧网推动免费阅读的尝试中不难窥其一斑。

网文的类型化写作也是 21 世纪以来网文发展中值得重视的趋势和潮流。如果说网文最初是一部分有较高文学修养的理工科学子、得数码技术先机的网民、IT 界从业人员的业余抒情怡志之作。那么，从早期华人网文写手图雅、少君、路离等到 1997 年、1998 年以网文《风姿物语》《第一次的亲密接触》开网文的青春化、言情化、梦幻化写作之风的台湾地区写手罗森、蔡智恒，再到大陆网文早期的“黑马”，以及之后在网上走红的今何在、龙吟、江南等写手，网文一步步改变了最初抒写性情、心无旁骛的非商业的存在态势，随着网文的蓬勃发展，网站、大众传媒、出版发行机构和网络写手都敏锐地发现了其中蕴含的无限商机，网文由此迅速走上产业化的运行轨道，成为引人注目的新型文娱产业。市场化生产刺激了网文，促使网文生产日益高速化，网络写手日益职业化，文学网站运营日益产业化，同时也自觉不自觉地形成了多种较稳定、明确的题材类型划分，类型化写作模式逐渐明朗化。

网文从自发书写到类型写作的演化是 21 世纪网文发展的客观事实，这一新趋势值得正视。华语网文出现之初，网文类型化写作的意识并不鲜明。但在 2006—2007 年，网文写作出现了一个意味深长的“拐点”，经典诗词解读、后宫小说、玄幻小说、盗墓小说、都市小说竞相开放，争奇斗艳。2006 年后，网文的类型化写作迅速蔚为风潮，言情、玄幻、盗墓、宫斗、武侠、修仙、穿越、同人、耽美等各种类型的网文呈现出并生共存景象，万紫千红，引人注目。其中，玄幻武侠小说《诛仙》《雪薇》《七夜雪》，历史奇幻小说《新宋》《紫川》，盗墓类长篇小说《鬼吹灯》《盗墓笔记》，历史穿越小说《窃明》，商战小说《浮沉》，后宫小说《玉箪秋·雪魄帝姬》《后宫·甄嬛传》等尤其引人注目，激起了强烈反响。

网络类型化写作同样显示了网文产业化发展的诉求。网文的类型化写作针对不同层次、不同偏好受众的口味策划和制作不同类型的文种和作品，变“广播”为“窄播”，细分市场，细分文类，针对目标受众进行分众化服务，受众定位明确，有助于推进网文的多元化发展，培养特定层次、类别受众的忠诚度，创造稳定的收看率，实现市场占有的专门化分割。每种网络类型文学都有其内部的各种类型化元素，文学网站对类型化写作的自觉推动和标举使缤纷陆离的网文类别分明、一目了然，便于受众了解和选择。网文写作的类型化也深刻塑造出了一大批网文类型写手，促使网络写手朝专业化、职业化方向发展。

网络类型化写作堪称当今大众文化时代文化心理的重要表达方式，网文的类型化写作与当代人的特定生存状况有关，可谓当代人原子化、雷同化生存状态的反映。同时，经济市场化、社会的阶层分化、教育的普及、信息传播技术的迅猛发展，也导致为多种社会阶层的并生共存和多姿多彩的审美情趣提供了温床。

网文的类型化写作也直接导因于网文的产业化运作。2006年后，风靡一时的玄幻武侠小说、历史奇幻小说、盗墓小说之所以兴盛一时，与市场的推手、出版业的运作机制、网文超市化的运作模式、网文由个性书写到文化料理的转变显然息息相关，历史小说的扛鼎之作《新宋》，被称为“中国的《伊利亚特》”的奇幻小说《紫川》以及《鬼吹灯》《盗墓笔记》等盗墓小说不断落地出版，印数高达20万册。如同世界各国科幻与奇幻小说普遍占有相当市场分量一样，奇幻小说也构成了中文网站的支撑文种，以“玄幻”为基础的收费阅读模式为21世纪中国的网文产业注入了强劲的生命力。盛大文学有限公司、“PT文学”、“起点中文”纷纷借这种“网文消费”迅速发展起来。可以说，类型化已经成为中国网文的市场突围之道。网文的类型化写作满足了当今文艺市场细分的需要，体现了文学网站针对不同阶层读者审美趣味进行产业布局的自觉意识。通常所说的“男盗墓女后宫”的类型化小说格局正好满足了不同性别读者的情感需要。同样，大量的“言情”小说以男性读者为消费主力，而“后宫”“耽美”小说则主要满足女性读者的文化消费需求。针对各个阶层、各种层次读者的文化心理和审美情趣，一时间，校园小说、都市情恋小说、商战小说、官场小说、历史架空小说、穿越小说、同人小说、仙侠小说、耽美小说、打工族小说等纷纷登场。

网文的类型化写作也是媒介竞争、网站行业竞争的必然结果。网文的类型化写作潮流积极顺应了数字化时代的阅读分化趋势。随着“大众传媒”逐步转变为“分众传媒”，各种传媒和网站必须确定自己稳定明确的目标受众和目标市场，以便在市场上占据一席之地，网文类型化潮流的出现堪称网文这一重要文学和媒介形态因应当今的文学和媒介系统内部竞争的重要表现，也是文学网站基于消费终端制约，为以创新的形式满足受众需求而作出的积极自我调整和战略转变，是文学网站在当今的媒介形态竞争中求得生存和发展的必然选择。

网文的类型化写作也是网文走向自觉、走向成熟，向纵深发展的必然结果。网文最初出现时非常边缘化、零散化，给人不成阵势、难成气候之感，似乎只是网络聊天、网络恶搞的一种附庸和手段，是文学和审美的畸变形式。在这个时候当然不可能出现规模化、类型化的写作态势。虽然从1998年前后就出现了开启网络小说类型化写作先河的黄易的《大唐双龙传》、蔡智恒的《第一次的亲密接触》等作品，但网文的类型化写作呈现出规模效应且日趋自觉是2006年以后的事情。2003年出现的网站签约VIP作品收费订阅方式为当时趋于低迷的网文注入了新的活力，促使文学网站迅速走上了产业化道路，调动了网络写手的写作积极性，使网文迅速走出低谷，迎来了2006年的新高潮。随着网文自我认识的日趋深化、文学网站自我定位的日趋明确，各文学网站积极自觉地采取了类型化的栏目分类编排，网文日益多元发展，类型分流，与传统文学日益显示出差异。一些重要的网文大赛，如新浪读书频道的原创小说大奖赛也改变了以往“一锅烩”的综合性分类方法，不再采取长篇、短篇分类的方式，自觉地突出类型化特色，以悬疑推理、军事历史、都市情感等类型分类评奖。从最初“无个性”的随意化写作，到21世纪以来自觉的“类型化”写作的变化深刻体现了网文自身不断调整的积极进取心态。

网文类型化写作潮流的形成也离不开网文各种类型作品数量的积累和文创的自觉，类型化写作意味着网文不仅数量众多、写手林林总总，而且众多网络写手和网络作品自觉不自觉地构成了多种类别，类型化正是这种书写状况的自觉不自觉地发展的结果。类型化写作代表了网文崛起的不可阻挡的趋势。网文类型化写作恰恰体现了网文形式类别的不断丰富和求新拓展，是网文整体向纵深发展的客观结果。例如，在今日的网文画廊中，不仅有若干大类，而且每一类别下又可细分为若干次级类别，如幻想小说进一步细分，又包括魔幻、玄幻、科幻、奇幻等众多次类。“玄幻”类、“情感”类小说是网文中比较大的重要类别，而“玄幻”类中又有“盗墓”小说、“仙侠”小说、“灵异”小说、“穿越”小说之分，“情感”类小说也可进一步细分为都市言情小说、历史情恋小说（如后宫小说）、耽美小说等。

网络类型化写作为网络文娱产业发展走向类型化奠定了基础，到今天，网络文娱类型化生产形式已经非常成熟。类型化使文娱产业的自我复制、扩大再生产、越界衍生呈现出“自运行”态势。爱奇艺流媒体网站主打悬疑类型剧的“迷雾剧场”的“滚雪球”式的扩大再生产、唐家三少等网文写手的网络小说从网文到影视、动漫、戏剧、游戏、音乐、衍生工艺品的越界衍生便是典型的例证。

同时，随着女性社会地位的不断提高和青年高学历女性日益成为社会生活中的中坚力量，数字文娱也步入了“她时代”。不仅数字文娱的主人公逐渐“位移”为了“大女主”“万人迷”“甜宠女”，而且数字文娱的生产者、消费者中女性占比不断攀升，女性日益成为数字文娱审美中耀眼的存在。网文的“晋江文学”“潇湘书院”“起点女生网”现象、大量网站的女性网文专栏、“姐学”真人秀等，都显示了女性网民“金主”和“女频”经济在今天的文娱中举足轻重的地位。

而方兴未艾的人工智能也对文艺创作、审美实践产生了深刻影响，将人机交互提升到了新的高度，刷新了世人对拟人、虚拟、交互、沉浸的理解，必将引领新的审美潮流，带来审美观念的巨大变革。

文娱审美永无止境，网文和网络文娱也需要与时俱进，适应启新，不断进行自我调整。网络文娱审美既然是数字化时代社会文化新势态的表征，又因数字化时代应运而生，我们应当做的就不应该是简单地评判好坏，而是基于对网络文娱审美产生根因、现实利弊的深入认识和细致分析进行因势利导，推动网络文娱产业良性发展。尤其是随着“限娱令”出台和国家规范引导，数字文娱呈现出了明显的“雅化”“主流化”发展态势，如何更好地甄别良莠、因势利导，使人民群众的精神文化生活更丰富多彩、更健康向上，是时代为我们提出的重要课题。

何志钧于壬寅年初春

SHANG PIAN 上篇

一、跨文化传播中的雅俗互动：基于李子柒式短视频

近年来，短视频异军突起，短视频、直播业已成为全民娱乐的最主要方式。中国互联网络信息中心（CNNIC）发布的第48次《中国互联网络发展状况统计报告》显示：到2021年6月，我国网民规模达10.11亿，其中短视频达8.88亿，直播观众达6.38亿，说短视频和直播已成为数字化时代的弄潮儿当不为过。其中，李子柒等人的短视频尤其值得一提。李子柒式短视频在日常生活中呈现出了新型的雅俗互动势态，其中田园世俗与文化雅趣的互动令人流连忘返。短视频在跨文化传播的过程中也扮演着重要的媒介角色，李子柒在海外视频分享网站视频，展示中华美食与传统文化，已收获粉丝过亿，成为跨文化传播的典型案例。将传统的巴克传播模式与网络传播特征结合，对其进行审视分析非常必要。

学界在李子柒短视频跨文化传播研究领域已取得不少值得肯定的成果，首先有从自媒体短视频作为媒介力量推动国际传播和国家形象建构角度进行论证的；有运用拉斯韦尔理论分析李子柒短视频传播模式，为中国传统文化“走出去”提供新思路的；有指出跨文化传播机制，呼唤讲述普通人生活故事另一种思路的；还有宏观考察中国传统文化对外传播实践经验和

可行道路的。[①] 总体来看，其不足体现在忽略了短视频虚拟的新型雅俗互动田园景观及其背后的资本运营推手。因此，笔者力图在跨文化传播的象限内，以巴克传播模式和网络传播实践作为参照，审视和分析李子柒短视频雅俗互动的田园生活表象和商业运营策略，定位对外交流时以何传、传什么、怎么传、谁来传的路径坐标。

所谓技术，正如陆兴华为《人类纪里的艺术：斯蒂格勒中国美院讲座》写的导论部分中所说，“是生命每次想要走出自身，开始进化时所用的那一支架。最早，它是在沙地或岩石上画圈的那根树枝，后来就是那根笔，或机器，今天，则是电脑和互联网和社交媒体”。[②] 短视频技术作为数字化时代的优选信息交流方式，最早源于美国 2011 年 4 月 11 日开始发布视听作品的 Viddy 社交应用程序。在这之前，Facebook 和 Twitter 重视展示文字；YouTube 用来交流影片；Instagram 只能利用手机的内置拍摄功能分享图片，Viddy 却可以凭借应用自身的 15 秒钟视频拍摄和美化功能，上传、点赞、转发和评论人事物态。随后，各大社交平台纷纷瞄准短视频的传播契机进行转型升级，如被收购后的 Instagram 在开发短视频创作功能的同时，添置了搜索引擎等技能；另外，YouTube 成为目前全球最大的视频资讯分享网站。

在我国，它同样经历了从 2011 年的新浪秒拍，2013 年的腾讯微视及新浪微博 4.0 版本的秒拍功能，到 2016 年各类短视频应用实现裂变式增长。以内容功能为界，大致可以分为抖音、快手、微信视频号之类的社交类短视频平台；小咖秀、梨视频、西瓜视频、火山小视频之类的娱乐类短视频

---

① 参看杜心予：《自媒体短视频国际传播与国家形象建构作用探析——以李子柒作品为例》，《中国传媒科技》2020 年第 6 期；董香玉：《新媒体时代中国传统文化的对外传播策略——基于“李子柒是不是文化输出”话题的思考》，《西部广播电视》2020 年第 16 期；马悦：《李子柒：跨文化传播的另一种思路》，《声屏世界》2021 年第 1 期；张红芸：《中国文化对外传播的实践经验和可行路径——以 YouTube 李子柒短视频为例》，《出版广角》2020 年第 12 期。

② 详见［法］贝尔纳·斯蒂格勒：《人类纪里的艺术：斯蒂格勒中国美院讲座》，陆兴华，许煜译，重庆：重庆大学出版社 2016 年版，第 21—22 页。

平台；今日头条、微博之类的资讯类短视频平台。以形式为准，有秒拍、梨视频、西瓜视频、火山小视频等独立平台；有抖音、快手、今日头条、B站、微博等综合平台；有快手短视频、全民K歌等小程序平台。以用户为主，抖音、快手等设置有青少年模式，小年糕、糖豆视频等视音频类小程序主推老年群体。以运营模式为准，分为UGC（用户生产内容）、PGC（专业生产内容）、MCN（运营、商务、营销等专业服务平台）3种，流量变现能力逐层升高；各平台邀请明星等知名自媒体人入驻，开设购物专区服务，引爆流量；平台之间联合发展，形成了“抖音与今日头条”“快手和腾讯”等的团队体系，共享用户；快手、抖音、今日头条等极速版的应用变体以看视频得金币换红包或充话费的操作，收拢刷屏者。以发展方向为主，占据流量榜首位的抖音研发海外版短视频TikTok，积极开疆拓土。事实上，几十秒到几分钟不等的短时长，全世界各阶层的宽面向，社交、娱乐、教育、资讯、消费等越来越融为一体的广覆盖，才是当下短视频的发展趋势。

值得注意的是，虽然短视频自身内容质量良莠不齐，资本运作痕迹明显，娱乐至上气息浓重，但不可否认的是，它也带来了不可估量的经济效益和文化效益。关于文化，历来众说纷纭，它可以是“规范、观念、信仰、价值、符号、语言及代码”，也可以是“一个人、专家知识分子、独立艺术与实践等的精神与知识的发展过程”，是“群体、人民、社会的整体性生存方式”。[①] 当不同肤色、不同国家、不同民族、不同语种之间的人们利用各种媒介进行交往的时候，跨文化传播就发生了。

人类的传播媒介进化史体现为从口语、文字、印刷到电子、网络、数字的叠加迭代过程，数字媒介时代空前未有地将地球凝聚成一个小小的比特村落。依托网络短视频展开的跨文化传播，主要呈现为虚拟审美情境，首先从技术上为民间力量发声提供了方便。同样是宣扬中华优秀传统

---

① ［英］麦克·费瑟斯通：《消费文化与后现代主义》，刘精明译，南京：译林出版社2000年版，第186页。

文化，官方媒体对孔子学院等进行的新闻播报、精心打造的国家形象片投资大，艺术水准高，但更多的是在主流文化界、白领圈传播。反观民间个体自发制作上传的中国风短视频，草根气息浓重，更为平易，更贴近世界各国百姓的日常生活，更容易为大众喜闻乐道。“滇西小哥”2018年年底放在YouTube上的“炼猪油、炸油底肉，提前准备过年菜”的年货制作视频有3000万左右的观看量，澳大利亚媒体称它让世界迷上了云南。中国风音乐尤其能跨越语言障碍，吸引世界各国用户在TikTok上欣赏和分享：粉丝数超过60万的加拿大歌手洛瑞艾热衷于唱《青花瓷》等中文歌曲；@mookkook1账号因发古风乐曲《苏幕遮》得到十多万粉丝纷纷点赞。很明显，中华民族的美食、音乐等短视频有利于打破东西方文化隔膜，塑造接地气、亲和文明的中国形象，瓦解西方人对东方文化的偏见。

马歇尔·麦克卢汉认为，“在信息时代里我们要同时使用一切官能。所以我们发现：非常强烈地调动官能的时候，正是感到最悠闲的时候，我们的感觉酷似过去一切时代的艺术家的感觉”。[①] 在麦克·费瑟斯通看来，“充斥于当代社会日常生活之经纬的迅捷的符号与影像之流”[②] 延续了生活艺术化的路数，成为日常生活审美呈现的第三层内涵所在。也就是说，信息媒介进一步促进了艺术和生活的交融，也凸显了日常生活审美拟像呈现的新型雅俗互动姿态。

雅、俗是中国美学史上常提常新的理论范畴，先来看二者的发生机制。上古尧、舜时期的部落祖先“日出而作，日入而息。凿井而饮，耕田而食”（《击壤歌》），匍匐在大自然淫威之下，无暇顾及美丑。史前绘画和原始雕刻中的审美意识都是朴素潜隐的。夏、商时期的甲骨文、金文等文字主要

① ［加］马歇尔·麦克卢汉著，周宪、许钧编：《理解媒介——论人的延伸》，何道宽译，北京：商务印书馆2000年版，第426页。

② ［英］麦克·费瑟斯通：《消费文化与后现代主义》，刘精明译，南京：译林出版社2000年版，第98页。

服务于统治者记录家国大事，雅俗区分的意义不大。雅俗之辨可追溯到西周时期，本来王室中原之声称为“雅”，四周分封地之声称为“风”。在以孔子为代表的儒家学派“恶郑声之乱雅乐”（《论语·阳货》）、批判“郑声淫”（《论语·卫灵公》）的推动下，雅逐渐由地理方位的指称上升为“雅乐”概念：“（它是）符合礼乐规范，能体现儒家所极力称颂，和士大夫政治文化精神一脉相承的政治伦理教化审美观念的宫廷音乐。这种音乐一般都在祭祀活动和朝会仪礼中采用。”[①] 在诗、乐、舞三位一体的先秦时代，“雅乐”迅速延展到诗歌。《论语·为政》曰：“《诗》三百，一言以蔽之，曰：‘思无邪’。”这里显示了两个层次的划分理路，一方面按照音乐来源地的不同分为风、雅、颂3类，“十五国风”是诸侯国的地方土乐，“大小雅”“颂”多为宫廷音乐，将民间文艺与精英文艺区别了开来；另一方面“无邪”指中正平和，不乱不淫，即要求文艺做到“乐而不淫，哀而不伤”（《论语·八佾》），抒情时节制情感。大概是在战国时期，既代表“风”的中性义又代表世俗欲望之贬义的俗取代了风，和雅对立。从《对楚玉问》中可以看出雅俗悖论：如果唱《下里》《巴人》，几千听众跟着应和；如果唱《阳春》《白雪》，只有几十人在听。精英阶层曲高和寡，草根阶层曲俗和众。

雅俗互动的发展机制除了受到政治、经济因素和自身审美规律的干预外，还与传播媒介的进化息息相关。古代社会人际传播、群体传播占主导地位，围绕口语、文字等展开文艺活动。雅俗互动常常表现为取俗入雅，僵化后重新轮回。《诗经》的四言“国风”本为口头传唱的民间歌谣，经过采集整理配乐有了雅化的痕迹，才上呈给天子，但在没有得到官方文字记载前仍是通俗的口头文艺。汉乐府走向“古诗十九首”，贵族文人有意无意习得民间文学朴素活泼的语言形式，白纸黑字，化俗为雅。雅化到一定

① 曹顺庆、李天道：《雅论与雅俗之辨》，南昌：百花洲文艺出版社2017年版，第5页。

程度的宫体诗走向僵化，失去生命力。从雕版印刷术到活字印刷术，不必只靠人力来抄录体量越来越大的文艺史。唐诗回望“魏晋风骨”与“风雅”精神遥相呼应，绝句、律诗、歌行等自有高韵。唐、宋以来，文人墨客由于与科考游历结缘，和诗、题诗蔚然成风，只不过时空距离遥远，传播的时效性较低，好比李白只有去登黄鹤楼才知道崔颢的佳作题在上头。宋词在温庭筠、柳永手里过于艳俗，但是到了李煜、苏轼、辛弃疾、李清照、周邦彦等文人手里，用来抒发家国怨离之恨，逐渐雅化了。当然雅俗之间没有明确分野，古中国的《诗经》、古希腊的《荷马史诗》和古印度的《罗摩衍那》创作出来时是口头传播的俗文学，现在则作为各民族高雅的精神遗产而存在。

近代社会组织传播、大众传播等勃兴，报纸、摄影、电影、广播、电视等成为文艺审美实践中举足轻重的角色。这一时期，雅俗互动也体现为化雅入俗、雅俗共赏，审美情境在视听觉辅助技术下直观呈现出来，不必费神劳心思索。五四运动以来，出于启蒙救亡的需要，胡适发表于《新青年》上雅少俗多的《白话诗八首》，相比于晚清黄遵宪、梁启超的“诗界革命”，传播影响范围更广。五四运动之后，创造社诗派、新月诗派、象征诗派、无产者诗派、现代派、七月诗派、校园诗派、中国新诗派等依托自己的刊物阵地，雅化了通俗白话诗。但“不能让小市民来‘共赏’，不用说农工大众。于是乎有人指出这是新绅士也就是新雅人的欧化，不管一般人能够了解欣赏与否。他们提倡‘大众语’运动……抗战以来又有‘通俗化’运动，这个运动并已经在开始转向大众化。‘通俗化’还分别雅俗，还是‘雅俗共赏’的路，大众化却更进一步要达到那没有雅俗之分，只有‘共赏’的局面”。[①] 随着新的传播媒介出现，从朦胧诗派到先锋诗派，诗歌作为纯文学的生存空间被小说、话剧、散文严重挤兑。荧屏技术可以把所有

① 朱自清：《论雅俗共赏》，北京：生活·读书·新知三联书店 1998 年版，第 9 页。

文艺活动搬上舞台，感官刺激的视听盛宴冷落了康德式的纯审美，娱乐与消费的捆绑消解了本雅明所说的神圣光晕。西方的古腾堡活字印刷术和自然科学的发展推动了文艺复兴、宗教改革和启蒙运动，工业革命的浪潮把人类卷入机械复制时代后，霍克海默和阿多诺认为流行音乐是温情欺骗大众的文化工业，马尔库塞说人类越来越变成失去批判和超越能力的单向度的人。

进入现代社会以来，大众传媒崛起，网络传播蛛网蔓延，传统的真实美学遭遇虚拟美学的挑战，“推”传播主导的信息传播格局演化为“拉”传播主导的信息传播格局，传统单向度传输的艺术实践和审美关系逐渐为实时动态交互的在线审美关系取代。① 数字传播、星丛传播、智慧传播更加消弭了艺术与生活的界限，一切事物都可以成为艺术，再转换为情感文化符号包装的商品出售，于是有了日常生活审美拟像呈现的新型雅俗互动姿态。拟像呈现比如全息投影、虚拟现实等首先致力于流行文化的创造或传统精英文艺的仿真还原：虚拟偶像“初音未来”、洛天依举办演唱会；清华大学孙茂松教授指导的团队研发出“九歌”计算机古诗创作系统；微软小冰出版《阳光失了玻璃窗》等现代诗集；机器人下围棋、对对联、写小说、作画书法已变为现实。短视频的田园牧歌般的审美拟像、传播的雅俗共赏，自然乡村美景与繁华拥挤的现实城市文明景观形成鲜明对比，对都市人更具有诗意栖居的感召力，可以赋予他们精神栖息的归属感。在经济全球化的时代背景下，跨文化传播若恰当借力短视频，将会有不可估量的经济收益和文化回报。

李子柒短视频作为日常生活审美拟像呈现的新型雅俗互动姿态之典范，将镜头对准了远离现代都市的中国山水田园式的自然乡村景观，以复古高雅的审美情趣编织吃、喝、住、穿、用的世俗生活，暗隐商业消费意味。可以将传统的巴克传播模式与网络传播实践进行结合来予以分析。根据巴

---

① 何志钧：《网络传播正在改变审美范式》，《人民日报》2010 年 3 月 19 日，第 14 版。

克模式，传播是信源或编码者（传播行为的引发者，凭经验、感觉和思想来编码，决定传播的性质和目的）、接收者或解码者（接收信息的人，通过五官接收和大脑理解）、讯息（各种符号形式编制的信息内容）、渠道（承传讯息的手段和工具，连接传播各要素的纽带）、反馈（接收讯息者对讯息发出者的回应）、噪声或障碍（信息不足或不清、讯息未被准确解码、反馈未被编码者理解）、情境（传播活动发生的具体场合和环境）7 个要素的互动过程。[①] 传统的传播模式有助于全面细致地厘清传播要素，但网络传播技术的进步改写了传统传播面貌，呈现出组织性、交互性、虚拟性、商业性的数字传播特征。

李子柒短视频的信源或编码者首先是李子柒个人：她是四川农村土生土长的“90 后”，童年与爷爷奶奶相依为命，后外出到大城市谋生；为照顾孤身一人且病重的奶奶回到乡下，欲增加新开淘宝店的产品销量，从 2016 年开始自拍自导美食视频，大受欢迎。后来她又抓住商机专门从事古风短视频创制，其初始动机在于流量变现。作为雅俗兼修的编码者，她淡施粉黛，着古风布衣，回归中华民族自然素朴的审美雅致。她春种秋收，自给自足，在世俗烟火气中氤氲出传统文化的底蕴。其次是 2017 年签约的幕后合作方杭州微念科技有限公司，通过短视频孵化 KOL 成为 IP，达到消费变现，其中利益动机占主导。李子柒在资源扶持下组织品牌团队，新生动机在于成为传统田园美食与文化领域的 KOL，专注于质量和口碑，有意识地承担起宣扬传统文化的责任。

信源或编码者直接生成讯息后，世俗日常转变为高雅文化符号，刺激品牌的情感消费。根据电脑登录 B 站搜索 UP 主李子柒并点击“频道”一项后所显示的结果来看，从 2016 年 7 月 25 日至 2021 年 4 月 6 日共计有 138 条短视频上传。其中，美食文化符号最多，食材常取于自然，烹饪方法来

① 许静：《传播学概论》，北京：北京交通大学出版社 2013 年版，第 15—16 页。

自古书记载或代际传承，田园生活的雅致形成。就茶文化而言，逍遥草本茶改良自《清宫医案》、荷花茶来自揉进荷花香的西湖龙井、蜂蜜柚子茶取材于自家种的柚子；拿酒文化来说，青梅酒、桃花酒、桂花酒、荷花酒、枇杷酒、樱桃酒、草莓酒、家酿啤酒等因时物而制；就地方特色饮食文化来看，长白山人参蜜、柳州螺蛳粉、四川的火锅和腊肉以及麻婆豆腐和泡菜、湖南腊味合蒸、兰州牛肉面、山西刀削面、傣族手抓饭、福建佛跳墙、朝鲜族的辣白菜迎合大众口味。另外，还有小至各色调料，仅酱料就有宫廷苏造酱、牛肉酱、蛋黄酱、豆瓣酱、果酱和番茄酱；尤其是按二十四节气播种发芽开花结果的“一生”系列，关于萝卜、玫瑰花、辣椒、芋头、西瓜和葡萄、大蒜、豌豆、小麦、油菜、黄瓜，其自然生命力对远离自然的都市人形成强烈的视觉冲击。大至常与美食文化相连的节日文化符号，有桃花节踏青野餐、端午节的龙舟枕头粽和笋壳粽子、七夕节的乞巧果和巧酥、中秋节的传统手工老月饼和苏式鲜肉月饼，还有重阳糕、腊八粥、春节年夜饭。如果美食和节日还不能充分代表中华民族的优秀传统文化，不妨关注其中的文化遗产符号，如湖笔、徽墨、构皮纸、端砚、木活字印刷、蜀绣、蓝染、黄豆酱油等件件都是华夏文明的见证者；葡萄皮染衣服、沙发秋千床、胭脂眉黛膏和洗漱台的手工制作技艺更是复苏了渐行渐远的乡土文化记忆。不得不说的是，短视频中展示商品的精致可靠有利于提升2018年新开张的淘宝旗舰店流量的爆火。与故宫“朕的心意”联合打造文创产品宫廷苏造酱，文化包装消费世界中的情感期待也可谓用心良苦。

从手机自拍自剪，到使用单反，再到电脑剪辑，从初始时个人制作的稚拙到后来纯熟使用滤镜技术、合成剪辑技术，李子柒短视频传播的田园日常生活拟像日趋高清、专业，诗情画意浓郁。微博、B 站、抖音等平台则有助于实现交互转发，微信公众号既发文又配视频，每一平台都有购物专区，有助于衍生新用户，完成商业营销。接收者或解码者对讯息作出反馈，多为广泛分布在各平台的观众点赞和好评。李子柒短视频广受欢迎，部分原因在于中国人的农耕文明和儒家文化基因里沉淀着根深蒂固的山水田园理想，现今大城市生活的节奏快、资源短缺、人际关系冷漠疏离，暂时沉浸在人美景美的精神家园能让人忘记世俗红尘的烦恼。报刊等媒介组织的新闻报道也起到了助推作用。《中国青年报》《人民日报》《新华网》《新京报》等媒体纷纷跟进李子柒走红出圈的报道，追捧褒奖。学者、研究者也力图客观公正地对李子柒短视频进行学理研究。这三股力量在某种意义上塑造了原有讯息，减弱了其商业运作考量而增加了文化传承意义，成为新的信源和编码者。李子柒短视频传播中的噪声或障碍主要在于讯息未被准确解码。一是争论文化输出问题，李子柒及其团队只是抓住了短视频发展的历史机遇，用智慧展示艺术加工后的生活。诚如白岩松在《新闻周刊》中所主张的，对李子柒给予过高的评价或过低的质疑都不一定对，微笑着鼓掌是最好的。二是对短视频作出吹毛求疵的真假判断也会带来各种负面效应。短视频是剪接日常生活素材并实现看与被看的虚拟窗口，是在数字审美的桃花源世界里娱乐、休闲与消费才是标准。至于李子柒短视频的传播情境要素，更是极其丰富多样：在优雅古典的背景音乐中，在日常烹饪时，在被绿竹围起来的院子里，“婆婆”、助理、摄影师、邻居、客人偶有亮相，四季都生长着瓜果蔬菜和花，家养狗、猫、羊、鸡、鸭、鸟等动物；院外，有青山、溪水、荷塘、竹林、小镇等地方；也有出远门时的风景出现，比如到长白山挖人参和采蜂蜜，到东源王宅学活字印刷等，它们构成了整个传播活动的乡土存在空间。李子柒短视频传播各要素都指向雅俗互动的日常乡村生活景观，虽然有商业价值考量，却也有意识地实践和传播着中华优秀传统文化。

李子柒短视频登陆海外视频分享网站，创下“YouTube 中文频道最多用户”的吉尼斯世界纪录。此外，她在 Facebook 有 300 多万粉丝，Instagram 上有 40 万左右粉丝，收获全球粉丝总量过亿，足以成为跨文化传播的典型案例，对此进行研判，有助于明晓对外交流时以何传、传什么、怎么传、谁来传的通达路径。

借助短视频传播优势，李子柒以亲和平易的田园风、民俗风助力中国文化“走出去”，积极传播中国声音。“‘传递中国声音’具有两层含义：一是通过传播中国声音让世界了解中国，二是欲掌握国际话语权必须敢于、善于、乐于对国际事务发表自己的看法。”[①]前者是基础，后者是升华。跨文化传播离不开媒介的支撑，目前我国在西方主流媒体上的发声有限，短视频作为重要的民间发声通道，有助于发挥让世界了解中国的基础性作用。李子柒、“滇西小哥”等人的YouTube频道，都采取先给国家相关机构备案，然后委托海外运营机构发布的方式分享收益。短视频传输数据以比特作单位，传播信息速度快，地理距离和空间障碍被克服，门槛低，用户多，符合都市人娱乐化碎片化消费趋势，所以只要有效运用短视频进行文化传播，“中国故事”必将获得更多的听众，中国声音会行而且远。

“文化娱乐、科学技术等具有故事化情节和戏剧化效果以及能激发受众好奇心的‘软话题’，由于与人们日常生活密切相关，更能够跨越语言、种族、民族、国别、政治信仰等障碍与隔阂，实现中国价值的表达和传播。”[②]上传承接传统文化审美雅趣的日常世俗生活短视频，生动讲述中国故事，更容易实现各民族文化精神的共鸣和认同。李子柒把传统的美食文化符号、节日文化符号和非物质文化遗产符号等添加到日常生活的一餐一物中；“阿木爷爷”身怀流传了两千多年的古老榫卯工艺，不用钉子、胶水组合木头，单靠着榫与卯之间的扣合，就能造出鲁班凳、苹果锁、将军案等精致的木制品。中国人在世俗生活的锤炼中形成了高雅的生活情趣，雅俗互动的中国故事天然具有中西文化的共同价值认同区间，这是它能吸引和感染五湖四海的受众的重要原因。

李子柒短视频在利用非语言传播克服文化障碍，潜移默化重构中国形

① 刘肖、董子铭：《媒体的权利和权力的媒体——西方媒体在国际政治中的角色和作用》，北京：中国社会科学出版社2017年版，第238页。

② 同①，第218页。

象方面也可圈可点。跨文化传播又表现为语言的隔阂，“非语言传播综合运用的各种符号手段，在量上是无限的……大多借助于人的身体表达……每时每刻都在进行……倾向于无意识的流露，表现的意义更为真实”。[①] 李子柒古风短视频中没有字幕，但古典的配乐和素朴的着装，对农活的熟悉和对乡村小院的打理上，达到了无声胜有声的良好沟通效果。非语言中的情境、衣着服饰与随身物品、面部表情、体态与手势等，潜移默化地建构了他者眼中的文明中国形象，增强了中国文化的感染力和吸引力。

怀特提出的“把关人”理论只看到个人主观价值判断的作用，麦克内利的把关模式理论则纠正了其缺陷，认为在整个信息流通过程中由许多关口组成的把关链，尤其媒介组织是至关重要的。因此把关传播环节，形成中国命运的多维共同关怀也非常重要。当然作为编码者的李子柒以及团队也不可小觑，他们更要时刻提醒自己积极利用网络传播促进中华优秀传统文化的传播，真诚用心对待优秀民族文化，热爱事业，热爱国家。官方和市场媒体需要理性地给予关怀、点赞，认识到“当一个个产业揽镜自问‘我在数字化世界中有什么前途’时，其实，它们的前途百分之百要看它们的产品与服务能不能转化为数字形式”[②]，双方在走向中华民族伟大复兴的征程上理应形成良性的把关互动。

可以说李子柒式短视频在跨文化传播中承担着重要的媒介角色，它们已然构成一种类型、模式。除了李子柒短视频营造的田园文化景观，“办公室小野”颇具创意的办公室美食视频、“滇西小哥”独具云南风味的特色美食视频、“阿木爷爷”的传统榫卯技艺展示视频……都借助非语言传播来拉近文化距离，它们是世俗日常生活的虚拟奇观，是中华优秀传统文化的短视频呈现。在中国文化“走出去”的过程中，应该充分发挥短视频的传播

---

① 陈力丹、阎伊默：《传播学纲要》，北京：北京大学出版社 2007 年版，第 194 页。

② ［美］尼葛洛庞帝：《数字化生存》，胡泳、范海燕译，海口：海南出版社 1997 年版，第 22—23 页。

优势，展示浸润着传统文化特色、高雅艺术情趣的民情风俗、风土人情，利用情境、服饰、身姿、声乐、影像等非语言符号降低文化隔阂，促进中华优秀传统文化海外传播，推动中国文化软实力持续提升。

（郭敏　何志钧）

二、作为新型文娱的绿色电子游戏

随着现代艺术、后现代艺术对传统艺术的冲击，随着数字技术在艺术表现中的渗透，各种当代艺术形式不同程度地呈现出参与、互动、交互、沉浸、操控的新特征。这种交互、沉浸的新旨趣提升了艺术消费者对产品的领会，延伸了受众的感知，从单一的视觉感知拓展为多维的视、听、味、肤觉和全身心地沉浸体验。在电子游戏这种交互文娱形式中，玩家与产品形成一种“游戏”关系，玩家在与电子游戏的“游戏”中可以达成沉浸体验，享受操控快感。到今天，全球电子游戏玩家已达30亿左右，电子游戏的未来市场潜力不可限量。但是电子游戏产生以来也带来了一系列社会文化问题：电子游戏重图像，轻言语，具有强烈的沉迷性，“娱乐至死”；许多电子游戏血腥暴力，青少年沉迷游戏荒废学业、暴力倾向滋长人格畸变等促使世人亟须正视电子游戏的危害。因此，近年来，我国对网络游戏内容的审查和对网络游戏产品的动态监测力度迅速加大，“网络游戏适龄提示工程”“腾讯游戏成长守护平台”“网络游戏未成年人家长监护工程”“防沉迷实名验证系统”多管齐下、相互支撑，携手预防未成年人沉迷网络游戏。同时，提倡、开发绿色电子游戏的呼声不断高涨。“绿色上网，健康游戏”为越来越多的网民所认同。

绿色电子游戏的“绿色”显然有其明确意涵，绿色电子游戏固然可以是像UNEP在2021年协助举办的Green Game Jam绿色环保游戏开发大赛和中国队首发的游戏Graz 3 Match那样注重“环保”的绿色环保游戏，更可以涵盖一切健康向上、休闲益智，远离暴力色情，有益于青少年身心健康的电子游戏。在笔者看来，“绿色游戏”之“绿色”，不仅是指生态、环保、节能，也不仅是指低成瘾性和去除暴力色情等不健康因素，而且要进行游戏分级，供青少年学子使用的电子游戏必须自觉呵护他们的心理健康，有利于他们形成健全人格、阳光心态、良好的生活习惯；有利于他们开阔视野，完善知识结构；有利于他们发挥创造精神，个性舒展张扬。

绿色“游戏”作为一个艺术哲学领域的话题，最早可以追溯到古希腊时代，赫拉克利特是第一个讨论“游戏”的人，他认为世界是神的游戏，是“火自我的游戏”。在他看来，宇宙创造了自己，并规定了自身的逻辑，世界具有游戏特征，它在“儿童的游戏”中自我生成。柏拉图吸收了他的理论，更加关注人本身，他认为“游戏”是人的自由精神，通过高尚的游戏，人能更加接近神。在中世纪的哲学中，因为强烈的宗教神学观，“游戏”不再是世界的“游戏”，而成了基督教服务神学的“上帝的游戏”，上帝成了创世者，是世界的根据和原因。上帝的行为没有目的和根据，只是上帝的偶然的“游戏行为”，来彰显上帝的全知全能。现代以来，康德、席勒、斯宾塞、康拉德朗格、维特根斯坦、伽达默尔、赫伊津哈、麦克卢汉等人都对艺术与游戏的关联多有关注和论述，都不约而同地强调了艺术内涵的游戏特性。以席勒和康德为代表的近代“游戏”理论洋溢着现代性文化精神。康德认为在自由的游戏审美中，人得以摆脱道德的羁绊，超越利害的考虑，身心自由，“促进自由艺术最好的途径就是把它从一切强制中解放出来，并且把它从劳动转化为单纯的游戏”。[①]席勒更将游戏特别是审美游戏视为人类生命活动区别于动物的独特规定。游戏冲动弥合了感性冲动

① ［德］康德：《判断力批判》（上卷），北京：商务印书馆1964年版，第150页。

和理性冲动，使实在与形式、受动与自由、感性自然与理性规律得以协调统一，带人进入先验的“审美王国”，使人摆脱规则束缚，达到自由的境界，使人性得到实现。斯宾塞认为游戏宣泄人的过剩精力，给人的高级机能提供消遣。伽达默尔更基于解释学、现象学的思路对游戏与艺术的关系进行了深入探究。他认为“游戏乃是人类生活的一种基本职能”[①]，游戏是艺术的未经转化的潜在状态，游戏真正的主体在于游戏本身，而非游戏者。游戏自身不受游戏者支配，而是按照自身的规则进行。而恰恰是并不参与游戏只是观赏游戏的人反而能最真实地感受游戏，使游戏被提升至理想性境界。也就是说，游戏不以游戏者的主观意志为转移，而是以自身为目的。[②]游戏作为艺术的一种存在方式，使得艺术存在于作品和观赏者之间的游戏里，艺术并非孤立存在的，而是存在于和观赏者的互动中。这也促使我们重新思考艺术的存在方式和艺术作品的特征。在美国学者杰克·伯恩哈姆看来，一切在创作过程中产生的要素都应视为艺术作品的组成部分。在当代艺术中，不仅有精神层面的共鸣，同时也需要物质和生理层面的参与和互动性。同时，观赏者也可以是艺术作品的最终完成者，作者不再是作品的唯一主宰。在互动艺术探索的热潮里，观赏者的参与、感受、行为都是艺术达成必不可少的要素。

“游戏”极大地拓宽了艺术的存在方式、表达方式，同时也改变了受众的审美状态，通过互动的方式介入艺术，促使艺术达成。这也使“游戏说”在当代艺术里焕发出的新的生机活力。

在数字经济时代，科技朝着智能、虚拟方向发展，使得物质、技术、数码都被“艺术化”，转化为艺术要素的空间。艺术运用科技来创制，并使得“交互”升级为第一特征，技术与艺术相互融合，使得依托技术建构一种精神世界，探求技术的艺术性有了新方向，绿色电子游戏正是高科技和

① ［德］H.G. 伽达默尔：《美的现实性——作为游戏、象征、节日的艺术》，北京：生活·读书·新知三联书店 1991 年版，第 34 页。

② ［德］H.G. 伽达默尔：《真理与方法》，上海：上海译文出版社 1999 年版，第 130—131 页。

人类审美实践结合的产物。

电子游戏发源于20世纪60年代美国麻省理工学院的史蒂夫·罗素（Steve Russell）等学生出于消遣目的业余编写的小程序。早期的电子游戏还非常稚拙，如威廉·辛吉勃森（William Higinbotham）的《双人网球》、史蒂夫·罗素的《宇宙战争》等。1967年5月美国人拉尔夫·贝尔（Ralph Baer）设计的家用电子游戏主机奥德赛（Odyssey）被公认为电视游戏机肇始的标志。到了20世纪80年代，产生了较为复杂的“卡式”视频游戏，它们的前身是一系列益智、动作游戏。此时由于存储媒介、视频、显示技术的限制，游戏与艺术、美感还有一段距离，仅仅满足人的感官刺激。20世纪90年代以来，多媒体技术、光盘技术迅速发展，计算机传递、存储动态视频和音频信息的能力日益提升，这极大地推动了游戏艺术的成熟。电子游戏以大容量的光盘为存储媒介，融合了逼真的视频、音频、图形图像，同时提供了交互选择，情节复杂，叙事能力较强，此时大量的虚拟角色扮演游戏已使得电子游戏初步具有艺术气息。20世纪90年代后期，电子游戏跃上新层次，随着虚拟社区的建立，电子游戏的虚拟性和交互性的重心转移到了人与人之间，玩家借助虚拟形象感受背后的真实，游戏给予玩家们感官刺激，以及感性上的冲动和交流，为它上升到审美的高度提供了契机。正是电子游戏的迅速发展以及它自身的交互性、临场性、沉浸感、场景感，使得现代科技与审美的契合具备了新的可能。

美国著名艺术批评家、哲学家阿瑟·丹托在《艺术的终结》一书中曾归纳了由哲学发动的两场对艺术进行剥夺的运动、两次对艺术的侵犯。传统艺术面临日新月异的现代社会在形式和表达上未免显得陈旧，阿瑟·丹托所期望的“一个唤醒艺术的吻”显然只能诞生于新兴数字科技中。电子游戏作为具有审美意味的存在必然大有可为。

电子游戏艺术依赖于计算机和网络传播，它从诞生到现在，从初步具有娱乐功能到支持人与机器、人与人之间的“交互”，每一步变迁都和数字程序设计、人物建模技术、视听仿真技术等息息相关。如角色扮演游戏（RPG）

“有赶超电影般的画面，有接近动作游戏的操纵性，也集合了解迷和丰富了剧情等，这些都赋予了RPG游戏前所未有的魅力和莫大的吸引力”。它使游戏玩家“不再受传统RPG剧情和任务及人物的限制，完全自由地模拟真实的世界的感觉”。①如果说电子游戏的变迁过程中包含了一种不断艺术化、艺术品格不断得到提升的可能，那么今日的绿色电子游戏以其美感体验上的场景式、沉浸式、方式上的交互性和叙事上的多元化已臻于佳境，当它自觉摒弃长期以来电子游戏的暴力嗜血倾向，关注青少年心灵成长、人格健全、素养养成时，它完全可以成为艺术家族的新成员。

“沉浸”就其词典义而言，是指完全处于某种境界或思想活动中，全神贯注于某种事物。电子游戏通过计算机创建了一个虚拟三维空间，并催促人综合运用视觉、听觉、触觉等介入这个“超真实”的世界，沉浸其中，流连忘返。从美学上说，“沉浸”是游戏玩家进行审美活动的基本前提。传统的艺术形式相比计算机模拟出的虚拟现实给予的沉浸感十分有限，其只作用于人的某一单一感官，即使是较为综合的艺术如戏剧、影视等也主要用到人的视觉、听觉。但在绿色电子游戏中，虚拟现实可以全方位地作用于人的各种感觉器官，使人不由自主地沉浸在生态意味盎然、道德追求健康向上的化境中。因此，它可以成为当代人的一种新的审美化存在方式，使生存与生活、快感与审美高度统一。

虚构是艺术创作的基础，且无论是传统创作的虚构，还是电子游戏如今火热的虚拟，想象力都是前提。传统的想象与虚构主要存在于创作者的脑海中，绿色电子游戏的虚拟现实则将想象的内容具象化，形成人的感官能感知到的和日常生活事物并无二致的形象。再现生活并非艺术的目的。创造来源于生活而又高于生活的“感性显现”，这才是艺术的至高境界。从此开拓出的美学中的雨露新笋是值得一探的宝藏之地。例如，以太空遨

① 北京次世代科技发展有限公司：《RPG魔鬼书·序言》，北京：人民交通出版社2001年版，第1—3页。

游为题材的游戏 *Blue Marble*，让玩家能够在喜欢的音乐下，漫无目的地飘浮于地球和月亮之间，感受神秘的宇宙；冒险游戏 *The Underworld* 等则需要玩家“身临其境”探索奇特的未知世界，挑战自然，锻炼心性，增强心理承受力，提高应急处理能力；由 Breaking Walls 团队开发的 *Away: The Survival Series*（远离：生存系列）更以地球生态因全球变暖而严重恶化为游戏展开的背景，召唤玩家担当作为拯救地球，探索地球生态可持续发展之道。玩家要在高度逼真的“残损的地球”上植树造林，艰苦奋斗。

绿色电子游戏作为顺势而生的新兴泛化艺术形式，仅仅吸引人的感官，引人“沉浸”，还远远不够。人机互动是电子游戏成为新型艺术的第一步，它使人在其中充分体会到数字技术的美感。人与人在电子游戏中互动，相互激励，这种交互性，是人参与游戏的首要前提。基于计算机技术诞生的电子游戏实现了人与人情感交流在超越时空距离限制上的实时性与双向性。在绿色电子游戏中，游戏的制作者并非传统的“作者”，他们仅仅提供以一堆二进制代码组成的数据库和游戏程序，而这一“艺术品”的真正作者是玩家自身，艺术品的体验者、鉴赏者也是玩家自身。电子游戏对“交互”特性的发展经历了一个过程，在早期单机游戏上体现为人机交互，受限于计算机目前所能达到的人工智能的水平，这种简单交互深度和广度极为有限。通过网络进行的人与人之间的交互比单机游戏的人机交互层次更深。此外，随着科技的发展，实现能看见彼此、听见声音、闻见对方的气息，一切与真正的面对面交往一模一样当不是遥不可及的愿望。在电子游戏中，玩家身临其境扮演角色，或斩妖除魔，或亲临战场，或成为掌控一国的王者，或仅仅是客栈的一个老板。游戏制作者提供一个大的背景和世界，并制造一套规则催促玩家在这个虚拟社区中任意驰骋、笑傲江湖。如 3D 武侠 MMORPG 游戏《剑侠情缘三》，以唐代为背景，在唐玄宗天宝四载（745）八月，杨玉环被正式册封为杨贵妃，开始了她长达 10 年的受宠生涯。也就在这一年，安禄山奉诏入朝见圣，玩家作为被卷入江湖纷争之后重伤初醒、重出江湖的一代大侠，与游戏中的剧情人物李复、穆玄英等人共同历险。玩家的选择、操控直接影响着游戏的走势，充满着多种可能。

在传统的艺术中，情节固定，逻辑完整，是一个封闭的系统。绿色电子游戏作为一个提供大背景，由玩家拥有最大自由进行互动选择的泛化艺术文本，其叙述方式是颠覆传统的。其叙事特点主要有三个：一是玩家通过游戏时进行阅读、探索、解谜、战斗，逐渐了解游戏作者所写的故事，如主机游戏中的"生化危机"系列、《蝴蝶效应》等；二是较之传统单一路线的线性叙事，一个故事一个发展一种结局，电子游戏会添加不同的主线和各种各样的支线，体现出明显的反线性倾向，不同的选择给予不同的走向和不同的结局，例如，《剑侠情缘三》在2015年推出的奇遇系统，玩家在快意江湖中随机触发隐藏剧情或专属奖励，使游戏更加生动，值得玩味。三是游戏的叙述者跨越游戏文本与读者直接对话，尽管玩家在进入游戏后，直接扮演游戏提供的虚拟角色，演绎着游戏中的剧情，暂时忘却自身的真实身份，但优秀的叙事者一般都倾向追求故事的真实感，他们往往以世界的底层逻辑为基本，将互文的细节埋藏在游戏的各个角落等待接受者挖掘，并尽量保持自身意识的隐蔽，与接受者直接进行对话，达到游戏"虚拟"感的真实。例如，2017年发行的ARPG游戏《尼尔：机械纪元》，玩家为了追求最美好的结局往往会迎来难度最大最残酷的挑战，在这极高难度的关卡中，每次失败都会伴随着创作者的疑问——"要在此放弃吗？"这种跨越游戏直击灵魂的质问充满了反讽意味。以"失败"刺激玩家的好胜心，步步紧逼，直到通过关卡。

电子游戏作为一门新兴泛化艺术，有它自身的特色，同时也有着自身的缺陷。一方面是它自身的异化现象降低了人们对其的认同感，另一方面是传统观念中的艺术对它的拒斥推迟了研究者们从各个文艺领域对它进行深入研究、挖掘、引导、提升。因此，对电子游戏的研究应注重其场内与场外的同步提升，在"场内"，注重自身的艺术含量，在"场外"，注重其商业影响和玩家的游戏体验。早在21世纪初，国内就已经有人开始把游戏题材开发的目光投向了中华优秀文化传统，以历史上的华夏英雄为原型开发绿色电子游戏。逐渐涌现出了《抗倭名将戚继光》《精忠岳飞》等游戏。此外，腾讯于2018年代理发行的一款以榫卯为主题的功能游戏《榫接卯和》、数媒专业研三毕业生Acshy233开发的京剧脸谱游戏以及《梦幻西游》等名著衍生游戏也不乏佳作。

从数字技术视角进行审视，绿色电子游戏借助数码技术、网络技术，基于人物建模技术，借助纯3D的画面、DirectX特效、视听触觉仿真创造了一种超真实的虚拟现实，能使玩家获得切身的情境感和沉浸感。虚实共生和交互性是电子游戏最鲜明的特点。它拥有自身的一套规则，并且是在以计算机为载体的基础上实现，具有虚拟性，同时也离不开技术与媒介两个地基，且能调动人的感知进行审美活动，涤荡性情。此外它还有极强的交互性表现特征。这些新兴特征也会为当代文艺实践和文艺研究带来新的活力。

不难看出，电子游戏艺术与以往的传统艺术相比，空前扩大了空间与场景的表达功能和内容，其空间性和艺术性结合的特点非常值得重视。空间性并非电子游戏的本质属性，艺术性也是它的重要质素。因此，对电子游戏的探究应注重空间性和艺术性的融合。电子游戏艺术的空间性是指主角和其他人物关系所构成的具体生活画面，是人物的行动和生活事件所表现的剧情的具体发展过程的直观展示，这种空间展示给玩家提供了丰富的色彩和逼真的音效，视觉表现力达到极致，将电子游戏的虚实共生的特点充分体现了出来，同时也是电子游戏交互性的基础。如在古代历史类游戏中，青少年学子可以在一个虚拟的游戏空间之内，根据游戏塑造的时代背景、人物关系和设定的故事线索，作为其中的一个角色身体力行参与历史变革，感悟时代洪流中个体与群体的关系，在推动游戏发展的同时深化对历史知识的了解和对社会历史发展趋势的领会。如在城堡建设类游戏《建造帝国》、策略塔防类游戏《守卫城堡》中，玩家身负保卫城堡、建设帝国的重任，需要通盘考虑局势，运筹帷幄，尽情展现自己的政治、经济、军事才干。在游戏《剑侠情缘三》中开发商模拟古代中国的版图，精心制作多张地图，尤其是成都、扬州、太原等古代大都市的建筑十分考究，并且加入日夜循环效果，以及一张地图不同地点伴有不同的背景音乐，使人身临其境，流连忘返。如今，《剑侠情缘三》内一些经典的背景音乐已经成了众多平台视频制作、媒体宣传经常采纳的素材。游戏《逆水寒》让玩家身临北宋，恍如进入《清明上河图》，饱览汴京虹桥，感受民生百态。借鉴《剑侠情缘三》《逆水寒》等古典风格的游戏，我们同样可以积极开发适合青少年学习的各种绿色游戏，帮助他们深化对古代中国地理、经济、物产、文化的了解。

电子游戏通过角色扮演改写了传统的戏剧表演，突破了传统的审美惯例。在电子游戏里，通过角色扮演，玩家操纵虚拟角色或者叙述者进行即时的表演。电子游戏的这种操控审美既有着现实的物质基础，又在内容上有着虚拟性。电子游戏的故事必须依赖真实环境里的玩家操作虚拟角色进入游戏这种“超级数字场景”，同时也依赖“人机互动”及玩家和他所操作的角色所在世界之间的交互生成情节、结构、场景、游戏的界面，以及整个故事所在的虚拟空间。在这里，玩家通过角色扮演式高度介入的沉浸式体验，本质上是电子游戏对真实感知的暂时的虚拟“代理”，就是说暂时赋予虚拟世界调动感官的权利。玩家通过角色和NPC一起互动，构建或者改变故事情节推进，达到“重构”世界的目的。这种“代理”让玩家直接“连线”和“经历”，摆脱了传统艺术与观赏者的距离，实现了传统文艺难以制造的沉浸、交互的审美体验。

绿色“游戏”主题发展到现在，在新型的电子游戏中，人在规则内与人自由的互动借助虚拟技术得到了充分彰显。也可谓古老的“游戏”母题在数字媒体技术中的“泛游戏化”呈现。电子游戏的“游戏”性对其他泛艺术形式也产生了“辐射作用”，如今引领艺术文化潮流的交互艺术，同时也引发了行为艺术、AB剧、涂鸦等泛美术生产，以及戏剧表演的游戏化等。这说明对如今盛行的数字文娱应积极引导、规范，使它良性发展，造福青少年，造福网民。随着人工智能、虚拟现实、数字影像、云计算等次第进入泛文艺实践，学界也迫切需要用新的话语体系来阐述日新月异的数字文娱审美，对之因势利导，促使它们良性发展。

（何志钧　张家宏　张燕飞）

三、受众心理如何影响网络影视票房

网络传播的蛛网蔓延与日益普及在为日常生活提供便利的同时，也在悄无声息地改变着我们的娱乐方式。娱乐日益成为我们使用网络的重要目的。近年来，网络影视因其潜力巨大的受众市场、宽松多元的题材选择、日益精湛的影视画面吸引了众多人关注的目光，驶入了快车道。尤其是自2020年以来，在线下各类影院遭受疫情等不可抗因素影响停工停业、亏损严重的情况下，网络影视更是凭借其出色的传播速度、多元的盈利模式，以及稳步增长的受众赢得了骄人成绩，拥有了属于自己的一片天地。网络影视票房虽然具有潜在的巨大市场，但是如何打破受众圈层界限，吸引更多付费观众，是创造网络影视票房新纪录亟待解决的问题。

回望网络影视的演变，不难发现，在网络技术发展的不同阶段，网络影视的呈现方式各异，这一情况也导致了“网络影视”这一概念定义模糊、歧义四起并不断发展变化。

网络影视经历了从“自娱”走向“商业”的剧变。在早期的“自娱时代”，研究者们对于“网络影视”的定义莫衷一是，但都指出了这一时期网络影视的四个基本特征：影片时长较短、内容意义较浅、网络独家传播、受众互动参与。摄影设备的完备便捷、网络世界的包容便利使得广大业余爱好者纷纷投身早期网络影视创作。早期的网络影视深刻体现了作为主流文化补充的草根文化气质。作为相对于主流文化和精英文化的弱势群体，草根群体似乎从未在文化领域拥有过话语权，所以他们在拍摄网络影视时，一般不会有宏大的国家、民族叙事及鲜明的社会指向，似乎天然地倾向于将注意力集中于家长里短，去展现自己日常生活的点点滴滴。然而正是日常生活的相同感触使得这样的影视作品平易亲切，每每能让老百姓产生共鸣，甚至口碑载道。网络影视的草根性质也体现在表达技艺和影像语言上。恶搞、戏说、谐谑显然是早期网络影视作品不可或缺的艺术手段，它们或对经典作品进行重构，或将百姓深恶痛绝的以权谋私、形式主义、自私自利等在作品中进行影射，既起到情绪宣泄的作用，也获得了自娱自乐的效果。此外，“雷人”“非主流”“给力”等网络流行词汇大量充斥其间，带有强烈鲜明的网络文化色彩。总体而言，“自娱时代”的网络影视虽缺乏足够的专业性，艺术上不够精致，但因与现实生活紧密相连，如同“草根”一样有着强大的生命力，得以广为传播。

在网络剧的“前商业化时代”，它的发展明显有着无序化的缺憾。较少的成本投入、较低的准入门槛、宽松的监管环境，使得众多影视制作方看中了网络影视短期变现的能力，先后投资网络影视。对利益的追逐造就了浮躁的市场，也注定难出精品佳作。“前商业化时代”的一部分网络影视作品一味地迎合观众喜好，拒绝深层思考与深度意义，拒绝现实生活与现实观照，以暴力、色情、血腥为噱头，来刺激观众的感官欲望。另一部分作品因监管缺乏，遂以线下电影、央视及各卫视等渠道无法播出的题材为卖点。还另有部分作品无视影视内容类型与质量，只为在名称上蹭当红影视热度。总体而言，前商业化时期的网络影视因社会责任与版权保护意识的缺乏及急功近利的心态，题材猎奇、质量低廉、情节庸俗，手法浮夸，呈现无序竞争状态，也正是这一时期的粗放和泛滥使受众形成了对于网络影视的根深蒂固的偏见。

在网络剧的“后商业化时代”，它逐渐有了专业化。第 47 次《中国互联网络发展状况统计报告》显示，截至 2020 年 12 月，我国网民规模人数达9.89亿，其中手机网民人数规模达到9.86亿，在整体中占比达99%以上。智能手机的逐渐普及、上网资费的逐步降低，加强了人们对于移动终端的依赖程度，日均使用时间也逐步增长，时长较短已不再是网络影视的突出标志，也不再成为影响内容深度的限制。市场规则的逐步确立、产业结构的升级优化、政策法规的相继出台促使网络影视抛弃传统低俗内容，追求艺术审美。网络影视也不再“画地为牢”，仅将互联网作为独家渠道，跨媒介传播成为新的趋势，选择“先网后台”播放的《庆余年》《最好的我们》、“网台同步”播放的《他来了，请闭眼》《老九门》等便是例证。

投资成本的增加、专业团队的涉足、监管部门的把控使得后商业化时期的网络影视日益迈向精品化、高质量方向。“后商业化时代”网络影视最令人注目的现象就是出现了靠自身口碑赢得流量、带来效应的网络影视IP系列，如“灵魂摆渡”系列、“陈翔六点半”系列、“法医秦明”系列。这一时期的作品虽仍未能有破圈之作，但在故事情节、影视画面、拍摄技巧等方面无疑有了巨大进步。网络影视传统题材较为小众，《毛驴上树》《我的爷爷叫建国》《士兵的荣耀》等现实主义优质作品的推出，既让我们看到了网络影视引领社会价值观与时代精神的可能，也使我们增强了未来网络影视不会再“圈地自萌”的信心。

从免费走向付费，是网络剧营销和消费发展过程中值得格外关注的历史节点。在早期的“免费时代”，视频网站突出强调的是网络媒介所特有的自主性与选择性，给予广大草根展示自我、表达自我的机会，如土豆网、酷6网等，网站内容多以网友自制、上传的视频为主，或为个人生活的有趣片段，或为奇思妙想的简单呈现，或为恶搞性质的短片剪辑，虽在网络上受到一时的热捧，但因其思想深度、专业水准与艺术特质的缺乏，很难让观众心甘情愿地为其买单。除此之外，早期视频网站的功能仅仅在于为拍摄者与观看者提供上传或下载渠道，与视频制作方较少有利益往来，未能发现其中隐藏着的商业机遇。在网络普及之初，人们大多惊叹、欣喜于下载软件中丰富的影视资源，版权保护意识薄弱，未形成付费习惯。

在“一次性付费时代”，粗糙、业余的网友自制视频所带来的盈利还不足以给视频网站带来良好的发展前景，一部分视频网站开始寻求自我转型，选择一次性买断影片播放权，以期为用户带来更好的观影体验或更大的利润空间。“一锤子买卖”的行为使影片制作方无须为影片上线后的点击次数与内容口碑负责，此时虽有部分制作方静心打磨佳作，但正如前文所述，更多的制作方选择用低俗的影片名称、海报或宣传语来抓人眼球，网络的匿名性也使网民存在放纵心理，一味寻求刺激，而视频网站也利用了网民的猎奇与从众心理，将此类影片定为付费会员观看。“一次性付费时代”虽然在短时间内为视频网站带来了一定的利润，但劣质的影视内容并不能满足付费用户的心理期望，用户信任度不断下降，也使这一时期网络影视内容陷入质量泥沙俱下的窘境。

随之，“多元化付费时代”呼之欲出。“多元化付费”首先体现为模式多元。爱奇艺、腾讯、优酷等网站率先修改网络影视分账方式，虽略微差异，但在总体上都根据影视内容对影片进行等级划分，内容更为优质的影片归属于更高的定级，更高的定级意味着有效点击单价越高，即内容越优质的影片将会拥有更高的分账比例。在新型分账模式下，影片的内容质量及播映阶段的点击率，成为制作方首要考虑的因素，也意味着网络影视开始步入“内容为王”的阶段。随着网络影视的优化升级，单片付费、双平台联播等模式的出现，传统网络影视票房的天花板开始被打破，预示了网络影视巨大的商业潜能。“粉丝经济”的兴起使“多元化付费”的渠道更为多元。偶像明星的单人 cut、单人直拍、独家采访，以及节目幕后彩蛋、二级衍生节目，如《王牌对王牌》的《王牌少年加载中》和《吐槽大会》的《吐吐会》等，都已进入视频网站的付费行列。

受众心理对于网络票房的影响可谓举足轻重。传统的“第一媒介时代”的影视传播多采取马克·波斯特所谓的“一对多”的传播方式，信息单向传播，接受者只能被动接受“推送”来的各种信息，信息内容单一，接收方式消极被动。而随着网络传播时代的到来，“一对多”“一对一”“多对

一”“多对多”的各种传播方式呈现出网络状的叠加态势。相较于多人观赏的影院及电视等媒介，手机、电脑等移动终端带有专属性质，轻巧便捷的设备使用、简单直接的喜好选择可随时为受众营造一方个人小天地。如果说观看电影或观看电视是多人共同参与的放松调节，那么在当下，沉浸于网络影视更像是年轻人在快节奏的高压生活下远离他人、逃避现实的一种选择。自己的喜好与关注、情绪与感受完全出于真实内心，无须担心受到他人评价左右。网络影视的丰富多元特性也满足了受众们对于部分小众题材的偏爱。

在上述的私人性消费优势之外，自主性也是不容忽视的受众心理。电视节目固定的播放时间和较长的广告时间削弱了受众的选择空间与耐性，近年来院线电影虽取得了迅猛发展，但部分地区未落成影院，先进影院播放技术在四、五线城市仍未普及。不同等级的影院所提供的的不同配套服务、不同荧幕质量（如巨幕、IMAX、激光厅等）深刻影响着影片的播放效果及受众的观影体验。相较它们，受众在网络观影中能够充分发挥自主性。除不受播放时间、观影空间、排场次数、影院距离等限制，题材、类型可根据自身兴趣进行选择外，倍速播放、循环播放、后台播放、音频播放、“只看TA”等播放功能的不断更新上线，也迎合了受众日益多元、精细的观影需求。尤其在当下，相对于电视剧为获高额回报，注水严重、情节拖沓、故事冗长，网剧的短小精悍成了突出特点，但是如何在选择众多的网络影视中短时间内抓住受众眼球、成功争夺受众注意力仍是制作方应深入思考的问题。

网络影视兴起之初，互动性的积极意义在于受众改变单方面对于剧情的被动接受地位，积极参与剧情的编写与走向，这一特性也承载着受众对于新兴网络影视可能带来的变化的期待。目前，大致存在两种叙事互动模式：一是提供多种备选剧情供选择；二是允许受众在终端上进行选择，导向不同结局。前者存在受众关注度不高的影视，其投票影响力甚微，其剧情最后应当何去何从的问题；后者则面临着选择简单化、选择类型单一、选择选项有时会破坏人物性格逻辑、故事情节逻辑等问题。二者虽名互动，但由于选择有限，受众的参与度仍然较低。显然网络影视互动性与人们的期待还有不小的距离。随着更为多元合理的互动选择及有效完善的互动技术的出现，受众对于影视剧情的深度参与、互动有可能成为网络影视消费新的增长点。除剧情外，当下网络影视的互动性更为直接地体现在受众对于弹幕的使用中。其即时性、便捷性与匿名性使得受众在观影时可直接、随性地表达自己的观点、感受与情绪，部分弹幕角色、弹幕表情、弹幕字体颜色的会员专属使用为这一互动增添了不少趣味。目前弹幕的实时性仅仅停留于受众与影视之间，从现有影视弹幕内容来看，有不少受众表达了与其他受众之间实时交流的渴望，此类功能的进一步开发、使用必将进一步增强、完善网络影视的互动性特征，召唤更多网友为其前所未有的新鲜感与体验感买单。

（王心月　何志钧）

四、游戏化文娱与中华传统智慧

电子游戏作为依托于电子设备平台而运行的交互游戏，根据媒介的不同可分为主机游戏（或称“家用机游戏”“电视游戏”）、掌机游戏、电脑游戏、街机游戏、移动游戏（主要是手机游戏）等。在20世纪末，电子游戏臻于完善，游戏化文娱产业一浪高过一浪。21世纪以来，多人在线网络游戏、手机游戏、ARPG网页游戏等迅速崛起，呈现多元共生之势。当然也形成了游戏界的鄙视链：从主机游戏到PC游戏再到鄙视链最底端的手机游戏。分析游戏化文娱，除了习见的电子游戏、网络游戏、手机游戏，互动视觉化小说、互动剧本、影游联动、腾讯的真人互动影视游戏、橙光游戏平台等AVG社区推出的文字冒险游戏（或曰游戏化互动小说、互动小说游戏）宽泛地可以纳入游戏化文娱的各种形态也值得重视。游戏化文娱缤纷陆离、多元共生之势初现，数字文娱与传统的美文经典、地方戏曲、民间传说等在网络平台上共时杂呈，也渐成互补共生之势，这恰恰显示了《中庸》所言“万物并育而不相害，道并行而不相悖……此天地之所以为大也”的中华传统智慧。大数据时代同样需要中和之美，同样需要汲取和而不同的古老智慧。

文化艺术总是与时代精神息息相关的，电子游戏、游戏化互动小说及其他“泛游戏化”文娱在当今时代的风生水起得益于与“数字化生存”和数字媒介转型影响下的时代精神的契合。游戏化文娱的裂变、传播、发展看似疏离传统文化，专注商业娱乐，凭赖虚拟现实技术，但其根底依然是亘古绵延的戏剧文化传统，依然葆有传统哲学内蕴，在人与自然、人与自我、理想与现实等维度依然不难窥见中华传统智慧的影子，诸如入世与出世的情怀、穷天地之理通古今之变的探索精神、人生天地的形而上思索、济世救民的侠文化情结、个体与集体的人生关怀等。

形而上者谓之道，形而下者谓之器。游戏化文娱同样非常清晰地显示了其形而下、形而上两个层面，同样可以从形而下、形而上两个层面予以审视、分析。从形而下的层面看，视觉小说或走“东方幻想 + 未来科幻”路线，或专注于恋爱题材。有的游戏平台的文字冒险游戏或主打女性向，或谋求跨性别的兼容并包。大量的电子游戏或古色古香，或活色生香，或充斥血腥暴力，或一幅安居乐业的祥和景象。这不过是其场景、外观、卖点。从形而上的层面看，其审美理想、文化理想则可以很纯净、很自由、很超然，也可以很入世、很人伦、很草根。器的层面和道的层面既遥相呼应，又有明显的品位、色质的差异。

中国传统文化历来重视表与里、奇与正、阴与阳、盈与亏、变与常、手段与目的、现实与理想的内在关联与外在差异，具有辩证眼光，讲求灵活机动、奉常处变。这从电子游戏中也能一窥其貌。即使是尚武、暴力、血腥、亵渎与戕害生命的嗜杀游戏、急功近利的游戏闯关升级也总是关乎拼搏精神、竞争意识、心理宣泄和精神张弛，并非单纯的欲望放纵。对谋略、治理、山河统一、天下大同、百姓和乐的关注在电子游戏中每有表现。各类电子游戏不管题材、场景如何千差万别，总是寄托着征服自然、改造社会、提升文明、优化人生的理想主义情怀。游戏化文娱背后体现的也是不同性别玩家的消费心理，显示了阴阳和谐协调、各得其所的古老人世规律。2016 年，游戏分析咨询公司 Quantic Foundry 曾对 250000 名玩家的游戏动机进行调查，其调查报告显示男女玩家有着大为不同的游戏动机。男性玩家的主要游戏动机从强到弱依次是竞争、毁坏、完成、幻想、社区、战略、挑战、故事、刺激、设计、探索、力量。女性玩家的游戏动机从强到弱依次是完成、幻想、设计、社区、故事、毁坏、探索、竞争、战略、力量、刺激、挑战。男性玩家之所以酷爱打游戏，更多是宣泄其竞争、搏杀、毁坏、征服的欲望，更青睐战略部署题材、有挑战性、视觉冲击力强、场面宏大、高频暴烈、逻辑线严整的游戏。更在意成就感，更看重游戏数值和升级排名。相比之下，多数女性玩家不太喜欢暴力、征服、搏杀、强竞争、快节奏的游戏，她们更关注画面、立绘、设计是否完美，角色是否生动细腻，情节是否丰富精彩，恋爱、养育、照料等养成性的游戏更受她们青睐。[①] 游戏化文娱的虚拟世界体验依然根植于文化传统、社会心理。对于各类游戏化文娱，游戏娱乐之际尤其需要警惕为外物所役，玩物丧志。既为游戏，终究为空。Game over 之后，一切从头再来。从游戏的华丽场面中光彩退场也好，铩羽而归也罢，明天的旭日照样升起，胜不骄败不馁的古老格言对于游戏化文娱依然适用。

21 世纪以来的中国游戏化文娱根植于中国文化传统，透过大量电子游戏、文字冒险游戏对人物、场景、故事的艺术化演绎，仍可感受到浓重的传统文化气息。“为天地立心”，心统性情，“为生民立命”，广济苍生。济世苍生的英雄“知其不可而为之”，鞠躬尽瘁，死而后已。仁爱爱人，救死扶伤，悲天悯人，拯救苍生。传统人格理想跃动其中，传统人生追求纵横飞扬。绿色电子游戏更自觉地以美启真、以美储善。儒家思想讲究积极入世、建功立业，玩家的自我实现欲在游戏中也得以预演。历史上的精英群体总是秉持着特定的社会理想，期望解民倒悬，救危赈困，游戏世界为玩家借助想象性游戏场景突破现实限制，超越时代局限，汇聚历史智慧，着眼宇宙人生，创建不世功业提供了可能。无论是《剑侠情缘三》一类的古装游戏，还是现代枪战游戏，都凭借数字程序设计、人物建模技术、视听

---

① Nick Yee：“7 Things We Learned About Primary Gaming Motivations From Over 250,000 Gamers”，https：//quanticfoundry.com/2016/12/15/primary-motivations/.

仿真技术模拟重现了战场原貌，带领玩家走进血与火的战争深处。玩家肩负正义使命“出征”，其行为、选择直接影响着天下大势、人类社会走向。与宏大主题、豪放风格相应，电子游戏之陆战题材偏爱诸如戈壁、丛林、沙漠等意象，配以苍凉、悠扬的旋律，以制造气势磅礴、铁马金戈的视听震撼效果。玩家俨然是除暴安良、济世安邦的英雄，肩负着神圣使命。对于海内外的各类游戏化文娱，征战、搏杀不是终极目的，具体、残酷的厮杀指向的是更为深沉、博大的社会追求。即便是战争题材、枪战题材的游戏也总是着眼于维护和平、拯救苍生，希冀天下大治，玩家从中均可体悟到仁爱、爱人、世界和谐、真善美统一的传统文化追求。

入世与出世的情怀、入世与出世的对立统一在电子游戏中也屡有表现。电子游戏中不乏积极入世、锐意进取、建功立业的儒家追求，也同样不乏超然物外、无为自由、珍视和平、阴柔冲淡的道家情怀。二者常常在同一个游戏中共生，呈现出奇妙的关联。古代战争题材电子游戏使古战场场景重现，使玩家自我欲望充分外化，简直是屈原《九歌·国殇》的映现：“操吴戈兮被犀甲，车错毂兮短兵接。旌蔽日兮敌若云，矢交坠兮士争先。凌余阵兮躐余行，左骖殪兮右刃伤。霾两轮兮絷四马，援玉枹兮击鸣鼓。天时怼兮威灵怒，严杀尽兮弃原野。出不入兮往不反，平原忽兮路超远。带长剑兮挟秦弓，首身离兮心不惩。诚既勇兮又以武，终刚强兮不可凌。身既死兮神以灵，魂魄毅兮为鬼雄。”这类电子游戏透过暴力血腥的表象传达了结束战争、呼唤和平的主题。《铁拳》中的“轩辕诗”意象创设更使宁静、淡然、和谐的幸福生活倍显珍贵。电子游戏尤其需要优美的审美意象来渲染气氛，形成基调，推动情节发展。电子游戏《剑侠情缘三》内的经典背景音乐、《仙剑奇侠传》中洋溢着古典气韵的女性角色、视觉小说《墨心》中东方幻想与未来科幻的充分化合……纯 3D 的画面、DirectX 特效、视听触觉仿真创造的富有古典美的超真实的虚拟现实，都使玩家不仅获得真切的情境感，而且沉浸于中华江南文化的阴柔美，体验到中国文化的诗情画意。电子游戏中的沙滩、海面、丛林、城堡、集市、作坊、军队和音乐、舞蹈、文字、行为都作为场景的有机组成部分和玩家一起形成动态的游戏化世界，各种要素对于游戏来说都不可或缺。游戏内外的人、事、物、境是息息相关、相互影响的，电子游戏玩家与特定的情境、理念、行为融合统一才能使游戏运行起来。中国文化重视人与自然、人与自我、人与他人、人与社会的交往互动，这也给国产电子游戏打下了烙印。

“侠”文化在中国文化传统中别具价值。行侠仗义、扶弱济困、解民倒悬的“侠”者形象在传统的评书、戏曲、民间传说中屡见不鲜。“侠”是目的，“武”是手段，“神武不杀”固然是“侠”的最高境界，“欲除天下不平事”才是“侠”的价值所在。它显示的是对完善道德、有序人伦、最低正义的祈盼。在游戏化文娱中，侠文化情结既可以以武侠形式具显，也可以以更为平和的医者、隐士、文士、廉吏等形象去彰显。如2009年公测的3D武侠MMORPG游戏《剑侠情缘三》设定的玩家身份就是唐玄宗天宝四载（745），安禄山兵变之际重出江湖的一代大侠，他毅然决然在乱世中力挽狂澜，大写了传统的侠义精神。而橙光游戏平台推出的文字冒险游戏《官居几品之云家天下》《官海沉浮录》中，玩家则交互式体验主角从秀才开始，宦海沉浮，建功立业，兼善天下，最终位极人臣的传奇人生。贫寒文士、达官贵人只要心怀天下，造福百姓，也理所当然贯彻了中华“侠”文化的理想信念。

商业气息浓厚的电子游戏魅惑着玩家，制造着快意恩仇、打怪升级的游戏消费心理，如果玩家一味追求感官快适刺激，驰骛、沉迷、深陷于游戏世界中，不但不会抵达华山论剑境界，反而南辕北辙，越走越远。商家利润驱动大肆炒作游戏，玩家更需擦亮双眼，识别华丽的“镜中花”与“水中月”背后的陷阱。游戏玩家置身华丽虚幻的游戏世界，很容易心神驰骛，沉溺其中，流连忘返，尤其是“三观”尚未成型、心智尚不成熟的青少年更容易沉溺在游戏世界中，欲望膨胀，心神失控。在游戏中同样存在主体、客体及其矛盾统一问题，西方学者倾向于从主客对立、征服与被征服、支配与被支配的二元对立思维出发审视游戏，或者视游戏为玩家的一场征服战，或者如伽达默尔那样视游戏本身为游戏的真正主体，游戏使游戏者被吸引，被卷入游戏中。在网络游戏市场，无论是道具收费模式还是时间收费模式，玩家都是商家试图操控、宰治的对象，俨然是消极被动、主体性丧失的奴隶。而中国文化传统追求天人合一、致中和，更注重主客体的交融互化、和谐共生，以此视角审视游戏，游戏中人与人操控下的游戏原本同一，游戏按其规则自行演绎，自有大化流行之韵，玩家冲浪其中，玩出真实与洒脱，或孤独朝圣，或热血搏击，自有自我表现、自我表演之意趣。游戏与玩家相互召唤、相互生成，唯有消弭物我，互化互生，一切有度，不走向极端，才是最佳境界。中国文化传统注重师心天地、技道相融，“外师造化，中得心源”同样适合于大数据时代的游戏化文娱。玩家若想成为游戏世界不败的王者同样需要像解牛之庖丁一样参悟天地人心，人与自然、眼与心、心与手高度契合，技道相融，游刃有余。道无处不在，可于技与器中见。庄子说“道通为一”“惟达者知通为一”。玩家太汲汲于功利之求，是不能够达到最高境界的。只有像庖丁解牛那样以道驭术，合乎天然，不为游戏场景所迷、所役，才能入乎其内，出乎其外，物、境、心相通相协，充分享受游戏之美。

时代和文明呼唤绿色游戏，优秀的游戏化文娱应该能让玩家宣泄激情、娱乐身心，也能使玩家开阔视野，提升审美修养，无论是铁血征战，还是建城治市，无论是化身乱世三国枭雄、百夫长、侠客，还是隐士、忍者，无论是“浮生浪迹身如寄”“旅枕无眠夜更长”，还是“铁马冰河入梦来”“待从头收拾旧河山”，从娱乐到修行（为）进而修心仍是一切文娱的题中应有之义。中华传统智慧对于游戏化文娱的健康、良性发展显然有着不容忽视的价值。

古典美、中国风在 21 世纪文娱中触目皆是。国产网络游戏、橙光文字游戏、李子柒和阿木爷爷等的短视频、古风题材视觉小说、“中国风”音乐、古装武侠剧、宫廷剧、汉服秀、茶艺，乃至 2008 年北京奥林匹克运动会开幕式、2018 年的平昌冬奥会上的北京冬奥 8 分钟表演等都注重古典审美意蕴与现代流行技法的嫁接，都有着浓郁的民族风格和古典文化底蕴。古老的中华文明、现代高新技术、多样化的艺术表现形式一起打造了一场场视听盛宴，将中国古代特有的元素符号表现得淋漓尽致。游戏化文娱要长足发展，显然需要解决好如何立足传统，面向未来，调适民族品格、历史品格、审美品格、时代品格的关系的问题。

（何志钧　李忠玲）

五、网络剧的逆袭与突围

网络剧无疑是21世纪引人注目的新文娱形式，尤其是它的拥趸者是广大青少年，毕竟他们是未来的主人。网络剧因此很可能随着他们成为社会中坚力量而大兴于世，成为未来中国代表性的文娱形式。

网络剧即“网络自制剧”，简称“网剧”。顾名思义，它和互联网须臾不可分割，专为网络而作，首先在网络平台播出，随后才在卫视电视台等重播，具有“先网后台”特点，和传统电视剧有着质的不同。网络剧往往是由视频网站、草根网友、演艺公司自发制作，并在互联网、移动客户端等网络平台播出。2000年出现的《原色》是我国迄今为止最早一部成型的网络剧，它就是由吉林的五名大学生自编自演的，从编导、制片、拍摄到后期制作和上传网络都完全由他们自己完成。而“网络剧”这一说法也早在1999年前后就已经出现，但2012年《屌丝男士》的大获成功才真正标志着网络剧走进大众视线。从此，各大视频网站敏锐意识到这里存在一个巨大的潜在市场。经过2013年的爆炸式增长，网络剧热度逐年攀升，作品数量持续走高。2021年网络剧备案剧目总数更高达1172部。当下，网络剧以动辄上十亿人次计的播放量，大有重塑中国文娱格局的趋势。网络剧的风行，成了这个时代不容忽视的文化景观。

网络剧之所以火爆，除却传播媒介上的优势，更在于其以不拘一格的决断姿态，打破了传统电视剧（以下简称“传统剧”）从理念到题材，从手法到风格建立起来并精心维护的各种规范。

相较传统剧，网络剧以其灵活自由取胜。第一，网络剧借助网络平台发布，网友可以在智能手机、PAD、电脑上随时随地即兴点播，节目内容具有多种选择性，时间选择非常灵活自由，观看方式多种多样。在体式上，它不需像传统剧那样，为配合其他时段的节目不得不在时长上整齐划一，不需要局限在特定的时段播出，不需要在形式上严格规范，经历从编辑到部门主管的层层审核。第二，传统媒体受到体制上的多重限制，条条框框多，提供娱乐服务时更注重教育与引导。网络剧则可以卸下包袱，轻装上阵，以轻娱的姿态面向观众，纯粹将娱乐、搞笑、幽默当作追求效果。第三，由于资金与人员的限制，相比动辄大制作的传统剧，网络剧更倾向于“小叙事”，因此有更大的空间去表现传统剧的典型题材之外的差异化内容。在网络剧中，情景喜剧尤其盛行，充满青春朝气。如朱茵、余文乐主演的音乐网络剧《再咬我吧》表现的是青年男女由浓转淡的爱情心路。长篇网络剧《编辑部的故事之e时代》聚焦网络时代都市人的情感生活，全景式地展现了网络编辑部里的人生百态，风格诙谐幽默，活泼喜庆。在传统剧盛行的时代，主导权显然掌握在制作方、电视台手里。网络剧却是观众主导的，部分网剧会边拍边播，根据观众的反馈来及时调整剧情走向或增减元素，弹幕吐槽、酷辣评论、社交媒体在其中起着重要作用。确如搜狐视频CEO张朝阳所说：“自制剧的成功是依靠用户来决定的，是市场的一种选择。”[①] 社区性、互动性使网络剧人气爆棚、活力四溢。如作为全国首部网络互动剧的《迷狂》主题曲是网友创作、网红演唱的，主要演员是通过网络公开征集的。在线播出时，播出当天就有上千网民参与互动。制作者还通过在线投票、互动留言、专家访谈、主演博客等方式与观众频频交流。

① 熊元:《“屌丝男神”董成鹏》,《二十一世纪商业评论》2014年第11期。

网络剧以其草根气质取胜。网络剧诞生在草根“霸屏”的氛围中，带有鲜明的草根文化色彩。这不仅体现在有些网络剧是由草根创作、出演、拍摄完成的（如《毛骗》《万万没想到》等），更体现在剧中的主人公常常是我们身边随处可见的草根。即使角色人设是精英，也往往流露草根气质，更多烟火气，更具亲和力，丝毫不让人觉得高不可攀。网络剧更多采取平视的姿态展现红尘万象，贴近大众情感、愿望，表达了对草根人生的关注和对世俗百姓审美趣味的尊重。如2016年较出彩的网络剧《余罪》，其主人公余罪一出场就给人一个地痞气十足、满口脏话的警校“学渣”印象。他读警校的目的无非是将来在自家门口当个片儿警，好让卖水果的父亲不被人欺负。但因他周身洋溢着市井气息，却被选中成为卧底毒枭组织内部的特情人员。在与罪犯斗智斗勇及与自身弱点搏斗的过程中，余罪人格中的自私自利、贪生怕死、犹豫逃避渐渐被克服，底层小人物性格中朴素的正义感被激发，最终成了一名真正的英雄警察。网络互动剧《迷狂》从戒毒少女的视角展示了普通人生活中的痛与悔、吸毒带给社会和家庭的危害。这位少女从被动吸毒变为主动吸毒，从被动戒毒到主动戒毒，其心路历程令无数青年男女警醒。多集网络剧《河洛一家亲》从平民视角展现河南老百姓日常人生中的悲欢离合。深圳首部原创网络剧《谋生计》以喜剧手法讲述普通打工仔在都市的打拼经历。

网络剧以其求新求异取胜。据统计，网络剧受众的主体是“80后”“90后”“00后”，并且女性占据多数。她们大多受到二次元文化影响，渴望接受新鲜的观赏经验，传统剧那种典雅、规范、严肃的风格特征已无法满足其审美需求。“宅基腐”“穿越”等成为她们的兴趣所在，制作者们对此有着精准的定位。于是，涌现出了各种前所未有的剧情设定，如，男子穿越后变成女性、痞子成为警界英雄、同窗之间暗生情愫等。

可见，网络剧这种新型影视剧因网而生，逐网而兴，它由视频网站或网友自主创作，在网络平台点播，具有自由灵活、观众主导、草根发声、求新逐奇等特征。拥趸者认为网络剧别开生面，革新了影视剧的制作传播模式和观赏体验，给自己的生活带来了无尽欢乐，因此看得“根本停不下来”，并贡献了数以十亿计的收看数，让制作方赚得盆盈钵满；而主流媒体和部分观众则认为不少网络剧制作粗劣、趣味低俗，甚至离经叛道、有伤风化，于是出现了观众举报，相关部门勒令审查，《太子妃升职记》《盗墓笔记》《心理罪》《探灵档案》《暗黑者》等网络剧先后被停播下线等现象。

客观地说，在商业利益驱动下，网络剧在爆炸式发展中难免泥沙俱下、良莠不齐。例如，针对2016年爆款网剧《太子妃升职记》(以下简称《太子妃》)，不少专家认为该剧走红并不是因“内容精致或品位出众”超越了其他影视剧，只是因其迎合了观众的偏好与口味。该剧制作成本偏低、制作水平较差，还比较粗糙，“在摄制、表演、剪辑、剧情设计、人文精神表达等诸多方面，都与传统优秀电视剧存在着不小的差距”①，该剧的题材与人物情感也存在着打擦边球、迎合青年群体特殊趣味等问题。但上述评论也显示了在看待网络剧上的“代沟”。在青年网民看来，传统剧的拥趸者根本不明白网络剧有其独特的理念、追求与发力点，与传统剧不能用一把尺子去量。传统的国剧典范如《甄嬛传》《大秦帝国》等剧莫不追求历史的高度“还原”，精良逼真的道具、饱含时代感的场景、凝练古雅的台词一直是这类传统古装剧的标配。但《太子妃》等网络剧却不然，它们偏偏反其道而行，将这一套金科玉律大大地戏弄了一番：太监穿着短裤、凉鞋，太医头顶红色香奈儿logo，王公贵族背着“旗杆子”，还有美漫英雄式的盔甲……一时间，“史上最穷剧组”“榴莲是最贵的道具”“全剧组只有一架鼓风机”等槽点引爆了社交网络。吐槽该剧成为一种时尚，没看过该剧无法加入吐槽狂欢的人，反而成了异类。在话题热度和趋同心理的作用下，《太子妃》的收视点击率直线飙升，甚至超过了同期的年度大戏《芈月传》。

观众看过这类网络剧后会发现，虽然它们离经叛道，被称为“魔性神

---

① 侯坤：《网剧“淬火”方能真繁荣》，《中国艺术报》2016年1月25日。

剧”，但并非一无是处，而是令人耳目生新。如《太子妃》剧中的人物服装乍看违和感“爆棚”，实则参考了众多欧美时装的设计风格，将时装与古装融合，并以金鲤鱼的图案象征太子身份的尊贵；自媒体上最火的影评人“毒 Sir”也认为，该剧在镜头构图上达到了国剧良心作《琅琊榜》的高度，“构图工整，随便一张都是黄金比例”“任意一帧画面截图都是九宫格构图法的标准示范”“雷得坦荡，美得嗨翻”[①]；在色彩的运用上不乏可圈可点之处，为了突出太子的腹黑，将太子庭院里的花都染成黑色，又用鲜红的纱幔暗示太子情感的热烈。太子妃宫殿颜色的前后变化暗示“她”的内心逐渐由男人变为女人……因此，该剧不仅简而不陋，在许多方面（如该剧的水下镜头尤其值得称道）甚至媲美投资上亿元的传统剧。

处处显露出“良苦用心”的网络剧之所以常常被斥为“低质粗糙”，根本原因在于它们违背了传统剧约定俗成的惯例，冒犯了成年人已经固化的审美理想，颠覆了将高度的历史“还原”与生活真实“逼真”奉为圭臬的传统艺术惯例。它另辟蹊径，刻意追求与观众既定印象的疏离感、陌生感，使观众的期待视野被打破。在网络剧中，这种有意为之的疏离感是对陈规旧制的挑战，是在探索新风格、建构新文类、建立新规范，显示了一种自觉的青春化、草根化的审美追求。许多网络剧并非真的像制作方和网民所说是因经费短缺而不得不走“简约”风路线，实则是一种基于对网络吐槽文化崇奉的自觉行为。因此，不理解制作方的意图与发力点，不理解网络剧的草根气质，也就无法对之进行中肯的评价。服务于其营销策略，制作方将“最穷剧组”“雷剧”“有毒”这些设计好的“槽点”当作烟雾弹放出，看似俗不可耐，实则意在炒作。网络剧《余罪》曾引发争议，争议主要集中在主人公余罪“反英雄”的人物设定上。一些论者认为余罪的人设有损人民警察的正面形象，但受众却普遍认为余罪的人设恰恰是该剧的亮点。

---

① 来自微信公众号“毒舌电影”独家剧评《感谢〈太子妃〉，让我又认识一个认真搞笑的导演》。

该形象摆脱了传统警匪刑侦剧中正面人物的“高大全”的刻板形象，真实可信，有血有肉，这一性格丰满的“圆形人物”具有更高的艺术价值。

网络剧对传统剧观念和惯例的反叛还体现在对“连续剧”概念的拆解上。[①] 连贯、整一的剧情对传统剧来说是不可或缺的，但在网络剧中却成了一种可有可无的存在。这种整一、连贯、有头有尾、重视起承转合的“连续剧”理念在网络剧中被颠覆，如《屌丝男士》《万万没想到》等网络剧并没有一个串联全剧的故事主线，而是各种段子的集锦。剧集前后也无明显逻辑关联，从中间或倒序看起亦完全无碍。显然这种结构模式更能契合当下人们碎片化的阅读方式。许多网络剧的情节总是在短时间内不断发生出乎意料的反转，不断打破观众观看传统剧培养起来的心理预期，让观众每有“万万没想到”的期待遇挫感。与传统剧注重建构剧情不同，网络剧更喜欢解构剧情。一些网络剧还采取边拍边播的方法，根据反馈及时调整剧情，以求最大限度地满足观众的观赏需求。这势必极大削弱“剧本”的主导作用，也常常使网络剧缺乏稳定一贯的情节线路。足见网络剧制作者有着与传统剧制作者不同的艺术理念和审美追求。理解了这一点，就不宜给网络剧贴上“低质粗糙”“剧情奇葩”“演技极差”这种简单化的标签，就不能完全用既有的电视剧评价体系来评价网络剧，就像不能用古典音乐的标准要求摇滚乐，以民族舞蹈的规范衡量街头舞蹈一样。试图将新生的文艺类型限制在传统的套路中是不明智的，不能因为某些新质打破了艺术惯例就大加挞伐。

网络剧诞生在兼容开放、自由多元、尊重差异、草根文化色彩浓重的互联网平台，其传播媒介、制作意图、目标群体、文化氛围、风格定位、盈利方式等都与传统影视大为不同，显然不能与传统影视等量齐观。我们需要充分尊重网络剧的独特性，基于网络文化的特点、网络剧的特点建构

① 有些论者尚未察觉到此变化，依然将网络剧定义为“由视频网站专门为互联网制作并通过视频点播技术 (Video On Demand) 进行播放的网络连续剧”。

适用于网络剧的评价体系，辩证、开放、发展地审视和评价网络剧。这并不意味着网络剧的反叛性、求异性百无一害。实际上，网络剧极有可能在自我围困的处境当中走向衰落。成也萧何，败也萧何，造成这种局面的可能正是其“反叛性”气质。如何在发展的过程当中成功突围，经历淬火后重获新生，是网络剧从业者们需要认真思考的问题。网络剧在一路高歌猛进中也存在许多问题。反叛性是网络剧在传统剧的包围中开疆辟土、独树一帜的利器，也可能成为故步自封、自绝生路的祸端。网络剧需突之“围”是自身在快速发展中所暴露的诸多缺陷，体现在以下几个方面。

第一，视营销与炒作为救命稻草，偏离制剧重心。蹭热度、抄袭仿制、制造噱头等乱象遍地横生。例如，根据2016年震惊娱乐圈的某明星离婚案改编的《宝宝别哭》还未上线，便因无下限消费明星，遭到广大网友和多家视频网站的联合抵制，在一片骂声中狼狈收场。还有一些网络剧因邀请日本AV艺人参演，在收割了巨大的点击量的同时也饱受诟病。虽处在“酒香也怕巷子深”的移动互联网时代，但作品本身的过硬质量才是制胜法宝。大量从业者舍本逐末，将营销与炒作当作首要目标，此举难以得到观众的肯定。

第二，社会责任意识淡薄，一味迎合特殊趣味。网络剧受众的主体是“80后”“90后”“00后”，尤以女性占多，穿越、宫斗、玄幻、CP等是其趣味点。为了赚快钱、赚热钱，制作方过度迎合某些特殊口味，“强行宫斗”的尴尬剧情屡见不鲜。“网剧如果要靠一些题材上打擦边球来博眼球，不是一条长路，而是一条死路。不如鼓励作者在题材创作上少些投机心理，多一些实验性质的探索，选准题材，台词严谨，节奏感强，才能换来一路绿灯。”①

第三，飞速发展中存在创新活力衰竭，向传统剧回归的隐患。网络剧

① 尹春芳：《网剧“清毒”：左手严审，右手自律》，《深圳特区报》2016年1月28日。

还处在开拓、形成阶段，远未建立规范，仍需要保持蓬勃的创新活力，积极探索。但许多制作商瞄准了滚烫的网络剧市场，只想趁机捞钱。于是，大量的跟风之作、仿制品充斥，甚至“新瓶装旧酒”，将传统剧的老一套搬到了网络平台。不断重复成功的题材不仅会使观众产生乏味、疲劳、厌烦，还会使网络剧安于现状，阻滞网络剧走向成熟。制作者们应该保持敏锐的创造力，在题材、类型、风格、手法上尝试更多可能性，在这方面，由几名大学生制作的网络剧《毛骗》提供了积极的启示。它以一群“毛骗”——街头小骗子为表现对象，在题材、风格、手法上颇具新意，值得借鉴。

随着移动互联网时代的到来，网络剧步入了“黄金时代”，凭借传播平台的巨大优势和巨大的市场潜力，网络剧很有可能会在将来重构文娱格局，一览众山小。但目前，仍处在起步阶段的网络剧需要继续积极探索，以创新活力开疆拓土，也需要时刻警惕各种不良习气，不断提升艺术品位，凭借更多内涵丰富、品质精良、风格多样的佳作赢得全社会的认可。中国本土网络剧的发展在经过了2009年至2013年的“投石问路”、2014年至2016年的“畸形爆发”后，已经没有必要过于关注量的膨胀和点击率的攀升。2017年以来，网络剧制作逐渐告别了“野蛮生长”，显示出提质增效、精耕细作的新趋势。《延禧攻略》《庆余年》《隐秘的角落》《河神》等制作精良的重量级作品、《爱很美味》《谁是凶手》等小而美的短剧集、将“女性题材”“生活流”“现实主义”等冶于一炉的甜宠剧《是亲密的你》、聚焦当下的现实题材网络剧《冰雪之名》《冬奥一家人》等多元共生、百花齐放，正在成为网络剧发展的新景象。

（何志钧　曾长城）

六、手机审美：别具神采　正邪交赋

中国学者关于手机媒介的研究可大致分为两类，一类是以宏观视角分析各类媒介的线性发展状况，以此引出手机媒介的诞生及具体的功能，如匡文波的《颠覆传媒——手机：新时代的电脑和器官》《手机媒体概论》和童晓渝、蔡信、张磊编著的《第五媒体原理论》、朱海松的《无线营销——第五媒体的互动适应性》、李丹丹的《手机新媒体概论》等。另一类研究主要以微观研究见长，或研究手机功用性中所蕴含的人文意义，或研究手机发挥功用性的科学支撑，或针对现实问题从某一个角度去进行研究，如李明的著作《手机动漫艺术论》等。和国外学界类似，国内学界对于手机媒介的研究主要集中在传播学、教育学、社会学、通信技术学等方面，而对于手机审美问题鲜有研究。

作为继报纸、书籍、广播、电视、电话、电脑之后被广泛使用的新型媒介，手机在使用过程中实现了人机交互，手机媒介和个人生活具有可对话性，使用者可以在手机媒介的使用中打下自己的烙印，比如选择手机界面、设置自己喜欢的铃声、储存私人文件，与朋友进行个性化的互动交流，留下属于个体的印记。手机将我们引领入移动传播的时代，实现了信息传播的随时随地性，将日常生活带入审美情境中来。手机技术的进步为用户的审美体验提供了更为舒适便捷的平台，改变了互联网因不能移动而产生的审美体验的后延性，将直观的内容直接推送到用户眼前。手机全天候融入大众的日常生活中，人机的黏合性前所未有，手机简直就是无时无刻不陪伴在我们身边的伙伴。

手机超越了单一媒介形式，是融合多媒介内容的新媒介、最具代表性的融媒介。它聚合了电子书、广播、地图、视频、音乐等多种媒介，并完善了原有媒介的功能，比如手机短信融合了口语交谈的亲密性和日记书写的私密性特点，手机小说实现了书籍阅读的个人感悟与群体阅读交流的结合。同时，手机媒介在使用中又可避免原有媒介的弊端，如手机的信息检索引擎使用户避免了翻阅纸质书刊的烦琐，克服了因不在电脑旁边而带来的搜索滞后性。

在历史上，任何技术刚开始时都具有玩具的功能，之后逐渐开发工具功能，最后演变为艺术化的存在。平时作为休闲娱乐的手机媒介不仅仅具有玩具的属性，还能在使用过程中塑造诗意人生，体现审美价值。

将手机审美纳入美学研究中，最困难的莫过于建构起除工具性之外的艺术性和审美性的理论框架，因为人们通常认为具有消费属性和娱乐属性的物体是没有审美属性的。显然这种观点轻视了新的媒介对文艺和审美的渗透力、建构力。研究手机的审美维度，主要是因为手机媒介通过改变文学艺术的外在表现方式、承载形式和人机关系、情感体验方式而极大影响和重构了今天的文艺和审美实践。强调文学艺术和审美实践，最不能忽略的就是它们与日常生活（特别是日常情感生活）的关联。当手机已经成为今天人们日常生活的有机组成部分，重构了日常生活时，手机和文艺、审美的关系就变得空前密切。手机使信息材料在数字化形式中空前融合，使移动性与交互性有机结合，使人机关系空前密切，使新的审美体验得以生成。审美效应是在关系中形成的，本无生命的手机在使用者运用过程中通过人机交互对话、人人互动交流，在对话、分享、互动、共鸣中不断生成审美信息，达成审美关系。

手机已经成为审美对象，这不仅因为手机自身的款式、手机壳外观、装饰、设计创意等具有审美属性，可以带给人赏心悦目的审美享受，而且因为手机上容纳、呈现、运行的各种审美信息为当代审美实践提供了新的机遇和可能。此外，手机作为审美对象还指手机在运用中与人互动形成的特殊人机关系不仅是一种生活化的关系，更是一种审美化的关系，为当代审美实践提供了新的内涵。

发展至今，手机功能已由最初的打电话和发短信发展到集合游戏、闹钟、计算器、秒表、收音机、相机、支持 WAP 上网等多功能于一体。2010 年之后，智能手机以强势的劲头占领了手机市场，它实现了对多种媒体信息的整合与提升。至此，数字技术带来的诸多新应用程序不仅不断满足着人们对于移动信息传播的需求，而且智能手机依托数字技术的强力发展将网络艺术和审美的气韵延展到手机屏幕上，使手机不仅成为人们生活中的助手，而且成了具有艺术、审美气质的新媒体。在此，技术和艺术不再呈现二元式对立，而是相辅相成、相互渗透的。

手机是我们联系他人的工具，但是随着智能机的出现和发展，手机也成为诸多消费业务的支付平台、文化娱乐的凭借、诗意生活的新家园。而满足这种功能的基础便是移动数字技术的运用和互联网的进一步延伸。正是依靠无线通信、互联网等技术手段，保证手机具备发送及接受文字、图像、视频、音频等各类信息的功能。在移动互联网时代，由科学技术作为后盾保障的数字化造就了手机空前的技术优势和信息优势，也为手机的数字化审美实践的开展奠定了基础。

手机对于当代审美实践的意义首先得力于它为大量审美信息的存储和呈现提供了一个数字化符号平台。以手机诗歌为例，作为现实生活中影响最深远、使用范围最广的新媒介，手机的出现无疑是诗歌传播的“马太福音”。作为一种媒介形式，手机的出现虽然不会从根本上改变诗歌作为小众艺术的特点，但却极大地促进了人们读诗、写诗、品诗、评诗的积极性，促进了诗歌的传播，有利于扩大诗歌的影响。2016 年春将近半个多月时间，火爆微博、微信的几万网民续写“我有一壶酒，足以慰风尘”的诗歌事件就充分显示了手机媒介的巨大威力，它可以使国人心中积淀已久的诗歌热情被激发、被点燃。依附于手机 APP 移动客户端的诗歌阅读和创作平台微信诗歌写作、诗歌朗诵、诗歌品鉴红红火火，呈现出了前所未有的大繁荣。

如今的手机用户已不仅满足于信息的获取，他们日渐成为积极有为的信息创造者、传播者。他们一方面体验着数字化带来的便捷，另一方面也在创造、发布新的信息。数字技术的发展大大激发了人们审美创造的热情和激情，透过数字化的平台和储存空间巨大的手机云盘，越来越多的拍客会制作和上传视频，实现资源共享。这些拍客依托手机这一媒介，可以组织志同道合的人，在交流和互动中制作出满足不同口味用户需要的、个性化的手机视频。手机俨然成了一个包括文本、图像、音乐和视频处理软件的虚拟办公室。

手机上容纳、呈现、运行的各种审美信息不是分割的、孤立的，而是互文的。微信的出现不仅有利于视像和音频文件广为传播，同时也为文字性的长篇大论提供了良好的生长空间，微信用户未必是单纯的读图者、听乐者，也可以是潜心的阅读者。在手机的意指系统中，语言的抽象性与图形、色彩、音乐、视像的直观性相得益彰。文字文本因为加入了色彩、图形、音乐、视像而熠熠生辉，视像和音乐的数字化使之更具神采。手机屏幕与白纸黑字相比具有非物质性，这使文本从固定的语域转移到无定性的语域。

作为一种元媒介，手机的强大优势就在于它对各种媒介载体的整合与改造，手机的出现使得过去单一的审美方式、审美类别间泾渭分明的界限被打破了，形成了各种审美方式、审美门类的融会贯通和谐交互，我们可以充分调动自己的感官，将视觉、听觉、触觉等多种感官方式尽情发挥，实现审美的融合，开启新的审美境界。

从手机媒介自身来看，它是过去的收音机、录音机、MP3、MP4 的进化和发展，保罗·莱文森在《新新媒介》中运用达尔文的进化论观点来分析媒介的演化，在他看来，媒介也完全遵从生物学领域的进化规律，手机的发明淘汰了过去的音频工具的劣势，赋予它们新的活力，因而得以存活下来，手机身上有收音机、录音机、MP3、MP4 等音频载体的因子。与此同时，手机还集看视频、打电话、看图片、看文本等多项功能，甚至可以说是无所不能。除了功能的多元与强大以外，手机自身也极大地促进了我们审美方式的提升，我们对于事物的审美欣赏，离不开视觉和听觉等众多感官因素的参与，这是审美之所以产生和实现的生理基础。

从审美客体来看，手机的出现和使用极大地丰富了我们的审美资源，当然，生活中的审美资源也是源源不断的，但手机的好处在于它实现了多种审美资源的融合集萃，我们可以用手机看画展、看文物古迹、风景名胜，也可以用手机浏览电子文档，更可以用手机看电视、看电影、听音乐。甚至可以毫不夸张地说，手机为我们提供了绝大多数以前是分散存在，需要费尽精力去寻找、整理、聚拢的审美资源。手机整合并推送给我们大批符合我们欣赏水平、欣赏习惯和审美心理的信息资源，我们可以便捷、自如地在此基础上进行精选，决定对哪些对象进行审美鉴赏。

从审美主体看，在电子和数字技术的支撑下，社会的发展和人们生活的方方面面仿佛都可以数字化。数字化技术营造的氛围和创设的形象虚拟高度逼真，如敦煌数字莫高窟、3D 园博园馆舍、数字清明上河图等。与传统的移情、远距离静观、主客二分审美习惯不同，网络和手机的出现将我们拉入一个融入式、沉浸式、体验式的虚拟审美世界中，我们不再是审美化境的外在看客，而是在其中发挥影响的一分子，我们的参与行为会直接导致虚拟审美朝不同方向演绎，呈现出动态、开放的审美效果。手机的使用，尤其是微信、QQ 语音、视频功能的开发，使得人与人之间的距离感极大地缩短与减弱，手机上形成的朋友圈、动漫圈、代购圈使有共同爱好和相似价值观的人能够聚拢在一起，切磋交流。与此同时，人们的参与、融入式的体验方式得到了最大程度上的强化。体现在审美上就是我们从过去的审美主体移情到审美客体中的审美体验方式，变成审美主体与审美客体同一。换句话说，手机的使用使审美主体与审美客体的界限被打破了，审美主体与审美客体相互融入、相互渗透、相互转化，交融为一。这势必使我们的审美习惯发生重大变化。

随着媒介的发展，承载美的内容的媒介载体形式也在不断发生变化，从口语传播到印刷传播，从广播传播到电视传播再到互联网传播。这就使得许多学者格外关注媒介技术的工具性研究，而在麦克卢汉的媒介学研究中却增加了审美考量，除了将媒介看作一种工具，他还考察了媒介中的技术与人文、艺术、审美的高度融合，他认为技术的影响势必改变人的感觉比率和感知模式。[①] 借此，我们在研究媒介的时候便可跳离其工具性和实用性的一面，去探究媒介对人审美感知的影响。而对于美学的研究也不需仅仅将美学的生成限定在文学文本符号框架内，而同时应关注真实的日常生活、媒介技术的演进等问题。

对整合着多种信息形式的手机进行审美考量时，显然更需要以开放、包容的态度去审视、分析。以盛行的手机移动支付为例，众多电商的手机 APP 条形码识别支付确实是数字技术发展的结果，手机数字技术（如智能硬件、大数据分析、多种智能 APP 的研发）的快速发展密切了物品与消费者之间的关系，手机网店上缤纷多彩的食物图示展示形式不仅起着广告作用，标示着商品的外观、质量，而且可以调动消费者的复杂体验（包括功用性的体验、时尚性的符号体验、审美体验）。又如在手机上可以预订酒店房间、下单购买电子产品、根据社交点评选择想要就餐的餐厅和位置、以团购的方式购买价位较低的电影票等，这是功用性的行为，却又关乎大众的日常生活、情感体验、娱乐审美。

伴随着大数据、云计算的快速发展，商家可以用计量法统计、分析消费者的消费习惯和消费轨迹，借助大数据挖掘和分析精准营销，针对不同客户的个性化需求为其推荐特定的商品，手机为这种精准营销和个性化定

① ［加］马歇尔·麦克卢汉：《理解媒介——论人的延伸》，何道宽译，北京：商务印书馆 2000 年版，第 46 页。

制提供了新的契机。这当然是典型的商业行为，但也是典型的体验经济。用户在体验个性化的服务时，在依靠便捷的手机媒介消费文化产品时，他们享受着商品和服务，也在消费的同时享受着特定的氛围、情调，沉醉在赏心悦目的情感体验中。在此，商业与审美、体验经济与审美体验是难以分割的。

今天的智能手机越来越人性化，在达成基本的手机功用的同时，它也在不断丰富人类主体的精神生活，显现出基于使用者需要的人文关怀。我们习惯于将手机看作通信、娱乐工具，而往往忽略手机在运用中与人互动会形成一种特殊的人机关系，这种关系不仅是一种生活化的关系，更是一种审美化的关系。一款精美小巧的手机常常是机主的珍爱物，为机主所精心呵护。机主无论日常起居、外出旅行，手机都会伴随左右，须臾不离。手机里存储着大量私密的信息，手机与他共享这些秘密。在机主寂寞的时候，手机是他的伙伴，为他营造出一片私人的情感空间。足见，智能手机日益拟人化，洋溢着浓郁的人文气息。

手机媒介不仅是新技术媒介，也表征着一种新的文化形态。数字信息在今天不仅在信息、传媒产业、金融经济产业中盛行，也对社会文化产生了深刻影响。在“文化领域”内，任何实物和商品同时也是富有文化意味的形象和符号。何况，手机与今日的文学、电影、音乐、动漫等已经盘根错节、不可分割。手机审美的新开拓为当代美学的建构提供了新的启示。

我们可以将新兴的手机媒介置于更大的社会系统中进行考察，审视它与政治、经济、文化等领域的关系。手机这一媒介冲击着今日社会生活的方方面面。在文化领域，手机与今日的文化艺术有着广泛、密切的联系。在社会领域，它改变了如何互动、与谁互动和为何互动的方式。在经济领域，它影响着信息服务业等方面，整合着消费者和生产者的关系。

用户身居家中却能参与社会行为，这种交际可以指个体与个体的关联性，也可以是个体与群体的关联性。媒介的力量使得在个体能够最大限度地冲破束缚而提升人的交际功能。当面对的是个体情感交流生活时，手机提供给使用者的服务也不再单纯局限于打电话和发短信式的问候，又体现在通过拇指的直接触摸便可发送出邮件进行传输，抑或是在手机论坛客户端进行有温度的指尖输入或者是语音聊天。而越来越智能化的手机，已然成为微博、微信等交流途径的承载中介。人们通过手机接收到新信息、形成传播，在传播中又会产生出信息，由此循环往复，完成信息的共享和人际的互动交集。媒介的可延伸力量不仅体现在这种个体之间或者个体与公共生活之间的对话领域中，更神奇的是可以延伸到原本无法想象的延展领域中。比如说，原本根本不可以想象的情景是仅仅待在房间中的消费者能买到衣服、订到饭菜、购得家电，甚至是实现跨国购物，可是数字媒介的迅猛发展却使这一切变成现实。手机支付为生活提供了巨大的便利性，同时建构了我们日常社会生活的关系。

在商品的意义赋予和意义达成上，大众传媒起了举足轻重的作用，它引领着消费的时尚潮流。智能手机与消费大潮合流后，消费者触达商品的方式发生了改变。除了直接通过搜索查找，或者用扫码（二维码）的方式进入相关商品的网店外，越来越多的消费者开始从视频、社区、热帖、推荐页甚至游戏等内容端进入电商大门，将别人的推荐与自己的需求联为一体。商品触达方式的转变还会围绕内容形成一个新的产业链，越来越多的内容达人将聚集在电商中，比如优酷上的视频达人将商品植入原创视频中，与商家按照视频点击量或商品实际销量分成。这样，消费商品就变成了首先消费内容。商家也在积极筹划自己的媒体以吸引更多粉丝。专门运营微淘粉丝的团队每天编辑不同的资讯、话题、直播内容来吸引用户，对于数据、视觉、策划、推广等都有明确分工。而在手机消费中，除了各运营商的手机电子商务 APP 还是其支付系统之外，他们还将零售商联系起来以供应货源，并将送餐、服务、购物等多种内容与手机应用软件建立联系。

德国后现代哲学家韦尔施曾说，现代世界有一种与日俱增的现实审美化趋势。这一说法被国内学者演绎为了著名的“日常生活审美化”和“审美日常生活化”。确实，生活与审美的界限在消弭，消费文化的时代正在催生一种消费美学趣尚。在今天的社会生活中，“美”随处可见，被以商品的形式消费着。而手机这一媒介在日常生活中恰恰是助推了这种消费潮流。

我们拿在手里把玩的手机，早已脱离了器具层面的意义，而是蕴含着当下的审美风尚、流行元素，受众的生活水平、消费层次、行为方式、性格特征等都在其中有所映现，并且手机精巧的多功能设计代表着一种独特的现代后期的技术文化和生活方式。同时，手机与手机壳、耳机等“组合媒介”共同构成一幅新的审美图景，手机可以说是技术审美的表征，但是也处处呈现着时代文化的内涵。例如手机外观的设计就体现了时尚，在手机壳那个轻巧的外皮上，彰显着设计者对于审美风尚的准确把握。手机在设计之初便会考虑到使用者自身的舒适度和安全度问题，以最大程度上的人性化设计来最大限度地满足消费群体的需求。通常以简单的色调和直线的形状面世的手机除去对使用方便的考虑外，那种简洁的外壳更是表达着现代社会对于时尚的理解。同时还会提供多种样式的屏幕界面供人选择，青年人之所以煞费苦心地装饰自己的手机壳和手机屏幕界面，是因为在这一过程中他们享受到了追随时尚和彰显个性的快感，在挑选和使用的过程中，消费者实际上是在进行一场审美的移情，将自己投入手机中去。很多消费者对手机的选择其实是受视觉支配的，在很大程度上“美观”是首要标准。苹果手机之所以在中国青年群体中长盛不衰，甚至成为一种时尚，一个重要原因在于手机外形的大方、美观。手机的使用者尤其是青年男女还会为自己心爱的手机选一款美观的手机保护壳和应用界面，手机壳和手机界面的选择在这里不仅起到了装饰的作用，还会极大地提升手机本身的美感，为使用者带来更为愉悦的身心体验。

同时，展现着时尚性的耳机的挑选和手机壳同等重要，一款美观大方的耳机会使一部其貌不扬的手机增色不少，耳机、手机壳、手机屏幕界面这三种媒介外在形式的组合，将声音、外观和实用功能融合在了一起，既满足了人们的使用目的，又极大地促进了人的休闲、娱乐、审美、怡情等目的。可以说，手机是人的器官的延伸，它极大地解放了人的感官，将声音、图画、视频、音频最大程度地呈现出来，对于提升人的审美水准，随时随地释放感官的压抑起到了至关重要的作用。

手机不单外表美观，更在具体的使用中被赋予了公众性、传播性、消费性等多元属性。手机与我们的文化生活实践息息相关，各种新的图像和声音的生产，储存和传播方式的多样，直接改变了人们的日常生活方式乃至感知世界的手段。手机作为后工业社会中有一定文化价值的人工制品引领和标示着整个社会的审美时尚。

随着大众文化的勃兴，“美学丧失了它作为一门特殊学科、专同艺术结盟的特征，而成为理解现实的一个更广泛、也更普遍的媒介……它成为一门超越传统美学的美学，将‘美学’的方方面面全部囊括进来，诸如日常生活、科学、政治、艺术、伦理学，等等”。[①] 毫无疑问，手机传播的兴盛也在其中起到了推动作用。

受益于移动传播技术的发展，手机在传递文化、塑造审美的过程中具有区别于其他媒介的重要特点，移动技术给手机审美打下了深刻的烙印，技术本体化是理解手机审美的要旨。手机和电话不同，它可使我们与人实时交流互动，也可以延后提取信息，可以拉近空间距离，也可以保持一种远离状态。移动技术的发展使得在手机上接收讯息不会受到时间和空间的限制，进行审美也可以随时开展、停止、继续进行，审美活动的开展时间可能与现实世界的活动开展保持同步，也可能稍有滞后，但是只要关注绝不可能出现“错过”的情况。即便出现接受的滞后，可是审美活动依旧可以在打开手机的那一刻重新开始，因为审美活动的内容通过移动网络的存储仍旧可以在手机屏幕上展现出来。还可能出现的情况是，能够通过丰富的诸如多彩的图片、简短的内容概说等将事件迅速展现在眼前。

另外，在审美空间的展开中，手机审美区别于传统的审美活动，它具

---

① ［德］沃尔夫冈·韦尔施：《重构美学》，陆扬、张岩冰译，上海：上海译文出版社 2006 年版，第 1 页。

有数字化、虚拟性特点。手机摆脱了时空的限制，在无限大的信息空间中游弋，任意移动地点使用，手机上呈现的审美信息说到底不过是数字化的虚拟信息，看似真实，却又虚缈。一切艺术的形式再现到手机屏幕上的时候，都离不开基本的数字化技术的支撑。在手机上，技术和艺术是相互渗透的。在技术消费的过程中，我们能时刻领略到艺术和审美的魅力。可以说，手机技术的发展和艺术的传播过程中呈现出的是一种技术艺术化与艺术技术化相交错的现象。在手机审美中，审美自律、审美超越、精神审美的传统美学信条势必受到技术化的审美范式冲击。

手机是私人信息的守护者，是私人情感空间的营造者，私人化审美可谓手机审美的内在意涵。手机审美也顺应、契合了当代审美的世俗化、日常化、私人化潮流。之所以说当代审美是一种世俗化的审美，是因为今天的审美文化早已改变了原有的高姿态和精英化，已成为一种日常的常态文化，和日常生活息息相关。传统的精英文化中更多的是条条框框的约束和规则，通常情况下讲究审美活动在相对固定的场所进行，有严格的仪式化程式，局限在精英小众范围内，不具备面向大众的亲和力和日常感。而原子化的现代市民更青睐的是日常的私人生活而不是关乎邦国的重大公共生活，因为前者更为常见、普遍，与他们的距离更近，切近他们的日常人生。

手机媒介最特殊的不是它被大众共用体现出的普遍性，而是每个使用者的使用过程都是私密化的。手机这种私人化的使用就像是对私人生活领域的一种推崇、确认，这与现代消费中的趋同化和趋众化有着本质的不同。在这种私人化的消费中，作为审美主体的消费者把情感和诉求投向了手机，实现了情感的满足。手机使艺术的生产、传播、消费私人化、平民化、日常化。

对于手机审美的探究是主要通过对使用者主观的美感经验的把握进行的，不是侧重于分析式的认识。“美”一词可追溯到古希腊的 aesthetics，本义是指“感情、敏感、感官印象”等。在当今这个视听日益凸显，大量的图片和影像结合，配合曼妙的音乐，以动态的方式呈现多姿多彩的人生的融媒体时代，理性审美势必在感性审美的冲击下趋于边缘化。

数字媒介特别是微机和手机的繁荣发展还促成了微时代的审美文化潮流。在手机的使用过程中形成的微文化，如微小说、微视频、微诗歌、微电影等都表征着当代的微审美潮流。

微审美的出现与发展可谓大众文化在时代发展中的最新表现，同样也是媒介演化的结果。时代生活的节奏越来越快，信息量越来越大，但由于时间精力的限制，用户有必要选择适宜而又方便的媒介载体，选择更形象生动、直观感性的媒介形式，高效率地吸取文化养分。人们通过互联网固然可以有越来越多的选择和越来越丰富的资源。但互联网功能的实现依托的外在形式——计算机却因受到网络接入的固定地点和计算机体格大的限制，使得受众讯息接受的随意性和便捷性受到限制，因此，人们无法实现随时随地利用碎片时间汲取信息、处理事务的需求。手机恰恰可以大显身手，因为手机使用者可以最大限度地摆脱物质媒介的限制自由移动，手机媒介为诸多的信息和内容搭建了移动数字化的平台，可以将文字、图画、图像、声音等媒体汇聚一身，并且因为可携带可移动而成为当下最具影响力的多媒体介质。

手机微审美作为微生活状态下微趣味的展现与每个使用手机的个体的复数化、小微化密切相关，复数化、小微化的市民是手机的主要使用者，其个人表达欲望的强化势必丰富微文化的素材内容。以手机短信为例，它短小、有趣，时常在用户之间传播，除了及时地传递信息之外，更是传情达意、引发情感交流的重要形式。手机短信开启了手机媒介的自我情绪全民抒发时代，它表达每一个体的想法，形成了属于每一个体的微叙事。当不同样式的手机短信，如幽默短信、过节的问候、简单的散文诗等层出不穷时，便集中形成了微叙事的文化奇观。当然从文学的界定来看，在手机上发的一般性的互动信息文字并不能称为文学性的体裁和样式，只不过是为人们之间相互问候提供了凭借，而只有那些具备文学色彩内容又以文学手段表达的短信才是短信微文学、微创作。如“编给你的信息，是藏在我心里的秘密。虽然天空晴朗时我会勇敢些，可还是喜欢下雨时你依偎在我身边”等。除此之外，手机中的微动画、微广告等也是手机微文化的表现。这些体现微审美的微创作将媒介审美与生活审美完美地嫁接在了一起，体现了一种新的审美潮流。

需要注意的是，这种微型化的审美范式指的不仅是形式上的微小，更重要的是关涉了一个个小个体，注重体验感和温情化。

但手机媒介的使用过程中也出现了一些安全问题：其一，捍卫数据安全，防止个人信息数据泄露形势严峻；其二，网上的信息流动、手机网银和手机余额宝等支付手段缺乏法律监管，存在诸多隐患。自媒体一方面促进了信息的传播，另一方面也使信息垃圾横行，虚假信息泛滥。此外，我们还需要注意从审美自身反思手机审美中可能存在的弊端。

首先，随着创作变成了生产，粗放式的创作模式风行已是不争的事实。无论是手机上新的文本或者是新的视听创意产品，这种快节奏的新媒介生产方式的一个直接后果就是由原来精英化的精细制作变成了草根自发的粗放的生产，生产出的往往是无叙事、无逻辑、无深意的噱头文本，灵韵在消失，许多文艺产品呈现的是粗俗化、欲望化的气息，情节严重模式化，良莠不齐，这使其审美效应大打折扣。其次，手机在带来巨大便利的同时，始终无法摆脱商业性的运作模式。受制于商业资本，为了迎合消费者的需要，手机上的具有艺术色彩的产品的美学意味往往会大打折扣，手机的文化产品的品位也就无从保证。再次，自媒体引领的是一种情绪化、即兴化的感知潮流。审美理性遭到侵蚀，移动互联网上的参与者常常血脉偾张、意气用事。自媒体的流行使得一批意见领袖通过粉丝的大量转发和评论深刻影响着参与者的理性思考和社会文化评判，引导着舆论方向，左右着大众的价值取向。身处宏大的社交网络时，人们不免会受到别人的误导，使理性反思能力被拉低甚至丧失。最后，手机媒介使用者在使用的过程中更多的是为了暂时的视听快感和心理满足，或者流于情绪宣泄，这种放任心理也影响了手机审美的正向实现。

此外，在技术化审美的大潮中，高新技术日益渗透到文化生活领域，人与人交往过程中的情义很容易让位于手机的工具性功能。2015年央视元宵晚会中的歌曲《最远的距离》对此有淋漓尽致的揭示和反思："曾经是围在一起，无话不说的兄弟。现在难得再相聚，却都已低头不语。你拍照分享朋友圈，觉得最有意义，却忘记把简单快乐的你留在这里。曾经回到家总要关心爸妈的身体，现在却不停盯着让你沉默的手机。你总会花很多时间，点赞在人群里，却忘记对爸妈真心说声'我爱你'。以为最远的距离是失去她的消息，以为最近的关系是彼此发着信息……放下手机，让爱回到生活的轨迹。"畸高的手机使用频率不仅会使人与人之间面对面的情感沟通缺失，还会对使用手机相对较少的老人造成心灵上的严重挫伤。

足见，对手机媒介不能不加批判地盲目接受。毋庸置疑，手机就其作为中介的工具性而言是没有所谓的好与不好的区分，而我们需要关注的是其传播的具体内容的性质区分和我们对它的使用是否合理、适度。这显然也是审视手机审美时需要特别注意的。

（周晓燕　何志钧）

七、“蒸汽波”艺术：逐网而生因网而兴的粉红青春亚文化呓语

“蒸汽波”（Vaporwave）这一亦新亦旧、亦大众亦小众的艺术表现形式近年来引起了很多人的兴趣，也引发了纷纭众说。非常有意味的是关于它的各种探究主要在网络上展开，对“蒸汽波”艺术有兴趣、有了解，甚至是刚刚接触、略有体验的各路网民竞相发表意见，陈述自己心目中的“蒸汽波”艺术、自己对“蒸汽波”艺术的理解，分析“蒸汽波”艺术的意味，众语喧哗，意见纷杂，角度缤纷错落，体会大相径庭。这显示了一种新的网络化文娱生活生态，网民正逐渐成为审美文娱探究反思的主力，一如他们早已是审美文娱生活的主力。他们既是当事人，又是言说者，既身在其中，又超越反观，一种有别于传统的象牙塔式的、与大众隔绝的、垄断型的纯专业学术研究的新的文化、文娱研究格局正在形成。它既呼应了20世纪90年代行业专家崛起、行业专家逐渐成为比专业学者更在行的“应用型创新型人才”的潮流，又显示出了数字媒介转型影响下的新一波的文化生活、文艺生活趋势，这是尤其值得重视的。

到底什么是“蒸汽波”？如何看待“蒸汽波”艺术？对于这个显得复杂莫测的问题，笔者期望整理、综合、反思网上各种言说，予以爬梳、辨析、透视、阐发。“蒸汽波”艺术似乎是一个“年轻态”话题，在青年群体中反

响强烈，对于中老年人来说比较陌生。但不容忽视的是在并不“年轻”的商海中它也显得非常活跃。对“蒸汽波”艺术的分析探究言论散见于知乎、微信公众号、贴吧，也有少量报刊文章和十多篇硕士学位论文。值得玩味的是，在国内很少有中老年专业学者对此进行专门性的研究，也少有长篇专业性论文和专著（这与国外 Grafton Tanner、Harper Adam 等人专著和研究文章频出形成鲜明对比）。或许，它与碎片化、随感化、网络帖子式的言说天然地更为契合，而与专业化、理性化的深度文化和学术研究较为疏远。国内关于“蒸汽波”的探究显然打破了“专业化学术研究”高冷寥落的小圈子形态。这也是笔者更重视网络上零散的言说，更多关注各路网民对“蒸汽波”艺术的见解的原因。

众所周知，“蒸汽波”（Vaporwave）一词在 2010 年开始流行，在 2014 年、2015 年时臻于全盛期。它源起于 chillwave 的音乐形式和轻博客网站 Tumblr 上的亚文化创意，美国电子音乐家丹尼尔·洛帕丁（Daniel Lopatin）用 Chuck Person（查克·珀森）一名发布于网上的音乐专辑 *Eccojams Vol. 1* 被认为是“蒸汽波”音乐诞生的起点。它产生后迅速在世界上蔓延开来，在德国音乐分享网站 Soundcloud、美国的 Facebook、中国的网易云音乐上广为传播，在中国青年一代中产生了较大反响。作为诞生于互联网社区的一种基于电子音乐的音乐表现形式，“蒸汽波”音乐受到赛博朋克（Cyberpunk）科幻的影响，也有着掠夺声学的共时性碎片重组、时空错置的偏好，在网络传播时代，采样、粘贴、拼凑易如反掌，不同历史时期的音乐材料拼接杂糅，进行新的创意加工也似乎正合数字化时代人们的胃口。在网络上，很多网民将“蒸汽波”艺术视为一种音乐潮流、音乐流派。但显然，“蒸汽波”并不简单地是一种音乐流派和艺术潮流，它更多地似乎是要追寻一种迷幻复古与现代时尚新旧交陈的风格，彰显一种反世代的审美趣味和人生态度，有些离经叛道，反思拒斥，又有些迷幻怀旧、混世嬉戏。

“蒸汽波”这一带有怀旧意味的音乐潮流使 20 世纪 80 年代曾经流行的文娱轮回为时尚，它通过对 20 世纪 80 年代的欧美日本流行音乐片段乃至广告、电子游戏、购物中心等流行文化元素进行采样和编辑，循环、做旧，进行风格化处理，营造出一种陌生化的美学效果。给人一种似曾相识、怀旧迷惘、碎片化、复古、水汽迷蒙的朦胧梦幻感，很能应和后现代的审美趣味。20 世纪 80 年代商场背景音乐低保真的 Lo-Fi 音质、高饱和度渐变色、画面的嫁接、低像素的滤化形式使其从听觉、视觉效果上更易于营造出富有年代感、怀旧意味的朦胧氛围和迷幻眩晕的浪漫感，重复、变速和变调处理使音乐显得慵懒，电子乐成分的加入有助于促成敲击感和厚重感。“蒸汽波”作品喜欢嫁接海豚、椰树、棕榈树、石膏雕塑、20 世纪 80 年代的歌曲封面和文娱海报、故障艺术、复古 logo 等素材意象，经过剪裁、嫁接、滤化、翻新，用新技术修旧如旧、新旧堆拼，既效仿曾经的风格，营造一种复杂迷离的怀旧氛围，又不隐瞒新旧交陈的断裂、破绽，似乎是故意在恶作剧玩乐。

对于如何理解“蒸汽波”艺术，知乎上众多网友各抒己见，有网友用公式概括为：新世纪福音战士（Neon Genesis Evangelion）+ 任天堂 64（nintendo 64）+ 椰子树（Palm Tree）=“蒸汽波”。也有网友说“蒸汽波”= 赛博朋克式的 / 反乌托邦式的 / 低保真的 / 采样融合爵士的 / 数字的 / 芯片音乐式的 / 故障艺术式的 / 未来主义的 / 但是又复古的 / 艺术去质化的 / 复古科技的 / 超现实主义的风格。[①] 有网友认为它身上流淌着亚洲音乐的味道，深深打着日本娱乐消费文化的烙印。还有的网友说它在土帅外表上予人以超未来感。也有网友觉得它没有硬朗的棱角，这样的模糊恰恰是我们这个世代的同感。也有人说“这是一种听起来感觉像泡在粉红色的大澡堂子里，听着隔壁收音机传来复古动感音乐的刹那”。还有人说听“蒸汽波”的感觉有种“在夜里坐在公车后座，头倚在车窗上，闹市区里寥寥数人的线路上，看着窗外的霓虹灯昏昏欲睡”的浪漫。[②]

---

① https：//www.zhihu.com/question/45911422.

② https：//www.zhihu.com/question/45911422/answer/129056394.

作为一种音乐潮流和艺术运动的“蒸汽波”（Vaporwave）其实兼有多种意味，这与Vapor一词的复杂意涵有关，Vapor一词既指水汽、水蒸气，也有无实质之物、自夸者、幻想、蒸汽浪潮的意思。“蒸汽波”风格的音乐濡湿致幻，曲风新颖迷离，或激跃跳脱，或呆萌迷惘，无序杂组的混乱感和借力昔日流行乐曲片段的古旧感迷惘感，一方面给人以失真感，另一方面又让人有恍如隔世的怀旧感，与面对杂乱无序的现实备感迷惘的心灵有着谜一样的契合。

对于“蒸汽波”艺术这样一种本身就多元化、模糊化的表现形式，简单武断地下判语显然有害无益。“蒸汽波”艺术的产生有复杂的背景、来源、缘由，它所显示的后现代审美趣味本身也是厌弃定义、拒绝本质主义的界说的。“蒸汽波”艺术始发于小众群体，逐渐成为青年亚文化，进而被商业收编成为大众流行文化。“蒸汽波”艺术确实有明显的怀旧意味，但显然它不是仅仅怀旧，不能单纯地判定为怀旧风格。“蒸汽波”艺术带有反思、追寻、批判意味，有着反乌托邦倾向，又有着乌托邦式的天真期待。既是一种不拘一格、力图突破陈规戒律的反世代的审美趣味和人生态度，又是一种对未来的幻想美学。既是来自边缘的亚文化逆袭，也挪用了历史上曾经主流化的许多艺术资源和元素。

“蒸汽波”艺术与日本流行音乐、漫画、不夜城、纸醉金迷的消费资本主义、技术边沁主义显然也有反向关联，显示了对消费主义、都市生活、资本操控的讽刺、批判，其重返批量生产时代的怀旧中有反思、追寻，又有着和光同尘、混世玩乐的消极虚无倾向。“蒸汽波”艺术也显示了艺术创新的“影响的焦虑”，面对前人的艺术遗产，如何突出重围，开辟属于自己的一块艺术天地恐怕也是其剑走偏锋的缘由之一。

赛博朋克（Cyberpunk）与计算机、数字技术、科幻息息相关。“蒸汽波”艺术深受赛博朋克精神影响，自然洋溢着反叛情绪，同时又有明显的数字科技基因和复古科技意味。“蒸汽波”艺术不仅产生于互联网，传播扬名于互联网，其嫁接合成的素材也常常来自故障的电视机画面、Lo-Fi电子音质、windows 系统、电脑上的对话框、马赛克等，和互联网科技有着割不断的血缘。

何况，“蒸汽波”艺术的意图、意味、隐含的价值判断本身也是不断变化的。早期“蒸汽波”艺术的美国亚文化音乐鬼畜的反叛情绪、讽刺色彩、反思批判精神在日后不断消退，逐渐成为一种单纯的艺术表现形式。传到中国后它在口味上发生了明显变化，更符合中国网民的欣赏习惯，而且不同的“蒸汽波”艺术制作者、消费者对“蒸汽波”艺术理解不同，各有侧重，甚至截然相反。Reddit 上一个“蒸汽波”创作者的感慨很有意味，他说“蒸汽波”让他从当下的糟心事中暂时超脱，仿佛回到了理想中的佳境。对于职场中人来说，“蒸汽波”是疲于谋生的他们表达心声、释放压力、休整栖息的心灵港湾。而对于其他一些网民来说，“蒸汽波”艺术或许满足了他们既要怀旧装酷又要时尚刺激的需求。一些网民视之为致幻艺术，另一些网民则认为它代表了怀旧风、复古情怀。还有人认为它糅合了未来主义感、超现实主义、怀旧、梦幻感等艺术风格。也有人认为它是理想的 High Tech，Low Life（高品质，低生活），粗劣的原材料经过它出神入化的改造，反而变得简洁、纯粹，有点文艺复兴范。对于厌倦了流行时尚的人来说，它是一股清风、一个反流行的新境界。千人千面、各取所需、无定规定法又有大致的共同属性可谓“蒸汽波”艺术的基本面貌。

在资本运作无处不在的时代，“蒸汽波”艺术也难逃自己的悖论命运。一方面，“蒸汽波”艺术离经叛道，讽刺和拒斥消费主义，另一方面它的反叛姿态恰恰又被商业资本包装成新的产品被不断消费，反消费主义的“蒸汽波”艺术客观上又是一种被消费的艺术时尚。这恐怕是“蒸汽波”艺术的始作俑者所始料未及的。

“万物皆可蒸汽波”，“蒸汽波”影响所及，音乐 MV、绘画、网剧、影视节目、网文、摄影、海报、包装、广告、服饰、平面设计、室内设计、餐饮门店、商业营销活动等莫不受到其影响。“蒸汽波”风格的视听产品、服饰设计、节目、广告大量涌现。“蒸汽波”由最初的音乐流派逐渐蔓延为一种娱乐生活潮流和文化生活方式。从被称为是世界上第一张“蒸汽波”专辑的Macintosh Plus的Floral Shoppe、Mike Diva创作的视频短片Japanese Donald Trump Commercial トランプ2016，到电影《攻壳机动队》、李宇春的privacy MV、大张伟的倍儿爽MV、周笔畅的音乐专辑Not Typical封面，再到Maison Margiela秀场上色彩明艳迷幻的“蒸汽波”效果的服饰。乃至瑞典视觉艺术家、家具和空间设计师Anny Wang将不同属性物品用强烈装置感的3D效果进行奇妙组合、英国设计师品牌Camilla Elphick的“蒸汽波”系列鞋子、日本潮人中村晋一郎在2011年创立的带有“蒸汽波”艺术意味的服装品牌Cav Empt、上海的网红咖啡厅“20 cafe”和广州“Mate Made Coffee”咖啡厅等“蒸汽波”风格的餐饮类商店、2017年的淘宝“新势力周”促销活动应用的“蒸汽波”艺术元素，以及阅文集团白金作家爱潜水的乌贼撰写的异世大陆网文《诡秘之主》掺杂的克苏鲁风格、SCP基金会元素、第一次工业革命时代风情和蒸汽朋克情怀。更有追求“蒸汽波”效果的手机照相软件、美图秀秀APP中的蒸汽波滤镜贴纸。北京服装学院研究生王梦苏还探索了“蒸汽波”在虚拟美术馆Do some meditation中的创新应用。

笔者曾强调从数字媒介转型切入理解微文化、微审美。认为数字媒介不仅是微文化赖以展开、呈现的主导平台，而且在更深的层次上，微文化恰恰是以数字媒介生活为构建私人意义的基本凭借和基础。微文化在本质上是一种以智能手机为代表的数字媒体文化，是一种“手机”文化。[①]同样，我们也可以从数字媒介转型切入理解“蒸汽波”艺术。“蒸汽波”艺术的出现、兴盛、制作、传播、消费都离不开互联网和数字化生存。可以说，没有网络这个平台和载体，没有网络传播渠道和传播方式，没有“90后”“00后”网络世代的推动，就没有“蒸汽波”艺术在中国的兴盛。从蒸汽波文娱实践主体、对象、加工方式、传播渠道、消费达成来看都必须假道网络

① 何志钧、孙恒存：《微文化语境下数字媒介的审美转型》，《中原文化研究》2014年第6期。

平台。网民需要借助网络进行合成制作、视觉听觉呈现与展示炫耀、传播分享，以扩大覆盖面，产生影响力。

作为互联网世界原住民的“90后”“00后”是“蒸汽波”艺术实践的主力军。青春躁动的青年群体在寻找独特的表达方式，发泄反叛情绪，显示与现实文化惯例、甚嚣尘上的科技理性的对立，宣泄和对抗这一代人普遍感到令人压抑的弥漫的无聊感，标新立异，寻找和建构自己族类的独特话语，争夺话语权，造就了特定的亚文化，“蒸汽波”艺术正是由此应运而生的。

低门槛、低成本、网络素材采样堆拼的制作方式使得“蒸汽波”成为一种新型草根艺术，一种全民皆可参与、人人皆可“创作”的文娱形式，改写了传统艺术创造的套路，显示了数字化时代“DIY”的文娱制作消费新格局。网络上驳杂的海量资源客观上也为拼接、杂组提供了便利，网络本身客观上在纵容各种奇思异想、离经叛道的创意的病毒式传播，如此一来，“蒸汽波”艺术势必在青年一代中风生水起。

在网络上、手机里，借助以“蒸汽波”艺术风格为主的各种图像处理软件，用户可以随心所欲制作合成各种带有“蒸汽波”意味的“艺术”品。合成性、拼凑性、非原创性似乎使它难登大雅之堂，但也恰恰使它易如反掌，广为流行，深入到市井生活里，成为日常生活的一部分。

“蒸汽波”艺术再次彰显了网络时代文娱生产、传播、消费的一体化趋势。每个人都可以既观赏，又加入、动手、修补，也可以传播或再传播。生产者、传播者、消费者的身份区别消弭了，各自的功能不再泾渭分明。“蒸汽波”艺术似乎不需要验明创作者正身，谁是创作者似乎无足轻重，一个网民突发奇想设计的“蒸汽波”作品在展示中如果引起了其他人注意，那其他人大可立刻上手，运用网络上随处可得的软件、随处可得的素材增删修补，加入自己喜欢的新元素，按照自己喜欢的色调进行修改，按照自己的想法追加设计。于是，基于一个最初的“蒸汽波”创意可以多线展开，形成一系列具有“家族相似性”的产品。多重生产者、多线创意制作、多重系列产品在“蒸汽波”的世界里并不稀奇。

“蒸汽波”艺术或许正是体现了感性美学（emotional-aesthetic）、理性美学（rational-aesthetic）之后的后美学（post-aesthetic）的审美追求。“蒸汽波”艺术最初产生时，就是Tumblr网络社群平台中的网友借助Tumblr的转贴功能信手拈来制作的各种合成图，这些将新的科技与似乎已经过气的雕塑、低保真的图片等嫁接形成的“蒸汽波”作品常常能突破艺术和审美的惯例，产生新奇怪异的美感，激发新的灵感火花。它使艺术和美变得凡俗，与日常生活混融，使艺术观念抽离和解放，艺术传统似乎由此走向瓦解。

在时尚界，似乎复古、倒错的轮回是永恒规律，过时的时尚在未来会重新成为最潮的新时尚，这种时尚悖论屡见不鲜。“蒸汽波”艺术也正好应了这种魔咒。早已过时的老掉牙的元素突然被重新搜罗出来，和最新的元素堆拼、碰撞，往往会产生极富想象力、生发力，灵感跃动的新创意，会造成一种“化学反应”式的不伦不类的效果，生发出独特的张力。

（何志钧　秦凤珍）

ZHONG PIAN 中篇

一、“大话”文化视野中的“80 后”记忆与精神反思

1997 年前后，“大话文体”最初于大学校园流行并迅速传播，这与“80 后”一代的成长密切相关，一群高校青年学生在网络上以戏谑西游为个性风格的一股“大话风”的网络语潮流，可以说是“网络一代登上历史舞台进行自我表达”的开始。时至今日，“大话”风潮并没有因为时间的久远而被大众遗忘，2021 年以“大话”命名的影片还有《大话西游：缘起》（2021）、《大话西游之一生所爱》（2021）、《大话西游之遗憾》（2021）等。如果把“大话”作为一种话语，那么任何一种话语的形成都有一个历史化的过程，“大话”风潮距离现在已经过去 20 余年，所以有必要对“大话文化”进行知识谱系的考察，阐释其历史嬗变，以洞察其话语生成背后的意识形态变革。

（一）“大话西游”系列与“80 后”

“大话文化”现象的生成源于电影《大话西游》开始的“西游”解构潮，1995 年由香港彩星电影公司与西安电影制片厂合拍的《大话西游》在

上海、北京、沈阳等城市投放，《大话西游》包括《月光宝盒》和《大圣娶亲》两部，但和同期档影片相比可以用“惨败”来形容。转机是在1996年结束影院惨淡经营的《大话西游》将拷贝传到了北京电影学院，传播渠道以寝室为单位，“大话迷”不断使用《大话西游》中的各种对白，这种“《大话西游》好看”以“谣言”的形式在大学校园中传播，当时的“80后”大学生一时间都沉浸在“大话”带来的话题中，看廉价盗版的碟片的喜悦像会传染一样迅速占领校园生活话题榜，影片中的经典对白——“曾经有一份真挚的爱情放在我面前……”被奉为“圣经”。

1997年中央电视台电影频道上映《大话西游》，获得了很高的收视率，同时，“大话迷”的人员构成也开始丰富起来。网络传播高潮期出现在1999年，出现了讨论《大话西游》的专门网站以及“大话迷”论坛、网络聊天室等，网络传播的火爆带动了《大话西游》周边的繁荣，以《大话西游》为蓝本，开发出14种版本，如清华奇缘、网络版、校园足球版、排球运动版、灌篮高手版、招聘应聘版、求职面试版、新人转正版、股东大会版、王朔余秋雨版、中国足球版、章鱼宁转会版、紫霞版、考研版等。《大话西游》就像一个创作源泉，带动了“大话文学”蓬勃发展，在“解构一切，除了爱情”的“后现代主义”时代精神中开启了网络西游故事中的“大话西游派”。2000年，现代出版社出版了《大话西游宝典》，这本编著对《大话西游》的文本研究、电影拍摄细节、传播以及开发情况都进行了详细记载，具有史料价值。至此，“大话”文化潮有了一个仪式性的结局，之所以有这样的告别仪式，是因为这批“80后”青年群体要毕业了，走出校园进入社会了。正如此书的编者张立宪所说，“我相信许多‘大话迷’都集中在大学校园，这一年的应届毕业生走出校园前能够见到这本书，能够让他们将这本书作为一种特殊的纪念留给睡在上铺的兄弟，或是在以后的岁月里无法忘怀的女孩，或者就是他自己”。

“大话”文化再次回归大众记忆是在2013年，时隔近20年后，周星驰拍摄了《西游·降魔篇》，延续“大话西游”系列的内在思路，于2013年

2 月 10 日上映，创造了最快（半个月）突破 10 亿元票房的华语电影记录，似乎“大话西游”又形成了一次文化高潮。这部电影在“80 后”群体中拥有规模庞大的拥趸，并被他们奉为“神作”。一时之间，“一起去看‘西游’”“一定要去电影院把票钱还给周星驰”成为网上热语。之后“大话西游”系列虽然持续发酵，如《大话西游之妖怪别跑》(2015)、《大话西游 3》(2016)、《西游·伏妖篇》(2017)、《悟空前传》(2017)、《西游之大话女儿国》(2017)、《大话西游之爱你一万年》(2017)、《大话西游乌龙闯长安》(2019)、《大话西游之成长的烦恼》(2019)、《大话西游：缘起》(2021)、《大话西游之一生所爱》(2021)、《大话西游之遗憾》(2021)等，但影片上映后反响都很一般。

“大话文化”是特定社会历史语境中的中国式文化的亚文化形式，“大话”实际上是超越了文学艺术范围的一种广泛的社会文化现象，它代表的是一种话语类型、文化态度、处世方式。从年龄上说，“大话一代”多为 1980 年以后出生的大学生，对“民族国家”“人文关怀”等宏大话语有着天然的隔膜，热衷于生活方式的消费，历史记忆与社会责任感缺失，“大话一代”就是要把理想与权威一起扔到垃圾堆里。但是随着“80 后”进入而立之年，知识谱系渐趋于定型化，价值观逐步建立，生存状态逐渐被体制化，他们已经成为或即将成为社会的中坚力量。在此背景下，虽然影视繁荣，但“大话西游”甚至“大话文化”都不能再形成世纪之交的轰动、狂欢效应。

（二）“80 后”一代的生命历程：叛逆—宿命—感伤

《悟空传》“油滑、戏谑、桀骜不驯的腔调”正是这股“大话风”潮流的产物。《悟空传》从 2000 年在新浪论坛“金庸客栈”上完成连载就荣获无数赞誉，题材源于《西游记》(吴承恩)和电影《大话西游》(周星驰，1995)，在思想表达上与《大话西游》的联系更为直接。关于一部作品主题的阐释，不同的时代应该是不断丰富与不断嬗变的过程，因为“历史的叙述，重要的不是话语讲述的年代，而是讲述话语的年代”。《悟空传》是今何在大学毕业后第一年时所写，相对于社会的“成人文化”，刚走出校园的青年是缺少独立话语权的边缘群体，但此时也正是他们极度渴求社会认同、归属需求最强烈的时期，害怕孤独，渴望理解。对于占统治地位的主流文化，青年群体有和解，但也表现出强烈的抵抗的姿态，“抵抗”最突出的表现就是对传统的反叛与颠覆。小说《悟空传》的故事情节叙述基础是对《西游记》的二次创作，比如大闹天宫、真假美猴王、三打白骨精等，最关键的改变是主题不同。《悟空传》受青年人欢迎原因是“小说所承载的青春气息，包含个体对人生真相的思考与生存意义的追问”，这一点就是作者通过对西游故事进行颠覆叙事来实现的。“西天取经”的既定命运之路被质疑；神、佛、妖魔的三界秩序被解构，《悟空传》不再是冒险西游的故事，而是一部情绪充沛，心理驱动故事发展的心理驱动小说。大致可做如下区分：《西游记》是“行动”故事，历经劫难求取真经的冒险故事，人物性格可以合而为一；《悟空传》是“心理”故事，人物性格独立、有成长。今何在创造了西游路上的“五人取经团队”，“大智若愚坚持理想的唐僧，深深掩藏感悟与痛苦的猪八戒，迷失自我狂躁不安的沙僧，还有那只时狂时悲的精神分裂的猴子”。这“五人取经团队”形象的塑造象征着恰逢世纪之交中国青年的生存状态，呈现小人物在成长过程中面对命运无常的凄惶与无奈，个人在宿命的旋涡中挣扎的绝望。孙悟空也不再是斩妖降魔的英雄，而是有血肉、情感的普通人物，紫霞和白晶晶这些人物在《悟空传》中都还存在，但故事核心又与《大话西游》截然不同，《悟空传》中故事人物焦虑的核心是生存焦虑，而不是《大话西游》中的“一份真挚的爱情”。《悟空传》对西游故事的理性情节逻辑的解构，也不只是表层的对是否最终能成佛的质疑，而是对所谓“佛”所谓“神”本身的颠覆思考，还有就是对“西游”是否为唯一道路的诘问。今何在以谐谑的语言、严肃的态度对上述问题的答案进行了探讨，“在悲剧英雄悟空对‘向西’命运的抗争中，穿插天蓬、阿月、沙僧等对信念、爱情的不懈追求，用爱之执着抗争佛之虚无，用情之真切对敌神之虚伪，充满着最初的反抗与叛逆”，所以“抗争—宿命”是其小说最主要的主题。

10 年后，《悟空传 · 完美纪念版》（2011）出版，在新版序言中，今何在用“在路上”将“西游”用“道路”一词进行替换，将“在路上”视为一种话语，它潜隐着的是“从反叛圣歌到心灵鸡汤”的话语转换。“人生最有价值的时刻，不是最后的功成名就，而是对未来正充满期待与不安之时。……成败，其实并不是最重要的。因为你去追求理想时你就会明白，你很可能不会成功。最关键就在于，当你深知这一点时，你还要不要去追求。”执着真理者唐僧，为目标而非理想奋斗的孙悟空，辛苦忙碌而不知为何的沙僧，为爱而痴的白龙马，他们再反抗也无法超越社会存在和宿命安排的悲剧，“西游”的虚伪早已知晓，“成佛就是消亡，西天就是寂灭，西游就是一场被精心安排成自杀的谋杀”，但明知而无力抗拒；当下所做的一切与理想背道而驰心知肚明，但自由意志无法逾越社会的规训，最后也只能无奈地把反抗失败用“这个世界我来过，我爱过，我战斗过，我不后悔”的壮语替代求得安慰，由此，10 年后的《悟空传》作者所要表达的面对命运的姿态的不是反抗，而是相信轮回的宿命，对现实秩序的服膺与忍受。

小说在叙述结构上也凸显了这种宿命论的味道。以唐僧被孙悟空打死开篇，追溯时间跨越五百年的前因后果，构建了一个可以时空自由穿越的“后现代式”叙事结构，其间穿插悟空与紫霞、八戒与阿月、唐僧与小白龙的爱情故事，对于这些爱情故事的讲述是片段式情节的叙述，最后需要读者自己拼图合成，这种碎片化的叙事风格使文本具有叙事张力而且理性思辨色彩浓厚。前因是爱情，比如阿瑶在蟠桃园摘桃第一次遇见孙悟空并且爱上了他，后来情愿被贬凡间等待孙悟空，却差点被孙悟空杀死；天蓬与阿月的情缘是为两个人殉情作铺垫；小白龙爱上了唐僧，为报救命恩做了他一世的坐骑；紫霞与孙悟空 500 年前的相遇是为他们的爱情悲剧拉开序幕，每个故事的发生、发展与结束在500年的时空穿梭中完成宿命的结局。前世爱情因缘的穿插凸显《悟空传》的宿命论意味，天蓬、卷帘、小白龙、唐僧、孙悟空、紫霞最终都背负着命运的枷锁，无论是逃避还是反抗都只是跳梁小丑，逃不出命运的枷锁，而那些豪言，“我要这天，再遮不住我眼；要这地，再埋不了我心；要这众生，都明白我意；要那诸佛，都烟消云散”，都只不过是美好的愿望罢了。

16年后，《悟空传·热血回归版》（2016）出版，在新版序中作者经过社会的历练，虽称是热血回归，但字里行间是浓浓的感伤，对青春的怀念，对校园时光的眷恋，“回忆我的人生，最幸福的还是大学时光。尽管在当时，你感受到只是各种情绪的冲撞——空虚、无聊、迷惑、愤怒、渴望爱情、畅谈理想……然后看见平庸的现实”，这种感伤其实不只是源于反抗激情、宿命般的妥协，更重要的每个人都有一段刻骨铭心的爱恋之伤，白龙马对唐僧的痴恋之伤，孙悟空对阿瑶、紫霞的暧昧之伤，天蓬对阿月的深情之痛……所以，《悟空传》承载了太多复杂纷乱的情绪，“理想主义”“青春期”“中二”“宿命”……总之这是一个探寻人生意义的故事，在“无厘头”、戏谑的语言中书写着对人生价值追寻的生命之重。

（三）从“中二少年”到“布波族”：大话文化的情怀消费

青年亚文化真正出现在公众视野并得到主流文化的包容是在改革开放以后的20世纪80年代，中西文化交流增多，直至21世纪以来以网络为基础的新媒介为大众提供了更加顺畅、自由的沟通空间。而网络新媒体技术的开发与实践的核心群体就是青年群体，他们利用最新的媒介手段以特殊的形式表达着青春的迷茫与自我的张扬，并偶然中促成了当下大众文化的生产与消费。2017年电影《悟空传》上映，从小说被改编为电影间隔16年，产生广泛影响的原因，一是“大话”语体的爆炸式传播；二是电影介质的私人空间转移；三是各空间形成的代际区隔性等。

电影《悟空传》是以青年孙悟空的成长历程和心态为主要表现对象，其中蕴含着青年亚文化，而从《悟空传》由小说到电影的传播中可以窥探大众消费文化中的一种“情怀”消费。电影《悟空传》抛弃小说原作中松散的结构方式，采用线性的时间叙事，以孙悟空的“三生三世”为主线；空间主要涉及天界与人界两个空间，把小说叙事结构改造得极为规整。电影《悟空传》算不上经典的改编，16年过去了，孙悟空形象没有实质性的成长，只是为反抗而反抗，激情、叛逆的因子已经无影无踪，凝聚的不再是创作者的个体经验，而是没有现实支撑的无尽反抗，貌似游戏通关一样做着线性的时间轮回。“反抗”作为影片的主题不再是个体表达需求，离开现实语境后的“反抗”只是成为一种具有消费价值的行为，在这种闭合式的叙事结构中“反抗”不再是叛逆，也看不到希望，而是让“反抗”自身成为宿命循环的象征，即使天机仪被击碎也不会有任何改变，因为还有新的阻碍出现，此时那些具有现实影射性质的“反抗”早已烟消云散，就连“无奈与感伤”也无影无踪。但“孙悟空一跃而起，将金箍棒指向苍穹”的行为意象在影片中却被保留放大，为的就是让读者可以在一个封闭、虚拟的情境中享受个人可以完成对世界“‘反抗’的快感”，影片为了强化这个快感，还在孙悟空最后举起金箍棒的时刻让金箍棒像燃烧的烈焰岩浆无限延长，让天庭权威的象征（天机仪和天尊）不堪一击。

电影《悟空传》安排在2017年的暑期档上映，在国产电影票房不尽如人意的情况下，第一周以突破4亿元大关强势回归，可以用“燃映”一词来形容，孙悟空和他那根燃烧的金箍棒让观众在影院这个封闭的空间完成了一场造梦般的青春燃烧与热血沸腾，情绪的释放也许是观影后走出影院最大的收获，从“中二少年”的叛逆到“布波族”的个人主义英雄梦的塑造，以及怀旧情怀下初恋苦涩的回忆，阿月那句简单的爱情诉求——“过去真的这么重要吗？对于我来说，跟你一起这几天，是我最幸福的时刻”，道出了生活在当下爱情中的男女最渴慕的情感体验。

21世纪初网络小说《悟空传》的解构叙事引发了网文最早的一批西游同人小说，20世纪90年代末的《大话西游》“解构一切，除了爱情”，那时的至尊宝（周星驰版）为爱而伤，而《悟空传》所传达出的是世纪之交人们对自身存在的追问、理想的困惑以及命运的挣扎。《悟空传》从小说到电影历时16年，亲历了中国网络奇幻文学的兴起、发展与成熟的整个20年，而这20年也是中国社会由变革到常态的发展过程。中国奇幻文学本身包含着大众对精英话语权的争夺，是一个以“读者为中心，草根狂欢的时代”，网络小说的影视改编一般都是网站点击率、下载率和收藏率都比较高而且产生影响比较大的网络小说，这在一定程度上保证了影视剧的票房或收视率，而且网络小说以及其影视改编都不是单向生产与传播，而是和读者、消费者可以进行双向沟通，比如今何在创作《悟空传》时是一章一章更新，随时根据读者的跟帖反映与意见进行创作与修改，电影在关于角色演员的选择都会参考“粉丝”的建议，这样的话语混杂状态被很多人认为是文化民主的诞生，其实这很大程度上是大众、市场、消费的需要。网络小说和传统小说改编的不同点在于，传统小说的改编大部分要借助影视传播来宣传、扩散影响，而网络小说的影视改编是在对网络小说已有的“粉丝效应”进行消费，娱乐消费色彩浓厚。网络化时代，一部网络作品红极一时，几乎不是因为思想艺术的价值，而是内容上具有时尚性，即对当下社会热点问题的关注，产生“问题效应”。一部网络小说被改编大多都是作者的成名作，而且作者也不是专职作家，所以，这些网络小说的作者大都带着独特的生活感受在写作，通俗、时尚、新鲜，作品所关注的问题具有普泛性，类型化文学的创作可以引起某类大众读者的共鸣，所以网络小说电影改编的观众定位清晰。《悟空传》从小说到电影历经16年，在这16年的时间里，当年《悟空传》的阅读的主体已经长大成人，甚至已经为人父母，由当年的“中二少年”变为现在的“布波族”（布尔乔亚人与波希米亚人两者合一的称呼），“既有相当的资产，可以支撑一种上流社会的生活，又有相当的艺术品位与修养”，“情怀”变成了一件最高级最时尚的消费品。对于当年的网络“追文”到现如今成为“过度的消费者”（“粉丝”），随着网文商业模式逐渐成熟，“粉丝经济”成为网络经营者的利器。《悟空传》有着很高的票房，但在网站电影评分却比较低（豆瓣评分 5.4、时光评分 6.0、猫眼评分 7.6）。

21 世纪消费主义大潮席卷中国，文学艺术的消费和普通商品的消费的不同之处在于，文学艺术是一种心理影响现象，甚至可以产生影响一生的灵魂印记。对电影来说，没有情怀支撑的电影是平庸的艺术，而电影也需要通过对大众的“情怀”消费来实现利益。网络小说的影视改编与传统小说的影视改编相比，一个很大的不同点在于网络小说改编的影视作品的消费对象很大程度上是粉丝“情怀”。对于“情怀”可作如下解释：“情怀”是“一种脱离物质诱惑与理性秩序的束缚，转而面向人本层面的情感沟通。这是一种对冰冷的都市人柔软内心的触摸，是对迷茫的现代人精神归宿的追索”。《悟空传》可以说是一代人的集体记忆，作品承载的已经不是文本所呈现的故事，而是一代人情感经验的投射，无论岁月几度轮回，时代如何进步，“守护”是经历 16 年后再去看电影《悟空传》的核心情感，孙悟空的身上凝聚着一代人的共同情感体验：青春、叛逆、反抗、爱情……在商业化、现代化进程中，《悟空传》可以说是借着对大众情怀的消费来实现传播，为已经焦虑浮躁的“布波族”们寻找一种情感的归属、情怀的回归。所以，电影《悟空传》所呈现出的青春的怀旧、爱情的苦涩、符合人生轨迹的成长诉求转换了《悟空传》原本所要传达的反抗、叛逆的主旨。

我国网络奇幻小说影视改编是赛博（cyber）空间与数字化的衍生物，但根基却是建立在传统纸媒与情感怀旧的基础上，依赖本能的幻觉来回应现实，对于一部 IP 网络小说改编电影有反抗、革新、思想、悲壮的一面，也有媚俗、模式、娱乐、反智化的幻想。《悟空传》从小说到电影所走过的创作道路可以说是非常典型：黄金档期、魔幻特效技术制作精良、庸俗、快餐的故事结局……传统文学作品的影视改编所走的路线倾向于文艺片，对艺术的探索是改编的重点，而网络小说的改编所追求的是市场、票房，类型片的商业路线，迎合读者的需要，很容易陷入自我重复与模式化的创作旋涡，而无论文学作品还是影视作品如果出现类型化、模式化，最后的结局必然是走向消亡。所以网络大电影谋求长远的发展道路，必须“从IP走向精品化”。

（孙胜杰）

二、文白互搏中的古今对弈

——从《锦衣夜行·杀青州》看月关历史写作的话语策略与后现代气质

中国当代的历史写作，其话语特质往往在于文白两轴上的不同位移。除却“十七年文学”时期独特话语所交织出的革命浪漫风神，更早乃至当下的历史写作，其所展现的往往是文白之际的互动与张力。譬如为早期中共领导者所称道乃至引为重要历史兴替借鉴的奇书《永昌演义》（也称“大顺帝李自成演义”[①]），纵然成书于民国时期，但其所充盈的文言之词，往往令其与传统的历史写作（如《水浒传》）相类同，而与同时期的蔡东藩的“历朝演义”书系[②]的用语姿态相似。这一脉是传自中国古典叙事的传统，白话俗语的使用，如非特别需要（如《永昌演义》中的“翻山鹞子高杰”等民间白话的渗入），则尽可摒弃不用。这种延续性在当下的历史写作中只是间或出现，而随着当代中国受众的口味转移，白话俗语以言历史的

---

① 参见李健侯所著历史小说《李自成》（原题《永昌演义》）的序言部分，详见李健侯《李自成》（原题《永昌演义》），北京：华夏出版社 2012 年版。

② 蔡东藩的系列历史演义，以其语言的古雅成为民国传统历史书写的代表巨制。参见戚德海、鲍永军：《略论蔡东藩在通俗史学上的贡献》，《浙江方志》2003 年第 6 期。

形式方兴未艾，无论是论史的通俗化趋势，如奎文阁出品的5册本论说五代历史的《唐宋间迷失的帝国》[①]，还是嬉戏笔法转登大雅之堂的当年明月的《明朝那些事儿》，其中的历史写作往往以普及性为鹄的，其中的文雅文言方面的展现则大打折扣[②]。而随着网络文坛的众军特起，裹挟着大量传统历史叙事阅读经验的月关，在历史写作方面为当代中国相对单色的历史话语地图中转增了一抹亮色。伴随着其语言和内容方面的特殊性或双重分裂性，其写作中独到的后现代的气息亦逐渐彰显。而其中，尤其以其早期的《锦衣夜行・杀青州》为这种独一性的一个代表。详析见下文。

（一）锦衣与夜行——古雅命名中的自我指涉

月关在《锦衣夜行・杀青州》中的命名方面颇具匠心，与"回明"系列的直白不同，这部书的命名大致关涉两种典雅的历史事件，而其中的自我指涉也明珠暗藏，绝非直露。

事实上，月关在玩文字花样上绝非等闲之辈，而这早在其笔名的选择上就堪见功力不俗，所谓"月"与"关"，分开则是两种独立的古典意象，月下关塞，自有一番古境幽情。

而落实到这部书系，"锦衣"和"夜行"也是一种相似的颇具张力的存在。

在将"锦衣"与"夜行"这两者的合写中，典雅的历史掌故呼之欲出，当来自《史记》。项王面对定都关中的良策，说出了"富贵不还乡，如衣锦夜行，谁知之者"[③]，而这里，典雅的典故再次随着自我指涉而发生新意，即

① 参见奎文阁：《唐宋间迷失的帝国》，合肥：安徽人民出版社2013年版。
② 参见薛斯元：《论〈明朝那些事儿〉的写作策略》，《山西青年》2017年第2期。
③ 参见《史记・项羽本纪》中项羽对"定都关中"事件的评论。

随着书系中主角夏浔的穿越，其恰如项王口中的那个锦衣富贵客，不过他的难处不在不返故乡，却是不得归乡（穿越的梦幻性也自在其中）。同时，锦衣和夜行二者的分写中，再次进行了一番自我指涉，对应书中夏浔所入锦衣卫的双面性：锦衣指其外，为官为捕，四面风光；而夜行则对应其内，为盗为侠，神出鬼没。故而，仅从命名上看，锦衣卫的职业特殊性就彰显其中，而其文本中所蕴含着的传统的武侠性、侦探性的杂糅便亦在意料之中了。故而，具体而观之，伴随着其中第一章的凶案，第二章的命名便直奔锦衣卫双重性的这一主题："鞘藏寒气绣春刀。"① 而同样的自我指涉也在其中冯检校的叙述中再次强化、确认："四年前，你我四人奉命离开应天府，潜入这青州城，足足耗费了四年的时间，把佥事大人能够动用的全部财力、物力和人脉都用上了，这才把杨旭扶持起来。上个月，本官刚刚给佥事大人递了消息，说杨旭已成为齐王心腹，大人可以开始下一步的行动了……"② 这里面的"官员"奉命"潜入"已然成为锦衣和夜行的两大注脚。

可以说，在古雅言辞下涌动着自我指涉的暗流，这是月关历史写作中的总体格局，而这一点，在"锦衣夜行"系列的首部大有展现，也是语言最出彩的一部。以下便详析之。

（二）古辞与今语：文白互搏中的自我消解

在《杀青州》中，这种古雅言辞与自我指涉的互动，还有一大特性呈现，那便是在语言层面上的文白互动，或者说文白互搏。在月关此次历史写作中的叙述者，其叙述方式出现精神分裂式的互相拆解和文白间的相互

① 摘自《锦衣夜行·杀青州》第二章，参见月关：《锦衣夜行·杀青州》，武汉：湖北少年儿童出版社 2012 年版。

② 同①。

搏斥，而其中的深意，也蕴藏在这种自我消解的后现代写作策略中。

1. 白中之雅与刻意为古

兹举数例：

> 如果有些胆大妄为的王府官想以从龙之功而求一世富贵［……］（第五章）
>
> 齐王朱榑是极刚愎的人，一旦拿定主意，九牛不回。（第六章）
>
> 皇上春秋已高，每多疾病［……］（第十二章）
>
> 没想到仇员外一进房便伸出了禄山之爪［……］（第四十二章）
>
> 县丞楚迈寇一身官衣，面寒似水［……］（第四十三章）[①]

譬如，“面寒似水”有唐时风韵。而吊诡的是“九牛不回”和“禄山之爪”，其中似将当下家常俗语（“九牛拉不回”，“咸猪手”）刻意进行雅化，而这种刻意地追求，自是月关有意为之。要之，恰因这些四字之词（甚至是有意为之）的使用，方使得其写作与传统的《水浒传》乃至更古雅者《三国演义》之类足以相类，而这种传统的延续，正体现了月关的古学修养，同时也是对古代传统历史书写的自觉承接，而这种继承性，也使得月关的写作在当下高级知识分子那里取得市场。

换言之，古雅言辞的熟练使用，使得月关无意间实现了自我期许，正在雅俗之间取得平衡，游刃有余地实现他当下历史写作的领主地位。故而，这类“九牛不回”和“禄山之爪”的古怪言辞才能张扬在月关写作的字里行间，没有被当下的白话用词所代替。

---

① 摘自《锦衣夜行·杀青州》第五、六、十二、四十二、四十三章，参见月关：《锦衣夜行·杀青州》，武汉：湖北少年儿童出版社 2012 年版。

然而，故事仍有另外一面，在这些古雅乃至刻意古雅的言辞中，时常闪现出不相称的当下“热词”，成为一个值得深究的话语现象。

2. 雅中之白与有意说新

在月关写作的另一面，也展现了比较有趣的动态。如果说月关语言中，“文”的一面是将古雅之处发挥到极端（乃至“刻意为古”），那么，其在“白”中则出现了热词入文，乃至高龄热词的展现，即“有意说新”。譬如以下数例：

既然名草有主，此事自然休提。（第一章）

山寨杨旭（第五章标题）

肖管事马上收起尴尬的表情，用《动物世界》画外音般的深沉浑厚的男中音道［……］（第十章）

夏浔大囧［……］（第十章）

小喇叭开始广播啦（第十六章标题）

爱拼才会赢！（第十八章）

其实兵中君子，兵中霸者神马的都是冠冕堂皇的场面话［……］（第二十二章）

若是很直接地在夫人面前摆出一副你的事情我全知道的嘴脸，那就悲剧了。（第二十七章）

夏浔风中凌乱，当场石化。（第二十七章）

十有八九是借机赏赐，让那电灯泡自己消失。（第三十一章）

夏浔顿时一个头两个大［……］（第三十一章）

孙雪莲的一颗芳心，很纠结很纠结［……］（第三十二章）

彭梓祺脸糗糗地没有说话。（第三十三章）

闲来无事逗逗这个傲娇的小丫头［……］（第三十四章）[①]

其中，“山寨”“傲娇”“糗”“囧”“凌乱”等当下社交平台风行一时的热词，与传统的文雅之词大相径庭，其所裹挟的是当下网络通俗文化的影子，而有趣的是，一些高龄热词的出现（如“一个头两个大”“爱拼才会赢”“小喇叭开始广播啦”“动物世界”“名草有主”等）则使得这个情况出现了可供分析的深刻性，如果上文是“刻意为古”，那么，这里的话语策略便是“有意说新”。如果说当下用语的彻底通俗是为了招徕喜新的青少年受众，那么，高龄热词（曾经的时代热词）的出现则指向了怀旧的中产受众。然而，这并非这种语言特质的全部，其实内在的深意便是在于人物设置，这种当下性词语的时代分隔化，使得文中主人公夏浔这一穿越前生活在当下时代的人物，获得了语言方面的注脚，换言之，随着文雅词汇中的白话热词（尤其是横跨许多个“十年”的热词）的涌入，夏浔在语言上获得了与穿越经历相匹敌的合法身份，即语言此处为穿越者夏浔建构出一个合理的史前史。

职是之故，语言的白话与彻底的通俗，自然成为古雅文辞的消解品，这种文白之间的互搏关系，成为一个可以探析的有趣现象。如果说如上文所论，月关有能力将俗语刻意雅化，那又似乎没有必要将如此热词进行嵌入，而且嵌入得如此明显，乃至出现后现代式的自我消解的祛魅风貌。而实际上，如果抛开对高低不同受众层次的迁就（似乎在这种杂糅中体现了月关写作中暗藏的受众乃至自我定位的焦虑，而这似乎也是当下网络小说受众并非彻底分化的一种表征），从话语的功能性来看，这种互搏，似乎正是对文中主人公身份乃至故事本身的隐喻：夏浔从当下的时代穿入历史，

① 摘自《锦衣夜行·杀青州》第一、五、十、十六、十八、二十二、二十七、三十一、三十二、三十三、三十四章，参见月关：《锦衣夜行·杀青州》，武汉：湖北少年儿童出版社2012年版。

这唯一的同时能对受众阅读进行暗中强化的提示线索便是语言，如果通篇是当下的热词，受众无法化入历史去感受；而如果通篇是故纸堆里钻出的言谈，那么，当下性便无从展现。故而，月关此时的用词，在古雅处用力古雅，乃至用力到刻意；而在通俗处则大肆嬉戏，乃至将当下各时期热词（“小喇叭”“《动物世界》画外音”等便涉及当下人的共同记忆，堪称一种记忆中的热词）大量征调，便是为了营造这种亦今亦古的穿越的氛围。而这种有意为之的文白之际言辞互搏，与其中所传达的难能可贵的自我解构性气息，在日益风行的穿越文学中，为数寥寥。而其历史写作能在当下语境中受到不同阶层受众的欢迎，自此也可窥得个中原因之一。而随着其文白之间（乃至刻意言古，有意说新）的搏斗，其写作中的后现代性也随之日渐彰显，譬如，其在历史人物的反写中所展现的元小说风貌，则堪称月关历史写作的独特之所在，也是其文白互搏的最后鹄的，换言之，他笔下的人物展现，在后现代语言方面实现了一种古今对弈。下文便详析之。

（三）定局与颠覆：古今对弈中的元小说性

1. 人物角色的古今对弈

在《锦衣夜行·杀青州》这一文本中，其中最为诡异的人物，除了穿越的夏浔，便是浓墨重彩描绘的新人物——西门庆。所谓新人物，并非西门庆这一人物形象不曾在文学史中出现，而是指，作为月关笔下的西门庆，地地道道是一个新角色。作者的描写是对此前文学历史的不信任和颠覆，是对历史传统的反写。而这里，月关的人物因此在文白的暗流裹挟下实现了古今角色的对弈，为文学史上的经典角色树立了新的竞争对手，而在后世长河中孰胜出孰败北虽未可知，但这种写法却显然呈现一派有趣的后现代性。

譬如，西门庆的出场便着力在拆解其在文学经典定论中的角色：

> 西门大官人长袖善舞八面玲珑，手段圆滑做事老成，本人还是一个妇科名医，在阳谷县里名声并不赖，至少没人听说过他干过什么欺男霸女、作奸犯科的坏事儿。（第四十六章）[①]

这里，除却对其“妇科名医”身份的定位，里面的“名声并不赖，至少没人听说过他干过什么欺男霸女、作奸犯科的坏事儿”便是对传统题材（从《水浒传》到《金瓶梅》乃至后续作品）的一次有意识的反叛，而这新人（西门庆）居然十分用功读书：

> 西门庆的书房里满满一架子都是线装本的医书，许多书的页边都翻起毛了，看得出来西门庆对医术还真的下过一番苦功。“没想到西门兄竟然是我锦衣卫中人。”夏浔饶有兴致地看着眼前这位很可能就是《水浒传》中西门庆原形的阳谷县郎中，微笑着道。（第四十七章）[②]

而此处，《水浒传》作为互文本的摄入，使得故事显得具有历史元小说的味道。

其实，若论这种反写历史的写作手法，月关并非独创。这类写作自成一派，其中典型者可以推出库切的《福》。

如果说《锦衣夜行·杀青州》中的西门庆是对《水浒传》这一文本的

---

① 摘自《锦衣夜行·杀青州》第四十六章，参见月关：《锦衣夜行·杀青州》，武汉：湖北少年儿童出版社2012年版。

② 摘自《锦衣夜行·杀青州》第四十七章，参见月关：《锦衣夜行·杀青州》，武汉：湖北少年儿童出版社2012年版。

有敌意的再创作，那么，《福》也是对《鲁滨逊漂流记》的有敌意的反写文本，故而有人翻译《福》为《敌手》①。

《福》中以女性叙事者的口吻描述了星期五和鲁滨逊·克鲁索在岛上无所事事的人生，将《鲁滨逊漂流记》中的开拓殖民者形象进行了拆解，并以真实自居，将真正的《鲁滨逊漂流记》斥为无能作家的伪饰。当然，其中的话语策略则是有声和无声——女性叙事者在故事中的无声和星期五的无声与真实中的可以出声之间的张力贯彻文本始终，旁证了女性主义与后殖民批评的一些独特论点。

而在《锦衣夜行·杀青州》中，西门庆的出现，可以说是月关开的一个后现代式的玩笑，其话语策略是上述的文白互搏，而非《福》中的有声与失声。但是，互搏的解构性也是其人物角色的对弈性的表征，这里，在文白互搏中，古今角色在互相质询，真实地成为可以质疑的叙述。故而，随着夏浔的“饶有兴致”（“夏浔饶有兴致地看着眼前这位很可能就是《水浒传》中西门庆原形的阳谷县郎中”），受众也随着夏浔一起成为这种反写历史的有兴致的看客：

夏浔啼笑皆非地看着西门大少，实在是无话可说。经过这两天的相处，他已了解到西门庆家里的情形和他的为人。这位与史上闻名的西门大官人同名的西门庆家有悍妻，又有一子一女。平时不管是来看病的妇人，还是家里的使唤丫头，亦或是街头偶遇的美貌少女，西门大少总喜欢口花花地占人家一点便宜。

其实他只是动口的时候多，动手也甚有分寸，西门庆长得儒雅斯文，又兼囊中多金，口虽花花却是恭维打趣居多，夏浔发觉不管是他府上的丫头还是就诊的女病人，亦或街头相逢的女子，

① ［南非］库切：《福》的序言部分，杭州：浙江文艺出版社 2013 年版。

> 并不怎么讨厌他的搭讪，只是一旦被他娘子发现，少不得要扭着他的耳朵，用鸡毛掸子教训他一番。
>
> 可这西门庆却是乐此不疲，也算一个异类，想不到就是这样一个人，竟然就是《水浒传》里那个集地痞、恶霸、奸商、淫棍于一身的人物原形，实在令人大跌眼镜。（第四十八章）[①]

此处，随着描写的日益大胆且深入，若即若离的描写被大肆反写取代，而这，并非为历史翻案，毕竟如同《福》之于《鲁滨逊漂流记》，文学并非历史，本无案可翻，但是，这种写法却着实高人一手，是在艾略特所谓的历史的传统中放肆地写出新意和个性，是后现代式的嬉戏策略，故而，其中大量出现的反西门庆的西门庆特征，无论月关如何放胆去写，都会成为书中最大的看点之一，故而“潘驴邓小闲”这一经典论断在此处出现便不再怪异，反而增添不少奇趣：

> 夏浔听了失笑道：“简而言之五个字，就是潘驴邓小闲了？”
>
> 西门庆一怔：“此话怎讲？”
>
> 夏浔把这五个字的含意细细解说一遍，西门庆只听得抓耳挠腮，喜不自胜：“妙！妙啊，这五个字，可比我的说法更加简练贴切了，朝闻道，夕死可矣，想不到贤弟也是此道中人……”（第四十九章）

所谓“潘驴邓小闲”，原本是《水浒传》中王婆对西门庆说风月时所提及的话，而此处则强制转变为真实而相异的历史：是穿越者夏浔明知道此西门庆并不知道《水浒传》中彼西门庆的论述，而亲自为其启蒙之词，

① 摘自《锦衣夜行·杀青州》第四十八章，参见月关：《锦衣夜行·杀青州》，武汉：湖北少年儿童出版社2012年版。

故而，在历史的反写中，真真假假互相混淆，穿越的精髓便展现出来——后现代的文本嬉戏中自有笑点和可爱之笔，譬如：

> 夏浔只听得泪流满面："苦口婆心劝我做个好男人的居然是西门庆，这叫人情何以堪哪……"（第四十九章）[①]

此中乐趣，若非这种写法写来，自然不会呈现。而这种写法，虽无《福》中对殖民历史反思的质重，却已然可以称为同类的写作方式，都是在后现代视域中的新的历史写作方式——哈琴所谓"历史元小说"。

2. 历史写作的元小说性

月关的写作，如果放入后现代历史写作语境中，则自有一番新的意义，并足以引发新鲜思考。这类小说最大的特质，便在于对传统历史写作那种自足而封闭的叙事世界的拆解。

在《后现代主义诗学：历史·理论·小说》中，学者哈琴指出，19世纪为两种历史写作的体裁提供了温床："写实主义小说"和"叙事性历史"[②]，而这两种传统意义上的体裁，"都希望选择、建构一个自足、封闭的叙事世界，既有再现功能又独立于不断变化的人生经历和历史进程"。而随着后现代历史写作的崛起，无论是"历史"，还是"小说"，都要重新"质疑这些假设"[③]。

而以库切的《福》等小说为代表的后现代历史元小说，就是去寻找

① 《锦衣夜行·杀青州》第四十九章，参见月关：《锦衣夜行·杀青州》，武汉：湖北少年儿童出版社 2012 年版。

② ［加］哈琴：《后现代主义诗学：历史·理论·小说》，李杨、李锋译，南京：南京大学出版社 2009 年版，第 146 页。

③ 同②。

“自足、封闭的叙事世界”之外的真相，换言之，在后现代语境中，尤其是后现代历史写作中，“真相只能有多种，从来就不是一种；几乎没有什么虚假之说，有的只是另外的真相”[①]。

换言之，无论是哈琴所标榜的《福楼拜的鹦鹉》《著名的遗言》《蛆》，还是库切的《福》，这类小说的共同点都是最大限度地拷问了此前文学传统中那“自足而封闭的”叙事世界。这类小说通过对过去文学世界和文学故事真相的探索、发现（甚至是带有侦探小说性质的）甚而是“发明”，以及刻意增添的细节，或者有意为之的无名人物对历史的“偷袭”和“潜入”（而这里就和月关作品中的夏浔在“夜行”这一功能性上取得一致），而实现对历史文本的反省乃至反写。这种古今之间的张力和发难，体现了后现代小说的“开放性”：“后现代小说表明，在小说和历史里重写和表现过去均等于将过去向现在开放，避免使过去显得已经尘埃落定且带有明确的目的性。”[②]

故而，从这个谱系上看，月关的写作并非孤独，他笔下的“潜行”人物（夏浔）并非仅仅是夜中潜伏的“锦衣卫”，也是在历史的记忆和文本中“潜行”的探索者。他探索到的迥异于文学叙事定论（或者后现代意义上的“真相”）的西门庆形象，并非一种对受众的捉弄，而是传达一种后现代叙事中常有的独特的思索，大写的文学叙事所带来的形象既是后代写作的焦虑之源，亦同时提供了反写的范本和动力。故而，《锦衣夜行·杀青州》里夏浔对西门庆的探知，恰如《福》中海难女性幸存者对鲁滨逊·克鲁索的审视，都是凭借元小说的角度来进入并破除文学叙事的封闭域，带着各自的目的来引发一番古今叙事之间的对话乃至对弈。而这种后现代历史写作的格局与胸襟，也使得月关的此次穿越写作不同于一般意义上的游戏之作（或者对民族历史崛起可能性的单纯畅想），而与后现代文学谱系中的某些

① ［加］哈琴：《后现代主义诗学：历史·理论·小说》，李杨、李锋译，南京：南京大学出版社2009年版，第147页。

② 同①。

作品取得了无意间的合流。譬如，为哈琴所盛赞的伊恩·沃森的后现代历史写作——《契诃夫之旅》。

这部小说，在哈琴眼中，也是后现代历史元小说中的扛鼎之作。根据哈琴的叙述，它“以历史小说”的方式开篇，主要叙写了1890年安东·契诃夫穿越西伯利亚去探访一个罪犯聚居地的旅行。然而，在哈琴看来，其最为有趣的便是那本书的下一章，它“在此次旅行和1990年的故事框架之间设置了矛盾对立”，即在乡间一处“隐逸居”里，一位制片人、一位编剧和一位长得像契诃夫的演员一起策划一部表现1890年之旅的影片。而随着被实施催眠术并闯进契诃夫的性格世界和过去生活的演员逐渐入戏，他们遇到了一个有关真相与混乱的“问题”——扮演契诃夫的演员开始更改可核实的历史事件的日期，而随着受众的阅读，逐渐得知，从这一事件开始，电影拍摄计划进一步陷入“没有历史可言”的混乱之中，并使其不可能有坚定的历史或者现实意识[①]。

而随着夏浔对历史的探索和进入，《锦衣夜行·杀青州》中的历史展现也已然出现了迥异之处，换言之，月关意义上的穿越随着对文学叙事的反写和背离，也使其写作本身呈现出《契诃夫之旅》中所展现的“没有历史可言”的悖论中。当然，这些问题已然不是月关所能把握的了。换言之，无论是构思，还是命意，在后现代历史元小说层面上，《契诃夫之旅》已然怪异地成为《锦衣夜行·杀青州》的先行者。似乎这种论断在伊恩·沃森的如下言谈意义上才不会显得过分令人惊异：在他看来，“历史就是一部虚构的小说”。而这种虚构不值得让人震惊，因为，它是“人类脑海里的一个梦想，一直在为……完美无缺的目标而奋斗”。[②]

当然，在哈琴看来，伊恩的这部小说同时具有一种“寓言性”：“不仅

---

① ［加］哈琴：《后现代主义诗学：历史·理论·小说》，李杨、李锋译，南京：南京大学出版社2009年版，第148—149页。

② 同①，第149页。

象征了俄罗斯不断修改、变化的历史，而且代表了我们对过去所有有意、无意的重写行为。”①

而在月关《杀青州》的写作中，尽管中俄有着类似的历史轨迹，但仅就文本本身来看，似乎月关未必走得如此之远，换言之，在中国当下的网络叙事背景下，也无必要。过分沉重的反写自然在某种意义上再次得到消解，具体到西门庆形象上，譬如上文提及的对其好色特点的重申，乃至此处对其家中妒妇的展现，都可以看作是对传统文本写作的部分回归和和解：

> 刚一转身，就见一个二十出头的女子提着一支鸡毛掸子，凶巴巴地从月亮门儿里走出来，这女子穿一件织锦官绿的湖丝袄，外罩一件织金绣牡丹的背子，腰系一条印花缠枝莲的马面裙，乌鸦鸦一头秀发梳个堕马髻，脸蛋白皙秀丽，颇具妩媚，只是一双细眉微微吊着，透出几分精明和厉害的味道。（第四十七章）②

故而，此处“提着一支鸡毛掸子”的那个“二十出头的女子”，便成为一个特殊的信号，不仅是对西门庆历史身份的落实与回归，更深一层，也同样隐喻了月关对自己写作中“双重分裂”的一种自我规训，历史不仅是一个“小姑娘”，也许已然成为一个二十出头的“女子”，并且在手里提着“鸡毛掸子”。而此时，月关的历史实验性也暗中实现了一个回退和转折。也许，一个更加直接和明显的和解性信号是，在电视剧版的《锦衣夜行》中，对《锦衣夜行·杀青州》中首次出现的“西门庆”进行了同音异字化处理——“西门靖”（徐正溪所扮演），故而，具有后现代历史写作中的

---

① ［加］哈琴：《后现代主义诗学：历史·理论·小说》，李杨、李锋译，南京：南京大学出版社2009年版，第149页。

② 月关：《锦衣夜行·杀青州》，武汉：湖北少年儿童出版社2012年版。

大胆反思和斗胆与古人对弈的颠覆写作行为，在最终的“西门靖”三字中实现了消解和回归。当然，无论如何，从其在文白和古今之维度上进行的正反合式的写作行为中，月关的历史小说也展现了不落凡俗的一面，乃至成为当下后现代历史元小说的余脉之一。而这，总归是应该为中国网络文坛所庆贺的现象。

综上所述，月关在“锦衣夜行”系列的首部《杀青州》中，以独特的语言功力和有意识的写作策略，使得其文本在言辞方面呈现一派后现代式的嬉戏和杂糅性，落实到文和白这两种互相对立的语言风格上，便是“古雅”与“白俗”之间的共生及对立。而在古雅中，又试图通过古辞将当下俗语进行雅化，呈现“刻意为雅”的风貌；而在白俗之中，又试图将不同时期的通俗热词进行收编，从而使得文本自身在语言上呈现复调和互斥。这种文白间的张力和互相消解，笔者试图命名为文学语言上的分裂性——“文白互搏”，而其中貌似精神分裂的语言表层下，潜藏着月关为笔下人物构建史前史的用意。同时，在内容层面，随着这种文白互搏的语言策略，其所外化的则是月关在内容上提升写作水准的努力。而随着其试图从“穿越”这一叙事模式中实现某种程度的解构真相，其写作在无意中进入了后现代历史元小说写作方式的核心之域：通过对西门庆这类文学角色的反写，月关的历史写作实现了如库切的《福》、伊恩·沃森的《契诃夫之旅》等后现代小说那样的对传统文学叙事自足性、封闭式文学领地的侵入，而这种通过文学形象的反写和立异，笔者命名为文学内容上的分裂性——“古今对弈”。尽管在文本中乃至电视剧改编过程中都有部分调试和回归，但依然是当下网络文坛尤其是历史写作领域中值得进一步关注和跟踪的现象。换言之，随着网文的勃发，具有严肃文学性质和划时代含义的写作也会接踵而至。月关当是开此风气的代表写手。

（张翼飞）

三、唐家三少与网络小白文

唐家三少是一个处在网文金字塔顶端的人物，作为起点中文网白金写手、炫世唐门文化传媒有限公司董事长、全国政协委员、北京新的社会阶层人士联谊会副会长、中国作家协会主席团委员、北京市文联副主席、北京市作家协会副主席、茅盾文学新人奖“网络文学新人奖”得主、中宣部文化名家暨“四个一批”人才的他连续6年蝉联网络作家富豪榜榜首，早在2018年其版税收入已达1.3亿元，其总版税收益高达4.7亿元。唐家三少的网文被不断改编成影视、漫画、游戏，他也是首位成为中国作家协会会员的网络写手……尽管取得了如此骄人的成绩，唐家三少却依然对自己有着清晰的定位与认识，他称自己的创作是“娱乐大众的写作”，走的是与传统纯文学不一样的路子。与被网文界称为“四大文青”的烟雨江南、烽火戏诸侯、猫腻、愤怒的香蕉明显不同，唐家三少是“中原五白”之一（辰东、天蚕土豆、唐家三少、梦入神机、我吃西红柿被称为“中原五白”），他所创作的网文是典型的“小白文”。所谓“小白文”，顾名思义，是指这类网文比较浅显平易，文笔直白，不故作高深，高度模式化，故事性强，易于消化。因而一味站在严肃文学、高雅文艺的角度和立场来探讨唐家三少的网文创作无疑显得捉襟见肘，难以真正切近唐家三少网文写作的特点。

时至今日，网文与传统文学的区别性与异质性已有目共睹、毋庸置疑。如果说传统文学是精雕细琢的艺术品，网文则无疑是数字化复制时代的文娱产品，当年本雅明在《机械复制时代的艺术作品》[①]中已阐明机械复制技术的出现使得传统艺术失去了原本笼罩着它的“灵韵”（Aura），艺术品的唯一性失落了。本雅明意识到“灵韵”的消失是历史的必然。网文的出现更使得传统艺术的“膜拜价值”荡然无存。它作为顺遂数字媒介而产生的崭新的文娱样式，其产生有着历史必然性，显示了文化娱乐的新趋势。这也势必引发如何看待艺术与非艺术、文学与文学性的问题。一时代有一时代之文学，一时代也有一时代之文娱，网文因其自身精准的市场定位、天马行空的艺术想象力，不拘泥于现实的创作格局而使得自身具有旺盛的生命力，因而一朝涌现就在很大程度上占据了传统文学的市场。与此同时，这也引起主流批评家针对其艺术性与文学性缺失等问题的不少诟病。因此，有必要对唐家三少的网文创作模式、其网文与通俗小说之间的传承关系、唐家三少网文的人文关怀进行探究。

唐家三少的网文属于典型的文娱快餐，是典型的“小白文”，他对自己的受众定位很明确：8～22 岁之间的受众。唐家三少并不把作品的艺术品位与审美追求放在第一位，他更加看重的是网文作品能不能给受众带来阅读快感，能不能给受众在一天的忙碌当中带来放松和阅读享受，至于网文作品的艺术品位与文学性，则并非唐家三少首先要追求的。也正因如此，唐家三少的快餐网文才能迅速获得一大批受众的响应，受到一大批受众的追捧。

究其原因，除了玄幻题材网文的创作架空了时代背景，可以更好地发挥、尽情挥洒之外，更离不开唐家三少本人对受众心理的体察。唐家三少深谙文娱产品传播营销的三昧，精确地定位出自己潜在的受众，事实证明，他对受众的定位不但相当准确，而且紧紧地抓住了受众的文娱审美心理及

① ［德］瓦尔特·本雅明：《机械复制时代的艺术作品》，王才勇译，北京：中国城市出版社 2002 年版。

阅读期待。更确切地说，唐家三少的网文创作，更像是在生产文娱商品，基于对受众心理及潜在受众的精准把握，唐家三少能够在短时间内大批量地迅速制造出一批网文作品。这类作品，无论是故事框架，还是思想主题，都存在着近乎相同的模式。

然而，受众毕竟在成长，看惯了唐家三少作品套路的受众，随着自身文学素养、审美品位的不断提升，很容易就会对唐家三少的网文作品产生审美疲劳，因而他的受众必然随着受众自身认知水平的提高而不断减少。但是，一批又一批崭新的，正如唐家三少自己定位的那样，8～22岁之间的新的受众不断产生，基于玄幻题材丰富的艺术想象力以及唐家三少稳健的笔力，唐家三少的受众维持在相当稳定又较为庞大的基数上。这是唐家三少的网文创作产生巨大影响力的前提和基础。

不得不说，唐家三少在网文创作过程中的这套平衡法则是高明的，不仅能够使得他的创作速度得到保证，而且使自身的受众群体保持着稳定的数量。唐家三少的网文创作模式的产生与他自身对玄幻网文以及其他通俗小说广阔的涉猎面密不可分。唐家三少的网文创作模式显然不能简单地认定为低劣，相反却有助于保证他的写作速度与质量。当然，在带来高产与相对高标准的网文作品的同时，唐家三少的网文作品也存在一系列的问题。最为明显的就是唐家三少的主人公带有脸谱化、符号化特征，唐家三少玄幻小说的主人公大多从最初入世的稚嫩到逐步成长为一个族群的核心力量，担负起振兴族群的重任，这样的写作模式不断在他的作品中重复着，早期作品如《光之子》《善良的死神》都遵从这类写作模式。

唐家三少小白文所传达的励志主题很容易引起现实生活中一批身份低微、处境受挫的受众的共鸣，因而在一定程度上对冲了因网文作品情节雷同而产生的模式化、脸谱化缺憾，受众会把唐家三少网文中人物发奋逆袭的人生历程与自身的际遇叠合，以期获得心理上的激励与补偿。这也是他的网文作品备受欢迎的一个重要原因。

与传统纸质文学作品相比，唐家三少的网文创作在传播模式上发生了本质性的变化，由于在网络上连载，唐家三少的作品得以被受众及时评价和追踪，这在很大程度上拉近了受众与唐家三少之间的距离，受众甚至可以零距离地对作品中的人物、情节进行探讨。在起点中文网，唐家三少有一批相当稳固又数量庞大的受众，唐家三少的作品一经连载，就迅速获得一批受众的追捧。与此同时，受众也会把自己对作品的建议实时反馈，唐家三少根据受众的在线反馈可以及时更新、修改自己在人物塑造、情节安排等方面存在的问题，因而更能保证自己的作品切近受众的阅读期待，这对于维持自身的受众数量是非常关键的。就这一点来看，唐家三少的网文写作比传统文学在与受众的互动、对受众阅读心理的捕捉与把握方面有着天然的优势，可以想见，其受众的数量与稳定性绝非传统文学可比。

唐家三少的写作模式之所以能够一直延续下去，并受到受众青睐，根本上还在于唐家三少对受众心理的深刻体察，以及对自己网文写作的精准定位。从受众心理角度看，唐家三少的预期受众普遍文化水平不高，在现实世界中充满了挫败感，要想实现“草根”逆袭的人生理想，道路漫长而且充满阻碍，然而这一切在玄幻小说中却不难实现。对于受众来说，唐家三少的作品也好，其他玄幻小说也好，最重要的意义是提供了人生压抑的缓解剂和普通人难以企及的传奇梦幻境界，在艰难压抑的日常生活中可以借此获得多方面的慰藉，体验庸常的世俗生活中难以遭遇的传奇经历，获得替代性满足。

从其小白文作品来看，唐家三少显然无意追求传统儒家文学宏大、严肃的人生主题与劝诫意义。在他看来，他的网文只需要承担起文化快餐的任务，供人们茶余饭后解闷，失意时从中找到人生的慰藉，疲惫时借此娱乐消遣，休养身心。作品写出来只是第一步，行而且远、广为流传更为重要。就其网文的传播、消费来看，唐家三少无疑取得了巨大的成功。不仅如此，基于其《斗罗大陆》《绝世唐门》《善良的死神》《神印王座》《为了你我愿意热爱整个世界》等改编的影视剧、电子游戏、漫画等也在不断扩大着唐家三少作品的传播面，使他的作品广为人知，更为畅销。以唐家三少为代表的网文写手走的是与传统纯文学作家截然不同的路子。但玄幻小说的弊病也在于此，虚拟的世界、架空的故事背景也使得唐家三少的小白文有脱离现实生活之嫌。在写作与叙事模式上存在着雷同化、复制化，故事情节刻板、单一等问题。与其他玄幻作品一样，唐家三少的网文带给人们一个庞大新奇、光怪陆离的玄幻世界，但和其他小白文相比，他的作品格局更大、境界更高，主人公隐忍向善，“三观”正，有正义感，每个故事中最终正义总能战胜邪恶。单凭这一点，唐家三少就比许多玄幻网文作家更具正能量，这也是唐家三少的网文受到广泛欢迎的一个重要原因。

唐家三少的小白文显然受到中国传统通俗文艺的影响，传统通俗小说讲求忠勇正义，故事的主人公即便是草莽英雄也懂得“侠之大者、为国为民”的道理，在这一点上，唐家三少的网文创作传统气息浓重，有许多通俗文艺的影子，故事的整体框架以及正义战胜邪恶的故事模式都与传统评书一脉相承，俨然是网络空间的通俗文艺。同时，他又实现了对通俗文艺的推陈出新。其成功离不开对通俗文艺作品的涉猎与研究。唐家三少有深厚的传统文化积淀，从幼年时期起，就对长篇评书、故事很感兴趣，他的父亲也启蒙了他的英雄梦。无论是中国传统的通俗小说，还是长篇故事、志怪野史、说书唱戏，唐家三少都曾广泛涉猎，乐此不疲。同时，唐家三少的玄幻网文也受到西方玄幻小说的影响。

唐家三少在不同的场合多次谈到自己网文创作的传承，他说自己受黄易的影响很大，有意识地去借鉴与吸收其创作的灵感。细读唐家三少的作品也不难发现，他的网文更加倾向于异域的神话体系，受《魔戒》《哈利·波特》等玄幻小说影响也很大，因而唐家三少的玄幻体系整体来看是充满异域风情的，其中又融汇了许多中国传统元素，例如唐家三少的《阴阳冕》讲的是精通阴阳五行的阴阳魔师，调和由阴阳五行与天干地支相混合的内在属性而与其他国家的族群进行战斗的故事。唐家三少并非拘泥于一种创作形态，而是以自身巨大的融合力、平衡力将自身的阅读体会实践于自己的创作，创造出一个个光怪陆离、天马行空的艺术世界。唐家三少在创作中显示出的强大的融合力与包容力，使得他能很好地平衡创作中的问题，既能保证自身的创作速度，又能在很大程度上保证作品的质量。

执着于自己的玄幻梦，幻想在作品中创造属于自己的玄幻世界，大概是每一个玄幻写手的追求，唐家三少也不例外。这大概是唐家三少最原始的写作动力与创作源泉，这种写作动力是诉诸自身的生命体验与英雄情结的，因而能够迸发持久的生机活力。也正因如此，在创作完《光之子》《善良的死神》《狂神》《惟我独仙》等作品，构建起自身的玄幻体系之后，唐家三少又逐渐在《斗罗大陆》《酒神》《绝世唐门》中逐步完善、扩充自己的玄幻体系。

唐家三少的玄幻网文能带给受众轻快畅达的阅读快感，在早期的作品被改编成游戏、影视剧并取得巨大成功的基础上，唐家三少更是有意识地在网文中加入一些升级、打怪的元素，使作品更为跌宕起伏，更具节奏感与可读性，让受众在逐步地阅读中获得不断上升的阅读快感，感受到类似于游戏升级的体验，这可以极大地释放受众的压力，使之获得酣畅淋漓的阅读体验。唐家三少的玄幻网文创作模式堪称他对古今中外通俗小说写作模式的推陈出新。

2019 年 8 月，唐家三少被评选表彰为“全国非公有制经济人士优秀中国特色社会主义事业建设者”，这一荣誉与唐家三少正能量的网文创作成就显然密切相关，如唐家三少的《绝世唐门》曾被国家新闻出版署评选为优秀网络文学原创作品。唐家三少的网文创作尽管存在诸如情节雷同、题材单一等问题，然而不容置疑的是他的网文中倾注着人文关怀，对人的存在以及生命体验的尊重与关怀是他的网文的亮点所在。作为“80 后”网文代表写手，唐家三少对这一群体的心路历程和成长变化格外关注，他的网文受众最早也以“80 后”居多，这批受众后来也成为唐家三少受众中的中坚力量。这批受众几乎经历了中国社会物质生活水平不断攀升，物质财富日趋丰富的改革开放 40 年的全部历程，也突出地遭遇了随着商品经济的迅猛发展，物欲横流，精神贫瘠的巨大反差。唐家三少的玄幻网文恰恰应和了这一批受众的焦虑和期待，他笔下神奇的“斗罗大陆”“七色海”“神印王座”“琴中帝王”极大振奋了精神生活庸常化的平凡受众，引领他们进入光怪陆离的神奇化境，感受锐意拼搏的传奇人生。更为重要的是，在唐家三少的网文中，几乎每个人物都有漫长的成长史与艰难的心路历程，由最开始的弱小、自卑逐渐成长、壮大为一个个部族的首领，唐家三少不仅在作品中编织了自身的英雄梦，也让受众从中找到了自己人生应有的光彩，从而产生强烈的共鸣。

唐家三少的网文非常关注人物内心的成长与心性发展变化，作品中人物的命运转折、心性变化、每一位主人公在从稚嫩走向成熟、强大的过程中经历的漫长的心路历程都让受众牵肠挂肚，欲罢不能。在穿越玄幻小说《斗罗大陆》中，唐门外室弟子唐三的勤奋、机敏和自卑，因偷学唐门绝技而跳崖自尽、穿越到斗罗大陆后成为昊天斗罗唐昊的儿子后面对单亲酒鬼父亲的亲情匮乏，因武魂蓝银草而备受鄙视的自卑而又奋发图强的童年生活，在初级魂师学院诺丁学院与同学小舞的相濡以沫、九死一生的练魂之路，不仅情节跌宕起伏，而且心理描写细腻入微，令人叹服。可以说，关心人物的成长、经历、内心蜕变，体察现实中受众心理的缺失，并在此基础上为受众弥补内心的缺失，这是唐家三少网文创作最为精彩也最有价值的地方，是他网文创作的不二法门。

唐家三少的网文创作向我们展示了即使是文娱快餐，其内里仍要追寻人性的本真，带给现实中的受众希望和启迪。唐家三少的网文充满了对人的成长与内心蜕变的积极关注和摹写。可以说，在他的网文中，玄幻只是外壳，关注、关心人的心路历程与成长变化才是根本。

（何志钧　刘静）

四、《巫颂》的叙事视角和历史感

天道有常，大道无情。《巫颂》是一本情节与文笔俱佳的修真小说，记录了华夏神秘的“巫”这一失传的修真体系是如何落寞的，点明了“道”这一派是怎样兴起的。以狂野奇幻的笔法讲述了一系列神秘故事，逐步揭开中国神话史上最大的谜团。该作品情节跌宕起伏，典型人物扣人心弦，构思独特，想象大胆，文字厚重、扎实，却又处处透露出笔锋的细腻与绵密。一如血红以往的笔风，在激起你无边的愤怒与血性之后，再告诉你：大道无为，天道茫茫，人力不可抗争。该作品最吸引人的还是它的背景设定和人物把握，宏大的历史框架和亚特兰蒂斯文明堕落相结合，从现代穿越到号称神话的终结、历史开端的大夏朝末期，显示出历史跨度的巨大史诗性。同时，大历史隐秘出非凡的个人命运，生活的洪流紧紧裹挟而来。以独特文风、丰富的想象力和强大的情节控制力著称的血红为我们解读了一个不一样的历史进程。

（一）作品独特题材之“穿越”

好的作品，需要好的创意、熟练的文笔和流畅的章程。对于血红来说，文笔丝毫不足以成为制约他的枷锁。而在创意上，血红则以大胆的穿越方式来展开故事的序幕，的确让人有着几分期待。近几年，穿越这种网络小说的独特题材颇受欢迎和好评，而穿越的基准点，都在于穿越之人是否能够回归那个年代，融入那里的生活、人物。

在《巫颂》中，特工夏侯在执行秘密任务时，因被敌人伏击而遭受重创，拼死一击之下，引发九鼎之一的Zone53秘密能量爆发，被不明力量牵引到另一个时代——中国历史上号称神话终结、历史开端的夏代末期，见证了夏代从极其强盛到突然衰落的历史变迁，更以巫教星宗潜星的身份看到巫的陨落、道的兴起，并且和历史中的传说人物有了各种联系。从小说的主角夏侯来看，他也存在着想要回去的想法。所以，就效果来看，此种穿越无疑是成功的。

（二）故事主要元素之“巫”

在小说中，“巫”最初作为一种技能或者理念，应该是在“当初树下野狐”的《搜神记》中。而“巫”正式开始登场，则是在紧随其后的《邪风曲》当中。

在《巫颂》中，“巫”作为整个故事背景的主要元素，而夏侯在现代所学的“道”又是一种独一无二的力量。一般说来，独有的就是有力量的。那么，“道”是否会成为以后左右天下的另外一种力量呢？至于“舞”和“武”就是一直与“巫”同在的力量。在先民时代，“巫”和“舞”是不分家的。在各种大型祭祀活动中，大巫都是跳着巫舞来举行祭祀的。那么，笔者比较期待的是，在《巫颂》之后，会不会出现类似“巫舞”或者说是“武舞”之类的技能或者力量。

《巫颂》从另类的角度解释“巫”的衰败、练气士的兴起，以及“现代巫”的起源。“天巫”“地巫”“灵巫”“幽巫”“黎巫”“令巫”“幻巫”“力巫”“化巫”是大夏巫教的九大巫，同时也象征着9种极其可怕的力量。上到坐镇中州安邑巫殿，下到驻守各部族为部族消灾解难的巫公，处于原始社会的夏代俨然有自己的一套森严的管理体系。夏代的毁灭，建于其基础上的巫系也分崩瓦解，而在练气士支持下成功打败夏代的商汤，随着商代的建立也奠定了其在人间超凡的地位。域外邪族的入侵，九州结界的炼制，人间再无灵气，练气士不再适合在商代国土上修行，继而纷纷前往传说中的修炼圣地——昆仑山进行修行，似乎这也是练气士淡出人类视野的真正原因。大地分离，海水涌入，成就今天的地理环境，似乎也为板块运动找到了缘由。国破后，“巫”被流放北方雪原之地，这也是为了保留在云梦大泽的八千血脉不被暴露。虽然，最后“巫”为保卫自己的子民与域外邪族厮杀最终仅剩重创的夏侯一人，但隐藏的那支血脉还是被保存了下来。而今，“巫”主要活动在南方深山之中，似乎他们就是《巫颂》中的那支遗脉。

（三）作品主要设定之历史感

笔者在看这本小说时，感觉其中很多事情应该有其历史依据，比如，中西方的接触，史学界也有类似说法。

《巫颂》开篇，夏侯就被牵引到一个奇怪的时代，黑色的粗糙岩石搭建的房子，一群身高都在两米以上，有着浓密但是杂乱的长发，留着乱七八糟的胡须茬，仅在腰间胡乱缠绕着一块兽皮的男人，无论怎么样看都是一副原始人的模样。对，这就是中华大地上最古老也是最神秘的王朝——夏朝，但似乎现在的他还没有意识到自己来到了这样的一个时代。人们似乎还单靠着狩猎的方式生存。日落时分，大汉们手上抓着大刀、长矛、重弓等武器，肩膀上或挑或扛，一路发出“嗷呜、嗷呜”的叫声，载着满满的野兽大步朝村子跑了过来。3块石头撑起的陶火锅里炖着一锅鲜肉，这是夏侯家的晚餐。血红似乎在向我们展示那个社会生产力极度低下的奴隶社会时期，南方蛮族独特的生活方式。他们在这片土地上生长、生存，日出而作，日落而归，有时，简单而平静的生活如世外桃源一般。同时，仇杀争斗、部族更替是“物竞天择，适者生存”理论的现实演练。

初到安邑，夏侯所见识到的是安邑的防守，虽经波折，但顺利成为刑天大风的友客，接而与一系列历史中的人物相遇，一同在历史的长河中沉沦。在这里，初遇少年时的夏桀，只是现在的他还只是一名普通的王子——大王第九子。不同于历史记载中的昏庸无道、残暴不仁，此时的夏桀，精明能干，足智多谋，尊老敬贤，知人善用，至少可以说是一名优秀的王子。更有一个崇尚力量，追求极致武道的申公豹，一切与历史并无不同还有所补充，似乎这才是真正的历史事实。

此外，关于亚特兰蒂斯文明，最早的描绘出现在古希腊哲学家柏拉图的著作《对话录》中，传说亚特兰蒂斯对大海有着强烈的崇拜，他们以海洋之神的子民自居，与利莫里亚文明并存。据称其在公元前 1 万年前后被史前洪水毁灭。《巫颂》中的亚特兰蒂斯科技已高度发达，使用大规模的战略性武器，同具有深厚巫力、强大体魄的“巫”进行对抗。而关于亚特兰蒂斯文明的堕落，不同于为了惩罚人类的堕落与腐败而为众神之首宙斯所灭说，也不同于柏拉图记述中因国王昏庸无能，惹怒天神所灭说。《巫颂》中，是因亚特兰蒂斯仅剩的大祭司——撒拿旦·奥古斯都为满足一己私欲，出卖众多血肉与灵魂，开启末日堡垒，引域外魔族入侵，引起“巫”、练气士与域外魔族的大战，引发天怒，最终被族灭，一代文明沉沦海底。

（四）通篇绵绵细腻之笔风

名著在各个方面都能到达一种仰望的高度，比如用字习惯的好坏决定了对于人物描写的成功与否，因此，可以通过语言描写来突显人物，而这需要时间的雕琢才能产出这样的不朽。玄幻小说，不是名垂千古的名著，重要的是情节，对于人物的描写有本质的弱点，可能不会一字一句去修改，在描写人物时不可能把每一个人物性格中的矛盾表现得淋漓尽致，还需要保持更新的速度。血红有自己的独特风格，体现在文字上便是独特的用字习惯。风格不是单纯的，而是由各种因素交织在一起形成的。笔者相信，只要是喜欢的人，在阅读时肯定是保持着一种热血沸腾的心态，火热的心与文字、文风融合交织。独特的用字习惯使得情节具有了强大的感染力，让受众陷入、迷醉和契合。鉴于此，虽然主角的性格描写没有被忽略，但是在配角的描写上不能说是成功的。虽然相对于其他作者来说已经很好了，但是因为用字，比如那个“却”字，使得作品有了一个不大不小的瑕疵。

通篇来讲，血红的笔风非常细腻，特别是对环境的描写。无论是在开篇，“青石板的小道在两侧古旧围墙的包夹下扭曲前行，墙上斑驳的青苔已悄无声息地在石板间扎下根基。小道上，三五个衣着鲜艳的少女手持花枝雀跃而来”，还是夏侯穿越后初到安邑，对安邑防守由远及近的描绘，都表现出血红细腻的笔风和扎实的文字功底。“铜墙铁壁，固若金汤”确实是对安邑防守的最好描绘。此外，或许因为是桃源人，自幼在桃源长大的原因，又或许是对平静祥和生活的向往与喜爱，血红笔下的篪虎部落有一种陶渊明《桃花源记》一样的感觉，阡陌道行，鸡犬相闻，族人们一同狩猎，共同分食，更是按着部落的规则将一天所得猎物中的一半，用树枝串好后送到“巫”所居住的石屋。人与人之间简单而又祥和，对于幼年夏侯的优秀，夏侯父亲貅的吹嘘，不同于现代人所表现出来的羡慕甚至是嫉妒，族人所表现出来的则是祝福，以及与有容焉的自豪，都在为部族中能够出现一个优秀的战士而感到荣耀与自豪。这是一个简单的大同社会。

综上所述，《巫颂》的写作构思和文笔奇幻无比，有完美自洽的想象力、对历史和神话的调和力和掌控力，紧张的战争场面、精妙的风光描写、鲜明的人物性格、令人刻骨铭心、看过皆泪的人物形象塑造以及对最终命运的设定，都是非常离奇的，水平远高于同类其他作品。当然，《邪风曲》作为它的前身，也可以称之为一部“小巫颂”，可惜虽然历史感强烈但结局未能免俗。同样,《逍行纪》作为与其说是《邪风曲》的后传，不如说是《巫颂》的后传，一众上古神器的加入让这部小说有了为数不多的亮点。人人心中有一个旒歆（女主角名），这本小说无论改编成游戏还是电影，甚至就其本身价值而言，其艺术性高度和审美活动带来的形而上的历史与神话的溯源思考，都应当是全方位、多层次力压当今中国网文的一大力作。

（严立刚）

五、少数民族文化与神话传说的诡谲交融

——评血红的《巫颂》

血红的《巫颂》常被熟知网文的受众称赞为洪荒题材网文的里程碑，该作品在对中国夏代历史与明代小说《封神演义》结合的想象之下，对中国古代“神话时代”的终结给出了自己的答案，堪称现代版“封神演义前传”。该文本最令人称道之处在于血红通过现实地理坐标的异化与中国古代神话相谐创造出了一幅景象逼真、自然生动的“神话时代”的史诗画卷，大量的少数民族文化元素更是为其书增添重彩，将一个“巫”的世界完整呈现在受众眼前，令人拍案叫绝。

《巫颂》在其谋篇布局与情节刻画上较之其他穿越题材小说而言显得大为迥异，体现了作者独具匠心的艺术创作。一般的穿越小说特别是男性作者创作的穿越小说，往往将主角对抗或者推动历史发展作为小说的重要发展脉络，往往越是为人所熟知的历史桥段，作者越能拿捏好小说情节的张弛之度。《巫颂》则不然，该小说恰巧是探寻中国历史中“失落的一页”，是受众不甚熟悉的历史文本或者文学作品中鲜见的题材，而且血红并非简单依靠历史脉络的自然演进而是通过大量的细节描写深度呈现这一洪荒时代下的九州风物来完成其艺术谋划。其中最为成功的，是其将少数民族文化中的各类元素成功地与神话传说交融，使之形成了一个如临其境的“大

夏世界”。并且，血红通过引入西方神话中吸血鬼、亚特兰蒂斯、通天巴别塔等元素，如编演一出舞台剧一般，将《巫颂》中的神话时代的终结与《封神演义》的发端进行了无缝衔接，为受众留下无限遐想的空间，即使离开血红在《逍行纪》继续阐释，《巫颂》业已能够自圆其说、不落窠臼。此外，《巫颂》的另一大特色是对于人性的诠释，如阐教十二金仙与截教万仙的日常摩擦、大夏王朝与海人的千年血战、天庭诸神与大夏巫教的根基之战，通篇贯彻了“天下熙熙，皆为利来；天下攘攘，皆为利往”这一源于《史记》的人性拷问。血红以虚写实，通过神话故事写古今之练达人情；以虚代实，通过大夏世界传少数民族文化之风物；以虚胜实，通过宏大叙事写人类文明演进之变化。

（一）现代的本我、蛮荒的自我、巫化的超我下的主角塑造

与其他穿越类小说不同的是，血红将主角夏侯从一个现代人转变的心路历程刻画得极其细致，夏侯从初出蛮荒到走进安邑，他完成了一个从现代人到蛮人的转身，而从亲族被灭到旒歆牺牲，夏侯从蛮人走向了一个真正的巫的超越。从夏侯到篪虎暴龙，再从篪虎暴龙到夏颉，同一个人不同的称呼映射了作者呈现人物本身的不同阶段。首先是现代的本我一直在对夏侯的一举一动产生着影响，如其对待黎民百姓的怜悯、对待王权与神权的不屑、对待道家传承的神圣感皆是其作为一个现代的本我也就是夏侯的上一世对其的潜在影响，伴随其不断思考中始终存在的理性与科学为后来夏侯的巫道双修和旒歆称其不是巫埋下伏笔。洪荒题材的网文从选题上亦天然存在了德里达的解构主义，无论是对广成子、金光道人关于门徒之辩还是对天帝和巫王之间的权力斗争，都是在褪去神话中“神”性的魅力。虽然《巫颂》与《封神演义》有着天然联系，但是与《封神演义》截然不同的是对于所谓天道运行的不同理解，也就是作者本身作为一个现代人的思考。《巫颂》代表的是一种

探寻的态度，是发现，是寻找，是求真。这种现代性始终充斥在夏侯的潜意识中，他终归不是巫，所以在赤椋死后，夏侯声称“我夏颉赤身裸体地来到这个世界，我唯一拥有的，是我的族人和我的兄弟。我的族人已经被东夷人杀死，那么，若是我不能保护我的兄弟，那我夏颉在这个世上，还有什么意义？”随手抓起浑身僵硬的关龙逢，将他丢给了几个安邑令的官员，夏颉仰天长笑道：“我的兄弟，那是我的血，我的魂，我的命。我夏颉在大夏，除了兄弟，还有什么？”独在异乡为异客，大夏之于夏侯是异乡，这是主角夏侯即使成了夏颉，但是其现代的本我依旧影响着他的一举一动。而在蛮荒重生的夏侯终其一生都被这个“蛮”字牵动，无论是其多次头脑如其父亲一般气血上涌还是他在蛮国的一举一动，都充分证明了他始终是以一个蛮人的角度在思考问题，这种行为方式已经成了他的习惯。即使他平时再害怕旒歆，但是在黑岩部落时他却用一个蛮族男子的行为方式强压住了旒歆可能随之而来的暴怒行为。并且那种蛮族直来直往的行为方式亦深深地在夏侯身上留下了烙印，哪怕夏侯后来智慧再高，都难以磨灭其本色。

而“巫”之于夏侯乃是其超我的部分，夏侯在不断强大的过程中，既是不断发掘“巫”的力量的过程又是不断升华“巫”这一概念在其心中的过程。在夏侯完成走向超我的成长过程中，血红亦完成了其对于“巫”这一概念的诠释。随着小说情节的推进，“巫”从初时的物化概念到一个完整的文明传承再到一个人类文明的精神象征，“巫”既是夏侯的超我亦是血红希冀展现的一个中国“神话时代”中最为动人的音符。夏侯的个体最后走向了一个真正的“巫”，而“巫”的文明在奏响了“神话时代”的最强音后画上了休止符。

（二）神话传说与真实历史虚实交杂下的情节演进

纵观全书，血红笔下的夏侯更像是一个探索者而非一个改变者，他一直在探寻自己如何回家的路途，而受众也通过夏侯对于大夏世界的探索完成血红创作中神话世界的描摹，进而完成自己对于中国“神话时代”终结提出的想象。正如书中最后鸿钧与夏侯的对话那般，他轻笑着朝夏颉点了点头：“你是一个意外。你原本不应该在这里。但你很知机。你并没有试图改变什么。”“我无力改变什么。”夏颉坦然地看着老道，“也许无力，也许有那机会。谁说得清呢？”夏颉回想了自己这一辈子的经历，没错，他近乎无为。他也的确没有试图去改变什么，除了最近让刑天家分化出一支血裔去云梦大泽的事情。夏侯确实在一系列奇遇与经历后得到了改变历史的力量，这也得到了鸿钧的承认，但是他却从未真正改变过一丝一毫的历史。夏侯不是巫，但是夏侯身边的刑天大风也好，旒歆、太弈也罢，都是巫且是大巫，所以夏侯往往被其他人视为另类；夏侯也非道，但是无论是通天道人、广成子、多宝道人都是道，所以夏侯做不到“天地不仁以万物为刍狗”的超然；夏侯也不是亚特兰蒂斯这样的超越现代文明的存在，他更做不到去天然亲近这个比之前世科技感更强的帝国。

文化上的疏离让夏侯更像是一个文化的边缘者，这种边缘感造就了他始终是带着一个观察者的身份在亲历着他在这个世界的一切，血红亦是通过这种边缘感更易于勾勒出其他共存于大夏世界中的文化团体。血红在开篇就树立起了一条自夏末到商初的时间线，而推动小说情节的重要节点往往是不同文化甚至是不同文明之间的激烈碰撞。大夏王庭、南蛮国度、东夷族可称为巫文化集团，亚特兰蒂斯可称为“现代文化集团”，而以阐、截、人三教为代表的道文化集团则游离在两大集团之外。文化与文化之间的不同带来的是观点与思维的巨大差异，大夏王庭自诩君权神授、天下正统，亚特兰蒂斯则以高级人类文明自居视其为蛮夷，而道教集团掌握高端武力，借天道运行便自己传教之实。而这样的文化差异的根本仍然是物质基础的无法弥合，这与真实的历史演进无二。小说中夏侯的文化疏离感则带给了他相对客观的观察视角，作者通过借用夏侯的视角不断观察着 3 种不同文化的激烈碰撞，为情节的推进留下了巨大的伏笔。同样，夏侯是书中的文化边缘者，其他与主角紧密联系的角色如通天道人、旒歆、太弈都是该文化集团的边缘者，他们既脱离又无法真正脱离其文化集团的行为，往往是小说中最令人印象深刻之处。而其中巫文化集团是小说中重点刻画的对象，上至上层建筑的构建，下至衣食住行的描写，乃至巫与巫之间的交流，通过血红对现实文化元素与神话传说交融的合理想象，让这个巫的世界显得极为逼真。正是这种虚中有实、实中夹虚的细节白描，辅之以夏商更替的真实历史和上古神话传说中的故事相谐的情节推进，加之以西方神话故事中的星星点点，使得每一次的情节推进都显得自然圆融，就像真实的历史演进过程一般。当传统文化插上了想象的双翼，自然令人大呼过瘾、拍手称快。

（三）极富少数民族文化特色的环境建构

血红的《巫颂》极富南方特色，书中大量充斥着山林、大湖及海岸的风物描写，特别是西南少数民族地区的特色的风物描写，无论是南荒山林中的篪虎氏族的聚居地，多次出现的云梦大泽，还是南蛮国度的蚩尤山城，很容易就能让受众联想起现实中西南地区的山川物貌，这都是《巫颂》的一大特色。甚至可以说，正是这样的环境建构，使得《巫颂》读起来更加真实。

而利用原始社会史实与少数民族地区风物相结合描绘出的篪虎氏族与南方蛮国给予了受众极为强烈的真实感，这与血红本身出身自少数民族地区有关。书中夏侯从云梦历险开始而后历经十万里前往安邑，这个历程甚至近似血红自己的经历，从湖南出发至湖北求学再至上海定居。作者通过对于现实中洞庭湖的玄幻想象建构了大夏世界的第一个亦幻亦真的地理坐标，而后从家乡地理坐标出发，利用少数民族地区的巫蛊文化元素如虫蛇的利用、巫公的形象刻画等逐步建立起受众对于大夏世界的基本认知，再通过虚实结合下安邑的白描完成了《巫颂》中大夏世界中“巫”的世界的描绘。这里的“巫”更接近西南少数民族地区的巫蛊文化中的巫，而非历史史实中的巫，这里的巫更加偏重个体神秘力量的展现而非长于与天神沟通。时至今日，西南少数民族地区仍然保存了较为完整的民族文化传统，其中巫文化是少数民族传统文化中不可分割的一部分。这些身边的少数民族文化给予了血红丰富的创作素材，也使得《巫颂》从其他洪荒题材的网文作品中脱颖而出，成为里程碑式的代表之作。同时值得一提的是，作者没有过于着力去渲染个别角色的特性，而是让其为自己的行动与其文化集团相照应。其中，最令人印象深刻的一定是女主角旒歆，从初时在九大巫尊中的登场到后来殉道而亡，其一举一动天真自然，甚至可以说旒歆是血红心中巫的代表，而“旒歆黎巫”这一称号又暗合了西南少数民族与九黎部落之间的天然联系，使巫这一概念真正走进了受众的内心。除了地理坐标外，如刑天家族与相柳家族之间的争斗，两个源自神话中上古魔神的家族的斗争过程，无不掺杂着浓厚少数民族色彩的风俗。而夏侯的貔貅、玄武，刑天家族的黑靥、玄彪，相柳家的蛇等与我们所熟知的古代坐骑大相径庭。种种极富少数民族特色的风物描写，最终建构起了一个在血红自己作品中（《邪风曲》《巫颂》《道行纪》）的洪荒世界，也建构起了一个充满着生气的失落的中国神话世界。

（李树）

六、松子糖风格女频文透视

女性网络写手网名“松子糖”创作了一批“松子糖”风格的网文，她的文风轻松、欢快，和惯常的网文模式相比较，显露出了共性化的程式和自己的一些特质。

首先值得一提的是其女频文中的女性价值观传递。纵观松子糖创作的作品，《恋爱天使的魔咒》《庶女夺宫》《萌妻养成攻略》《娇妻养成攻略》等都属于严格的女频文，女频文的特点在她的作品中基本都有体现。在论及此之前，我们有必要探讨一下女性文学和女频文的关系。随着女性网文的大量涌出，网络上的女频小说是否能算得上是女性文学也引起了争议。对于这种争论，我们首先要明确女性文学的实质所在，然后对网络女频文的文化属性和意蕴进行审视剖析。对于女性文学，通行的理解是：它是具有现代人文精神内涵，以女性为经验主体、思维主体、审美主体、言说主体的文学。立足于这一界说，女性文学的视野应该是开放的，它的外延内涵应该是变动不居的，而不是封闭静止的。因此，女作家基于性别主体意识、性别视角表现的关注女性命运、女性情感、女性生命的文学，或者是基于超性别意识、超性别视角表现的女性生存状况、具有人类普遍意义的文本应当都在其中。女性文学发展 100 余年，不同视角和声音的多元化的研究成果已很繁杂，两性关系的乡村化、都市化和欲望化描写也日渐成熟，女性自我对于身体和灵魂的反思也逐渐深化，在此基础上，人们对女性文学的要求也不断提升，他们不再将女性文学拘泥于“女性书写”，更多地希望女性文学能够涉及“女性意识”“人文关怀”等更高一层次的话题。不得不说，现在泛滥的书写女性的网文对于女性命运的关怀如出一辙，很多网文关注的无非女人嫁了一个好男人，一个优秀的专情的男人，“婚姻圆满”（宠文）亦或者是“情感极度残损直至死亡”（虐文），这似乎是大多数女频文的固定模式和走向。文中所有的描写和故事叙事不过是为了谈一场“旷世奇恋”，爱情主线在女频文中占据了最核心的地位。这种模式不禁让人联想到了20世纪50年代的女性革命话语，在那种特定的叙事里，崇高女性生存意义的核心是走上革命道路，走上革命道路最常见的方式就是与她们相处的男性伴侣志同道合，革命与爱情圆满统一。例如在《青春之歌》中，林道静通过几次爱情婚姻的抉择，最后选择和革命者江华在一起，从而完成了她精神和信仰上的救赎与蜕变，女性对爱情的执着和革命紧密结合在一起，只有无产阶级革命大家庭才是灵魂的归宿。但又必须指出，这两种类型作品是不一样的，20世纪50年代的经典革命话语具有很强烈的革命意识形态性，女性对其坚定不移的追求更多地涉及精神层面，主要追求精神价值；网络女频文则更多地侧重于物质生活欲望的满足，集体性的意识形态被解构成了个人欲望。可见，女频文即使能算得上是女性文学，它也还停留在最基础的女性文学中，只是涉及女性的欲望层，对于女性的人生探索止步于婚姻的幸福，对女性婚姻之后关于柴米油盐酱醋茶的生活没有进行深入探讨，即使有描写也不过是挥金如土，想干什么就干什么，是一种对“天堂”的另类描绘。这样一来，网络女频文对于女性生存、女性自我命运的探索也就戛然而止。基于这个分析我们来衡量松子糖的网络系列小说，无论是《萌妻养成攻略》、《暖爱夺情》还是《误撞钻石男神》，女主角都是普通家庭出身，但是人比较善良、单纯同时又不乏助人为乐、吃苦耐劳等好品质，男主则是社会上精英中的精英，慢慢被女主身上独特的不同于其他世俗女性的气质吸引，从而展开了别具趣味的一种“灰姑娘”与“王子”式的爱情故事，结局也是宠文一以贯之的路线，克服重重困难，最后一起携手走向人生巅峰。相比于前期不少其他女性写手的网文，松子糖的网文在价值上有着些许独到魅力，她塑造的女性人物并不是开挂的，文体也不是常见的快穿或者是重生类型，笔下的女主人公也有自己的苦恼，在走向圆满的结局过程中也是在不断地自我成长，而且女性在成长的过程中，虽然有一个强大的男人协助，却也不放弃自我的努力，这和女性独立意识不谋而合，这一点是值得肯定的，当然这种小人物成长历程的生动刻画离不开她所运用的叙事模式。

松子糖女频文的叙事模式也值得关注。作为文娱产业的网文写作也有自己一套独特的话语制作模式。松子糖女频文程式化的叙事模式有它一定的可取之处，它符合受众的阅读和心理趣味，让受众能对单一叙事模式下讲述的故事产生消费欲望。网文强调故事性，同时追求高点击率，要求写手能尽快抓住受众的眼球。出于尽快塑造人物形象和人际关系的目的，免去塑造新人物的麻烦，在新故事开启之初，作者就已经在受众心目中勾勒了较为完整鲜明的人物形象，这种快速让人物深入人心的结果就导致了女频文中的角色大多是“扁平人物”，他们是好是坏泾渭分明，虽然有不少是中途黑化的，黑化的起因无非人物对女主的嫉妒和羡慕极端化导致的恨意，而且一旦黑化后，这个人物随即从一个扁平化的善良人物过渡到了扁平化的坏人形象，反之亦然。这种对于人物性格的线性刻画削弱了网文的审美魅力以及对人性更深层次的探讨，不过在速食化的网文写作和阅读中，它却是经久不衰的。在让受众快速熟悉人物性格以及人物所处的环境方面，采取的必要手段之一就是细节刻画，作者通过细致的描写试图激发受众直观的想象，让受众在了解故事开端之余能够更好地进入角色扮演，产生“迷幻效果”。在这里，对豪门生活的意淫和夸张的表达成了现代女频文最大的卖点，松子糖的作品也没能摆脱这种网文的固定叙事模式，她笔下的男性都是寓居于豪门，长相是“陌上人如玉”的类型，是网络女频文惯用的男性符号编码创作，即使是和女主用普通的身份朝夕相处，作者对男主那种浑身气度的描述也在暗示我们，他不是表面看上去的这么简单。同时，这种网络女频文的叙事模式不仅与前面提到的作者需要快速塑造人物有关，也和网文较为新奇的生产消费模式——连载有关。在数字化语境中，写手借助网络平台写作的过程中，随时随地可以根据不同的心境添加，写作轻松而且很多时候情节走向和心情有关，在网文生成后，网络平台上每个人又都有发声的权利，众声喧哗，这导致对文本的阐释和评价把网文变成了一个永远不可能完成的文本，动态文本是网络超文本叙事的一个重要特征，最简单的超文本阅读在网文中的表现就是受众可以根据自己的需要，在网络章节目录中选取自己感兴趣的标题进行消费，这种消费导致的标题党，我们已经耳熟能详了，由于作者在创作的过程中就是边写作边发布的，形成的不是封闭的作品，逻辑性也不是很严密，所以受众即使跳跃几章后也是可以看懂小说的，这种随机叙事配合上网文动不动上百万字的篇幅，导致它的创作越来越趋向有别于传统叙事模式的非线性叙事和无焦点叙事，而且在创作之余，写手还会经常和受众互动，受众的留言和对情节的猜想常常会影响写手的创作，甚至产生重要的导向作用。可以说超文本叙事是写手和受众共同完成的。在网文变成一种文化消费的时候，它势必照顾“金主”的情绪，在这种情况下，写手完成的只是叙事的潜在形式，它的实现依赖于受众的阅读。最后，网络女频文的一大特色就是梦幻消费。与其说女频文小说是在讲述一个个和爱情有关的故事，倒不如说很大程度上写手是在“造梦”，女主人设不是灰姑娘就是蒙尘的珍珠，不被世人重视和接纳，在网文一开头的时候，往往对女主变相的“秦香莲”化，在随后的塑造中，女性由楚楚可怜或者是受伤的弱者形象转而“变男”，大有“花木兰”男性化的趋势，以彰显女主人公的独立顽强、无所不能，很多大火的女频总裁文以及古言文主人公经历大抵如此。在女主成长套路化的同时，男性形象的塑造也是在迎合对神秘莫测的男权的窥探以及对男色的变相消费。在女频文中，无论是男色还是其权势地位，都是女性对于自己心中完美男性的梦幻的外化。这种梦幻生产和消费消解了女性受众的批判反思精神，给予她们的是空虚幻想背后的自我甜蜜。松子糖的女频文同样是这种“幻觉产物”，重在营造轻松娱乐的氛围；多采取女频文惯用的模式，她笔下的女主，无论是向暖、苏叶等都是“灰姑娘”的化身，而男主秦远、秦非等都是贵不可言。

网络女频文不同程度具有较自觉的女性意识，纵观大多数较为出色的网络女频文，通常都有较为前卫现代的女性意识，要求女性独立自主，塑造了很多具有鲜明个性、独立自主的女性形象。在此基础上，当女性获得了和男性“平等权利”的时候，写手们对于女性欲望宣泄也较为认同。在传统观念中，为了“传宗接代”，使女性“在家从父、出嫁从夫”更是从礼法上剥夺了女性独立的人格和人权，她们没有支配自己身体的权利，在道德观上更以表露自己的性欲望为耻，正统文学也往往耻于公开表露性行为给人带来的快感。这种情况在网络催生出的女频文中已经被完全颠覆了，文中的女性追求爱情，享受性爱，惩罚背叛，还击伤害……活出了自己内心所期望的样子。纵观松子糖笔下的女性形象，也都自尊自爱、刻苦努力，最终成了可以和男性比肩的优秀女人。作者的文风细腻，脉络清晰，感情也比较轻松，给阅读她网文的人无一例外地带来了一种轻松愉悦感。但与此同时，女频文又倾向于要求女性成为男性的仰慕者和从属品。女写手们尽可能地创造符合自己期待的完美的女性形象和两性关系，描述女主的感情经历和爱情生活，其受众们也大多是女性。都市白领女性和女大学生在快节奏工作生活压力下，内心深处对安逸舒适的生活和美好的两性关系充满幻想和期待，因此她们常常会把自己设想成网络爱情小说中的女主角，去经历自己在现实中无法实现的梦想。这使女频文的生产者和消费者常常叠合为一。

在当下的网文中，女频文具有重要地位，不容忽视。松子糖的女频文与其他女频文不谋而合，究其原因，主要是其女性意识、价值取向相近，传播手段、制作方式、市场需求类似。松子糖的女频文可以成为我们认识当下网络女频文的一个窗口，使我们对女频文的女性意识、叙事模式以及隐藏的作者心性都有一个基本的认识。

（王利元　何志钧）

七、寻找另一种想象的可能

——论飞天《法老王之咒》的武侠叙事

飞天以写探险悬疑小说著称，曾经凭借超长篇小说《盗墓之王》成为中国较早一批写“盗墓”题材的网络写手。而后的《佛医古墓》《法老王之咒》《敦煌密码》等小说虽然仍是以一些著名的古墓作为背景资料，继续体现着他天马行空的想象和广博的知识，但是创作动机已经比较明显地逸出了原有的叙事策略，探索另外一种创作的可能，即在探索一些古墓秘密的基础上创作一种网文时代的武侠小说。这其中，我们选择了他较早的《法老王之咒》作为分析的材料，以此来探讨这类小说的典型意义。

（一）武侠精神的光芒

《法老王之咒》是讲中国香港著名考古学家冷汉南在埃及开罗一次考古过程中不幸遇害，其女冷馨无故失踪。冷馨的男友是美国前海豹突击队的陈鹰，闻讯从中国香港赶赴开罗追查冷馨的下落，几经波折，终于凭借自己的聪明才智及非凡的武艺解开了金字塔下的谜团，化解了一场地球人的生存危机。

《法老王之咒》已经逸出了飞天以往的盗墓小说的叙事套路，不是将叙事重心集中于探索开罗金字塔这一古墓群的宝藏上，而是集中笔墨写探索古墓秘密的过程中陈鹰等正义力量的行动，以及在这个过程中人物身上所展现的非凡的果敢、刚毅、智慧与功夫，展现复杂叙事中的人事纠葛，可谓传统武侠小说的一次当代想象。小说中纷繁复杂的江湖帮派增添了小说叙事的传奇性，众多江湖帮派的恩怨纠葛、人事关系构成了小说的叙事线索，而身处全球化旋涡中动荡的开罗社会无疑为众多角色的流动提供了自由而广阔的舞台。所以，可以这样理解：《法老王之咒》已经不是一个标准的“盗墓”题材的小说，而是一部传奇色彩浓厚的武侠小说。陈平原指出：“网络文学的出现在文学史上的意义，不是推出了一种全新的‘网络文学’，而是使得‘自由表达’以及‘业余写作’成为可能。而‘网络文学’的出版，与其说贡献出多少精彩之作，不如说是提供了一种关于‘文学’的新的想象。”[①] 飞天的《法老王之咒》吸纳了以往通俗小说中的武侠因素，创作出新的武侠小说，为网文书写提供了一种新的可能。

司马迁在《史记·游侠列传》中将侠客定义为：“今游侠，其行虽不轨于正义，然其言必信，其行必果，已诺必诚，不爱其躯，赴士之厄困。既已存亡死生矣，而不矜其能，羞伐其德，盖亦有足多者焉。”在《法老王之咒》中，人物角色背景复杂，很难用一国法律限定其行动；再加上作者是将诸人物设定为在动荡的开罗社会中的江湖人士，所以行动相对自由，很难在他们身上谈到法律的约束性。他们的规矩只是“弱肉强食”的丛林法则。所以，作者在塑造陈鹰这位具有“侠客”风范的人物的时候，给他提供了可以相对自由地施展自身才智的舞台。“‘制度不立，纲纪废弛’的时代为侠客的活动舞台。原有的阶层划分和道德规范失落，秩序混乱，尊卑贵贱不再是铁板一块，个人游离于社会组织与社会结构的可能性大大增加，

① 马季：《名家谈网络文学》，《广州文艺》2006 年第 5 期。

这就是游侠之得以驰骋的特定时空。”[①] 小说中的人物白小谢也认为自己身处的世界“到处都在打破规则”。

然而，就是在这样一个看似人人都不守规则、毫无秩序可言的世界里，以主人公陈鹰为代表的一些人却在定义这种规则、秩序。陈鹰从海豹突击队退役，坚守着人性的纯真，为了寻找冷馨，不顾一切地奔赴一场前途未卜的旅程；即使生命遭受威胁，也不轻易击杀对手；最后，因为无力拯救冷馨，不得不为了地球人的安危，挥泪击杀了身体已经被冥王星人完全控制的冷馨。因为受到龙堂老大龙瀑雨的垂青，铁血军师诸葛常青过于专注事业，忽视了自己的家庭，耽搁了自身的武功，但他并不后悔自己的选择，最后“以命殉道”完成多年前的盟约，浓墨重彩地书写了悲壮的一幕。同样，因为受过陈鹰的救命之恩，老班、莲花小娘子即便明知死路一条，仍然为了报恩而义无反顾。

《法老王之咒》虽然表面上是在探寻狮身人面像及金字塔下的秘密，保留了原先“盗墓”的因素，但作者的叙事重心显然是讲述陈鹰这一具有武侠精神人物的传奇事迹。小说中，陈鹰如果单纯论武功，谈不上是顶级的，但是他身上的正义的光辉、侠客的原型意义，在寻找女友的过程中流露出的悲悯的情怀、兼济苍生的抱负，仍然是小说所要重点书写的。“武侠小说之所以‘可读’，根源于如下两点：（1）使用程式化的手法、规范化的语言，创造一个表面纷繁复杂而实则熟悉明朗清晰单纯的文学世界（而不是像纯文学那样充满陌生变形和空白暧昧，召唤受众参与创造）；（2）有明确的价值判断，接受善恶是非二元对立的大简化思路，体现现存的社会准则和为大众所接受的文化观念（而不是像纯文学那样充满怀疑精神及批判理性）。前者主要指向武侠小说的文学意义，后者主要指向武侠小说的文化价值。”[②]

---

① 陈平原：《千古文人侠客梦（增订本）》，北京：北京大学出版社2010年版，第4页。
② 同①，第175—176页。

（二）精巧的叙事艺术

首先是小说吸纳传统的“糖葫芦式”的叙事结构。《法老王之咒》的主人公陈鹰就是这样一个起串联作用的人物。作者依靠天马行空的构思、广博的学识，构思出了各种具有复杂背景的帮派人物，他们或者是为了金字塔下的“黄金之海”的宝藏，或者是为了传说中象征权力的“普罗米修斯之火”，或者为了化解自己或周围人的生存危机，如百川入海，汇流到开罗，进而寻求与陈鹰这位绝顶高手进行合作。而在陈鹰的行动中，陈鹰也大多目睹、叙述了这些人不同的命运轨迹。这种糖葫芦式的叙事结构“使得基于时间形态的历时性结构的纵深度或故事时间长度获得无限延长”。[①] 同时，作者运用这种传统的叙事结构，也是其武侠精神在形式上向文学传统做了一次回应。

作者运用第一人称内聚焦的叙事视角，既有陈鹰自身的见闻在里面，作为与陈鹰交流过的人物的背景介绍，让受众对出场人物有个较为清晰的了解；又能将来人的背景作陌生化的处理，使得来人能够在受众面前保持一份神秘性，吸引受众的阅读兴趣。这样，我们在陈鹰的找寻恋人的视角中，不仅会对开罗的社会文化背景有渐进的了解，也能在陈鹰与全球各路聚集到开罗的人员的交往中，阅读到这些人所植根的文化背景与拥有的阅历。诸如美国海豹突击队的教官和他培养的“风、雨、雷、电”四大高手，拥有中国明朝皇族和十八铁卫后裔背景的亡灵守护者，纵横七海海盗王的后代，甚至全书最大反派——神秘的冥王星人等。跟随着陈鹰这一线索人物，我们逐步解开种种迷雾，在阅读中，我们被种种奇幻的经历迷惑住；也正是在阅读的过程中，我们获得了解开谜题的快感。

使用第一人称内聚焦的叙事视角，同样也在引导着我们关注陈鹰这位

① 郭昭第：《中国叙事美学论要》，北京：人民出版社 2016 年版，第 88 页。

主人公的内心世界，以及陈鹰所经历的事件带给我们的心理感觉。即便陈鹰作为海豹突击队的第一高手，经历过各种心理训练，也很难抛开自己的私人感情。诸如深爱的女友无故失踪，他一直在等待、焦虑、期盼或者是有些绝望中进行着自己的搜寻，丝毫不避讳自己的内心情感。而我们在阅读的过程中也有过类似的体验，也正是第一人称内聚焦的视角带给我们如此真切的体验。在目睹了钻石杀手王老五与田七的暧昧时，我们可能也会像陈鹰那样："隔着车窗看他们，我忽然觉得鼻子一酸，如果换了自己和冷馨站在这里，清风明月，花前月下，也会心生旖旎。忙碌了这么久，却离寻找冷馨的正途越来越远，逐渐失去了方向。"在大降头师麦爷死亡的时候，陈鹰一方面对这样一个帮过自己的人感到惋惜、伤心；但是另一方面从白小谢的叙述里，也认识到麦爷的惨遭横祸也是对他一生做过许多令人发指的恶行的一次惩罚。伴随着阅读的推进，我们也感到了小说人物情绪心理的矛盾性、复杂性。全书最令人惋惜的是最后一章，陈鹰开始来开罗的目的只有一个，就是寻找失踪的恋人冷馨，然而经过众多的波折，竟然在结尾发现，冷馨的身体早已经被冥王星人控制，无法脱身，而且冷馨的体内同时还有黎天、龙象女，甚至有冥王星女王。面对此情此景，如果还是固执地眷念自身的感情，既不能救出冷馨，也将会成全了冥王星人移民、占领地球的计划；但是如果真要结束冷馨的生命，那么陈鹰来开罗的目的又显得那样缥缈，如果恋人关系用这样一种悲壮的结局了结，这无论如何也是难以让人接受的。就是在这样一场残酷的考验中，冷馨主动赴死，作者用第一人称内聚焦的叙事视角，充分让我们体会到了这种悲痛、扼腕、惋惜。正是这一叙事视角才会让我们对冷馨自杀的这一崇高的表达体会得更加真切，也让小说最后一章的题目"最后一个殉道者"更为震撼人心。

再者，纪传手法的运用。作为一种新的武侠小说，飞天的《法老王之咒》秉承传统纪传笔法，在追求情节的合理性和奇幻性的基础上，注意刻画传奇性的小说人物，用不断展开的情节去说明、注解人物出场前的背景，同时也使小说更具纵深感。

在第三部《千年诅咒》的第三、四两章，主要是介绍了钻石杀手王老五，例如她用的刀是著名铸剑师打造的“小楼一夜听春雨”，既介绍了刀的来源，显得弥足珍贵，又用诗句命名，具有一定的文化性、艺术性。另外，作者在塑造这样一个顶级杀手的时候，又用了一个相对男性化的名字，于是等第四章描述她的真人的时候，也是令我们出现了一定的期待遇挫，“在这种情况下与‘钻石杀手王老五’会面，实实出乎我的预想，并且此前国际刑警方面的所有资料都出现了不可饶恕的错误，王老五是个年轻漂亮的女孩子，而不是目击者一口咬定的‘四十多岁的瘦子’”。作者比较集中地用了三章的内容写了与钻石杀手王老五的遭遇，塑造了一位集美貌、冷酷、机敏和武艺高强于一体的顶级杀手的角色。

另外，作者还注意侧面烘托和正面描写相结合的手法。例如在塑造著名的占卜师、开罗博物馆馆长洛琳的时候，先用希薇的见闻和陈鹰的了解，介绍她是一位美丽优雅、天赋异禀和知识渊博的顶级占卜师，但是陈鹰不免怀疑她对冷汉南的感情是否出自一种诡计。然而等到陈鹰亲自结识了洛琳，才发现这个女人也有普通女性感伤自己明日黄花的一刻，也会因为不能主宰、把握自己命运而孤苦，也会有自己的真情流露，甚至会有对可预见的凶险结局无能为力的恐惧。这既让我们看到人物的复杂身世经历，又能在质疑其动机中，对人物的境遇投以悲悯的目光。

诸如此类的人物以及神秘莫测的江湖招数，在这部小说中不胜枚举，亡灵守护者、蜀中唐门、印度黑帮、神偷之王、降头大师、苗疆蛊术、克格勃余党、花蕊夫人，甚至带有殖民目的的冥王星人如龙象女、黎天、白小谢、祭司等。众多身份各异的人物、神秘的因素，像许多条河流，汇集到开罗，形成一场众声喧哗的狂欢。而正是在这样一种群雄逐鹿的场景中，作者塑造了像陈鹰这样的英雄人物，为他的勇敢无畏、沉稳干练、人道主义精神和机智敏锐的思维、超乎寻常的武艺做了最为精彩的注脚。

读罢全书，我们可以较为清晰地发现，其实作者表面的显性用意是用一种语词的狂欢、天马行空的构思，积极调动受众的审美注意，让受众在一种众声喧哗的阅读快感中获得审美愉悦，享受网络时代的武侠之趣。但是如果细致分析，我们可以读出作者不仅汲取了传统武侠小说的叙事策略，而且在向优秀武侠小说靠拢，传达一种侠文化的旨趣。“侠是一个或一种行侠仗义、不畏权势的人物，常在国法及社会一般规范之外行动，以迅速、有效、有力的方式，达到济困扶危、主持公道的任务，并使人兴起快意恩仇的美感和快感。因此，在社会和人性的层面，侠通常被视为公义的维护者。”[①] 尽管我们看到众多武艺高强、心智超凡的人物，但是能称得上侠的也仅有像陈鹰、冷馨和希薇等这样具有高度的人道主义情怀，尊重芸芸众生的生命，为了人类的长久发展，甘心舍弃自己的私利，成全人类整体生存权益的高尚的人。褒扬侠义精神才是作者写作的真正目的所在。

（涂荣臻　何志钧）

① 龚鹏程：《侠的精神文化史论》，济南：山东画报出版社2008年版，第24页。

八、架空世界里的传奇书写

——高楼大厦《叱咤风云》《武帝》等网络玄幻小说透视

玄幻小说虽然可追溯至还珠楼主的《蜀山剑侠传》、干宝的《搜神记》等，但当代网络玄幻小说与1988年香港“聚贤馆”出版的黄易的《月魔》和罗森1997年8月在BBS上推出的早期网文《风姿物语》尤有亲缘关系。由此，网络玄幻小说的新式故事类文本逐渐占据网文的制高点，2003年后玄幻网文异军突起，长势迅猛，涌现出了《诛仙》《斗破苍穹》《盘龙》《凡人修仙传》《斗罗大陆》等一大批很有影响的作品，并逐渐形成了属于自己的套路，有其题材、主题等方面的规模、体系、特征。凭借恢宏传奇的叙事背景、热血不羁的人物形象，越挫越勇、所向披靡的主人公行事作风，它为普通受众打开了一个传奇世界，也使受众沉迷其中，无法自拔。短短十几年，中国玄幻小说在网络传播的助力下不断变异、繁衍。网络玄幻小说写手也在写作过程中伴随主人公的喜怒哀乐不断成长。

幻武网文写手高楼大厦（本名曹毅）曾创作过东方玄幻网文《武帝》、异界大陆网文《天地龙魂》《叱咤风云》、星际战争网文《寂灭天骄》、进化变异网文《兵人》、游戏异界网文《貌似高手在异界》、进化变异网文《极限杀戮》、异术超能网文《僵尸医生》等众多网文作品。其中，2010年创作的《叱咤风云》是高楼大厦颇具代表性的长篇玄幻作品，曾被誉为玄幻小说成功写作典范教科书。全文共计243.36万字，网络点击量一度达到4000万人次，更曾在台湾地区创下2010—2011年销量冠军佳绩。《叱咤风云》讲述的是真策皇朝原住民战士学员乾劲，在一次试炼中被空中飞来的帽子砸晕，由此获得进入虚拟空间修炼功力的机会，并在此后所向披靡，成为真策皇朝大陆上最强血脉战士的故事。该作在起点中文网的点击量超过1136万人次，圈粉无数。2013年6月，高楼大厦携新作《武帝》转战创世中文网。《武帝》点击量高达130多万，被高楼大厦视为是2013年为止他所有作品中最优秀最完美的一本，架构庞大，设定丰富，体系完善。

高楼大厦等网络玄幻小说作者皆是幻想王国的缔造者，他们擅长借助各种意外、偶然的契机使主人公脱离现实世界，步入作者构建的架空世界，如《武帝》中悬浮于羿立丹田上方的有着苍凉洪荒气息的石门、通过这道石门随时可达的南天门、无上天庭，天庭中存储的集万仙灵智融汇亿万法的《大道法典》；再如《叱咤风云》里乾劲所生活的“真策王朝”、穿越后的“虚拟空间”；《寂灭天骄》里古武学和新武学争辉的星际时代等，玄幻作品中不乏属于主人公的异世界。作者通过架空世界，使玄幻小说拥有了无限丰富的写作空间，可以凭借自己的兴趣，随意设计人物、地位、武器装备、技能等，超越现实世界的各种限制，沉迷于架空世界的建构。乾劲所在的世界便拥有10个等级的战士，如降魔战士、伏魔战士、诛魔战士、战圣等。物种也分为精灵王血脉（人）、三头黄金龙血脉（人）、战神血脉（人）、堕落天使血脉（魔）、不死君王血脉（魔）、元素之王血脉（魔）等。《武帝》中武道的第一个大境界被称为“通海境”，修炼级别从低到高依次为气动期、气泉期、气海期、寻真期、通海期，每一期又分若干层次。玄幻小说里这种架空世界的方式实际上也是对现实世界的一种逃离，玄幻作家不想在现实主义、浪漫主义上再作文章，他们对已有世界的认知多了一份质疑、调侃、疏离。这种逃离式的书写深受受众青睐，受众在这类玄幻作品中发现了进入神奇化境的通道，玄幻文学放松、消遣身心的功效从受众进入这种异世界起便开始发挥作用。而这种凭借幻想而获得的放松、消遣会使受众对玄幻小说“上瘾”，各大中文网站、写手也得以从连载和付费阅读中获利。

中国现当代文学作品不乏理想主义的佳作，然而多数仍是在现实世界背景中追寻理想人生，而网络玄幻小说脱离了现实世界，从故事的一开始便纵容写作者天马行空的想象，作品中人物欲望的禁锢随之解锁。《叱咤风云》标榜“男儿豪情”“热血传奇”。作者在创作时，为了凸显主人公的能力甚至一而再再而三地大肆夸张渲染。文中主人公开始只是一个学院一年级的小毛孩，因为进入虚拟空间训练，一夜之间能力陡增，并通过不断在虚拟空间修炼，实现了对自身所在世界的征服。小说中这种所谓的“热血”实际更多的是一种征服欲的无障碍施展。主人公也瞬间成了“锻造大师”“药剂大师”“符文大师”“神秘药大师”，被赋予各种超常能力，得以傲视寰宇。《武帝》这部高扬燃烧友情的热血网文同样充斥着绚丽的幻想和打斗，将作者对少年发奋、英雄伟业、动人爱情、极致友情的畅想尽情渲染。一座高耸入云的巨大石门机缘巧合下进入羿门少年羿立体内，曾经的废材少年得以进入天庭修炼，吸纳天地元气，功力大增。羿立曾经年少贪玩，曾经虚掷岁月，一旦醒悟，便可人生开挂，高歌猛进，心想事成。

在玄幻小说中，放纵欲望的渲染比比皆是，除了对世界的征服欲，也有对金钱、地位的占有欲，以及对异性的征服欲。高楼大厦在玄幻小说中使欲望完全解禁，一方面有利于丰富架空世界的大格局，使小说内容丰富、新奇；另一方面，异世界与纵欲结合，强化了作品的代入感，更易使受众在阅读体验之中进入角色。但若玄幻作品过多地展现欲望迸发，也会影响受众社会价值观的良性建构，控制把握好这个度是未来玄幻网文写作中尤其需要高度重视的。

互联网、移动互联网顺应时代潮流应运而生，网文亦是。多数网文作品通过连载的方式与受众见面，写手不仅可以在实时互动中时时获得受众反馈的信息，还可以不断吸纳新兴文化因素。玄幻小说打破现实世界的拘束开辟了一块新大陆，也使得写手在写作过程中更加随心所欲。譬如《叱咤风云》中对架空世界中人、事的命名中西式人名混杂，如布莱克、麦考斯、阿历克斯与摄政王、黄泉、碧落等，地点如“奥克兰学院”“落日山脉”等，现实世界和虚拟游戏世界并存。主人公乾劲白天在奥克兰学院学习，夜晚带上那顶帽子便可以穿越到无尽的虚拟游戏空间。《武帝》把西游传说中天庭的南天门、兜率宫、三昧真火、蟠桃园等神奇意象尽皆纳入，又加入了启源大陆、洪武皇朝、无量长河、十日归一、《大道法典》、四极兵库、苍穹乾坤功、无常云鞭、重血散、通海胶、寻脉师、秘药师等新创元素。更加入黄蜂、熊群、妖狼对主人公形成生死威胁、族内和各族间争斗倾轧的世俗化场景。时而神异，时而日常，自由转换。除了小说内容上多种元素混杂，高楼大厦在写作方法上也力求包罗万象。高楼大厦擅长用幽默的叙事风格戏谑地表现人物，但文章主基调却热血而又严酷，如乾劲的一段内心独白：“话又说回来了，我怎么全身疼得要命？难道我潜意识里想要变强，所以自己在梦里也在训练自己？我真的太刻苦了！校长不给我发奖学金的话，伟大的战神都会看不过眼而降罪于他的。”这种幽默笔调贯穿文章始末，与无数热血正义的战斗故事结合使受众读来有种畅然快意，但其中的游戏人生意味也值得警戒。这种文化、手法上的大杂烩如若运用不好，也会削弱各要素独有的特色，使得部分作品篇幅庞大却索然无味。

借鉴中国传统武侠小说、神话小说、西方魔幻小说等作品中的奇人异事、英雄史诗、浪漫传奇，熔铸作家自身天马行空的想象力、创作力，玄幻小说构建出了一个个逾越现实世界规则的传奇世界。网络玄幻小说顺应消费潮流鹊起，在网络上迅猛扩张。高楼大厦的作品给受众带来了酣畅淋漓的感官体验，激情热血是作品的主调，受众能够在架空世界中同主人公一起披荆斩棘、一往无前、征服世界，面对电脑屏、手机屏宣泄现实生活的疲累。与经典文学作品关注增长见闻、修身养性不同，各大中文阅读网站的玄幻作品多注重休闲、宣泄，在架空世界里放纵欲望、游戏人生，如何借助玄幻类网文滋养受众，实现娱乐消遣和文化滋养的融汇，防止玄幻网文滑向过度欲望化、奇观化的泥淖，是一个值得认真思考的问题。

（何志钧　张玉）

九、废材崛起记

——《圣堂》《绝世神偷：废柴七小姐》《逆天神妃至上》《一世倾城》

在网文界，跟风、模式化、类型化是一种非常引人注目的现象，它甚至造就了2006年以后网文生产消费的基本格局。废材类型网文亦然，自从天蚕土豆的《斗破苍穹》大获成功后，废材玄幻网文层出不穷，废材逆天、草根逆袭俨然成了网文写作的不二法门。

在众多的废材网文中，笔者择取数例略作辨析，期望能管窥其一二。

这几部废材网文可用以下的话来概括：相同的废材，不一样的崛起。不同的人生，一样的精彩。

《圣堂》是网络大神骷髅精灵（本名王小磊）2012年于起点中文网首发的一部幻想系列网文作品。骷髅精灵曾以《猛龙过江》一举成名，连续9年入选盛大文学年度作家峰会。擅长写热血网文，尤长人物心理刻画、战斗场景渲染。

《圣堂》所陈述的废材崛起故事颇为励志。《圣堂》的男主角王猛有上进心，狂热迷恋修行，但只是红尘世界中一个名不见经传的平凡人，收获小成功小幸福过平凡人的生活似乎是他的人生宿命。但幸运的他逆天改命，被带进圣堂剑宗后，被从天而降的命格砸中，意外获得大千世界半神的神格，修仙路上经历了与杨颖、马甜儿等人的爱情纠葛，迎娶白富美，迎来人生高光时刻。《圣堂》中的废材逆袭不仅是由于幸运，更得力于王猛的目标专一、坚韧顽强、不折不挠，王猛从不因为自己天赋不高而自暴自弃，他比别人更为努力。他不羡慕别人，不怨天尤人，专注于提高自己。张小江也说："别人看不起我们没关系，但我们自己不能看不起自己。"莫山的经历更使王猛明白不要忽视生活中沿途的风景……他甚至用尽了自己全部积蓄买了一面镜子，该镜子只有一个功能——"镜子，镜子，这个世上最有天赋的修行者是谁？""王猛，毫无疑问是王猛。"

《圣堂》中的废材逆袭故事相比大量废材网文自有其高明之处，它悬念迭起，一波三折，淋漓尽致地渲染了修炼途中王猛与明人等产生的种种恩怨纠葛，在铺陈主人公人生经历的同时也注重提炼、抒发对人生的感悟。《圣堂》没有沿袭仙侠网文的老套路，赘叙金丹期、元婴期……而是突出了小千、中千、大千世界背景下圣、邪、魔三种不同的修炼方式和人生取向。圣修遵循正道努力修炼，邪修通过"自残"方式修炼，魔修则借助吞噬其他人修为实现自己修为的提升。人生境界高下判然。《圣堂》对道家思想津津乐道，喜欢引用"人法地，地法天，天法道，道法自然"的道家论断，也身体力行，务实践履、发愤图强，明显体现了儒家积极入世的人生追求。

广受欢迎的网文作品当然需要有引人入胜的故事情节、令人难忘的男女人物，但《圣堂》之所以备受受众青睐，还在于它的描写很贴近大众的生活，男主角王猛的名字，俗得要命，很接地气，一看就是典型的市井百姓。圣、魔、邪三种分支正好对应着我们现实中不同类型的人，或老实本分，或舍己为人，或自私自利。让人似曾相识，顿生身在滚滚红尘，感受人间烟火气的亲切感。

夜北的《绝世神偷：废柴七小姐》讲述的是女主沈炎萧与帝修携手成长，在朋友们的鼎力支持下战胜邪恶走向胜利的故事。《绝世神偷：废柴七小姐》正义感爆棚，爱憎分明，人物扁平化，好人一身正气，坏人奸邪阴毒，善恶分明。这种人物脸谱化的处理方法在网文作品中屡见不鲜，只不过《绝世神偷：废柴七小姐》虽落于俗套却又匠心独运、独出机杼。这种简单的二元分立思维看似单纯偏执，用在网文中，却又给人一种率真、理想主义、爱憎分明的感觉，其真性情、正义感令人感佩动容。作品里的朋友们心心相印，一起努力，成长为真神。他们在各自擅长的领域，发挥各自特长，为人单纯，情谊绵长，谱写了一曲青春、友谊、奋斗的赞歌，读来荡气回肠。即使是身为反派角色的蓝封璃也塑造得很是感人，他的经历令人同情，他的为人真实而忠心，单纯又可爱。坏人想用他除去沈炎萧，可是最后，蓝封璃却被沈炎萧认为弟弟。"以我的真心换你的真诚"，或许大量网民心中都曾拥有这样一个可爱弟弟的梦想。一个反派角色的塑造却同时宣扬了人间真善美，不能不说夜北很善于捕捉、拿捏受众的心理。

朱雀世家，穿越而来的沈炎萧崛起的故事就此开展。但和其他穿越体网文相比，《绝世神偷：废柴七小姐》所宣扬的认定目标、矢志不移、不畏世人言语的勇气、心态尤其富有启迪。像众多网文一样，故事最终迎来的是确定无疑的好结局，但沈炎萧在学院选择了不被看好，甚至被深深排斥的术士，偷偷学习，坚定不移。她的成功除了傲人的天资、超人的勤奋外，其定力、眼光也格外值得赞扬。

少女一顾倾城，颜笑倾九天。少年风姿绰约，一怒为红颜。初见，英姿飒爽，天下人间。他，慕家三少，绝世天才。她，古怪精灵，天真烂漫。跌落尘埃，身逢巨变，失去哥哥，逐出主家，远离帝都。后来崛起的慕家三少慕凌寒，隐忍而厚积薄发，聪慧而天资傲人。殊不知，"他"便是"她"，女扮男装以哥哥身份活着的逆天神妃——慕清澜。作为一部幻想言情网文和玄幻修仙网文，战西野的《逆天神妃至上》在很多网站以及读书软件上颇为耀眼。《逆天神妃至上》讲述女主慕清澜女扮男装，以哥哥的身份努力拼搏，后来遇见男主人公云翊，携手同行、重新崛起的故事。慕清澜在 13 岁时历经一场秘境选拔失去哥哥慕凌寒，活下的她修为全失，从此从云端跌落到尘埃，往昔荣耀一夜成虚。为了天元秘境中一块神秘的玉简，哥哥慕凌寒失去了性命，而慕清澜也不得不等待修为跌落全废后方可重新修炼。她没有气馁，没有自暴自弃，凭借自己的聪慧和毅力，经过不懈努力，终于得以重见天日。慕清澜在修为全废后重新修炼，抵达的境界显然不是从前的她可以比拟的。

战西野的《逆天神妃至上》让我们感受到女频网文浓郁的“中性”风，不仅是女主的女扮男装让我们恍然重温花木兰的故事，而且慕清澜以哥哥的身份活着显示了对哥哥的缅怀，兄妹心心相印，志同道合，显示了少年和少女共同的成长追求。男主人公云翊家族显赫，但是慕清澜在他们面前不卑不亢，聪慧大气，正气凛然，游刃有余。这使慕清澜与云翊日久生情的故事结局毫不生硬。这一切也显示了女频文对女性人生追求的新期待和新理解。和许多玄幻修仙文中的大女主（比如《神医弃女》中的叶凌月）光芒夺目不同，《逆天神妃至上》中是没有太多主角光环，慕清澜的所思所为很现实很平易，她的努力很真实很温馨。读者从文中可以真切地感受到她承受的苦、她人生的坦然。

与《逆天神妃至上》中的慕清澜类似，腾讯亿万人气写手苏小暖的《一世倾城》中的主人公苏洛也让人觉得她不仅是网文中的人物，更是活生生的现实的存在。它教给受众像苏洛一样努力，像苏洛一样积极面对生活中的重压，坚韧不拔，从容应对。她们为受众树立了面对人生困厄的榜样，高扬了真善美，彰显了人间的暖意。

苏洛给人印象最深的是在云上云的时光。网文写手并没有赋予她强大的实力，她一个人女扮男装在四大城之间凭借着微弱的实力，周转有余，心思细腻，八面玲珑。相比她原来具有的家世背景的光环，她的智慧、从容、自强不息更能给人留下深刻印象。

《一世倾城》尽管充斥着玄幻元素，但它连接了地球，连接了现实，真切书写了人间生活的悲欢离合。逆天大帝（苏洛的父亲）以及苏研华（苏洛母亲）想对抗天道，而身为天道却不自知的再世南宫流云爱上了苏洛。苏研华指使云起捅刀苏洛，致其穿越却是为了使苏洛灵魂回归。苏洛的聪慧、南宫流云的钟情、北冥的有情有义，都跃然纸上。玄幻的故事言说的却是人性与人情。

以上几部废材网文共同体现了废材逆袭网文的“致幻效应”，它们善于抓住受众心理，满足受众需求。混迹于庸常化市井人生的芸芸众生生活平淡嘈杂，毫无传奇色彩，鲜有惊天动地的伟绩，难遇命悬一线、逆天改命的惊险人生遭际。于是，大多数男性网民都渴望在网络文娱中观览火爆刺激、传奇性、冒险性的充满挑战的人生故事，都渴望“进入”一个神奇诡异的玄幻世界，体验传奇人生，一路修炼，步入人生巅峰。对于玩不起跑车，追不起明星，朝九晚五疲于谋生的普通百姓，在忙碌的工作之余，在平淡的生活中，玄幻世界中废柴崛起的故事为他们提供了精神的历险，使他们的心灵得到慰藉，感受变得丰富。

如同所有网络爽文，这些废材网文也不同程度地有着网文的通病，如热衷机缘巧合天赋异能，常常爆出市井粗俗语言，封建残余思想多有流露，在情色边缘打擦边球，甚至挑战公序良俗。作品中充斥着大男子主义，男子在人生的一路开挂的过程中少不了各色艳遇，各色佳人形同玩物，成为主人公人生历程中的过眼烟云，男性写手和受众后宫梦的意淫比比皆是。对情与性过于轻佻的态度、将女性物化和欲望化的心理、趋炎附势的人生图景的过分渲染对于青少年受众的精神心理健康显然有害无益。

（何志钧　王心月　齐玉莹）

十、现实题材网络文学与网络文学的新机

虽然网络文学中的“现实题材”还不能与“现实主义”精神简单等同，但是近年来现实题材网络文学的迅猛发展还是使人们对现实主义文学的发展潜力刮目相看，也促使人们进一步关注网络文学的生发空间和未来发展的新的可能。

（一）现实题材网络文学——网络文学走向“主流化”的尝试

“现实题材”更多指向的是题材类型，而“现实主义”则是一种创作原则，但二者显然有着内在关联。现实主义精神必然意味着关注现实题材和以文学介入现实，关注现实题材也有助于促成一种积极入世、优化现实的人生态度和审美理想。在如今的数字化时代，人们对现实的表现更加全面立体，人们的审美观念也在发生巨大变化。传统的现实主义文学囿于自身所处时代和作者本人的思想情感局限，创作手法往往较为单一。而网络文学、短视频、微电影、网络剧等数字时代的新文艺形式则构成了传统现实主义文学的必要补充，有助于更全面地反映数字化时代的社会文化现实。同时，网络文学拥抱现实，积极关注风起云涌的时代潮流，书写平凡见奇

的人间生活，讲述大气磅礴的中国故事，也有助于克服它过于玄虚奇幻、一味向隅虚构、“虚火过盛”的弱点。

需要明确的是，这里所说的“主流化”并不仅仅指的是网络文学所占据的市场份额与庞大的产业规模，更是强调网络文学日益走向当代文学舞台的中央，成了长期占据主导地位的现实主义文学的中坚，成了21世纪中国文学的重要组成部分。《2017年中国网络文学发展报告》显示：“从作品题材分布看，在国内主流网络文学平台上，现实题材作品数量占比为52.5%，从2017年优秀网络文学原创作品推介结果看。37%为励志类作品，许多作品贴近生活、扎根现实。社会效益较为突出。”第三届中国“网络文学+”大会所发布的报告也显示，2018年网络文学平台发布的新作品中，现实题材占比达65.1%，同比增长24%。而且在2018年优秀网络文学作品推介中，现实题材占比达到79.2%，一批反映创新创业、社区管理、精准扶贫、物流快递、山村支教等领域的现实题材作品在网络文学创作中脱颖而出。其中既有以《大国重工》为代表的强国题材，有以《传国功匠》为代表的文化传承题材，有以《上海繁华》《通惠河工》为代表的地域文化题材，也有多种新的分支类型，如《环评风云》《七微克蔚蓝》等环保题材，《核医荣耀》《全科医师》等医疗题材，《第二次初婚》等新行业题材等。其他如乡村支教、大学生村官、精准扶贫等当代社会生活主题的网络文学也时有佳作。据中国作协《2020中国网络文学蓝皮书》统计，2020年在各大网站平台发布的年度新作品中，现实题材作品占60%以上；在各类网络文学排行榜中，现实题材作品成为榜单亮点。可以说，现实题材网络文学的异军突起使网络文学在题材类型的意义上完成了一次极具颠覆意味的自我革命——去消费化、去娱乐化，重新校正并丰富了自身的精神谱系，契合了当代社会文化发展的新需要。

贴近现实的现实题材作品在内容上更与时代精神契合，表达上更具精神震撼力，受众也常常能在这些作品中发现自己的身影。因此，当代受众一直偏爱这种接地气、有温度、正能量的现实题材作品。如正午阳光出品的现代都市题材网络小说《欢乐颂》围绕五个独特的女性展开叙述，反映了现代都市中不同阶层的年轻人的精神面貌。“在这部讲述中国城市市场经济浪潮的《欢乐颂》中，那些挣扎于传统社会秩序、现代资本逻辑中的年轻姑娘，恰恰成为50年前《创业史》中梁三老汉的精神传人，她们选择着自己的道路，也选择着中国的道路。”①

现实题材网文体量庞大，情节线索繁复，能详细地刻画描写生活细节，全方位展现社会众生相。如被媒体评为2019年度具有标志意义的长篇力作《上海繁华》，在其中，情节设置、叙事节奏举重若轻，该小说从一个外地青年在上海奋斗的十年经历入手，淋漓尽致地展现了上海波澜壮阔的经济社会发展景象。《大国重工》《中国铁路人》《规培医生》等优秀的现实题材网文也都令人称道。近年来，各网络文学平台积极开掘现实题材网络文学的发展潜力，线上加线下联动推广。阅文集团连续几年以网络文学赛事为发力点，一些以写实见长的行家里手也开始深耕现实，不断探索与挖掘生活的新的可能性。各大平台推出的作品从回顾时代缩影、鉴赏品质精神，到聚焦改革开放40周年、庆祝中华人民共和国成立70周年等重大历史现实题材，都有不错的反响。上万名网络写手坚持贴近生活，透过文字的力量见证当代中国的成长和蜕变。足见，文娱产业正迅猛发展，提质增效，实现从“流量为王”向“内容为王”的转变。网络文学内部特定类型的叙事规范与读者之间的默契日趋稳定，写作者在语言、细节等方面的表现技艺日臻成熟，网络文学专业化、精品化程度不断提高。

（二）现实题材网络文学的新趋向

在主题上，现实题材网络文学愈发关注民风民俗，注重发挥传统文化

① 薛静、阿耐：《〈欢乐颂〉：资本浪潮中的女人们》，《文艺报》2016年5月16日。

的生命力。中华优秀传统文化作为中华民族精神的根基，其历史源远流长，内容博大精深。在今天，大力弘扬中华优秀传统文化是增强文化自信，推进文化建设的重要途径。

现实题材网络文学自2017年来越发注重书写传统文化，弘扬中华武术的《武林大爆炸》、保护民间手工艺的《华簪录》、入选“2019年度中国网络文学排行榜”的《传国功匠》、表现旧城改造的《长千里》、传承传统工艺的《观音泥》、发扬华阴老腔的《一脉承腔》等佳作不断涌现。在“2020年中国网络文学影响力榜”公布的网络小说榜中，《猎赝》展现了文物修复者们精益求精的工匠精神。《画春光》以瓷器文化为背景，讲述几代瓷器匠人的家国大义与爱恨情仇。这些作品题材很有特色，人物形象饱满鲜活，情节富于张力，显示了中国传统文化的魅力。在“2021年中国作家协会网络文学重点作品扶持项目”中，以《嗨！古建修复师先生》《狮舞者》为代表的弘扬中华文化精神的现实题材网络文学也榜上有名。

以弘扬传统文化为己任的现实题材小说不仅内容厚重，气势恢宏，而且在艺术上取得了较大的成就。陈酿的小说《传国功匠》主要讲述了五家瓯派工匠传人寻找《瓯宝图》的过程，值得注意的是，作者在这部小说中倾尽心血，细腻地再现了瓯匠的每一步制作步骤。《十二金钗图》也详尽介绍了瓯绣的二十几种针法。她还生动细腻地描绘了木活字雕和海岛贝雕等瓯雕的特色。《传国功匠》尤其表现了一种对现实题材网络文学的新探索，该作将眼光从宏大主题下移，指引人们关注濒临灭亡的传统民间技艺，关注那些在艰难处境中仍然义无反顾传承非遗的匠人们。小说不仅有极强的现实意义，而且文笔生动优美，令人回味无穷。

在取材上，现实题材网络文学紧扣时代主题，聚焦瞬息万变的当代社会生活，自觉彰显时代精神。

与时代接轨的作品在内在精神传达、故事情节营构上往往会更具震撼力，受众也更容易产生情感的共鸣。因此，受众偏爱这种接地气、有温度、正能量的现实题材作品。阿里文学签约作家罗晓注重把握时代脉搏，与时代同呼吸共命运，以自身经历的深刻体会用心书写改革开放为农村带来的巨大变化。其代表作《大山里的青春》立足当下中国农村现实变化以及留守儿童、空巢老人等特殊群体，以精妙的叙事线索和充满感染力的文字书写了一个贫困村脱贫致富的故事。这部小说将扶贫与支教等主题融为一体，在有条不紊地叙事中将真实的生活实践进一步文学化、精细化。这部作品做到了将生活实践文学化。据罗晓透露，《大山里的青春》虽然故事和人物是虚构的，但也是有原型的。在小说创作上他具备得天独厚的创作条件，他参加过基层政府领导的座谈会，对扶贫项目的计划规划和实施进行了细致深入了解，经常实地调研。这段深入基层的经历让他的作品在内容上更加贴近现实，也更加能反映出现实精神的内核。这部作品的精细化还表现为其叙事颇有特点，脉络清晰分明。故事主要以江源在大青山的支教之路为经，以大青山的致富过程为纬。在经纬线主干线之外分布着各个并行的副线，比如支教老师江源和村支书朱艳珊在相处过程中所逐渐萌生的爱情，江源与其女友乔茵的关系破裂过程等。

在内核上，现实题材网络文学自觉肩负历史使命，表现出了强烈的社会责任感和广阔的世界视野。

2017 年以来，中国现实题材网络文学的主题进一步明确，视野更加开阔。在 30 部入选“2021 年中国作家协会网络文学重点作品扶持项目”的网络小说中，反映新时代、强国梦、科技创新、文化精神等主题的作品比比皆是。《回不去的远方》和《铁路繁星》为代表的表现人类命运共同体主题的网络文学作品在众多作品中尤其醒目。《回不去的远方》的主人公申屿阳作为北漂一族，因失去高薪的工作而不得已回到家乡渤州生活，但是还没发展起来的渤州却没法给他一个像样的工作机会，他尝试依托关系做职员、自己投资开日料店，但是都以失败告终。然而，就在他的一切尝试都失败了时，来自睿德公司的邀约又让他重新点燃了对生活的热情，当他终于拿到了 offer 之后，最终却选择了回绝。他目睹了家乡渤州的发展现状后，在心底萌生了建设家乡的强烈冲动，产生了想让每一个像他一样惦念父母的孩子都能在家乡找到出路、让每一个像戚淳一样热爱家乡的青年都有建设家乡的勇气的想法。最终他选择了与睿德公司合作，期望更好地了解海外业务，凭借国内项目中千锤百炼凝聚下来的管理经验和在错综复杂的环境下磨砺出的风险管控能力，让渤州的小公司一样有实力站在世界的舞台上。近年来，“中国制造”金字招牌的半壁江山也正是由这些似乎名不见经传的中小型企业支撑起来的，这些价格低廉、质量可靠的产品是企业的安身立命之本，乘着互联网的浪潮更有鱼跃龙门之势。申屿阳因地制宜，积极响应国家“一带一路”倡议，很快就创立了一个出海综合服务平台，帮助中国企业去竞标国外项目，同时让外资企业来中国设厂和招代理商，让渤州这个“一带一路”节点上的小城市真正实现了“走出去”和“引进来”。这种以国际大环境为背景所进行的创造性书写表现出了广阔的全球视野和自觉的使命担当，在当代网络文学中有着积极意义。

在产业开发方面，现实题材网络文学“IP”化潮流日益火热，文学市场化程度逐渐提升。“IP”即英文“intellectual property”的缩写，可译为“知识产权”或“智力成果权”。“IP”可以是一个故事，一种形象，一件艺术品，一样流行文化。只要具有一定的粉丝基础，可以开发成热门电影或者电视剧，小说、歌曲、网络剧等都可以成为“IP”。[①] 放眼如今的电视剧行业，“IP”改编剧已占据了电视剧荧幕的半壁江山。同时，这些电视剧的热播带动了现实题材网络文学的飞速发展。近些年来，现实题材“IP”改编剧异常火爆，促进了现实题材网络文学的繁荣。《欢乐颂》一经播出之后就在网络上赢得了超高的关注度，各大论坛、微博、微信朋友圈都能看到该剧的踪影。除了《欢乐颂》，阿耐的另一部长篇网络小说《大江东去》也改编成了电视剧在平台热播，并且迅速走红全网。一时间，“小雷家村”走红网络，剧中的“宋运辉”“雷东宝”等人成了网络上热议的

---

① 郭靖、于小彤、黄杰：《泛媒体时代IP剧转型发展研究》，《中国战略新兴产业》2017年第2期。

话题人物。乘着“纪念改革开放四十年”的东风，《大江大河》也奏响了“改革”历史题材的电视剧主旋律。对于中国网络文学未来发展而言，《欢乐颂》和《大江大河》等现实题材网络文学点燃了火种，现实题材“IP”改编热潮还会继续蔓延。

除了影视化改编，网络文学也得到了音乐、游戏、动漫等娱乐产业的青睐，网络文学“IP”已成为当下文娱市场的热点。“IP”“粉丝”时代的到来更使“粉丝”化成了网络文学发展新的推动力，网络文学社交共读、“粉丝”社群、“粉丝”共创的“粉丝”化特征愈加明显。比如《全职高手》和《庆余年》这两部超级“IP”实现了影视化，《魔道祖师》成功实现了游戏化的目标。《诛仙》《斗破苍穹》等也相继改编成动漫。这种对网络文学的衍生消费拓展了文化消费的市场，在影视、动漫、游戏之外，又带动了相关的周边售卖、主题商店等。这种“全产业链”的发展趋势无疑会进一步拓展网络文学的市场。

（汪婉婷　何志钧）

十一、论新世纪网络玄幻小说的传播

——以风凌天下《傲世九重天》为例

美国传播学家梅洛维茨认为，传播情境的改变将形成新的信息系统，而新的信息系统又会形成新的写作模式。进入 21 世纪后，互联网从 PC 端向移动终端演进，移动互联网时代为网络玄幻小说的繁荣发展提供了新的契机。

经过 20 年时间的沉淀，玄幻类小说在网文中脱颖而出。其中，风凌天下历时 3 年之久创作的异世玄幻小说《傲世九重天》是 21 世纪网络玄幻小说中不容忽视的重要作品。

从印刷传播时代到移动互联网传播时代，传播媒介发生变化，人们的阅读方式与阅读需求也随之改变。首先，自 20 世纪 90 年代中后期以来，英国《魔戒》《哈利 · 波特》等魔幻小说不断传入中国，掀起中国受众对魔幻小说的阅读兴趣，所以创作者模仿国外魔幻小说的写作方式，使带有中国本土化特点的玄幻小说借助网络这一平台被大量生产。其次，人们从厚重的书籍中解放出来，可以随时随地在移动终端阅读任何内容，所以，这种注意力向移动终端的转移，使得大批创作者抓住网络这个平台进行创作，把握受众的心理、吊起受众的胃口，从而出现了大量连载的“超长篇”的网络玄幻小说。网络玄幻小说《傲世九重天》便是其中之一，它持续连载 3 年之久，全书共计 2684 章、850 万字。最后，社会转型时期的年轻人们在现实世界承受着生活、工作的繁重压力，他们爱幻想、渴望自由，这种需求催生了网络玄幻小说，逐渐地，阅读网络玄幻小说成为大多数人在零碎或闲暇时间的放松、消遣方式，闲暇时间的人们难以进行深度思考，希望逃离现实世界的压力、渴望得到精神上的放松，所以导致像《傲世九重天》这类网络玄幻小说大量出现。

移动互联网时代，人与人之间的互动性更加明显，UGC（User Generated Content——用户生产内容）的模式被广泛采用。这点类似美国的“周播剧”，边拍边播，会根据观众的反馈对后续的情节进行设计或改动。我国的网络玄幻小说多以连载的方式进行创作，创作者会参考受众的评论、推荐、打赏以及催更，及时了解受众的反馈调整后续创作。

近年的《中国移动互联网发展报告》《中国互联网络发展状况统计报告》《中国网络文学蓝皮书》显示我国网文和网络视频用户和手机网民数量不断攀升。截至 2020 年 12 月，手机网民已达 9.86 亿，我国网络视频用户规模达 9.27 亿，网络文学用户达 4.67 亿。移动阅览和数字文娱消费者已从一、二线城市用户群体向三、四线城市及农村居住人群扩展；原创内容用户付费占比逐步提高，数字阅读付费在行业收入结构中占比超过六成，越来越多的受众愿意为网络原创内容付费，一般的网络原创作品会设置前面免费阅读，后面如果受众想继续阅读则需要付费。在起点中文网上《傲世九重天》前 108 章是免费阅读，剩余的都是需要付费阅读的。

移动互联时代为大量业余写手提供了前所未有的机遇，风凌天下最初是在医院、在生活走投无路的时候开启网络创作的，其第一部网络玄幻小说《凌天传说》就是在那时写成的。

“九重天，云海间，风雷台，一线天。这里便是九重天大陆……”《傲世九重天》以此为开头，开篇先为受众创立了一个奇特的幻想世界“九重天大陆”，让人耳目一新，使渴望“逃离北上广”的青年人得以暂时“逃离”。

网络创作者除了要迎合受众的阅读口味，还在进行“超长篇”创作过程中采用连载的策略，在重点章节设置付费阅读。对“量”和“冲榜”的追求都体现了创作的商业化倾向。另外，UGC 的模式更是促进了创作者的创作，由于网络玄幻小说的创作周期长，小说中人物多、情节复杂，而创作者难免会有状态不好的时候，就很容易出现错误或者对自己所写的内容产生顾虑。在《傲世九重天》的连载过程中，在主人公楚阳回到楚家，介绍楚家家人的时候，前一章写楚阳四叔一儿一女，后一章却又说其无儿无女，这个错误被细心的受众及时指出，作者立即更正，从而避免了后续章节的逻辑混乱。风凌天下的《傲世九重天》每更新一章都会在章节末尾与受众进行交流，在 795 章结束时写觉得自己忘了什么内容，希望受众指出，在 796 章结束时，这么写道："昨天夜里熬了一夜，一个字没码，从起点的书评，看到移动的书评，再看到贴吧的书评，然后浏览了几个有书评的盗版网站，做了一堆的文档记录，终于明白我忘了什么。"可见，网络写手高度依赖受众，他们主动从受众的反馈中汲取信息调整创作。

从《傲世九重天》不难看出网络玄幻小说在内容上的典型特征。20 世纪 90 年代中后期，英国《魔戒》《哈利·波特》等魔幻小说进入中国，掀起了中国受众对魔幻小说的阅读兴趣，再加上日本动漫异时空叙事方式的传入，导致中国大量的网络玄幻小说出现。起先，网络写手只是对国外的魔幻小说和异时空叙事模式进行单纯的模仿，之后在内容上逐渐开始结合中国本土题材，完成了从魔法、巫术到武功、武侠的转变。在《傲世九重天》中，除了结合武术这一修炼方式之外，在环境描写上，还加入茶叶、紫竹等代表中国特色的景物。另外，从《傲世九重天》中我们可以看到以周星驰为代表的港式"无厘头"的影子，以及越来越符合当下年轻人的语言风格，比如，主人公楚阳的师弟谈谭的自恋、楚阳进入上三天后为了隐藏自己九劫剑主身份的内心独白，以及文中不时出现的"××一脸黑线"类似的语言……许多网络玄幻小说创作者在创作的过程中喜欢加入"无厘头"的元素，来增强小说内容的戏剧性。同时结合当下年轻人的语言风格，以及他们喜欢使用"表情包"进行交流的特点，使受众在阅读的时候有较强的代入感，在"哈哈一笑"中体验故事情节的跌宕起伏。

如前所述，从网络玄幻小说中可以看到传统武侠小说的影子，风凌天下曾说他自己从小就喜欢看武侠小说。但网络玄幻小说和传统的武侠小说不尽相同。首先，武侠小说中的“武”指武力、武术，需要长期勤奋的修炼；“侠”指侠义、江湖义气，与兄弟同甘共苦的手足之情。网络玄幻小说对此有所借鉴，但在修炼行为上，传统的武侠小说是讲身体技艺、招术操作的熟练程度，掌握之后可以达到怎样的效果，而网络玄幻小说在此基础上加入了量化的指标。在风凌天下的《傲世九重天》中，根据人物的不同修为，由下到上分为武道、武徒、武士、武者、武师、武宗、武尊、武王、武皇、武君、武圣、至尊等，每一级修为下又分为一品、二品……一直到九品，在同一级修为下经历一品到九品的升级后才可晋升下一级修为。由此也可看出，这种修炼等级的划分，为日后制作基于小说的游戏、提升 IP 价值打下了基础。其次，传统的武侠小说多是对英雄人物的歌颂，多是讲主人公行侠仗义、除暴安良，保卫一方平安，追求社会的和谐安稳。而在《傲世九重天》中，我们可以看出，网络玄幻小说中的主人公除了拯救这个世界外，身上往往交织着更多复杂的矛盾。主人公楚阳只有改变这个世界、在九劫剑的召唤下除掉其他生存了九万年的各大家族，才能防止九重天的坍塌，他终究逃不过命运的安排，就连改变世界都是命中注定的，他想在家中守着自己的家人，但身不由己，在安定了九重天之后，又发现九重天之外还有一个更大的世界……最后，传统的武侠小说的故事多有社会动荡、民不聊生的现实背景，而网络玄幻小说融入了创作者大量的幻想，借鉴童话的创作模式，架空现实世界，建立一个完全虚构、全然独立于现实的世界，而这个世界又是多位面的世界。在《傲世九重天》中，世界是分为上三天、中三天和下三天的，所以称为“九重天”，相邻位面之间有通道连接，每一个位面的人都有自己的生存法则，由下三天到上三天，人的平均修为水平逐渐上升。

在《傲世九重天》中，主人公的设定具有主角光环，主人公楚阳是小说中掌握九重天安危的一个人，九重天的安定与其息息相关，其他人物的活动都围绕楚阳一人展开，由于其有九劫剑主的身份，也被塑造得无所不侵。如同其他网文，《傲世九重天》对于女性的设定和描绘也有把女性作为男性附属品的不良倾向，比如，主人公楚阳前世为了练无情道利用莫轻舞的真情去修炼，在主人公楚阳中了媾蛟春毒时，铁补天放弃自己修炼的机会为其贡献自己的处女身等。在情节的设计上，《傲世九重天》也呈现出天马行空的随意性。《傲世九重天》场面设计宏大且刺激。主人公楚阳从九重天的下三天到中三天再到上三天，一步步统治整个九重天，整个九重天已经大得无法想象，然而在九重天之外还有更大的世界。主人公楚阳在九阴汇聚之地得到第一节九劫剑时，对九阴汇聚地外天象大变的描写画面感极强，制作成影视会更有感染力和视听震撼力。网络玄幻小说宏大的场面设计显然能进一步带动游戏、影视剧、漫画的发展。

上文结合风凌天下的《傲世九重天》对如今的网络玄幻小说的传播媒介、受众、创作者、题材内容等进行了简要分析。下面，笔者对网络玄幻小说5个方面的传播趋势略作陈述。

（一）网络玄幻小说的海外传播为中国文娱产品全球传播提供了契机

网文的发展为中国当代文娱注入了新的活力，受国外魔幻小说启发，后又融入中国本土因素的网络玄幻小说经过近20年的发展，已不容小觑，网文出海、网络玄幻小说海外传播方兴未艾。

2016年12月，起点中文网与美国华裔RWX（网名）创建的网站Wuxia World宣布合作，签署10年翻译和电子出版合作协议。2017年6月1日，风凌天下的新书《我是至尊（I'm Supreme）》在起点中文网和起点国际同步上线，这是中国文学史上第一部全球同步上线的网络小说。我们可以抓住这个机遇，将网络玄幻小说作为推进我国文娱产品全球传播的一个切入点，促进中华优秀传统文化“走出去”。以《傲世九重天》为例，其中

“天外有天、人外有人”的哲理、修炼修为时的中国式境界、气韵都是中国文化海外传播的生长点。

（二）网络玄幻小说转化为影视剧、游戏和漫画，打造全产业链长势看好

《中国移动互联网发展报告（2017）》显示，2016年度网文版权（IP）在影视剧方面的衍生作品包括42部电影、96部电视剧、137部网络剧。2017年7月21日，《2017猫片·胡润原创文学IP价值榜》发布，风凌天下的《傲世九重天》排第51位，它的IP价值除了体现在文本上，还体现在于2013年9月在《漫王》杂志连载的漫画和于2014年7月5日在起点游戏上线的同名游戏上。2020年12月10日，中国版权协会主办的2020年中国版权年会在珠海举行。大会披露中国网络版权产业市场规模已经突破9500亿元。现代、古代及幻想三个子榜单都不乏最具版权价值的网文IP，如阅文白金写手猫腻的《庆余年》改编的同名电视剧是2019年唯一一部百度指数破百万、新浪微博微指数问鼎网剧第一的剧集，并斩获第26届上海电视节“白玉兰奖”最佳编剧（改编）、最佳男配角两项大奖。[①] 足见，近些年来基于网文的漫画、电影、游戏等衍生品花样繁多，产业链越来越完善。网络玄幻小说所呈现的内容因此得以被具有不同媒体使用倾向的受众关注和了解。

在这样一个视听盛宴随处可见的时代，越来越多的年轻人迷恋视听刺激，网络玄幻小说中因此充斥着画面感很强的描写，这又进而促进了网络玄幻小说向影视剧、游戏和漫画的跨媒体改编、转换。

---

① 许旸：《年度最具版权价值网络文学排行榜首次公布，IP如何赋能成为业界关注焦点》，http：//wenhui.whb.cn/zhuzhan/yingshi/20201211/383717.html。

（三）应把握网文发展的脉搏合理引导促进传播

我们身处注意力经济时代，谁能吸引受众的注意力谁就更能有效传播。如今 VR（Virtual Reality）技术迅速发展，相比静止的文字、图片，以及在屏幕内观看的传统视频，VR 技术能够为受众提供较强的参与感、临场感和强烈的沉浸体验，让受众身临其境，操控于中。在网络玄幻小说转化成影视剧、游戏时，加入 VR 技术的应用，能让受众更真切地体验小说中描绘的那个虚拟世界，试想将《傲世九重天》中“一个世界折为三重”借助虚拟现实技术呈现出来，带给受众的将是何等的震撼！

不管通过什么样的媒介形式、借助什么样的新技术对我国的网络玄幻小说进行传播，最核心的还是内容。大部分的网络玄幻小说属于长篇和超长篇，再加上创作过程采用连载的方式，碎片化的“超长篇”现象屡见不鲜。连载的创作方式有助于吸引受众，扩大影响，也可以使受众参与到创作中去，但动辄几百万上千万字的篇幅，如果没有足够的情节与丰富的内容支撑，很容易导致作品“注水”、“太监”（中途放弃，无下文）和“烂尾”（结局草草收场）。2684 章、850 万字的《傲世九重天》完全算得上“超长篇”小说，创作者风凌天下在全书完结后的“完本感言”中感谢受众、朋友三年来的支持与鼓励，否则本书很有可能“太监”。一直以来，网文相比传统的文学作品而言，难登大雅之堂，但不可否认它确实为当代文娱的发展注入了新的活力，既然如此，我们应该对网文多一点关爱，多一分利导，呵护优秀的草根写手，同时激浊扬清。尤其是要对大量架空现实世界的网络玄幻小说进行引导，避免网络玄幻小说将当下的年轻人塑造成消极、厌世的“单向度的人”。

同时，也要积极引导创作者增强社会责任感与人文关怀意识，优化网文生态。许多网络写手是业余作者，学历偏低，他们撰写网文的初衷也往往是为了获利，更关心点击数和排行榜，所以，写出的作品深度不够，比较粗糙。2006 年，吴怀尧创立了当代作家富豪榜；2012 年，网络写手富豪榜作为2012年第七届作家富豪榜的子榜单首次被公布，网文写作的商业化倾向日益明显。网络写手风凌天下没有读过大学，他的写作也显得“野路子”，他的写作一般没有大纲，只是在心中会有一个大体的框架。和风凌天下一样的大量网文写手最初走上网文写作的道路多是为了谋生。但是，随着他们登堂入室，文学网站和相关机构应该对他们多加关心指导，督促他们不断提升写作水准和思想高度。

（张颖　何志钧）

十二、多面手青狐妖及其网文

塔读文学网男频头牌大神、中文在线旗下 17K 小说网签约作家、中国移动阅读基地知名作者青狐妖（本名张堑）是网文界颇有影响的多面手，都市言情网文和玄幻网文兼擅。他的大量网文作品主攻都市言情，一度以《妖孽保镖》（又名《护花保镖》）、《护花狂龙》、《贴身战龙》、《低调高手》、《超自然大英雄》等在网文界保持着超高人气。之后，他又接连写出《劫龙变》《星辰武神》等玄幻网文，文笔老到，把玄幻网文演绎得出神入化。青狐妖的网文写作取得了不俗的成就，总创作量已超过 1600 万字，名下网文在各网站的点击量总和约 20 亿人次。他的《贴身战龙》在 17K 小说网上粉丝高达 2000 万，《劫龙变》总点击率 1.9 亿人次，创下同类题材纪录。《超自然大英雄》爆款 IP 的成功更佐证了他的自我创作规划路径，也显示了青狐妖立体化的网络文娱产品生产运营期望。《超自然大英雄》在连载网文的同时，也在推出漫画、静态电视剧，并积极尝试其他形式的 IP 开发。青狐妖的成名作《护花保镖》除了网文外，也积极开发了漫画等其他形式的文娱产品。

和许多"从一而终"的网文写手相比，青狐妖"多几把刷子"，风格技法多变，快手高产，擅长网文故事创意结撰，悬念设置，所写网文富有观赏性、趣味性，故事视角新奇，现实题材、科幻题材、玄幻题材信手拈来，敢于突破自我，善于进行创作规划和写作调适。

青狐妖的大量都市言情网文，内容涉猎面宽，信息含量大，可读性强，这些网文发挥了青狐妖一贯的特长——“会扯”，题材汰选、故事设计创意、铺排故事线、渲染情节事件都考虑得很周全。这些都市言情网文偏于男频，痞气热辣，将都市、情恋、官场、黑帮等热点元素冶于一炉，富有传奇色彩，市井气息浓郁，《低调高手》中充斥着“江湖气”，把市井人生嘈杂、混乱、利欲熏心的一面展露无遗。在火车站、小旅馆、酒店、小饭馆、禅心书店、矿场、税务局等杂沓的场景中轮番出场的高龙藏、盲妹子薛沫、孙二姐、警花、黄寡妇、陈岐黄、陈可宜、叶振坤、疯道人等各色人等和喧嚣的红尘、脏乱的街角声息相通，演绎出一部“恶之花”。《潜龙在都市》的主角易军也是典型的“衣冠未必禽兽”式的半红不黑的人物，身世迷离，身手了得。他本是叶家大少，命运多蹇，混迹“混乱 KTV”做起了默默无闻的保安，阴差阳错的经历使他饱览世间百态，尝尽世态炎凉。《妖孽保镖》的走红则一度引爆了特种兵王回归都市的网文热潮。特种兵回归都市，工作之余承揽保护多位美女的任务，打击犯罪，惩奸除恶，万花丛中，阅尽春色的模式从此被反复复制。

青狐妖的都市言情网文洋溢着市井气、烟火气、江湖气，受众从中能够感受到真实的世俗人生气息，其主人公也多是普普通通的平头百姓，他们既有“正经”的一面，讲义气，拿得起放得下，足智多谋，百折不挠，又常常表现得很贱俗，痞里痞气，动机不纯，性格妖孽。这些正邪交互的人物顽浮不羁，与传统文学艺术中的“英雄”形象大为不同，却活灵活现地展现了市井人生的复杂性，凸显了人性的多面性，亦庄亦谐。青狐妖把普通人的各种“小九九”“小算计”“小心思”渲染铺排得淋漓尽致，能让受众感受到生活的常态，恍如目睹了邻家的张三李四，打听到一肚子道听途说的各种八卦逸闻。同时，这些狂傲的小人物又机智从容，有着常人难以企及的传奇人生经历，最终都能功成名就，又让受众过足了都市土豪、当代侠客、成人童话的瘾。

在他的网文写作历程中,《护花狂龙》和《劫龙变》是两个重要节点。从《护花狂龙》开始,他自觉求新求变,力求不断突破既有框架,不断挑战自我,奠定了之后一系列网文实验写作的基础。按照青狐妖在橙瓜专访中的说法,《低调高手》由纯都市生活书写开始转向都市幻想合体,并且其番外篇已初涉古风玄幻,收获了受众的大量点赞,也为日后转向玄幻网文写作进行了预演。古装玄幻小说《劫龙变》则是全面转向玄幻网文写作的重要节点。

其实,青狐妖的网文写作中有着一以贯之的传奇、玄幻情结。即使在前期的都市网文中,"现实"也不断被传奇化,而与日常现实有着种种隔膜,他笔下的都市总会带给人一种陌生感、玄幻感。据他在一次访谈中透露,取名青狐妖源于少年时代阅读《七侠五义》时黑狐妖留下的深刻印象。由此,着迷玄幻在他日后的写作中埋下了种子。青狐妖前期的都市言情文情节曲折离奇、汪洋恣肆,人物侠义心肠、狂放不羁,把市井言情演绎得极富传奇色彩,这种都市奇幻侠客行网文和大量现实题材的作品不同,已经具有明显的传奇、玄幻的内质,其笔下的都市侠客一路开挂,奋发图强,总能赢得丰厚回报。《超自然大英雄》更是披着科幻皮的都市幻想。它充斥着漫威式的超级英雄气概,交织着科幻、悬疑、热血、超能力、都市、超级病毒等元素,狂傲的男主携手高冷的警花拯救危城,抽丝剥茧追踪悬疑案件的真相,与黑暗势力对决。

相比都市言情网文,全面转向玄幻文的《劫龙变》《星辰武神》显然更能发挥青狐妖所长,这些玄幻作品传奇玄幻的笔法成熟,情节事件天马行空,与他的创作个性更为契合。

东方玄幻类型网文《劫龙变》于2015年8月在塔读文学网首发,这一转型力作上架后一举冲上畅销榜,新书本站点击243万次。《劫龙变》讲述了秦家长子秦阳在家主秦政和二十七骑将迷失荒古世界,家族失去家主,虎狼环伺之时从圣地轮回殿果断归来,力挽家族危局,消灭魔皇,救出父亲,解开身世秘密的传奇人生经历。《劫龙变》不仅标志着青狐妖成功转型，而且空前提升了作者多维度、多线索、大场景、多人物的铺排规划设计能力。该作气势恢宏，撼人心魄，多线并进，环环相扣，有着超强的多世界架构，主人公辗转于乾元世界、坤元世界、太古魔渊、羽化荒古、皇境等多个世界，脚踩万千星空古路，剑镇无穷荒古世界，成就了不世伟业。

和《劫龙变》相比，青狐妖的另一玄幻力作《星辰武神》也有其独到的优点。《星辰武神》讲述的是四世为人的主人公楚雄情急之下由地球穿越到魂武界，跟随逃亡中的父亲楚云蛰居，饱尝世态炎凉、家破人亡之苦，历经与各种妖兽、魂武高手的搏杀，机缘巧合进入幽月宗，在动荡时世中克服了大量常人难以想象的艰险险阻，经历了一系列常人难以想象的奇遇，终于修炼成魂武界最强者的富有传奇色彩的奇幻人生故事。和《劫龙变》类似，它也充斥着炼化战魂、修炼升级、斩恶除邪的大量情节事件，悬念丛生，扣人心弦。作品《星辰武神》也有宏阔的世界架构，主人公活动的魂武界分为九域，分别是中州域、青域、兖域、荆域、扬域、雍域、冀域、幽域、并域。每一大域都有一个庞大的宗派占据。其中占据中州域的星魂殿凌驾于各宗派之上。而楚雄的父亲本是星魂殿的“云祭祀”，叛逃后被星魂殿常年追杀，母亲则被幽月宗禁锢在星魂塔下。和《劫龙变》相比，《星辰武神》的情节线索要简单得多，但更有人情味，对人性人情的刻画更为深入细腻，失去父母的楚雄克服星脉先天断绝、肉身虚弱、修为低下的不足，凭借骄人的天赋，不断借力，妖血浴体，妖晶炼骨，妖魂煅魄，医病者，助炼丹，授阵法，周旋于各种势力间，一步步成长为尊者。《星辰武神》对父子之情、母子之情、男女之情、师徒之情、族人之情均有细致描绘，使玄幻世界洋溢着浓浓的人间情怀。大乌山中的少年岁月、青丘部落的弱小无助、与沉默寡言的父亲的父子深情、与青黛和雨绮相濡以沫的爱情都叙写得感人至深。

青狐妖的网文也有着其他网文共有的缺憾。其都市猎艳文很能代表网文野蛮生长岁月中过度欲望化的流弊，如同大量爽文，青狐妖笔下的特种兵王、护花保镖们一身痞气，艳遇不断，眠花宿柳，有尽情满足男性受众意淫之嫌。这种精神意淫对于人生观、价值观尚未成型的青少年网民有着明显的负面影响，也使网络文娱生态保护问题成为一个突出问题。

在网文界，一个突出的问题是“爽”和“情怀”能否兼顾，如果二者势同水火，那么网文在鱼与熊掌之间如何抉择，如果二者可以兼顾，又当如何融汇？网文在根本上属于网络文娱产业，商业路线是其不容回避的路径，但用来换钱的网文是否就一定要牺牲情怀，或者说情怀是否一定与利益冰火不容？事实上是值得怀疑的。按照马斯洛的“需要层次理论”，人生于世，从最低级的生理需要，进而到安全需要、尊重需要，直至审美需要，既层次明晰，又声息相通、息息相关。优秀的网文作品完全可以贯通各种层次需要，在优先满足某一特定需要的同时也满足其他需要。更何况，情怀与审美也可以包装成网文的重要商业卖点，文情并茂、悲天悯人、积极向上的网文因其更能够深深感染受众而备受推重，有着独到的消费价值，这也会对其商业收益产生正向作用。“在线实时交互”是网文相比传统文学和评书的一大优点，写手与受众的精神交流、相互间“追文”“更文”的启发刺激、合作互动以及由此拉动的点击经济都是传统通俗文艺、大众文化难以比拟的，客观上有利于找到写手与受众之间的契合点，实现“爽”和“情怀”的共生。在这方面，青狐妖的《星辰武神》提供了有说服力的例证，追求爆爽的网文实际上是可以兼顾情怀的，而人情人性的渲染恰恰使《星辰武神》大为增色，更有助于它赢得高人气。

（何志钧）

十三、《紫阳》《紫府仙缘》：向传统文化致敬

在互联网上，关于仙道故事、仙道人物和玄幻、修真的网文一直为大众喜闻乐见。网络写手“风御九秋”（本名于鹏程）一直专注于仙道网文创作，网络写手百里玺（本名蓝亮）长于撰写玄幻仙侠网文。两位网络写手在题材选择、网文风格上不乏相似之处，在对传统文化的态度上也有相近的取向。

17K 小说网签约写手、灵异类仙侠类双料写手风御九秋可谓中国道术探险小说的领跑者。从 2011 年处女作道术修真百万字长篇《气御千年》在天涯社区莲蓬鬼话开始连载起，他已创作了《残袍》《紫阳》《太玄战记》《参天》《归一》《天朝侠客》等一系列网文。如今的风御九秋一边写网文，一边隐居山中种竹养鸭，悠然望朝晖夕阴，慨然写仙侠修真。风御九秋于 2014 年年初推出的正统古典道术仙侠网文《紫阳》是他修道网文中比较有代表性的一部。修仙、修真的网文虽然屡见不鲜，但专注于道士修炼和道教济世的网文却少之又少。在这方面，风御九秋可谓独领风骚。风御九秋对古典文学与传统文化心存敬意，一直致力于积极借鉴严肃文学的思旨技法，弘扬传统文化。他在一次访谈中说自己从小对中国传统文化感兴趣，平时读的也多是明清之前的小说、野史，创作方向也选择了古典仙侠和灵异悬疑。《紫阳》的写作一如风御九秋的其他网文，注重汲取历史上文学经

典的营养，自觉借鉴古典文学的创作技艺谋篇布局，结构作品，塑造形象，这使《紫阳》古色古香，故事线铺排更为细密，作品结撰更为精致，作为一部秉承道家正统的道术修真网文，它兼有通俗性、传奇性、娱乐性和古典文学佳作的情采文采意采之美。

曾为起点中文网、创世中文网签约写手的百里玺，从2006年开始网文写作，已创作2100多万字的仙侠、玄幻题材网文作品，诸如《紫府仙缘》《仙府之缘》《仙城之王》《我是仙凡》《帝国远征》《网游三国之城市攻略》《纵横家》《楚氏赘婿》，专注于仙侠题材和架空历史题材的创作。“百里玺”这个笔名既与名相百里奚有渊源关系，也取“君子温润如玉”之意。和风御九秋类似，百里玺也有较好的严肃文学底子，从初中到大学他一直嗜好文学，经常宅家读书，甚至一天就要看好几本小说。百里玺认为创作的灵感离不开广博阅览和知识积累。他从写网游起家，写了三本网游后转向凡人流仙侠网文的写作，在仙侠网文正时尚时写了《紫府仙缘》，从此一发不可收。对于网文的发展前景，百里玺有自己的看法，他认为文学永不息，改变的只会是文体。网文会不断发展迭代，文化传统绵延不息。

《紫阳》以道教文化为基本框架来构思作品，突出弘扬了道教、中医等传统文化，对于受众来说既是文化普及的过程，也是弘扬传统文化的有效路径。百里玺的《紫府仙缘》在对传统文化心存敬意、对中医药文化多有表现这一点上和《紫阳》触类旁通。《紫阳》将道士视为“替天行道”之士，其使命是替天补漏纠偏，救济天下苍生。风御九秋本人也很欣赏道家静如处子、动如脱兔、静者上善若水、动者雷霆之怒、辩证公允、恩怨分明的处世理念。在南北朝时期五胡乱华、天下纷争的历史背景下，《紫阳》拉开了作品叙事的序幕。有感于鬼魅四起，生灵涂炭，上清祖师神谕无量山选才天下，在战乱中家破人亡的少爷莫问一路北上寻妻，机缘巧合走上了无量山，从此苦心修炼，三年入紫，开启了平战乱、灭妖孽、医苍生的“替天行道”征程。《紫阳》将道士莫问的修行置放在道教从外丹到内丹转型升级的历史脉络中，传奇化地呈现了道教修行的艰难转型，也将对中医药传统的表现置放在醒目的位置上。《紫府仙缘》中叶秦和中医药传统的关联相较《紫阳》似乎更为密切。《紫府仙缘》写的是贫苦少年叶秦从采药开始走向修真，最终成为一代仙侠的人生故事。故事一开始，乞讨为生的少年叶秦和大牛怀着无限渴望在饿殍遍地、满眼饥荒的乱世期望能加入竹岐县城药王帮采药堂，大牛因腿被野狗咬伤被采药堂赶走，叶秦幸运地成为采药堂弟子，接下来的日子是冒着生命危险尝毒草、试药、采药，顽强生存下来的叶秦歪打正着选取了无人问津的《坐忘经》，无意中得以走近修仙功法。稍后更在一次采药中无意中吃了一颗灰色鸟蛋，得以进入神奇的紫府养殖露草提取元气进行修炼，从修真、炼气、筑基、结丹、元婴，到最终晋级化神，叶秦一次次在凶险无比的搏杀中化险为夷。

《紫阳》《紫府仙缘》俨然就是中医药传统的传奇化彩绘，但是二者的立意、用心、侧重点又不尽相同。

《紫阳》非常明显地秉承了严肃文学“济世”与“助人”的思想主旨，又注意网文“爽点”的设计，在好看、刺激、劲爽的同时也做到了博大精深、引人向善。“济世”与“助人”是早在秦汉时期随着仙道小说产生就已出现的主题。小说中的仙道人物超然物外，却又心系苍生，不忘世事，利用各种方式赈困济世。显然这是作者关心民生疾苦的济世情怀的寄托和体现。《紫阳》显然秉承了这种传统，其中不乏对老百姓生存状态的细致描写。《紫阳》开篇，五胡乱华，赵国胡兵大兵压境，莫问的甜蜜新婚转眼间变成了父亲被杀、妻子被掳掠、家破人亡、战乱凄惨的人间地狱景象。《紫阳》不时穿插着对当时百姓凄惨生活状况、繁荣市镇一夜间成了尸横遍野的鬼城的描写。风御九秋借莫问的视角从人们衣着、饮食着手，突出了战乱中百姓生活的悲惨。也正是这种济世情怀让莫问在得道后并未贪图荣华富贵，而是心心念念企图救被胡人政权蹂躏的汉人百姓于水火。《紫阳》立足道教思想，在展现道士珍惜有生之年的有限光阴异常刻苦地修炼和传奇化地除妖灭邪时，也多次宣扬人生苦短，除了努力提升自己的修为外，更重要的是抓紧时间脚踏实地去多做对苍生百姓有益的事。正因此，面对国仇家恨、民族大义，莫问毅然选择了造福苍生。当莫问企图当晋国国师以拯救天下苍生的理想破灭之后，他顶住流言蜚语选择扶持胡人政权，尽己所能保护生命朝夕不保的赵国汉人百姓。虽然莫问明知道这样做会被天下人视为汉人叛徒，但是只有如此才能在实际上减轻战乱灾祸，让老百姓获得一个喘息的机会，在乱世中得以偷生。他觉得只要能为百姓造福，就算暂时委屈一下自己也未尝不可。只要自己日后大有作为，真正使老百姓平安幸福，达到老百姓的期望，他的良苦用心肯定最终会被天下人理解，到时候他的名誉也会恢复，而道家也会在世人面前再次树立起威望。面对苗族被侵略，大量无辜百姓濒临死亡困境时，他不怕被人误解及时出手相救。虽然之后他被乡亲误解，有家不能回，但他并未因此而退缩。莫问的担当精神令人动容，但是风御九秋在塑造莫问形象时其实也隐隐表达了自己的忧虑。在乱世中，莫问的所作所为可谓杯水车薪，百姓由此真的能得到和平，安居乐业吗?

在长达10年的仙侠写作里，百里玺塑造了一个个并没有逆天才华，但凭借刻苦修炼崛起为耀眼仙侠的少年形象。《紫府仙缘》是典型的凡人流仙侠类型网文。《紫府仙缘》中的叶秦和大牛都是极为普通的乡下贫寒少年，他们吃苦耐劳，不乏机警，有自己做人的主见，但在芸芸众生中他们都是普通得不能再普通的平头百姓。《紫府仙缘》的续集《仙府之缘》中的叶晨也是武国一个平民少年，这个武国书院中不起眼的小人物无意间在书阁内发现了一幅《仙府》古画卷轴，从此踏上漫漫修仙路。《仙城之王》中的主人公叶默也是从一座最弱小的仙村起步成长为万众臣服的仙城之王。百里玺塑造的这些仙侠少年执着、勇敢、刻苦、机智，都有传奇化的人生，但他们不像《紫阳》中的莫问那样关注国运，心系苍生，而是远离红尘，专心修炼。风御九秋的《紫阳》更多表现的是主人公拯救天下的担当精神，而百里玺的《紫府仙缘》系列作品更关注个体人生，专注于主人公的个体修行，高扬少年仙侠志存高远、奋斗不息的精神，充盈着浩然生气。

和《紫阳》一样，《紫府仙缘》也关注乱世中百姓的生活和命运。在平州所有帮会杀灭药王帮一场，竹岐县城成了人间地狱，但叶秦仍对大牛的安危念念不忘，将他护送回了乡下老家。《紫阳》和《紫府仙缘》都不乏对人性美，特别是女性心性的细腻描摹。《紫阳》塑造了一系列令人难忘的人物，莫问、阿九、千岁、柳笙、夜逍遥等七位上清准徒、老五、林若尘，无量山上的众道师古阳子、青阳子、玄阳子、玉玲珑、赵真人等，甚至狼精黑三都各具神态，音容笑貌让人过目难忘。其中，阿九被塑造得可圈可点。阿九虽为狐狸，却并不狡诈，反而对待人事更多真诚。尤其是她对莫问的爱纯洁专一，让人动容。得知莫问有妻子，她不愿意夺人所爱，默默付出。而后莫问与妻子决裂，她也没有趁虚而入，只是不离不弃地支持与关爱莫问，直到莫问向她表明心迹，才终于走到一起。风御九秋在阿九的身上倾注了深情与高尚风范，将人性美诗意化、圣洁化了。《紫府仙缘》对女性的塑造也颇见功力，寥寥数笔，便能传神。叶秦在药王帮采药堂的师兄妹几人杨一成、冯小、钱若秀、孙莹都是平民家庭的孩子，药王帮被剿灭的夜里，经过伪装的叶秦路遇几人，杀死了袭击他们的乱贼，故作淡漠地嘱咐他们把采药堂的青衫换成县城平民的布衣，去乡下找个偏僻的地方避一避风头，躲上一年半载。说完，他提剑离去。然而孙莹望着这个杀气腾腾的黑衣人却突然失声恸哭了起来，道："二师兄，是你吗？"叶秦身形微顿，头也不回地飞身而去。他没想到孙莹竟然能认出伪装的自己。寥寥数笔就把采药堂师兄妹的生死情谊和女性的细腻敏感渲染了出来，令人动容。

《紫阳》和《紫府仙缘》对于仙侠的态度、对于中华传统文化的关注点也不尽相同。《紫阳》对阐发、弘扬道家文化、道教传统有着自觉、强烈的兴趣，对道教的历史由来、佛道的差异津津乐道，娓娓而谈。在《紫阳》中，风御九秋对道教与佛教的差异专门做了详细的阐发，相比佛教，道教在教义上并没有刻意宣扬"众生平等"，道教内部有严格的等级制度，道教的修炼比佛教更为艰苦，这都使得它的影响力逊色于佛教，在平民百姓之中地位较低。但在风御九秋看来，等级划分在当时是符合常理的，道教教义所具有的等级制度是对自然事实的真实反映，是依道设立的。但是世人宁可接受佛教“众生平等”的谎言安慰，也不愿意承认事实。道教祈求超越生死，敢于反抗暴政，而不像佛教鼓吹忍耐世间苦难，因此也不为统治者看好。道教对修炼要求严格，非常人可以忍受，也令老百姓望而却步。然而在风御九秋看来，这恰恰显示了道教依道行事、正道直行的坦诚和执着。在《紫阳》中，仙道人物或凭仙术平定战乱，或以中药救民之疾。主人公莫问拥有良好的医德，这不仅表现在他救死扶伤不辞劳苦上，还表现在他在行医过程中明辨是非、惩恶扬善。莫问在无量山习得岐黄之术，再加上祖上就是以行医为生，他本就希望下山后靠自己所能医治患者。他多次对贫民施以援手，比如慕青的姐姐若不是莫问及时出手，势必胎死腹中；莫问为周贵人孩儿诊治解毒，让老五和其女起死回生……这些都显示了莫问尽己所能救死扶伤的良好医德。《紫阳》还突出强调了诊治过程中明辨是非后行之的重要性。救死扶伤虽然是好事情，但是也要辨别是非后再决定救或者不救。医者，可以医人身，但不可医人心。患者鱼龙混杂，在道家看来，对于恶人，就算自己能救也不应出手，如果让坏人痊愈，日后会害了更多好人。故在无量山中玉玲珑传授完众人岐黄之术后，给莫问的考题就是考验他医治时是否具有明辨是非能力。从而告诉众人，行医不仅是治病，还是惩恶扬善，兼济天下。

除了道教之外，中国几千年的中医养生文化也在《紫阳》中有浓墨重彩的表现。道教弟子在无量山上学习法术时，学习岐黄之术是重点描述的内容。道教所讲的岐黄之术实际上就是中医。《紫阳》向我们展示了中医经络学的神奇性，人只要打通任督二脉、奇经八脉便可百病不生，延年益寿。莫问等众弟子在真人协助打通经络时，虽然当时疼痛无比，但此后感觉身心舒泰，气血运行通畅，身强体健。莫问与众弟子在山上习得了岐黄之术，运用所学不仅让自己延年益寿受益终生，而且帮助了很多需要医治的病人，解救世间众多病患。中医、中药在古老的中国大地上已经流传几千年，功德无量，它理应得到我们的敬重。

百里玺基本没有涉足道教，对中医药虽多有表现，但主要是服务于塑造仙侠形象，构筑仙侠世界的各种情节事件，在他的仙侠题材网文中，中医药和传统的养身经籍主要是修仙晋级的凭借。中医药文化和传统文化更多的是作为隐性的背景存在的，但从他的网文中仍能感受到传统文化的博大精深、高深莫测。传统文化对仙侠的滋养、对普通人人生观、价值观的影响塑造、传统文化熏陶下人们的爱恨情仇在他的网文中挥之不去，形成了气氛审美式的浸润效应。在他的笔下，种田、采药和修真相得益彰，《紫府仙缘》中神奇的浮岛依次是木属、火属、金属、土属、水属，五行串联，其中木属浮岛有催生灵药的功能，可以养殖露草提取元气。在《仙府之缘》中，神奇的仙府内，木屋药圃，画轴丹阁，青狐仙侠，一派古风遗韵。百里玺的仙侠世界天人相合，洋溢着浓郁的田园牧歌情调和古典美气韵。《紫府仙缘》系列所彰显的仙侠理想尤其值得重视。对于百里玺来说，仙侠不仅意味着骇人的功力、耀眼的光环，更重要的是生生不息的奋斗精神。他笔下的仙侠生于凡俗，志存高远，一心修炼，百折不挠。即使进入常人无法企及的境界也能保持最初的淳朴，不忘初心，矢志不移。这是一种大写的仙侠精神。

（何志钧　唐璞果　叶兴华）

十四、水蚀《毒咒》：对寻归的追索

水蚀（本名夏龙河）的《毒咒》是一部集历史架空、盗墓、悬疑多种类型于一体的网络探秘小说。《毒咒》同样具备网络类型小说的特点。以盗墓小说为例，“盗墓小说主要利用心理悬疑和视觉描写营造恐怖气氛，除历史背景外，还需要大量古代玄学、风水、阴阳、禁忌、宗派以及天象和地质等方面的知识加以铺垫”。[①] 从内容来看，《毒咒》全文以平西王吴三桂和永历帝之间的恩怨纠葛为背景，在架空百年历史的条件下，讲述了作为平西王后代缅甸毒贩的祖孙二人——吴刚和吴耀祖在寻找玉佩和归还玉佩的过程中遇见的各种艰难险阻（其中有三合会的追杀，有缅甸原始森林中自然界的凶残，以及每个人自己内心的挣扎），以及他们如何克服困难和实现自己的救赎的人生历程。在寻求和归还玉佩的途中弥漫着各种悬疑、惊悚、盗墓、历史架空等刺激人感官的因素。比如对于墓地的风水安排，在墓地里遇到的100年前的尸骨，原始森林里凶狠的豺狗和让人闻风丧胆的蛇蛊，以及主人公遇到的鬼钉。《毒咒》中对此淋漓尽致的渲染让受众的猎奇心理得到了充分满足。

从其叙述结构看，小说主要从第三人称视角叙述，将两段相隔60年的叙事穿插进行，强化受众的好奇心，由孙—祖—孙—祖—祖—孙—祖—孙

① 许苗苗：《网络小说：类型化现状及成因》，《文艺评论》2009年第5期。

的叙述结构吸引受众的跟踪阅读。当下—往昔—当下的叙述模式——吴刚的情节叙事还没有完结，便转入吴耀祖的叙事情节——时空交错的阅读体验，叙事事件在穿插往复中展开，这一切使阅读者沉浸在一个时空里还没清醒过来，就马上在作者的安排下进入了另一个时空，致使受众阅读心理上受到强烈冲击。水蚀在叙事结构上，对事件结果（天福去了何处，玉佩能否找全，厨子赵金到底怎么了，鬼钉后人为什么要给吴耀祖施下毒咒）采取播撒延宕的方式，引发了受众的阅读兴趣。

类型小说都是程式化、模式化的，例如，“玄幻小说的主人公通常都是身世离奇，禀赋异于常人，意外获得能量巨大的武器或秘笈，九死一生，总能有美女或高人相助，最后修成正果。盗墓小说则是远古的文明、失落的宝藏、神秘莫测的古墓，加上感官刺激的描写和惊悚心理感受的营造”。①反观《毒咒》，它恰恰应验了类型小说的这些特点。吴刚和吴耀祖是平西王吴三桂的后人，和皇家的关系纠葛牵扯不清。几百年来保皇派一直误认为吴三桂出卖明皇，一路追杀。在这追杀中出现了两波力量：一波是始终忠于皇室的鬼钉，另一波是挂着反清复明的羊头，实则想要盗玉佩开启明陵的三合会。这两路人马追杀吴家后人几百年不舍，吴刚和吴耀祖都险些丧命，多亏了李德亮收养和一品夫人、公孙常、公孙无常的保护，才得以屡次化险为夷，脱离险境，学会独立生存。在吴刚第一次被李德亮派人扔到缅甸密林练习胆量的时候，遇到豺狗攻击，“公豺狗趁着吴刚脚落地未稳，咬着他的一脚猛地一拖，吴刚失去重心，一下子就摔在了地上。母豺狗看着机会来了，毫不犹豫，跳了一个高，张开大嘴就奔着吴刚的喉咙来了”。②就在这千钧一发的时候，“吴刚看到不知从哪儿飞来了一道白光，插进了豺狗的脖子。那豺狗摇晃了两下，摔倒在地上，抽搐了一会儿死了”。③

① 许苗苗：《网络小说：类型化现状及成因》，《文艺评论》2009 年第 5 期。
② 夏龙河：《毒咒》，南昌：江西高校出版社 2013 年版，第 42 页。
③ 同②。

足见《毒咒》有着类型小说的典型特点，注重以类型结构来布局全文走势；而在类型结构之下，却回荡着作者对每个个体存在的严肃思考。

个体存在或生存是一种状态，状态只能依托过程的延展才能得到敞开和遮蔽。《奥德赛》的 10 年归乡之途，《圣经》中人类背弃上帝后复又寻求和回归上帝，《浮士德》的自我救赎……这些文学作品都是在描写与各种艰难险阻的抗争过程中走向回归的，可见“寻归”是世界各国文学中反复显现的母题，显示了人类精神心灵深处的情结。

在寻归原型中，《西游记》和《毒咒》相映成趣，有着同构关系。在“南赡部洲者，贪淫乐祸、多杀多争。正所谓口舌凶场、是非恶海”①的处境下，《西游记》师徒四人和白龙马一起去西天取经的故事开启了。唐僧师徒取经显示出了一种坚定的追索精神。套用黑格尔的思路，人从自然状态迈向自我意识是一种寻求的过程，在这个寻求的过程中个体又常常会制造恶。“不算李德亮时代和爷爷那辈，吴耀祖经营毒品的 20 多年里，就在这儿杀了十多个‘水手’”②，这种罪与恶是个体自主选择的结果吗？“其实，如果人可以选择，谁愿意做坏事呢？”③《西游记》的取经，是贵族化英雄的师徒拯救天下苍生过程中的自我救赎；而同样处在混乱局势中的吴刚和吴耀祖，只是普通的个体，普通人没有拯救天下的能力，能做到的只有自保。他们在自保的过程中，犯下的种种罪孽，又往往是无可奈何的。鬼钉对吴耀祖施加毒咒，是源于其爷爷吴刚不守信用。“60 年前，就在这里，他曾经信誓旦旦，说把玉石还我”，“没想到你们吴家人贼心不死，竟然用假玉搪塞我”。④事情的原委是，吴刚为了保护家人的安全所以才没有信守诺言。虽然给的是假玉，但“那也是块泰山玉，颜色也跟真的一样”。⑤不守信用的

① 夏龙河：《毒咒》，南昌：江西高校出版社 2013 年版，第 83 页。
② 同①，第 19 页。
③ 同①，第 15 页。
④ 同①，第 101 页。
⑤ 同①，第 169 页。

罪孽让吴刚的儿子被人留下，孙子被下毒咒。如果这还算是比较轻的惩罚，那么对挚友突然失去，而承受的几十年的内心自责及因当时与对手的较量，惹得今日的杀身之祸，或许才是真正严重的惩罚。

在无可奈何的境遇下，个体犯下的罪孽需要通过救赎矫正。“天福的失踪，是此生让吴刚心里最不安的事情。很多不明真相的人，都以为是吴刚设计害了天福，他因此心里总是有阴影。”[①] 因此这么多年他一直坚持锻炼，即便现在 90 多岁了，还能准备好重回古道，去见天福。当彼此相见的那一刻，“天福看着他说‘吴刚兄弟，终于见到你了’。两人紧紧地抱在一起”。[②] 深挚的情谊，支撑着彼此六七十年的等待和期盼。人生有多少个六七十年是可以等待的，时间的长度没有消淡情谊的浓度，相反，真挚的情谊在时间的洗礼下只会越来越醇厚。天福和公孙常突然离去的那一刻，他的内心也曾有过百转千回。为了查三合会要盗明陵的事情，他和天福一直跟踪了他们几十年。几十年间没有坚定的信念和往昔真挚感情的积淀，一个人如何能够支撑着活下来？吴刚的歉疚很深，是因为他没有看好受伤的兄弟天福。如果几十年里一直沉浸在深深的内疚中不能自拔，吴刚不会有毅力坚持锻炼，不会 90 多岁了还耳聪目明。正是他们都正视了自己内心的歉疚和不舍，才能等到重又相见的一刻。

亲人和友人之间的歉疚和悔憾能够从另一面彰显人性中对情谊的坚守。那么与恶的较量激发出人心中的恐惧，更是在考量人有没有毅力和胆识。当年吴刚没有彻底地解决掉齐林，致使他被原始山人相救，谁知练就了邪恶的蛇蛊，差点让吴刚祖孙丧命。蛇蛊的阴险毒辣，只有同样阴险毒辣的人才能够训练出。一曲笛声，群蛇出动，“四个人在笛声的催促下，缓缓地走到火墙边”。[③] 个体的渺茫，力量对比的悬殊，使恐惧渐渐占据了他们的内心，侵蚀了心灵深处的最后一道防线。只有在尖刀火背上走过的人，才

---

① 夏龙河：《毒咒》，南昌：江西高校出版社 2013 年版，第 218 页。

② 同①，第 280 页。

③ 同①，第 77 页。

有顽强的毅力和过硬的心理素质。吴刚、吴耀祖祖孙两代人从事贩毒，人生中经历了大小无数的场面，也让他们练就了一身胆识。

如果说吴刚犯下罪还是源于对自己内心道义的遵守，那么吴耀祖在寻归中犯下的罪则是源于外在物质利益关系的权衡。

吴耀祖的时代是金钱主宰的时代。在这个时代，物质财富极大丰富，但这不代表社会整体上相比于过去变得更好了。此时个体如何捍卫自己的存在？上一辈人的精神财富能否对下一代人的生存起到指示作用？在不同的历史境遇里，个体生存的空间在历史的长河中会不会被吞噬掉？这些都是水蚀在这部小说里进行的思考。

吴耀祖不比其祖父吴刚坚毅、睿智，他甚至有点贪生怕死和投机取巧。虽然已经十多年不做毒贩了，在曼德勒开了公司。但“他的公司自从开业之后，一直赔钱，七八年了，赔钱无数，因此吴耀祖并没有完全断了毒品生意。对于经营他实在不太懂了，但是毒品要做，那钱就是滚滚而来，如果不做，怎么有钱坚持到现在？”[①] 虽然多年前一品夫人就告诫过他，“你的毒品生意必须在两年内停止。否则，我让你倾家荡产”，[②] 但是为了维护物质生活的满足，他没有完全放弃。全书一开始介绍吴耀祖去寺庙拜佛，起因是家里近几年来出现的种种不吉利的事情。“十多年前，他的第一个儿子6岁，竟然在后花园自己吊死在芭蕉树上。妻子孟丽受不了这样的打击，得了精神病。3年后，他的第二个孩子刚刚4岁，也在后花园的同一棵树上吊死，第二任妻子同样得了精神病。”[③] 他拜佛的出发点是想摆脱自己遭遇的这些种种不吉利，并非诚心诚意拜佛向善。

吴耀祖除了贪生怕死、多有市侩之气外，还讲义气，识大体，有统领指挥才能。性格充满矛盾，这使玉佩寻归中出现的各种事情颇具张力。吴

① 夏龙河：《毒咒》，南昌：江西高校出版社2013年版，第246页。

② 同①，第187页。

③ 同①，第11页。

耀祖的寻归比之其祖父的寻归有了更多现代人心性的痛苦和挣扎。《西游记》中唐僧说“心生，种种魔生；心灭，种种魔灭”。吴耀祖的寻归过程就是心生心灭的过程。从一开始与天金兴的古道地图矛盾，到最后吴耀祖放下和天金兴的恩怨纠葛，主动找他和解，并且把天金兴一直梦寐以求的古道地图给了他看，至兄弟二人重归于好。他和吴刚重回古道途中的种种经历，祖父在面对困境时的临危不惧和富有胆识，都让和祖父同行的吴耀祖深受教益。面对蛇蛊的阴毒狡诈，吴刚显示了其智勇担当。也正是有了这些经历，当祖父吴刚嘱托吴耀祖“你一定要找到玉佩，送给李福复明，把你父亲接回来”时，吴耀祖才能够说出“爷爷，您放心，我一定做到”的话。①

对于处在历史中的每一个个体的生存，作者水蚀在小说里予以了观照、思考并最终形成了自己的价值判断：人要捍卫个体生存的尊严，个体生存的精神资源有其代代相传的合理性和必然性，因此，个体存在是一个历史必然性和必要性命题。小说最后向未来敞开，未来个体间的生存斗争仍将继续，它将在吴耀祖和齐开之间展开。

曾经的惊心动魄和挣扎，都是为了给自己寻得一片归宁之所。文中题记云：“传说中，凤凰是人世间幸福的使者，每五百年，它就要背负着人世间的所有罪恶投身于烈火中自焚，以生命的终结换取人世的幸福。在肉体经受了巨大的痛苦和轮回后才能重生。死而重生在佛经中被称为‘涅槃’。《涅槃经》卷四云：‘灭诸烦恼，名为涅槃；离诸有者，乃为涅槃’。”② 个体唯有正视自己犯下的罪孽、正视自己的内心，才有可能获得自我的救赎。

（陈丽虹　何志钧）

① 夏龙河：《毒咒》，南昌：江西高校出版社 2013 年版，第 282 页。
② 同①，第 1 页。

十五、梅雨情歌的网文写作

在网文界，梅雨情歌（本名张宗锋）的网文作品有较大影响，他的作品悬念丛生，扣人心弦，引人入胜。他不但写有热血军文《王牌特卫》，还写过《最强透视》《医道风流》《草根医生的升迁：医道仕途》等众多作品。

网络军文《王牌特卫》是梅雨情歌的早期代表作，讲述了一个地方的武警支队的一位狙击手经历一系列生死较量，最终功成名就，荣升为中央特卫团团长并再向前行的特种兵故事。全文以现实中错综复杂的国际关系为背景，经过大胆想象渲染，勾勒了一个现实与虚拟结合、复杂危险的情境，塑造了李建这样一个从基层走向高层的当代英雄形象。作者以主角李建出色地处置了一起银行抢劫案件开头，这也是李建作为一个金牌狙击手的能力的初显，接下来就是李建依靠自身不同于常人的卓越能力不断地在武警军队比赛和粉碎 R 国、J 国、M 国等多国勾结的阴谋，及国际警卫对决、摧毁 M 国特战基地、护卫本国首长南巡、护卫航母安全等事件中取得非凡荣誉。小说不仅带入了网络游戏，也融入了众多武侠和玄幻因素，可归类为“幻想性网络军文”。

网文作为互联网快餐文化的产物，创作目的单纯，语言浅白，结构简单，受众称这种小说为“爽文”，顾名思义，仅仅是为了一时的快感，并没有深入鉴赏涵泳的价值。但是为什么这样的“俗”文现在却能拥有这么大的“粉丝”群呢？其中的一个重要原因是移动互联的全媒体格局的形成。据《中国移动互联网发展报告（2021）》披露，截至2020年12月，中国手机网民规模已达9.86亿，占整体网民的99.7%。智能手机的普及使用和各种文学类网站、阅读APP的推出都为网文提供了广阔的制作传播平台，近年与媒体和出版界合作的加强更让网文跨上快车道。由唐七公子《三生三世十里桃花》改编的电视剧热播便是一个典型例证。作为新浪原创文学的签约作家，梅雨情歌的早期作品《王牌特卫》在新浪读书频道的点击率已经突破1000万人次，2012年和2013年更是和云南人民出版社合作，编辑出版了全书4册。互联网使写手与受众的实时动态交互成为可能，二者的联系更加紧密。与众多的网络写手一样，梅雨情歌拥有着双重的社会身份，他首先是山东枣庄海化集团的一名普通员工，其次才是一名网络写手。身处普通平民生活圈的经历让他更容易领会和捕捉底层数量巨大的受众的精神需求。

梅雨情歌及其他大量网络写手的目标受众是生活压力沉重的普通中青年男女，他们疲于谋生，更希望通过阅读网文愉悦身心，感受日常生活中难以遭遇的各种人生传奇。网络写手也是这类人群的一员。写手与受众身份在某种层面的一致性导致了创制目的和消费目的的协调一致。《王牌特卫》拥有与同时期大部分网络小说相同的最主要功能——那就是宣泄情感。因此，男频网文的主题多是草根逆袭为成功人士，情节也多与《王牌特工》类似——主角不断努力，经历过一系列艰难痛苦的挫折，最终在结尾得到自己想要的成功。这类文中多夸大主角的能力和运气，不符合现实却能让普通百姓得到精神上的满足和快慰。女频网文也不能摆脱这样的套路，不过爱情往往是这类作品的主题——女主最初很平凡，甚至身世凄惨，最终逐渐成长，摆脱束缚，以收获完美爱情结尾，突出代表有《扶摇皇后》《大漠谣》等。这些作品给现实中迷茫、失败的青年男女一种精神安慰和一个自身求而不得的宣泄痛苦情感的渠道。

看似天马行空、幻想虚构的网文其实非常在意把握时代的脉搏，看似浅薄的“俗”文化的发展也往往暗合社会政治、经济、文化大环境变化的节律。网络军文兴盛的大背景是新中国成立以来不断加强国防建设、国际地位蒸蒸日上，以及由此带来的国际关系和国际局势变化……这为网络军文的创作提供了温床。《王牌特卫》便是以当时中国和日本等国的复杂关系为基铺写的，例如 2012 年已经出版的系列 2 中的“G20 世界首脑金融峰会”就是以现实中的 G20 峰会为参考。耽美小说的兴盛则是源于普通大众对西方国家同性恋人权问题和同性婚姻合法化的关注，同时这一类型小说的发展和兴盛也体现了社会包容度的增强；女尊小说则是对传统愚昧封建的男尊女卑思想和长期以来女性职场和生活的不公平待遇的抗议和压抑情感的宣泄；玄幻小说的兴起背景是西方奇幻、魔幻作品在中国掀起的翻译热潮，如《魔戒》系列、《哈利·波特》系列等的翻译。

梅雨情歌新近的长篇网络官场小说《草根医生的升迁：医道仕途》同样引起了强烈反响，在新浪网点击率再次突破千万人次，销售进入前五。《草根医生的升迁：医道仕途》承继了梅雨情歌一贯的写作风格，将幻想虚拟与现实结合，它写的是傅山县胸外科医生欧阳志远凭借自身妙手回春的医术跨进权力的大门，最终历经官场的险恶走到了权力的巅峰的官场故事。《国画》是作者王跃文在 1999 年创作的传统官场文学作品，是王跃文的成名之作，写的是原乌县副县长朱怀镜听信看相先生的迷信言语，听凭吩咐调到市政府办公厅后，禁不住钱权色的诱惑逐渐迷失自我，最后家庭破碎、挚友失踪、失去市政府工作的经历。同是官场小说，二者有相似处，但不同之处更多，高下判然。以《国画》等一系列“写实性官场小说”成名的湖南省作协主席王跃文是当代中国传统文学的代表作家之一，作品精心构思，文采斐然。从创作到出版印刷要经过层层把关，这保证了传统文学作品的专业眼光和制作的精良。而网络写手多是“三无”人员——无地位、无学历、无专业创作经历。梅雨情歌作为山东枣庄薛城海化集团的一名普通员工，没有深厚文学素养，也没有受过专业的写作技巧训练，得益于网文写作低门槛、广传播的良机，得以在赛博空间一展身手。《草根医生的升迁：医道仕途》也是在这样的背景下产生的。与《王牌特卫》相似，梅雨情歌把主角设计成一个全能的“草根英雄”：他精通“治百病”的太乙五行针，又是能力出众的外科医生，精通古董和卦象、能在古玩市场一眼辨别真假，身怀无人能敌的武功五行拳，还拥有无人不喜的英俊面貌和儒雅气质，甚至能为野味山庄自创菜谱……总而言之，主角拥有你所能想到的一切金手指。主角欧阳志远除了本身各项技能神乎其神之外，运气也是绝无仅有：一去古玩市场必能找到别人都不知道的好东西，遇到反派也必定能得贵人相助逢凶化吉……这也是现下励志类网文的通用桥段。网文是“群体性构思”的产物，更需要通过网站上受众的点击率来判定行情，“受众为王”在网文生产消费领域表现得非常突出，因此也直接导致了网文的拼凑化、快餐化、欲望化。《草根医生的升迁：医道仕途》在价值取向上也和大量爽文一样存在明显缺陷。在其第一卷中，欧阳志远在古玩市场遭遇恶霸，最终依靠权力网得以脱身，也开启了主角走入官场的情节脉络。其中写到欧阳志远心中的感慨：“这就是权势，官大一级压死人的权势。什么时候，自己也能做到耿剑锋那样威风一回？”在欧阳志远惩治三个欺负妹妹的官二代、富二代时，文中的内心独白也阐述了主角的价值观：“这种祸害平民百姓家女孩子的畜生衙内，法律能制裁他们吗？肯定不能，那就让我来惩罚你们这些衙内吧。”主角俨然是把个人当成了法律的捍卫者和代言人，推崇以暴制暴。这样的情节屡见不鲜，显示了这些网文价值观的畸变。《国画》也是一部官场小说，但作者在人物刻画方面更为成熟，人物不是非恶即善，主角朱怀镜和配角李明溪、玉琴等人物形象比《医道仕途》中的人物形象更为饱满丰富。朱怀镜一出场虽然谗下媚上，溜须拍马，贪婪好色，十分好面子，但是仍然不失基本的善良——抽出时间关怀老友李明溪、为妻儿尽责……在作者笔下，这个人从第一次去酒店“蒸桑拿”到养情妇逐渐陷落钱权色黑暗陷阱的过程自然可信。警醒世人、批判官场腐败的价值取向也非常鲜明。

从梅雨情歌的网文中也不难发现网文火爆的一些端倪，这显然有助于我们对网文形成更全面的认识，因势利导，促进网络文化生态良性发展。梅雨情歌的网文可读性和娱乐性很强，梅雨情歌作为通俗文学的生产者和身处民众之中的集团员工，他的写作和日常生活是同一的，他撰写的网文既是自己情感的宣泄、心意的表达，也切近和他一样同处市井的青年人的精神心理。正是由于扎根现实土壤，喜大众所喜恶大众所恶，他的网文才能获得大量网民拥趸。

梅雨情歌的网文，人物形象类型化，情节结构程序化。不论是网络军文《王牌特卫》还是官场小说《草根医生的升迁：医道仕途》，它们的主角都“身怀十八般绝技”，李建是在距离160米也能用狙击步枪打到罪犯“正要扣动的扳机上”以及“快速刺向小女孩心脏的刀锋之上”的神枪手，是网络游戏猎杀主神里无敌的“金冠主神”。还身怀绝世枪法，拥有强大的武当的千重浪内气，少林的大力金刚掌，武当的绵掌、缩骨功、咏春拳、红砂掌、太极等十八般技艺的“武林盟主”。还是会针灸奇术的“医生”，并有着能根据“玉石的荧光”切出极品翡翠的赌石能力。欧阳志远则是外科医生、无牌照的济世中医、烹饪高手、所有美女都无条件爱慕献身的“情场高手”、拥有雄厚内力和无敌搏击术的高手……主角走过的情节线路也是固定的，总结起来就是：从师父或者父亲那里继承了绝顶的技能，不断遇到小人使坏，贵人在紧急时刻相助并助力主角在权力晋升中“更上一层楼”，途中收获美人芳心若干，最后都以站在权力顶峰告终。这些俗套的情节结构、人物类型再加上大量的网络热词和梗，轻松幽默，传奇色彩浓重，更能契合网民的胃口。

（张凡　何志钧）

十六、在历史穿越中寻绎人性光辉

——薛庆儒《曹操，我来了！》的文本分析

《曹操，我来了！》是网络写手薛庆儒的代表作，字里行间，一种乱世中人性的光芒闪耀在主人公的豪气与柔情的情感脉络中。笔者拟对该作品独特的叙事结构、解构历史叙事的冲动、别具风味的语言进行分析，探究作者彰显的独到人文关怀。

（一）双向的穿越结构

主人公夏侯操在自己姓名、梦境等因素的刺激下，感受到了一种“历史的召唤”。而他的秘书汪玲又是一个颇为神秘的人物，竟能通过一扇门将夏侯操带到1800多年前的东汉末年，见到自己的“前世”——曹操。在夏侯操经历了历史烟尘的洗礼后，又在曹操的请求下将他带到现代，导致了一系列社会闹剧。与以往影视剧多见的单向穿越的情节不同，在此我们看到了独特的双向穿越结构。作者设置这样的结构，不仅创生了一种陌生化效果，在穿越中透视历史的沧桑，审视当下社会的精神心理症状，而且更能传达作者对于历史与当代、理想与现实的反思。

夏侯操来到东汉末年，他因呼吸到当时的空气而感到舒服，而后竟想要到未来销售东汉的空气。曹操来到现代，却在夏侯操与汪玲习以为常的空气中觉得呛鼻子。夏侯操在汉末的中原大地上纵马奔驰，亲眼见证了“白骨露于野，千里无鸡鸣”的荒凉与凋敝。小小一个天马庄，竟然因为养马的传统而被袁术、吕布等人诬陷为别有用心，沦为军阀混战的牺牲品。作者有意跳出历史的线性逻辑，摒弃传统历史叙事的英雄视角，指出在历史上令人神往、崇敬的英雄时代里，在金戈铁马的战场之外，普通民众的人心所向才是历史演进的关键所在。无论正史、历史演义中的记载是否有意忽略历次战争中的底层人民的处境，都突出了王侯将相的丰功伟绩，遮蔽了民众这个真正的主角。而《曹操，我来了！》却显示出了独到的眼光，它给我们留下深刻印象的不是铁马秋风式的战场厮杀，不是《三国演义》中精彩绝伦的谋士智斗的场景，更不是名将的赫赫战功，而是下层人物在乱世中遭受的苦难和积极的抗争，曹操、华佗等人为解决民生疾苦而奔走四方，普通大众在艰难时世中闪耀着不灭的人性光辉。从中我们可以读到《三国演义》中难以见到的民生关怀，看到了刀光剑影之外的百姓生活中的人情和人性。正如亚里士多德所言，“诗人的职责不在于描述已经发生的事，而在于描述可能发生的事……所以，诗是一种比历史更富哲学性、更严肃的艺术，因为诗倾向于表现带普遍性的事，而历史却倾向于记载具体性的事件”。[①] 相比《三国志》《三国演义》，《曹操，我来了！》以其浓厚的人文关怀逸出了原有的历史叙事框架，反映出了以往蜷缩在主流历史书写之外的角落里的民众的生存现实。

《曹操，我来了！》突破了以往穿越小说的单向书写，将历史人物曹操带到当今，让一个历史人物经历了当下时代的生活。在第四十章到四十三章，夏侯操和汪玲将曹操带回当代，经历了空气污染、坐宝马车、铺张

---

① ［古希腊］亚里士多德：《诗学》，陈中梅译，北京：商务印书馆1996年版，第81页。

浪费的接风宴、碰瓷等一系列现代生活境遇。作者让曹操来一次现代旅行，意在警示尽管我们获得了相较古代社会的更多的物质享受，但是我们的环境、我们的道德品行并不一定比古代好多少。富有讽刺意味的是，1800 多年前曹操极力打压的地方豪强势力，在现代社会又经历了一次循环式的变体：当曹操被碰瓷的群众诬陷的时候，是夏侯操的儿子夏侯丕借助自己父亲的影响力震慑他们，从而平息了一场闹剧。通过此次事件，曹操反思碰瓷经历，对夏侯丕的举动既感激又无奈。曹操的一句感慨既流露了他的无奈，又渗透着作者的反思与批判，更包含着作者对于美好人性复归的呼唤。

（二）解构历史叙事的冲动

薛庆儒给自己取的笔名是“山东响马薛庆儒”，这个名字给人豪气直爽的印象。作品中，薛庆儒也以自己的创作个性为夏侯操这一角色注入了一种豪放英气。另外，夏侯操在寻找曹操、辅佐曹操、代理曹操以及带曹操游历现代社会的过程中，作者又赋予了这一角色英雄的伟岸和以往塑造英雄人物时忽略掉的柔情，力图解构以往英雄演义小说的叙事套路。

首先，作者通过夏侯操吟咏毛泽东的《浪淘沙 · 北戴河》，让夏侯操在秘书汪玲的引导下，为以往历史演义小说刻意贬低的曹操翻案，突出曹操的“勤政为民、才华横溢”，从而奠定了这部小说的基调。令人惊奇的是，作为一名成功的现代企业家，夏侯操竟然和曹操有着割不断的身世关联。

到了东汉末年，作者安排了攻打张绣、官渡之战和赤壁之战等经典的场景，对曹操的形象予以重新刻画，给人耳目一新之感。在《三国演义》第十六回“吕奉先射戟辕门　曹孟德败师淯水”中，曹操因为贪图邹氏美色，惹怒张绣，被张绣反戈一击，痛失猛将典韦、长子曹昂、爱侄曹安民。

在《曹操，我来了！》这部小说的第十二章“坦诚的曹操，大爱改变一切”中，作者却为曹操翻案：邹氏因为张济的家庭暴力而委身曹操，而曹操却是通过邹氏等渠道，得知张绣假意投降。而邹氏与曹操的“缠绵”也不过是曹操的障眼法，意在蒙骗张济、张绣叔侄。

张绣本来是《三国演义》中的一个匆匆过客，但在《曹操，我来了！》中，他却成为夏侯操的重要对手。从投降曹操、袁绍过程中的奸诈，到设计杀害作者虚构的忠义的马儿，杀华佗，甚至到了决定后世三足鼎立的赤壁之战，都有他的踪迹。尤其是赤壁之战，因为跟曹操长得像，而曹操又犯了头痛病，夏侯操被曹操当作自己的替身，代理自己征讨孙刘联军。夏侯操与在天马庄结识的琼英日久生情，但琼英之前在张绣军中找到了自己失散的哥哥琼武，被哥哥假意的兄妹之情操控，致使赤壁之战中曹操的军队惨败。这和我们以往熟悉的赤壁之战截然不同。没有诸葛亮的草船借箭、借东风，没有周瑜的“谈笑间，樯橹灰飞烟灭”，更无关羽的华容道义释曹操。有的只是儿女情长。夏侯操也有历史上曹操的豪情万丈、横槊赋诗的才华，但是一腔统一华夏的热血，却被骄傲、自大以及儿女情长等因素干扰。也许作者想要阐发的是：历史是不以人的意志为转移的，即便你是来自一个未来世界的人，有未卜先知的优势，但面对既定的历史线性进程，个人仍然是无足轻重的。海登·怀特说：“一个历史叙事不仅是它所报道的事件的再生产，也是象征符号的错综（a complex of symbols），这种象征符号的错综指引我们找到我们文学传统中关于事件结构的图标（icon）。”[①] 薛庆儒笔下的三国故事，不是以记录历史、彰显武功为主要目的，而是力图发掘历史暗角下那些鲜为人知的事理，表达自己解构历史叙事的纪实冲动。

---

① ［美］海登·怀特：《作为文学虚构的历史本文》，张京媛主编《新历史主义与文学批评》，北京：北京大学出版社 1993 年版，第 168 页。

（三）独特的叙事语言

小说中，汪玲单纯为吕布的相貌、武艺所折服，让“马中赤兔、人中吕布”这一传说有了一个清晰的展现。之后，这21世纪的女性竟然想要问吕布要签名，让吕布为中国参加奥运会。几笔诙谐的语言，让本来紧张严肃的场面变得轻松诙谐。历史中的曹操见了夏侯操，还问起了替自己翻案的毛泽东，让两位现代人啼笑皆非。而当现代社会的电棍、香烟和手机出现在东汉末年的历史语境中，也让当时的历史人物惊叹不已。在小说的第三十八章，因为一个手机来电的情景，让曹操帐下的人将夏侯操尊为天神。甚至香烟还有给曹操的头痛止痛的功效，曹操经过穿越带回去的香烟，也让给魏武帝的陵墓考古的人员大惑不解。通过这些现代科技产品在东汉末年的陌生化描写，作者风趣幽默的叙事语言跃然纸上。严肃、厚重的历史变得轻松戏谑，调节了受众的阅读心态。

曹操穿越到现代，他形容现今环境中的空气像狼烟，形象而又贴切。当夏侯操的员工跟他汇报工作的时候，曹操又称作“奏报军情”。这些员工也对曹操的装束、举止感到好奇。作者把曹操放置到现代社会，意在借一位历史人物来对现代文明进行反思与批判：“说句心里话吧，我来你们这2012年也有日子了，我实在是没看得上你们今天的这种装扮，这都是些什么打扮呀？男人光个膀子，女的恨不能光着屁股，要不就是男人留个长发，那女人居然剃了个光头，这男人没个男人样，女人又没个女人样的，嗨，这算什么事嘛！”夏侯操也在反思：“当我们身处今天这样一个物质飞速发展的时代的时候，我们的有些东西，就一定会比过去甚至是古代要强吗？我们是在方方面面都进步了吗？我们时常挂在嘴边的与时俱进，与时代共同进步，我们真的做到了吗？方方面都做到了吗？”

作者将穿越的结构变成双向，把两个历史时期的人物在时空中并置，使之有了相互参照的可能。在作者看来，历史的线性发展，并不总是经济基础与上层建筑的协调前进。时代的进步可能会带来物质技术水平的极大改善，但是人性中的根本性的、美好的品质却应该一以贯之。作者的叙事语言总体上是平实的，这是为了保持对历史事件的敬畏之情，同时又佐以或是轻松、诙谐的讥诮，或是慷慨、昂扬的豪言，使得小说的叙事语言张弛有度，甚至有种混响式的复调效果。

在《曹操，我来了！》中，通过双向的穿越结构，作者在历史与现实中穿梭，经过历史人物与现实人物的并置，作者揭示了以往被世人忽视的曹操身上的人性的闪光点。小说在遵循基本的历史事件和历史线索的基础上对三国故事进行了改写，透过历史的尘埃，闪耀着人文关怀的光芒。

（涂荣臻　何志钧）

十七、简墨中国风散文论析

文学历来是多元的，同样随笔散文的园地也从来就并非一枝独秀。在中国现代随笔文学书写的长河中，刚健之音与婉约清曲始终相伴相随、相互映衬。如果说男性作家的随笔书写多以江山社稷、往古来今、人生天地的宏大追思取胜，那么女性作家的随笔则更多侧重心灵抒写、情性细描，多以婉约、清丽、优美见长。在随笔散文的网络长廊中，清丽婉转的女性随笔同样为当代文学增添了几多细腻柔婉、轻盈明快的气息。

女性作家简墨（本名陈剑霞）的随笔作品清灵雅致、简单着墨，她初现于网络，后辑录出版的7部中国文化之美系列文集（《京昆之美》《书法之美》《国画之美》《唐诗之美》《宋词之美》《元曲之美》《民乐之美》）和散文集（《二安词话》《山水济南》《清水洗尘》《诗意的城池》）或流连于古典诗词，或感悟京昆之美，或着墨书画之美，或开掘民乐的精魂，或挥写家乡济南的湖光山色，都是典型的随笔，这些弘扬中华传统文化的随笔用散文写书法，用文字品国画，穿越于文学与艺术之间，以现代人的眼光、现代人的语言诠释古老的中国艺术，开拓了文化散文的新天地，在散文界独树一帜，给古老的中国散文带来一股新鲜的清风，令人耳目一新。与男性作家的宏大书写不同，简墨的随笔更专注于艺术气韵、性灵之美，典雅而不乏轻盈，唯美而不失沉实。她的系列中华文化随笔散文与余秋雨等人的文化散文的沧桑感、粗粝质朴的书写风格迥乎不同。古典诗韵浸润了简墨的随笔，她的随笔作品充盈着珠圆玉润的东方艺术的熠熠光辉。在《书法之美》中，2000年中华书脉、34个书法大师都在她的笔下跃然挺立。颜真卿、苏东坡、赵孟頫都被她描摹得有声有色。

在快节奏、高频率、纵横飞扬的现代都市生活中，古典的悠闲宁静、从容淡雅、葱茏诗意渐行渐远，简墨的“中国文化之美”系列随笔散文可谓现代中国人追寻赓续文化传统、古典的审美情趣的表征。简墨以她的随笔联结起了现代人生活中断裂了的往昔与当下、传统与时尚，使古老的琴棋诗画再度走进现代人的生活，将焦躁紊乱、利欲熏心的现代市井人生变得简洁透明，诗意且纯净。她追寻的不仅是一种东方情调、中国文化精神，更是心灵的澄澈，是古人与今人、人与宇宙自然的心与心的沟通、神与神的会通，是一种纯净澄明的人生境界。

简墨的中国风散文涵盖了充满魅力的传统地方戏曲、多姿多彩的乐器、风情各异的城池、美妙的诗歌，以及历史上具有代表性的众多书法家、画家挥毫泼墨的传奇。《京昆之美》以水袖开篇，写经典剧目，说戏曲人物，对戏曲进行文学性解读，将戏里戏外的情趣写成了简洁清新的散文。《书法之美》和《国画之美》两本书依循历史顺序，在梳理介绍历代书法家、画家的艺术追求时，多从书法家、画家的性格与人生写起，娓娓道来。写张芝，写他誓死不当小吏，把书法视若生命；写米芾，写他性情不羁，洒落不群，像个孩童，在书法上用笔爽快利落，也尽显他性情的自然之气，所作之画也是出自自然，“得意忘形”。《诗性之美》分为两部分：一部分是读书笔记，将《周易》的诚信之道、《浮生六记》的温柔、老子的柔静、庄子的自在、屈原的凄美、李时珍的执着尽情渲染；另一部分专写无名氏的诗歌，将每一首诗歌都写成一篇故事，有背景，有情境，有尾声。题目也都起得非常美：“十五从军征——大雨下个不停人在雨中站立”“君生我未生——当你说你老时我想我也老了”。《民乐之美》专写乐器，既写行走在今天，也写已经消亡沉寂了的，在笔下让往昔岁月中的声韵重生。简墨每每将乐器拟人化，她将筝比作流浪的孩子，把唢呐比作小丑，说一张鼓就是一匹马……透过文字，我们仿佛穿越千年听到了被历史尘封的遥远清音。

简墨对中国传统的戏剧、书法、诗词、国画、民乐一一予以关注和阐扬，透过字里行间，我们不仅可以感受到作者对每一艺术门类的专业性知识的了然于心，而且会在专业性之外更多感受到散文美的珠圆玉润，她力图将艺术和理论融合，以散文书写艺术："荒凉，它不圆满，不明亮，不笑；甚至不说话……它是闪了寒光的绿玉，手里握着，焐得久了，也有了眼神一样的微温。它接近生命原始模样。它接近诗意。程派就是这个荒凉。"写乐器时，她将横笛比作梅，将笙比作波斯菊……简墨介绍每一艺术门类，往往是依循历史发展和时间顺序，依据自己对传统文化的理解，对其进行梳理和阐发。在社会生活节奏不断加快、新事物不断涌现的21世纪，一位作家仍然葆有对中国传统文化的炽热之心，并安于寂寞将之珍藏、把玩、阐扬，分享给年轻的受众，这本身就很有"艺术"范。

简墨作为一名女性作家，其散文显然会具有鲜明的女性视角，她更倾向于表达人物情感，抒写个体感悟，笔触细腻柔婉。"他的《玄秘塔》是我入门的字帖，可以说是恩帖吧？""他是我向往过一百遍的那棵树""究竟是什么还袅晴丝样漫卷在我的心头，盘旋不去"……如此种种，或结合自身经历，或选用第一人称，直抒胸臆，都更多体现了简墨行文的细腻与真性情的流露。简墨从女性作家的独特视角出发，以简洁明了的语言介绍传统文化，即使是受众平时接触比较少的民乐和国画，在她笔下也并无晦涩、陌生之感，而是被书写得诗性葱茏、平易近人，使现代受众与传统文化的距离被拉近了。简墨的文字有着被古典文化底蕴浸润之后的典雅与纯粹，轻轻巧巧，自然流畅："一部髯口，直如一部葳蕤根须，它扎实地植住在泥土里，吸日月精华，纳天地灵气，筋骨嶙峋，根根倔强，铁马冰河，秋风散关；有时又成一柄如椽斑管，或斜风细雨，或雷霆万钧，三五简澈笔，四两拨千斤，写意春风骀荡大精神，和人间芬芳好得行……"在古典之外，简墨的文字又加入了现代人的视角与她作为女性作家独有的细腻感触，使现代受众不会感到沉闷乏味。如她写《牡丹亭》:“我们的这位太守千金小姐，也像那活泼可爱的小丫鬟一样，闹着学——‘一生为你’，‘绝不放过你’，‘总有一天等到你’，‘是你是你还是你’地闹着岭南才子柳先生……”这一份相思，作者不费吹灰之力便轻妙托出：穿插简洁明快、现代感十足的歌词，很契合杜丽娘对柳梦梅一见钟情的心情，也使现代受众在通俗易懂的语言中穿越百年，发思古幽情。

简墨的散文还提升了对女性人物的关注，她喜欢为女子立传。《京昆之美》中有多篇文章专门描写女性。《卿家哪里》写《贵妃醉酒》一段戏：“唉，爽约就爽约，卿家我不是小气的人”，这种“口是心非”的心理活动大概只有女性作家才能想象得出、描写得出。贵妃等待玄宗赴宴，却久待不至，只能饮酒解愁，安慰自己不是小心眼爱吃醋的人，同时又不停猜测玄宗为什么还不到来，将贵妃失望无奈的内心表现得真切传神。《妹妹万岁》是为窦娥申冤：“我们亲爱的妹妹，她的华彩段，到了”“她的名字叫窦娥，又洁白又明妍、又温柔又雄壮的、我们唯一的、最好的妹妹”，每一句“亲爱的妹妹”都体现了作者对窦娥深深的理解及对其受到命运不公的控诉。《金炉应见旧残煤》叙述雷峰塔白素贞的故事：该篇文章以白素贞的口吻写起，情感表达得更为直接细腻。《自君别后》讲崔莺莺与张生的爱情故事：全文以莹莹的口吻讲述其对张生的浓情厚谊，“你立在那里，静静地看我，目光明净而专注，像要那样看掉一个世纪”，“你所聚集的是我全部的生命和注目，而你所给予我的是你全部的信任和喜欢”。

简墨的随笔作品虽然更多以印刷本行世，但生长于网络的“出生”仍然给这些纸质出版物打下了烙印，她的随笔文不甚深，不乏口语化的语句，题目也起得平易活泼，一副面向普通百姓促膝交谈的姿态，有着明显的网络风。

（何志钧　潘馨）

十八、《暖被窝》的诗意建构

（一）诗意建构的血肉——乡土语境

乡土语境的营造，对于在现代快节奏生活中的当代受众，有着强大的吸引力和深层的阅读价值。近代以降，乡土小说以其特有的情结蕴藉和内容表达，长盛不衰，蔚然一派。当代网络写手孟海洋以身临其境的模式，描绘齐鲁乡土，建构网络乡土小说，别具一格，带给当代受众魂牵梦萦的归属感和深层次的乡土思考。小说《暖被窝》成功地建构了农村光棍李木顺的故事并营造了故事生发的乡土语境，其亮点在于，《暖被窝》中的乡土语境营造，带有浓重的诗意，是齐鲁乡村的鲜活剪影。

首先值得注意的是其乡土生活特写。特写镜头是小说人物塑造的有力抓手，如何在一两个场景中成功表现人物，是作家需要思考的问题，而能否在特写中蕴含别样风味，则是作家匠心的彰显。小说《暖被窝》为讲诉农村光棍李木顺的故事、刻画农村光棍生存状态，几处富有典型意义和乡土生活气息的特写，极似农村风情照，蕴藉着中国农村特有的诗意。

李家坝的光棍汉李木顺一出场，就是一个极富生活气息的诗意特写，对于下文故事情节的展开起着导乎先路的作用。在一个西北风肆虐的夜晚，他躺在床上掖了掖身上那条烂麻棉被。作家紧接着给这条棉被一个特写，

“这条被在他身上盖了十几个年头了，从父母去世后再没有拆过，脏得没了真色。”然后作家继续写李木顺起床抽烟并回想头天在南墙根晒暖时，听村里一个有文化的老汉讲的一个关于“被”的故事。由此可见光棍汉的艰苦生活和他对于“暖被窝”的渴望，下文继续写李木顺被骗婚也就在情理之中，顺理成章。这个特写的价值不仅在于为下文导乎先路，也在于它成功地刻画了生活在农村的光棍汉的夜生活，这种凄凉的诗意恰似当夜的西北寒风。

1949年之后，“李家坝村里的南墙根又蹲满晒暖的光棍，拉着和去年一样的话题，无非谁比谁能吃，谁比谁有劲”。孟海洋通过三言两语，便给予作为中国农村的“生活死角”之一的光棍人群一个大特写，极富诗意地刻画出一群无趣无聊的农村光棍汉。再者，与这一特写前后呼应，在李木顺和王心田的妻子在屋里鱼水缠绵时，“午后的阳光静静洒在镇子的角角落落，几个慵闲的妇女围坐在一起”，嘻嘻哈哈地议论着王心田家的事情，她们的几句简单对话充斥着中国农村家庭妇女特有的语言格调和思维导向。这两个特写异曲同工，刻画出中国农村的生态境况，诗意充盈，别具一格。

齐鲁乡土，方言充斥。在小说中使用乡土方言，对于乡土语境的营造、作品人物的刻画、受众的身临其境，起着相当的作用，对于整部小说的诗意建构，亦不容忽视。孟海洋充分认识到方言之于本部小说的重要性，在行文中恰当点缀，营造出乡村的诗情画意，弥漫着齐鲁乡土的异样风情。

作家孟海洋立足齐鲁大地广大乡土，极具诗意地采用了“俺”“老表”“家的”“暖被窝的”等叫法，将乡村的人格定位隐含地表现出来；作品中“刹风”“掖了掖”“掐灭”“驮走”“瞟了瞟”“脚一跺心一横”“垛得整整齐齐”“喝一壶”等动词的使用，方显作家的方言应用造诣，赋予作品人物生命力，带给受众阅读田园诗般的感受，取得语言运用上的极大成功。

本部小说的诗意建构，离不开饱满的故事，以及该故事涉及的乡土生活境况，作为诗意建构的血肉。小说《暖被窝》中，李家坝的农村光棍李木顺因求妻心切，被尚湖镇的王心田骗走了买驴所得的3000元，李木顺去王心田家讨债时与王心田撇在家的妻子发生感情并带回李家坝“暖被窝”过日子，之后，王心田的其他债主来李木顺家讨债，在村长的调处下，李木顺心甘情愿地接纳了3万元的债务，与这个女人继续“暖被窝”过日子。在这个故事的讲述中，涉及中国乡村的生活境况和固有生态缺陷，现就其一二举例说明。

我们可以看到，光棍汉李木顺作为农村最卑微的人群之一员，努力实现自身超越所付出的努力和代价，他的愚昧、善良、坚韧等性格特征，内在统一于他的光棍汉身份上。正是在中国农村这个特殊语境中，这一类最卑微的人群才表现出这种性格特征。本部小说的价值不仅在于塑造了主人公李木顺，还在于它塑造了一群光棍汉形象。他们的无趣无聊、求妻心切，都在作品中得到了鲜活地反映。在村长苦心调解李木顺和王心田其他债主关系的时候，“村里的几个光棍也挤过来，掺和里面说：一块儿过就是的，俺也算一个”。他们是中国农村的“生活死角”之一，孟海洋在这部小说里寄寓了他对于中国农村光棍汉现象的深刻思考。作家孟海洋表示，还将创作以农村过继子现象为题材衍生出的故事，来表达他对中国农村另一“生活死角”“绝户头”现象的思考，由此可见，孟海洋对于农村固有生态缺陷的深刻关怀。

“物本意识”亦是本部小说中彰显的中国农村群众所持有的意识形态，他们看重物质，积累物质，守护物质。“新被”“驴”“女人”等都是他们的幸福来源，李木顺甚至在镇上老余家羊肉汤馆因为一大碗羊肉汤还有二两小烧便让他“觉着皇帝也就过这样的日子吧”。这种意识在《骆驼祥子》里亦有表现，祥子对于他的车的仔细打量便是一例。

再有，《暖被窝》对于中国农村固有生态缺陷的揭露，还体现在农村管理机制上，李家坝村村长的形象塑造典型地体现了中国农村管理机制的缺陷。当李木顺非法带回王心田妻儿时，村长对那群羡慕得快掉下眼珠的光棍们上“政治课”说：“看看人家李木顺，自力更生，自己解决暖被窝的事。没让村里出一份力，出一分钱。你看看，看看你们这群鸟人，就知道在家磨墙根，整天抱怨村里穷，才让你们找不上暖被窝的。你们以后都出去遛一遛，别村没男人管的女人，都使劲往咱村拉，出了事，俺给你们顶着。”当王心田的其他债主来找李木顺要债时，那些光棍们和村长的争辩更典型地体现出村长的狭隘思想作风。当光棍们说出“你是与俺这几个光棍作对吗？你这是在给俺这几个村作对。咱这穷地方哪个村不缺女人，来时俺都给村长打完招呼来。不信，你打打俺们试试”一席话之后，村长就“蔫”了。他作为村子的管理阶层，处理事情不是按照常理更不是按照法律，而是按照维护本村的利益行事。我们知道，中国农村“村斗”现象非常普遍，为了争夺一山一湖而大打出手的事件层出不穷，甚至到了 21 世纪在鲁西南某些农村还发生了因为一块农田而两村对骂的事件。这些都反映了中国农村管理阶层的素质低劣和大局观念缺乏。

对于中国农村固有生态缺陷的揭露，丝毫不影响整部作品的诗意建构，反而营造了鲜活而真实的乡土生活境况，为小说故事的生发和诗意的建构提供必要的语境。作家孟海洋的成功之处，恰恰体现在这一点上。

（二）诗意建构的灵魂——人物塑造

小说主人公李木顺作为作品的灵魂，饱含着农村品格和乡土诗意，体现出孟海洋的独具匠心。他的光棍身份、生存机制、典型性格，都是诗化了的结果，既体现着农村这类人群的生存状态，又蕴含诗意在人物塑造之中。他生活在作品中这个诗意的乡土语境中，一举一动皆符合其独特境况，皆饱含诗意，牵引着受众的呼吸。

前文提到，光棍汉是中国农村最卑微的人群。中国农村注重“成家立业”“传宗接代”，那些因为贫穷或其他原因而未曾婚配的农村男子便被看作未完成任务的失败分子。中国民众不是属于个人的，而是属于整个家族的，仅仅是这个家族的一个符号。虽然近代以降随着我国向西方的学习，主体意识开始萌发，但是在广大农村地区仍然是传统思想主导天下。故而，那些身处窘境的“光棍汉”“绝户头”，便成了中国农村的“生活死角”。

当时王心田劝李木顺时说：“娶了小赵以后，你就不是李家坝的光棍了，你可以挺直腰板了。”确实，当李木顺带回王心田的妻子之后，“在村子里走起路来，脖子挺得硬邦邦的”。身份的转变是李木顺的自我超越，这也就成了他最后心甘情愿地接纳王心田的3万元债务的深层心理动机。

伴随着身份的定位，主人公李木顺体现出了中国农村民众特有的生存机制。身份转换前，李木顺以农村异端自居，体现出独特的生存状态；身份转换后，李木顺开始“正常化”。

作为没有“暖被窝的”的光棍汉，李木顺“一人吃饱，全家不饿”。李木顺每次赶集都去喝碗羊肉汤，他“觉着皇帝也就过这样的日子吧”，由此可见其自得其乐的生存状态。当然，他并非不图自我超越，他始终想着找个“暖被窝的”，这体现出他对未知生活的憧憬。这样看来，在“正常化”之前，李木顺的生存境况有着一丝可爱之处，其生存机制是异于农村那些成家立业的普通大众的，从一定角度上讲，他是“幸福”的，符合现代人文关怀。

作为有了“暖被窝的”的正常人，他享受到了以前向往的生活，也在村里众光棍面前“牛”了一把，被村里的民众接受了，因为他成家立业，实现了“正常化”，开始接受农村普通大众的生存机制，开始合计承包河滩荒地养羊。但是他不得不承担王心田的巨额债务，最后他无奈地说“明天你们娘俩还是远走吧，这3万块万一要还不上，你们娘俩还是要受罪”。由此可见，成家后的李木顺不一定比光棍汉时代过得幸福如意。在这一点上，我们可以看到作家孟海洋立足人文关怀对于两种生存机制的思考。

本部小说中的李木顺，与鲁迅作品中的阿Q、高晓声作品中的陈奂生等人物形象一脉相承，都体现着我国作家对于下层民众生存状态的关怀和对于我国国民性的思考。李木顺作为中国农村“生活死角”光棍汉群体的代表，彰显着鲜活的人物心理机制和这一群体的典型性格。

作为光棍汉，李木顺抽烟喝酒，自得其乐。他内心唯一的憧憬就是找个“暖被窝的”，而当王心田设局骗他时，他又显得愚昧不堪，很轻易地把驴卖掉，并把钱交给只见过两次面的“远房亲戚”，他的愚昧只能表现出他对自己所憧憬的未来生活的强烈程度。当他看到王心田妻子劈柴不力时，根本不考虑她是自己债主的妻子而热情帮助她，并且这种帮助一直持续到王心田妻子要跟他回李家坝。这种单纯的善良为他带来好运，王心田妻子给予了他所憧憬的生活。一直作为光棍汉的李木顺深知这种生活的来之不易，即便不得不接纳3万元的巨额债务也要坚持这种生活，他的坚韧是被逼出来的，典型地代表着一个时来运转的农村光棍的性格。

（三）诗意建构的骨架——小说架构

孟海洋在小说《暖被窝》诗意的乡土语境中，塑造了诗意的悲剧人物形象李木顺。从时间叙述看，小说《暖被窝》采用中国农村普遍使用的“数九”来计时，架构起小说故事，“进了九”“二九一过”“三九的天”等点缀在行文中；从事件叙述看，小说《暖被窝》安排了3次情节突转，最后再以令受众欲知后事的对话结撰。这种行文方式，与诗歌的跳跃、结尾、意蕴、用笔等方面异曲同工，颇具诗意。

悲剧的意蕴。“西北风在村庄上空‘呜呜’地刮着，从早上天不明，到傍晚还没有‘刹风’的意思。天一黑，村里再也看不到人影，都早早吃饭早早钻进了被窝。只留下西北风像个找不到家的哀怨女人，在村庄的胡同里乱窜。”开篇的环境描写即奠定了小说的整体悲剧意蕴，数九寒冬的时间定位也是作者特意安排的。

李木顺是农村最卑微的人群代表，他在找到“暖被窝的”之前，虽然自得其乐但也孤苦伶仃，受着农村群众的另眼相待。对于未来生活的热烈憧憬让他愚昧地上当受骗，赔进去了家里的唯一值钱的驴。虽然因祸得福带回了王心田的妻子，实现了自己一直以来憧憬的生活，但是又不得不接纳王心田的3万元巨额债务。他前期代表着中国农村“生活死角”之一的光棍汉群体，后期代表着中国农村下层群众的悲苦遭遇。可以说他是悲剧的，他的经历是引人思考的。

整部小说还塑造了其他人物，从李家坝村村长的处事，我们可以窥见中国农村管理阶层的固有缺陷和狼狈不堪；透过王心田妻子，我们可以看到中国农村底层妇女的悲惨遭遇；从光棍群像我们可以思考中国农村的“生活死角”。小说《暖被窝》塑造的乡土人物群像是悲剧的，在文学中最为感人的就是有深刻关怀的悲剧情结。

突转的情节。在本部小说中，以围绕李木顺渴求“暖被窝的”的为线索，讲述了一个光棍汉的自我超越故事。在这个故事里，李木顺经历了3次大起大落，在情节突转中蕴含着无尽的诗意。

第一次突转，“一人吃饱，全家不饿”的光棍汉李木顺突然得到王心田的允诺，并见到了未来的“暖被窝的”，这就给一直憧憬成家立业的光棍汉带来了戏剧性的冲击；第二次突转，光棍汉李木顺在向王心田妻子讨债时却得到了意外收获，把王心田妻子带回李家坝，从此不再与村里的光棍人群为伍，终于实现了“成家立业”的梦想；第三次突转，就在李木顺夫妻准备包地养羊开启幸福生活时，王心田的其他债主来找他们讨债，李木顺为了保住来之不易的幸福生活不得不接纳3万元的巨额债务，这是他为自我超越付出的沉重代价。

在这3次情节突转中，孟海洋成功地通过人物心理刻画、对话、行为举动描写，塑造了活灵活现的农村光棍汉李木顺形象，也带给受众手不释卷的阅读快感，一波未平，一波又起，层层推进，波澜起伏。

饱满的结撰。在小说最后一次突转之后，孟海洋诗一般地进行了一次情境特写，讲述了李木顺夫妻在众人走后相拥而泣时的真情对话。“李木顺望着吓得直哭的孩子说：‘明天你们娘俩还是远走吧，这3万块万一要还不上，你们娘俩还是要受罪。’”这次对话内涵丰富，既饱含着光棍汉李木顺的执着和农村男子特有的坚韧，又饱含着王心田妻子沉重的负罪感，也彰显出作者对农村某些病态生命的深层思考。

整部小说以此作结，戛然而止，留给受众诸多悬而未决的问题：李木顺夫妻能否在5年内还清这笔巨额债务？众光棍会不会再来找李木顺夫妻的麻烦？王心田日后会不会回来？他回来以后怎样对待李木顺带走自己妻子的现状？等等。这些问题留给受众不尽的想象和续写这个故事的冲动。饱满的结撰给这部小说画上句号，却收到了“言有尽而意无穷”的诗学效果。

文学中的黑暗模式，不同的作者给予其主人公不同的应对方式：一种是挣扎，例如曹禺的《日出》里的方达生等；一种是突围，例如路遥的《人生》里的高加林和巴尔扎克《人间喜剧》里的拉斯蒂涅等。孟海洋《暖被窝》中的李木顺，无疑是属于以突围的方式应对黑暗模式。孟海洋以诗的格调营造小说，在当代网络小说中匠心独具，在黑暗模式小说中别开生面。

（孟宪欣）

十九、满庭花雨的现实题材医患小说评析

刘晓宁，网名“满庭花雨”，一度专以医患关系为题材写作，连续写出《媒子鸟》《医生》《大医院》等多部有特色、有影响的长篇小说，其小说多表现医患关系、医患之痛。她还擅长以散文随笔记录生活，写过《遐想》《两堵墙》《那棵树》《与海有关的记忆》《人格中的不完美》《人生中的回头路》等多篇散文。刘晓宁本人同时也是《幸福满院》（又名《幸福越走越近》）、《梦想越走越近》等热播电视剧的编剧，在影视剧创作方面也长势看好。

古人言：言为心声，文如其人。这些词语用在刘晓宁身上再合适不过了，刘晓宁是一位内敛、温婉、本色的作家。她性格文静，心态平和，真诚坦然，重情重义，不喜欢热闹，不着浓妆，总是平静地生活、平静地写作，乘一叶文学的小舟，徜徉于文海之中，肆意挥洒生活的碧波，淡然之中流溢出温馨的生活情趣。刘晓宁善于静心领悟并记录日常点滴，在她飞扬的文采当中总会显露出别样的生活情趣。她笔下所写的各色人等、里巷风习，顺乎自然，合乎情理，保持着生活的本真之态，使人读起来就像是在品尝乡野山溪中的甘露。她的长篇小说《媒子鸟》、《医生》（又名《白色巨塔之恋》）和《大医院》将医院内外的人情冷暖、生活情性体现得淋漓尽致，3 部长篇小说与其说写的是医患“内幕”，不如说写的是人情世态。《媒子鸟》是她的长篇小说处女作，该书以医院为大背景，讲述了一位硕士研

究生毕业后初入职场的所见所闻和遭际纠葛，以其爱情、事业为主线，演绎了他跟几个不同类型女孩之间的情恋故事。主人公江北被刻画得栩栩如生，有血有肉，俨然就是日常生活中随处可见的青年。小说既有人生的质感，也展示了人性的杂色，夹杂着生活的痛感。这部作品交织着爱情、权力的纠葛与金钱的交易，有着不同阶层价值取向、生活方式的碰撞，既反映出了职场生活的错综复杂，也显示了农村生活与城市生活真实的差距与极大的反差，药贩与医生之间的微妙关系也令人动容。小说笔锋所至，着意展现现代社会重压下人性的挣扎与苦难，引领读者去深沉思忖。

在中国，致力于描写医患关系这一题材的作家并不多。优秀的医患作品更是屈指可数。在网文中，虽然不乏涉及医生、从医的作品，如网络写手柳下挥的《天才医生》、梅雨情歌的《草根医生的升迁：医道仕途》、朽木可雕的《王牌神医》、浪漫烟灰的《终极全才》、阿彩的《帝凰神医弃妃》、一匹青瓦的《绝世医帝》、百里玺的《紫府仙缘》等。但这些网文意不在“医”，与其说是写医患，不如说仅仅是把从医作为塑造主人公的一种手段、构建传奇文本的一个环节，医患问题不是其重心所在。百里玺的《紫府仙缘》是典型的新仙侠小说，采药、炼药只是主人公叶秦走向修真、炼气、筑基的一个铺垫。一匹青瓦的《绝世医帝》也是一个和绝世医术有关的东方玄幻类网文。医道通神的云墨被害，重生后发愤图强，故事的重心仍然不是医术、医患。阿彩的《帝凰神医弃妃》中，21世纪的女军医穿越到古代，成了医术高明的凤轻尘，但它意在穿越，志在高扬孤女的逆袭人生。梅雨情歌的《草根医生的升迁：医道仕途》中的主角欧阳志远不仅精通太乙五行针，擅长外科，而且武功高超、精通古董、英俊儒雅，更凭借妙手回春的医术在官场春风得意，直达权力巅峰。与其说写的是从医，不如说是一个典型的官场传奇网文。朽木可雕的《王牌神医》中，医院的临时工杨风也是依靠祖传的“蝶舞共振”绝技成为医学界的传奇，实现了从底层的逆袭。浪漫烟灰的《终极全才》中的主人公林天成虽然是中医大学的学生出身，但主要情节并不围绕医疗展开，而是淋漓尽致地渲染了一个关于穿越和手机合体获得夜视透视超能力，因而展开主人公人生一路开挂的传奇。柳下挥的《天才医生》同样是一个关于出身古老的中医世家、身怀绝技、医术出神入化的传奇人物秦洛人生开挂，赢得富商权贵、各色美女青睐的传奇网文。而刘晓宁却独树一帜，选择医院为背景，聚焦现实社会中的医患关系、医患之痛，把作品演绎得精妙而有新意。刘晓宁在接受“北方网”媒体采访时曾说：“我觉得现在国内写医生写得比较有影响力的作品比较少，我可能是较早关注当前医疗状态、医患之痛的人。我的故事有很多都来源于现实，但经过一定的加工，情感与职场遭遇都非常真实，可以引起许多读者的共鸣。”小说的创作需要新颖的立意、独特的主题，雷同的东西描写得再好，仍然只是人云亦云，最终难以在众多优秀作品中脱颖而出。而刘晓宁凭借自己对医患状况的熟悉、对医患问题的独特观察思考，在这个看似冷僻的领域细心耕耘、匠心独运，她的医患小说往往将爱情和权力两条主线交织在一起，指斥有力，冷眼温情，人性关怀是其不变的主题。

艺术创作源于生活，刘晓宁写医生的直接原因是她丈夫对她的“耳濡目染”，在一次采访当中刘晓宁透露，她的丈夫是一名口腔外科医生，听久了丈夫絮叨医院里的人和事儿，她就有了写作的冲动。在写作过程中，如果遇到了与医学专业有关的问题，刘晓宁会随时请教自己的丈夫，因此她说：“我先生职业的特殊性，为我打开一扇进入医疗这个特殊群体的大门，因此，近年来对于医生这个职业思考的较多，感触也就比较多，我写完书后，我的先生是第一个看的人。”对于写作初衷，她这样描述：“好多人对写什么题材比较敏感，说起来很简单，我认为无论任何职业都是一种载体，而我所写的社会和人性往往就浓缩在这些职业的载体中。在最危难的时候、最无助的时候，人性也就更真实，不管是美的还是丑的，在手术刀的锋刃下都让人看得更清晰。”

如果说刘晓宁的第一部医患长篇小说《媒子鸟》里爱情气息极其浓重，精于叙事技巧的运营，富有盎然的青春文学气息，那么，《医生》则更多地体现传统现实主义的人生诉求和人性的悲悯情怀，苏宁、何秋叶、安小葵、师兄等一个个栩栩如生的人物形象，既立体多维又个性鲜明，充分展示了理想主义的梦想与残酷现实的碰撞、精神操守的坚持与物质欲望诱惑的对抗。在这部作品当中，通过主人公苏宁和叶子、安小葵等人之间性格、情感的碰撞，我们更多地体味到医生这个群体的职业操守和背后的烦扰、无奈，与《媒子鸟》相比，写实性也变得更强。正如刘晓宁本人在接受北方网采访时所说："医生是一个相当神圣的职业，他们救死扶伤，直面生死。就当前我接触的医生来看，他们大都对自己的职业充满了感情，虽然现在医生地位逐渐受到质疑，整个医疗环境充满了矛盾和不信任，越来越多的医生开始把医生只理性地当成一种职业，但他们大多遵守自己的职业操守。"正是在此背景之下，刘晓宁希望从多种角度剖析医患关系，让社会对医生这一职业有更加深刻、直观的了解。她用细致而又温婉有致的笔触，点染着故事、雕琢着人物，于跌宕的情节当中书写人性的挣扎与救赎。相比于《媒子鸟》,《医生》的现实主义气息更为浓郁，作者的写作兴奋点在此已悄然转变，忠贞的爱情依然是主线，只不过主人公置身的社会情境更为错综复杂，所面临的是无法退缩的现实窘境。在这个物质化的世界里，理想不断地被现实扭曲，等级制残余依然顽强地潜伏着，内心欲望的升腾使现代人的精神空间不断缩小，及至消亡，从这个角度说，这部小说是要更激烈、鲜明地呈现现代社会重压下人性的挣扎与困厄。

小说像一面透视镜直探小说主人公的内心深处。苏宁博士毕业后因为爱人何秋叶，自愿又略含失望地回到了最初待过的医院，面对从前的导师和现在的领导夏立仁，道德的本能反感使苏宁感到压抑与无奈，医疗事故的责任转嫁，医生道德的底线，同事之间为职称为权力的明争暗斗，医患间的信任危机，都让受众身临其境，感慨系之。师兄的彷徨与无奈不断让苏宁感到心痛，不免联想到自身处境。叶子的真心追随，让苏宁心安又温暖，然而两个人也会因为忙碌中忽视了沟通而不理解甚至误解对方。安小葵的单纯让苏宁油然生出爱怜之情，这很难简单地说是一种爱情关系。方雨晴的出现既是一种巧合也是必然，方雨晴对苏宁的感情自大学始便已萌生，但她作为一个权势者的出现却弱化了这种守望的意义，使苏宁的最终选择显得意味深长。需要指出的是，小说的讲述中心并不在苏宁与叶子之间的感情，真正重要的线索是安小葵的遭际，夏立仁正是通过其父安立新的手术而平步青云，而安立新的病只不过是一次误诊，权力的获得、尊严的保持竟然是以病人的生命为代价，这实在令人触目惊心。此后，夏立仁对安小葵的慈爱既是利用，也是愧疚，苏宁对手术的质疑使夏立仁萌生警惕，这也是二人隔阂出现的关键，叶子将病理报告单交给夏立仁以换得苏宁留院的机会，张放业务生疏却能荣升副主任……小说逼真地渲染了人生之路的欢欣与悲哀，向我们敞开了生活这面复杂之网。

理性的叙事让《医生》不仅为我们呈现了真实的医患世界，同时也以悲悯的目光审视着我们的生活。她大胆地揭露人性中的卑劣的同时又极力彰显出人的善良正直的一面。整篇小说在叙述的过程中所显露的温情的关切让受众欣慰，情节转变又使灵魂救赎的实现不显突兀。如果说《媒子鸟》中的江北是因为误诊为绝症而决心离开艾艾，阴差阳错中走上借势高升的道路，尽显了社会人对现实妥协的无奈，那么，《医生》中的苏宁则对责任更为看重，坚守中显示了一种成长意识，情节营构更少简单化的凿痕。相信受众都对柔弱而坚韧的叶子印象深刻，两个人相濡以沫，但这个爱情故事的开始是浪漫的，结局却充满伤感悲切。尽管最后叶子消失了，但在苏宁心里，误会解除后他才发现最爱的人仍然是她。安小葵的单纯真诚、叶子的无怨无悔、方雨晴的一臂之力、师兄的不折不挠都为小说增添了不少亮色。在这个不乏良知和真诚的世界，主人公尽管有动摇，有犯错，有泄气，却始终做到了坚持内心的纯善与原则，这份精神操守让他的灵魂保持了一份高贵，而最终他向孟厅长也就是安小葵的父亲安立新的战友坦白了当年手术失败的真相，终于完成了灵魂的救赎。苏宁在最后没有跟方雨晴走到一起，也拒绝了科室主任的职位，一直坚持等待叶子的归来，这是主人公对于欲望化生存的自我救赎。

刘晓宁的医患作品显示出了不断掘进的势头。如果说刘晓宁的第一部医患长篇小说《媒子鸟》里爱情气息极其浓重、精于叙事技巧，青春文学的气息盎然，那么《医生》《大医院》则更多的是传统现实主义的诉求和人性的悲悯情怀。李西闽在《隐忍的活着》一文中表示："读完刘晓宁的长篇新作《大医院》，甜酸苦辣的感觉涌上心头。"显然，《医生》《大医院》这样的小说题目马上就会让人联想到各类小报上披露的医院黑幕，粗略一看似是"揭秘"小说，但刘晓宁却是立足医生的生活，从医生的立场去书写医生的痛楚与无奈，展示医生眼中的医院和医患关系，把医院这个小世界的五色斑斓展示在了读者面前。读了她的作品，相信读者会对医生、医院、医疗有更全面的了解，能以一种更为客观、公允的心态来审视医患关系。作品所描绘的"医院与医生的真面目"不是黑幕，也不是为了猎奇，她将那个长期以来为流言扭曲，显得神秘莫测的医院的五脏六腑、人生百态、复杂纠葛淋漓尽致地呈现了出来。小小的"大医院"里风云际会，各色人物竞相登场，写实当中又不乏浪漫和渲染。

和《医生》相比，《大医院》不乏新意。《大医院》围绕张哲文教授的遗体捐赠展开叙事，将乔之维、张曼、赵益阅、静熙、张航、之维、章副院长等各色人等曝光在强光之下。张哲文教授决定捐赠遗体是在医院遗体捐赠面临窘境，赵益阅一筹莫展之际。张哲文教授生前悄然到红十字会签署了协议决定捐赠遗体，让赵益阅找到了一个台阶，得以勉强应付上级的部署。但遗体捐赠却遭到了张哲文的孙女张曼的激烈反对和冲击。赵益阅为防止张哲文教授的最后一个博士生和遗体捐赠的执行人乔之维也临时变卦，仓促间祭出法器，许诺推举他出任外科主任。由此，围绕遗体捐赠，情感与规则、良知与权欲剧烈碰撞。小说最终以乔之维的顿悟将医生的人生追求升华到了一个以奉献延续生命光华的全新境界，讴歌了张哲文教授为代表的一代优秀医生无私奉献，献身医学事业，超越有限生命，走向生命永生的光辉追求。小说也没有回避各色医务工作者的复杂心态、人性的阴暗面和医院小世界折射出的不良社会风气。和前几部小说一样，《大医院》也淋漓尽致地描述了白衣天使面临的金钱、权力的诱惑，也不乏同事间互相拆台、善恶忠奸矛盾重重的情节。在医院这个已经不是净土的世界里，人格、良知、爱情、职业操守的底线时刻面临冲击。《大医院》仍然以刘晓宁一贯的柔婉纯情之笔为我们讲述了医生在行医过程中的人生磨难和情恋纠葛，医患情怨交织着权力、情感、欲望等错综复杂的现实因素，令受众欲罢不能。但作者在此更着意开掘的却是人性升华的主题。一部作品，当它触及一种形而上思想，带给受众的不只是阅读的快感而更多的是掩卷沉思时，也就势必分量陡增。

从《媒子鸟》到《医生》，再到《大医院》，刘晓宁的医患文学写作呈现为一个不断深化的过程。从一部部作品当中可见刘晓宁的细心、用心和独具匠心，她的作品构思精致、立意新颖，显示着她与众不同的才气与独特情趣。她的语言清新流畅却又理性细密，总是能够叩击到生活最细微的经脉。泰戈尔曾经说过："生命是永恒不断地创造，因为在它内部蕴含着过剩的精力，它不断流溢，越出时间和空间的界限，它不停地追求，以形形色色的自我表现的形式表现出来。"刘晓宁就是这样一位作者，她热爱生活，不断地回馈于生活，将自己的生活感悟反映在她的各种作品中。日常生活中的点点滴滴，在她的笔下总会焕发出生机，女性独特的细腻柔婉的情思与她的日常人生思考相融合，淡泊宁静之中又含蕴人生体悟。她的作品也总是在铅华洗尽的沧桑中显露出一抹生命的亮色。

她的小说浓墨重彩渲染了医生这个独特群体所面临的无奈，也通过对一个医生自身经历的描写触及了时下医院、医学界的荒唐怪象，在这个"现实化"的时代里，充斥着奇怪的表象，体制中的一些积弊则使这种怪象不断地延续。点破假象背后的真实黑幕的那个人，等待他的却经常是沉重的代价。卡西尔说："人被宣称为应当是不断探究他自身的存在物——一个在他生存的每时每刻都必须查问和审视他的生存状况的存在物。"刘晓宁以不动声色的铺陈、温情的中性语气，引领着我们直面现实人生，审视人生天地，捍卫生命和人格的价值，这也正是《医生》《大医院》的社会价值与意义所在。刘晓宁在个人简介里曾写过这样一段话："生活在平凡的日子里，却总梦想奔腾汹涌的人生。早上拆了物质和精神之间的桥梁出门，白天不得不几近优雅之能事，只好晚上留一些破绽在自己的睡梦中辗转吟诵。"她是个活得通透的人，有自己内心的一方净土，内心平淡乐观，懂得四时有更替，季节有轮回，严冬过后春景必然明亮多彩。常怀乐观之心，总能够发现光明所在，让我们和她一起期待她推出更多以女性为主角环看医院人情冷暖的新作，创作之路更趋成熟深入。

（何志钧　李肖霞　滕晓）

二十、走进《鬼镇》

初看书名，觉得《鬼镇》必是写鬼的网文，顿觉阴气森森。人类由于对死亡和未知的恐惧，无形中加深了对鬼的敬畏。世人最初塑造鬼时，是借助了人类的外在形象，再加以夸张扭曲，并将人内心最阴暗的欲望附着于鬼的形象之上。因此，与其说鬼可以附身于人，倒不如说人把“鬼”气加诸于鬼，鬼心即人心，鬼便是人心中之“诡”。《鬼镇》中的鬼同样如此，它并没有开门见山地呈现出来，而是通过描写一座中原小镇，一个美貌女子的悲情故事娓娓道来。人心不古，世态炎凉，鬼都身披人皮，招摇过市。原是冲着本书这个“鬼”字而来，却被文中的心诡吸引。

慕容清枫的《鬼镇》没有直接刻画鬼的青面獠牙，却人人狰狞扭曲；没有血腥的剥骨抽筋，却有对人性丑恶的剥丝抽茧，这正是本书的高明之处。幻想出来的未知事物虽令人恐惧，但真实存在的阴暗内心更让人可怖可憎。在这个晚清到民国的动荡时期，人人自保，事事算计。原本一个平静祥和的古镇，南下至金陵，北上直通京城，作为此地的商业重地，整个街区热闹非凡，一派升平景象。《鬼镇》塑造的第一个主人公是商人刘福贵，这是个颇具喜感和富有小人物气息的名字。年轻时他也是个虚心好学，精明能干的清秀男子，从一个没念过几年书的破落小子摇身一变，不仅娶了一个大户人家的女儿做妻子，还发展到富甲一方，日子可以说过得风生水起。作为贯穿《鬼镇》全书的重要人物，刘福贵的身上折射出了人性的黑暗。《鬼镇》一开始便交代了他发迹的原因，除了自身因素之外，主要是救了一个富商大户，并得到了大户的信任和栽培。而他的妻子娇杏也把这段故事谨记于心，时常拿出来感动自己。甚至在和别人谈起时，平日里霸道骄横的娇杏竟然也透露出了小女人的崇拜。这仿佛让人们看到了刘福贵的侠义之心，不禁要赞一声：好一个打抱不平的好汉！但人的本质绝非看上去的这样单纯，如同这座看似祥和了千年的古镇，无处不透露着阴险的气息。就是这些阴谋诡计使小镇“诡”气森森，令人无法直视。在《鬼镇》中，人人心中有鬼，无一例外。有明鬼，亦有暗鬼。就连刘福贵这一生中为数不多的正义，其实也是一场蓄谋已久的诡计。从一开始，他便做白日梦一般想有朝一日能有一个富家小姐可以看上自己，让自己飞黄腾达。这本无可非议，欲望使然，但他以强烈的目的性而去行侠仗义，说明他只是假仁假义，而非光明磊落、路见不平拔刀相助的好汉。他只是非常幸运，事情会朝着自己设想的方向发展，救下了自己人生中的贵人。这是他心中的暗鬼。在向岳父学习经商的过程中，也并没有受到什么好的引导。例如，岳父教导他的混世经验：“自古权和钱是一家，想要保住钱，必须靠住权。如果无权，纵然你的钱再多，早晚也得充公。”寥寥几笔，其官商勾结的奸邪内心便暴露无遗。自这段描写之后，作者开始毫不吝惜自己的笔墨，开诚布公地解剖这个宁静古镇的真实面目。权、钱、色、不仁、不义的戏码纷纷上演，令人目不暇接。刘福贵对妻子娇杏无情，娇杏也对刘福贵不忠。而刘义与春梅、奶妈、香菱，何半仙与娇杏，刘福贵与青娥、香菱等处处皆是秽乱之事，不知是男盗女娼后才有的乱世，还是乱世助长了这样的猥琐风气。不少人评价《水浒传》是一本严重歧视女性的小说，除了林冲妻子和何九妻子之外，竟几乎找不到一个贤良淑德的女子。淫乱的是潘金莲、阎婆惜、潘巧云和贾氏之流，无情无义的是白秀英、刘高妻之流，哪怕是梁山的三员女将，也摆脱不了做人肉包子、滥杀无辜的黑点。但细细想来，也并非表面这么简单。“水浒”发生在北宋末年，那是贪污腐败之风盛行的时代。为反映朝廷黑暗，官逼民反，男子为寇为匪，女子身处乱世，人心不古，世风凋敝，方有淫秽作乱之心。要是男子安居乐业，女子贤良淑德，市井一片祥和之气，又何来乱世之说？《鬼镇》中人事物态所处的时代背景是从晚清的腐败衰落、列强入侵，到民国的军阀混战，百姓民不聊生，又谈何安居乐业？百姓常年流离失所，人心惶惶。在此悲惨的境遇之下，又怎会有文明礼教的立足之地？《鬼镇》处处反映这一时期世人的荒诞与贪婪，面对色欲、钱欲、权欲，人们活着就已是万幸，又何苦还要为难自己，他们放纵自己的欲望而不加掩饰，处处散发着糜烂的气息。如果说《鬼镇》中的刘福贵第一次心生的暗诡还可以理解，那第二次暗诡便是害人害己的恶行。为了得到自己第一眼就垂涎的女子青娥，竟然不惜以迫害其夫梁少成的方式而得到她。这样的做法竟与《射雕英雄传》里的完颜洪烈如出一辙。哪怕后期如何满嘴甜言蜜语，百般宠爱也无法抵消最初卑劣的行径。但梁少成是否又对青娥真心相待了呢？非也，梁少成对待青娥的方式竟然连刘福贵都嗤之以鼻。梁少成的出场，还是带有主角光环的，青年学生的彬彬有礼，人人平等的先进思想，让人们无法把他与诡诈联系起来。但也偏偏是这个热血青年，成了青娥悲剧人生的起点。和很多小说所塑造的遇见相似，也是在一个受伤一个施治的过程中两人产生了感情。沿着私奔后却不谈成亲的蛛丝马迹，梁少成早有家室的秘密逐渐暴露在受众眼中。其实在那个封建年代，三妻四妾在世人眼中也并非罪不可恕。然而他却在父母处只字不提青娥相救、生死相随的事，只是把她安置别处且无名无分。由此，一场为爱私奔的浪漫剧情演变成了一场不负责任的闹剧。虽然嘴里打着平等的幌子，却从未把女性真正地放在与自己平等的位置，以至于书尾，青娥怒斥他只是把自己放在笼子里当小鸟一样，供他欣赏玩弄而已。但青娥是如此的圣洁免俗吗？也未必。

我想作者是很青睐青娥这个角色的，赋予了她让人过目难忘的美貌和娇柔善良的性格，给了她与梁少成一场昙花一现却也怦然心动的浪漫。人物虽是命运多舛，但总归是找到了真爱山猫，并与两个孩子过上了幸福宁静的生活。纵观整部剧，青娥似乎是一个最弱势的角色，处于你争我斗的最底端。其实原本青娥祖上也是名门望族，虽然衰败却也保留着饱读圣贤书的优良家风。因而青娥的出场，是带有才女和美女标签的。美而不妖，秀气脱俗。从小读四书五经、圣女贞德，行为端庄，知书达理。但在这封建的大背景下，其真能免俗吗？答案是否定的。虽然秀外慧中，却也深受其害。书中有这样一段话令人深思："小时候听娘和爹说过，这女人天生就是一根藤，身子必须缠绕在男人身上才能过完自己的一生，没有可以依附的树干，这根藤便永远长不起来，只能匍匐在阴暗的角落里。"看到这一段时，令人内心一阵悲凉。这可能就是这一时期大部分女子内心的写照。无论是饱读诗书的才女，还是目不识丁的村妇，自己的一生似乎都是依赖顺从在丈夫身边，成为男人的附属品。她们也会悲伤却少有反抗，因为骨子里流的便是这样逆来顺受的血液，这是时代的悲哀，更是女性的悲哀。被迫缠足，把对自己身心受损的三寸金莲作为满足男子畸形审美的娱乐工具，把"未嫁从父，出嫁从夫，夫死从子"作为自己生存的理念，毫无自由，更谈不上什么人格尊严。若嫁一君子，便也可举案齐眉，相敬如宾；若嫁一豺狼，也只得忍气吞声，悲苦一生。千年的封建礼教让她们失去了反抗的意识，似乎这样的生活合情合理，理所应当。连野性十足的猛兽都可以被驯化得温和如猫，何况本是柔弱的女子。因此，青娥的悲剧在本质上还是因为受到这些封建思想的荼毒，从根本上没有自立自强的意识，才导致她为求自保和保住孩子而委身于刘福贵。她可怜吗，可怜！但可怜得又有些可恨，令人同情却也让人不屑。女子难道只有依附于男人才能生存吗？在笔者看来，并不尽然。我们回顾《射雕英雄传》的剧情，包惜弱和李萍同时怀孕，在丈夫被迫害之后，两人的内心活动是截然相反的。包惜弱已哭倒在尘埃之中，而李萍双手已自脱缚，正和两名兵士厮打，自有一股刚勇。当闻讯丈夫（杨铁心）死后，包惜弱内心踌躇的是"自己家破人亡，举目无亲，如不跟随他（完颜洪烈）去，孤身一个弱女子又到哪里去安身立命？"并且在面对完颜洪烈的高雅的外表和斯文体贴的举止时，竟会脸红心跳，心生感激，甚至会对他的夸奖暗自窃喜。如同青娥，虽开始时并未有心于刘福贵，但感念自己身怀有孕又身似浮萍，竟然渐渐依赖上刘福贵的体贴周到，生出一心待他的情谊。青娥就真的如表面那般天真善良，心中无诡吗？并非如此。只是女子的诡向来阴柔，利用自己的美貌和娇弱，便可轻而易举地融化男人的刚强，使其纷纷拜倒在自己的石榴裙下。从根本上说，青娥的“诡”并无害于他人，只是求得自保，这可以理解但不容苟同。青娥是擅长利用自己的优势的，也懂得如何把握诱惑的分寸。这样的魅惑成功俘获了刘福贵，更俘获了山猫。山猫算是个直性子的好汉，自然更无法抵挡女子的柔情似水。青娥所表现出来的娇柔和命运的多舛，成功唤醒了山猫强烈的保护欲望。无论青娥曾委身于谁，在山猫眼里，她依旧是圣洁不可侵犯的刚烈女子。相比之下，《射雕英雄传》中李萍的行事为人更值得欣赏。在面对杀夫凶手时，即便是在命悬一线的困顿之地，也会奋起反抗，毫无惧色。书中描写“她给段天德拉了东奔西逃，本想俟机杀他为夫报仇，这时见到满地鲜血，而这恶贼又欲杀人，再也忍耐不住，当即扑上去狠命厮打”。在得知丈夫身死后，心中只想：“啸哥，啸哥，求你阴灵佑护，教我手刃这个恶贼。我这就来跟你相会了。”并且在被胁迫的路上，懂得和歹人斗智斗勇，沿路装疯引人注目，给追踪她下落的人留下线索。后又雪地产子，独居苦寒大漠将郭靖养大。身体力行地培养了儿子的坚韧与义勇，并且教给了他正统的道德观念和侠义精神。最值得感叹的是她在受成吉思汗威胁时，大义凛然以死救子，更说出了大气磅礴的遗言。她嘱咐郭靖：“人生百年，转眼即过，生死又有什么大不了？只要一生问心无愧，也就不枉了在人世走一遭。若是别人负了我们，也不必念他过恶。”如此一个相貌平平、目不识丁的农家女子，却大智大勇，令当时在场的众多豪杰都自愧不如！虽为女子，却心怀大义。转看青娥，明知道刘福贵的卑鄙意图，却依然抱有依附之心，她就如同那根藤，脱离了这根树干，便急于寻求下一根，如手握救命稻草，不愿放手。青娥之流大都很聪明，知道利用自己的柔弱去换得男人的怜惜；利用自己所谓的不求名分，只求你能好好对我的软语去表达自己的衷心；利用自己处处为正房考虑的虚伪去换得男人一句“你真善良”。她这么聪明，怎能不知母以子贵，自己已经怀有身孕，并会让其认为孩子是刘福贵亲生的。手握重要筹码，只要守住男人的一点喜爱，等孩子平安出世，自然可以落得名正言顺，何必急于一时，大家撕破了脸，露出最丑恶的欲望惹人厌烦。聪明的人都善于等，都善于赢得时间，不急于求成，养精蓄锐，按兵不动。所以，“诡”一直存在于人的心里，只是看你是否屑于去使用。其实身处这样的背景之下，大部分女子都做不到如李萍这般坚韧刚正，青娥选择用这样的方式保全自己和孩子倒也无可非议。生逢乱世，男子亦随波逐流，苟且偷生，何况弱小女子乎？只是这样没有独立人格的依附思想，需要批判性地予以审视。

《鬼镇》中看似霸道又颇有心计的大奶奶娇杏，也是一个悲剧人物。当年自己的父亲被刘福贵假意相救后，父女俩定然也是百般感激。想必那时候还待字闺中的娇杏也会视刘福贵为英雄好汉，心有崇拜。加之年少的刘福贵确实勤学机灵，也会讨老爷子和娇杏的开心。用娇杏自己的话来说，她和刘福贵是天注姻缘。这话是她对着青娥讲的，带着正房的沾沾自喜，带着仿佛还是情窦初开般的娇羞。她说这样的话，也有两种可能性：一是她曾经真的很倾心刘福贵这个小伙子；二是拿话有意说给青娥听。娇杏是商家大户的闺女，性子要强，也有几分霸道，平时府上人看惯了这位大奶奶的严厉，倒也不知刘福贵正式提出纳妾那天，这个女人的悲哀。她喊：“谁知你这个狗东西蹬鼻子上脸，现在用不着俺爹了，不用怕俺家了，便开始给老娘使歪了！”话音一落，一个大耳刮子就呼脸上了。娇杏也闹也打，但当这个男人心里真没你的时候，你才发现你的哭闹任性是多么苍白，你自以为傲的资本是多么廉价，甚至你多年积累下的自尊也在此刻被尽数践踏。刘福贵变了，他不再是那个费力讨好、摇尾乞怜的小跟班了，他用你们的钱、你们的势，富甲一方了。若他有道德有情义，夫妻还可相敬如宾；若他本就是心怀不轨、野心勃勃呢？似乎女子只能忍气吞声，容他迎新纳妾、左拥右抱。娇杏就这样忍了吗？似乎没有，她在用自己的方式去对抗。先是和何半仙偷情，书中也有一段对这种行为的注解："如果婚后男人行为正经，不拈花惹草招猫斗狗，这女人的寂寞孤独还倒大都能够忍耐。可倘若男人不守规矩，在外胡来且又为女人所知，女人便会往往因为醋意，自甘红杏出墙，不再忍受那寂寞孤独。""但是女人的报复心理却是大于男人，一旦感觉男人对自己不忠，有了出轨行为，她便会不择手段地把一顶顶绿色的帽子给她的男人收集。可见并非女人风流，实则是为男人所逼才风流。"娇杏的第二个反抗，就是与青娥的过招。作者似乎是受到了《红楼梦》的影响，青娥居住的宅名为红楼，贴身丫头唤作妙玉，而娇杏招来上演借刀杀人这一戏码的三姨太，名为香菱。好一出小红楼啊。《红楼梦》的描写颇为隐晦委婉，而本书则是把这些荒淫的事情残忍地剥开给你看。像刘义，不仅与春梅偷情，就连府里的奶妈和奶妈的侄女也成了他手里的玩物，就连小丫头妙玉也被他觊觎。用春梅的话说："什么刘义，实则无义！"书中的大奶奶娇杏与青娥的过招想必也是借鉴了《红楼梦》里王熙凤的借刀杀人之法。假意迎接安置青娥，姐妹家常地聊着，好吃好喝地待着，暗地里却收买三姨太香菱，借香菱的手除掉自己的心腹大患后，再收拾香菱。但这并非照搬照抄，作者在原有的故事框架中又加以创新。青娥虽娇弱，但胎儿的命硬，娇杏的诡计并未得逞。而以娇杏的心机智谋，和王熙凤的心智更不能同日而语。再加上山猫的多次相助，青娥处处化险为夷，只是可惜了妙玉小丫头无端受了连累，用死证明自己的清白。那时候青娥只是初涉诡计，无力自保也保不住自己的丫头。到后期有了孩子玉花后，才真正坚强起来。正应了那句"女本柔弱，为母则刚"。当然，这也少不了一路扶持她的山猫的功劳。山猫作为本书唯一一个心怀正义的男主人公，行事作风颇有除暴安良的意味。他对青娥一见钟情，对青娥处处施以援手。从初次见面，他就喜欢上了美貌娇弱的青娥，只是没有从开始就表露出来，对青娥也没有半分亵渎之意，由此升华了山猫这一人物形象。但山猫并非一个莽汉，他聪明警觉，许多棘手的事情到他手里都可以化险为夷。无论是在面对困难还是在对待青娥的事情上，都是以退为进，凡事留有余地。

从不逼迫，更不强求，默默付出，以平等之心对待青娥。面对山猫的多次付出与真心的平等相待，青娥终有一天解开了自己思想上的束缚，两人交融于一体。这时候的青娥娇媚且诱惑，从前拒绝山猫的是自己，现在反过来勾引山猫的也是自己。

看到结尾，并没有鬼怪冤魂出现，却比直接写鬼描怪更为畅快淋漓。鬼便是人心中的诡，它存在于人们无穷无尽的欲望之中，又由欲望生出无穷无尽的邪念，这些邪念的堆积便成了“诡”。古镇无鬼却有“诡”，“诡”在人心，便将人变成了鬼，这才是这座古镇最可悲又最恐怖的事情，这也是《鬼镇》的精彩所在。

（张晓茜　何志钧）

XIA PIAN 下篇

一、曼陀罗天使：婚姻生活的洞察者

网名“曼陀罗天使”的“70后”女性网络写手高克芳擅长写婚姻题材网文。她的网名也似乎与她专注婚姻爱情形成了一种奇特的呼应。曼陀罗是梵文的音译，曼陀罗花长期以来被人们赋予了复杂的意味，一如它神秘诡异、艳丽妖娆的花朵，总会让人感到魅惑和不安。各色曼陀罗花的花语也俨然是婚姻爱情效应的一种暗示：紫色曼陀罗与恐怖相连，粉色曼陀罗让人适意，蓝色曼陀罗显示诈情和骗爱，红色曼陀罗又称“彼岸花”，在生死间徘徊。曼陀罗花药性和毒性皆具，似乎将天使与魔鬼集于一身。这似乎启迪世人婚姻爱情就像火焰、海水、“双刃剑”，就像传说中的魔女，既令人神往，又充满危险。那高克芳要做的曼陀罗天使究竟是怎样的一种奇特的存在，不禁让人浮想联翩。

曼陀罗天使从写诗开始步入文坛，后转向长篇小说、影视剧本和网文创作。她2006年开始触网，其网络书写迅速引起网民关注，小说《亲人爱人》曾在天涯连载，2007年长篇婚恋小说《七年之痒》又在赛博空间走红。此外，她的《纸婚时代》《嫁接婚姻》《苦咖啡》《相见，不如怀念》《幸福从未走远》《陪妈妈相亲》也备受网友关注，甚至被粉丝誉为“中国人婚恋代言第一人”。曼陀罗天使的婚恋题材网文聚焦中国百姓婚恋人生，直抵人们情感中最错综复杂、最敏感的地带，她的作品以文笔细腻、淳朴自然、平易亲和，富有生活情趣，长于心理描写著称，重视表现和传达对生活的体悟，捕捉婚姻生活中男男女女的心声。曼陀罗天使曾谈到她的网文写作，她认为婚姻题材小说尤其需要借重心理剖析，而这正是她所擅长的。她写作时总是全身心融入作品，与惯常的网文习用故事推动情节发展不同，她善于刻绘主人公的情感演进，以此推动故事发展。[①]

曼陀罗天使的婚姻题材网文充分契合了网文的市场细分，它的受众和主人公基本上是重合的，都是“70后”的白领。她的作品所表现出来的生活感悟和价值取向很容易引致同龄人产生共鸣。这一代人正值年富力强，是社会和单位的中坚，他们的婚姻家庭和情感受到更多重因素的影响，物质社会的重压、工作的激烈竞争、养儿育女的烦恼、和上一辈老人沟通的不易一起压在他们头上。这些问题显然已不再是“婚外恋”类家庭伦理文艺所能囊括的了。婚恋生活可以说是大的社会生活的一个缩影，牵涉社会生活的方方面面，因而也备受关注。她把自己的恋爱、婚姻经历、自己对婚姻家庭生活的感悟写出来，从青年时代因一首小诗《风语》感动了一颗理工男的心成就一桩婚姻，到婚后的每一个早晨、每一个假期看似平凡琐碎却幸福充实的家庭生活，她记录婚姻生活的文字一次次带给人们深切的感动，热情的网友也鼓励文笔粲然的她多写常写，成就了她的文学梦。她的婚姻题材作品让读者通过主人公的心理去感受自己的婚姻，设身处地，感同身受，代入感强烈。这些作品不仅是文学，更是文学意味浓郁的婚恋指南。难怪甚至有受众反馈说如果早看到《七年之痒》，就不会离婚了。她聚焦婚姻问题的症结，思考和反映婚姻生活中折射出来的突出社会问题、普遍性的家庭纠葛，她告诉受众婚姻中没有胜利，在婚姻中过于自我，很难把日子过好，要学会换位思考。理解、爱、包容是婚姻的三要素。她说年轻时渴望浪漫的爱情，为没有与白马王子的奇遇而遗憾，但人到中年，

---

① 周志雄等：《见微知著　笔下人生——曼陀罗天使访谈录》，http：//www.chinawriter.com.cn/n1/2017/0914/c405057-29535598.html。

才更真切地感悟到平淡是真，是婚姻生活的本质。[①] 这也是她的婚姻题材作品为受众青睐的一个重要原因。这些作品显示了文学与生活的多维度关联。曼陀罗天使自己对此有着自觉、清醒的认识，她并不自命为纯意义的文人，而是自奉为“文学生活者”。

《亲人爱人》可以看作曼陀罗天使的成名作，它聚焦现代都市男女的情感纠葛，触及了家庭伦理问题，显示了曼陀罗天使对婚姻家庭问题的反思和探索。在爱情中，最重要的究竟是情真意切，还是豪掷千金？“旧情复萌”式的情恋又是否符合道德？而《纸婚时代》则更具体地关注男女双方在新婚一年中出现的各种问题，对由恋爱到婚姻的磨合、新婚夫妻情感的龃龉与相互适应调整的方式、维系婚姻的难度和婚姻家庭的出路予以观照和思考。《嫁接婚姻》则表达了对“一手女孩”顾眉和“二手男人”秦致远的嫁接婚姻的忧虑，思考和展现了婚外恋、代际差距、婚恋纠葛带给婚姻的伤害。促使读者去反思自己的婚姻观，去思考爱情婚姻应该如何经营。这些作品显示了曼陀罗天使对当代人爱情婚姻问题的关注，从不同角度审视了当代家庭婚恋生活。

《七年之痒》是曼陀罗天使的代表作，被网友和媒体誉为“70后婚姻读本”，它直指“70后”普遍存在的亚健康婚姻，触及了一代人婚姻生活中普遍性的问题：七年之痒。主人公魏海东与陈晓荷处于男女婚恋中的多事阶段，结婚七年，感情、婚姻和矛盾纠葛使他们的婚姻面临危机。男女主人公都来自农村，寒窗苦读考进大学，相遇相知相恋，携手走进婚姻殿堂。但在这个房价高企、生活成本日益攀升的时代，他们无力买房，居住在家具简陋的出租屋里，和现实中的很多年轻夫妇一样，他们曾经充满希望和憧憬，坚守对爱情婚姻的承诺，力图凭借共同努力改善经济条件，维护好婚姻。相爱相守七年后，面对孩子、老人、房子、车子、柴米油盐酱醋茶、

---

① 周志雄等：《见微知著　笔下人生——曼陀罗天使访谈录》，http：//www.chinawriter.com.cn/n1/2017/0914/c405057-29535598.html。

升迁加薪、性生活不和谐等各种压力，他们的婚姻亮起了红灯。曾经的甜蜜爱情、海誓山盟逐渐褪色，婚姻生活的新鲜感消失，外遇出轨和第三者插足的危险增加，作者把自己的身历心感、自己对各色家庭的观察写了下来，真实地反映了当代人婚姻生活矛盾纠葛、困惑危机。作者设置了一个符合实际生活的角色作为主人公婚姻的第三者，魏海东的女同事林菲年轻漂亮，活泼开朗，深深吸引着魏海东。而林菲也对从容成熟、干练有为的魏海东崇拜有加，于是两人在一次次交往中走进了对方心里。但是如同生活中的男男女女一样，一旦他们真正在一起生活了，就会发现代际的差距、生活方式的差异，渐渐激情退去，甚至反目。在《七年之痒》中，作者设置了魏海东遭遇车祸的情节，使陈晓荷重新回到男主人公身边，结局被处理得很圆满。这或许也是作者对于婚姻的一种美好期望。《七年之痒》第二部分，魏海东在火灾中救出陈晓荷，两人重归于好。通过这样的情节设置，曼陀罗天使似乎有意借男女主人公的遭遇向受众传达这样的信息：婚姻中两个人只要互相珍惜，最终定能抵御一切挫折与灾难。《七年之痒》可谓一部“70后”的婚姻读本，用原汁原味呈现的琐碎家庭生活展示七年之痒，为婚姻中出现的问题问诊把脉。

曼陀罗天使善写都市情感生活，长于细腻的心理描写和对婚姻家庭生活的平静细致描绘与洞幽烛微。《七年之痒》中，危机重重的婚姻却被曼陀罗天使写得优雅自然，晓荷的每一个心理波动，看似风轻云淡，实则波诡云谲。优美的文笔下，平静的生活湖水之下涌荡的激流却又是那样真切。曼陀罗天使以女性特有的温婉舒缓观照和表现日常生活中的每一个平凡细节，例如，《七年之痒》的小说开头写道：“这应该是一个温情脉脉的晚上，天气不冷也不热，微风掠过淡紫的窗帘吹进来，陈晓荷闭着眼睛可以想象出那淡紫窗帘上的白色蒲公英轻若无物，飘飘欲飞。风在屋子里回旋了一圈，很快折回了窗外，像个顽皮的孩子，风是那种吹面不寒杨柳风，带着早春淡淡的花香，让人蠢蠢欲动。”作者对婚恋中人物微妙的情感变化的描写也细腻入微，如小说中写到男主人公魏海东迟迟未回家，女主人公陈晓荷“在心里一遍一遍做出各种设想，她想出去找他，可是又不放心儿子自己在家，再说自己一个女人，深更半夜出去，实在没有这个胆量。她想给韩冰打电话，想到她这会儿肯定刚刚入睡，而且离得也很远，实在不好意思打扰。她手里捏着电话簿，竟然无计可施，万般无奈只好自己安慰自己，魏海东人高马大的，应该不会有什么事。以前他每次回来的时候，自己早进入了梦乡，肯定也有比现在更晚的时候，这样想着的时候，她的心安定了一点”。等待丈夫回家的妻子的矛盾心理表现得一波三折，细致真切，牵动着受众的心。

（何志钧　谢青贤）

二、《异界魅影逍遥》《仙界无敌战神》《符皇》

——三部玄幻小说的比较剖辨

几十年来，中国网文“走过了一条以政策为导向，以市场为入口，以人口红利换取创作空间，逐步向主流化、经典化，以及全球市场化方向迈进的道路”。[①]玄幻小说作为网文中的重要类型，其名称最早来自黄易的《月魔》(1988)。此后逐渐风行的男频玄幻小说，如萧潜的《飘邈之旅》(2005)、天蚕土豆的《斗破苍穹》(2009)等在吸收中西方古代神话和传奇故事内容、借鉴近现代通俗小说的基础上，天马行空地想象和渲染平凡人物在异能大陆升级打怪、平息宗派纷争、克服险恶环境、走向人生巅峰的故事。此类由网络技术支撑、商业资本驱动、娱乐消遣牵引的网文风生水起，成为近年来引人注目的文娱景观，因此有必要立足典型文本，对此进行批评观照，以期分析概括其惯常创作模式，展望其未来发展前景。

原名吴珍明的江西籍网络写手纯情犀利哥是掌阅签约作家，倾心于玄幻题材，创作有《异界魅影逍遥》《诸天至尊》《一等家丁》《独步逍遥》等众多作品。原名胡彬的江西籍网络写手唯爱文清是逐浪签约作家，主要代

① 马季:《中国网络文学叙事探究》,《中国文学批评》2021年第2期。

表作有《剑神纵横异界》《仙界无敌战神》。河南籍网络写手萧瑾瑜本名宋鹏帅，昵称“小金鱼”，纵横中文网“90后”签约男作家，其作品以修真玄幻题材为主，主要作品有《天骄战记》《灭神》《符皇》《修真纪元》。三人所著《异界魅影逍遥》、《仙界无敌战神》和《符皇》可以说是2011年以来新晋的网络玄幻小说中比较典型的作品，下面笔者将借鉴罗曼·英伽登的艺术作品构成论对比分析这三部玄幻小说的叙事特征、艺术特征、审美特征之异同，并揭橥它们背后共同的商业娱乐机制。

英伽登认为文学作品并非以物质客体或观念客体的方式存在，它是一种“意向性客体”，与作者意识和读者意识的意向性结构息息相关。他的艺术作品构成论认为文学作品的结构由四个既相互独立又相互依存的部分组成，即作为文学文本基础层次的字音与高一级的语音组合、意义单元（句子的意义只相对于虚构世界而言）、多重图式化方面及其连续体、再现客体层。从微观文本的角度来看，《异界魅影逍遥》、《仙界无敌战神》和《符皇》三部玄幻小说总体上呈现出以下大致相同的叙事特征、艺术特征和审美特征，同中有异，自成一家。

（一）碎片化口语化的语音层

文本写作是一场言语的选择调用活动，三部玄幻小说的言语都偏向于碎片化的短句表达和口语化的日常叙事，呈现出短促、轻松、明快的艺术特征。就各章标题来说，虽然貌似继承了中国传统章回体小说体例，实则不再是内容的概括而是某一行动的摘取，也不讲对仗整齐。诸如“炼制成功”（《异界魅影逍遥》第八十九章）、“刚刚发生了什么？”（《仙界无敌战神》第五章）、“离开”（《符皇》第二章）这种精炼简短的日常言语，符合受众的碎片化阅读，产生罗兰·巴特《文本的快乐》所谓的无阻碍快乐阅读的审美感受。具体而言，纯情犀利哥的言语更为俏皮灵动，如第三章“震惊的理想”中，本家族死对头艾伯特爵士嘲笑弈锋五年消失不见，弈锋以“寻花问柳”（仅指字面意思上的观赏风景）应对。唯爱文清的言语直白明确，意味素朴，比如第四十八章“仪式完毕”说到叶天在彻底夺舍前帮助原主将母亲的灵位和名字送入宗族，以此消解了他二十几年的执念。萧瑾瑜的作品中的章节标题以二字、四字居多，排列较整齐，但真正阅读文本，会发现故事话语在精致和粗糙间来回摆动，第九十五章“满城风雨”中崔老爷要清理杂货店废墟盖商铺时，场面描写一度很细致，屋瓦也在表达惊怨愤怒，陈汐带着浓厚的杀气回来了，脚步声像轻风，但配角人物一开口便是三两句粗俗骂人的话。

（二）娱乐化狂欢化的意义表达

碎片化日常化的语音直接具体化到意义层，呈现出娱乐狂欢的特征。巴赫金的“狂欢化”诗学强调市民大众感性、通俗、狂热、笑谑的审美气质，可谓切中了草根娱乐文化的要害。同样，这三部玄幻小说共同的叙事特征和艺术特征正体现在面向大众阶层，为挣扎在一地鸡毛生活中的百姓送上狂欢化的文娱盛宴。在意向性阅读过程中，读者会自觉不自觉地将自身欲望投射到“醒掌天下权，醉卧美人膝”的男主角身上。这些男主角缺少“父亲”的荫庇，只能孤独前行，但也少了精神的束缚和压抑，这些个人奋斗者在升级打怪的狂欢游戏过程中节节攀升，乐此不疲。不同的是，《异界魅影逍遥》中经脉俱断的废物少年弈锋面对艰难险阻，经常报之以玩世不恭的邪魅一笑，作品诙谐幽默；《仙界无敌战神》中遭受谋杀重生凡界的仙界至尊叶天，往往凭借实力修炼报仇，一开口即“本座”，一开场即“反杀”，文本气势壮阔；《符皇》中失去家族势力的“扫把星”陈汐一路低调隐忍地恪守本心，作品缓慢铺陈。如果单从人物的内心活动来看，陈汐也更为内省平和，他没有弈锋那样活泼开朗，也没有叶天那样心笃神定，面对别人的话不管赞同或反对，经常陷入思索中，比如陈汐听到季禺看不上典藏大殿的玉简时，他只是心下里想自幼无力购买修炼武技，所以自己可是全都想要，视为珍宝。

（三）游戏化拼贴化的图式化面貌

大众狂欢的意义层栖居在多个连续场景的勾勒图中，“人物不再由描述言语所构建，也不是被作者创造的、与其他文本人物形象有着差异的独特性存在，而是……变成在故事讲述中任由读者想象的一种图景”。[①] 这些图景里包含许多“未定点”需要读者“具体化”，只不过到了这三部玄幻类的小说中，叙事就变成了“玩家”跟随人物在不同地图体系中闯关升级的拼贴游戏，并有金手指等辅助道具开挂，魔兽之类的宠物助力，呈现出好玩刺激的游戏化艺术风格。三部小说都以人物命运受挫为开场吸引读者，呈现的都是上帝式的全知全能叙事视角，随后纯情犀利哥是在开场后就巧妙清晰地介绍游戏规则，武者的功法需要魂、气、技三者合一，每一部分都有初高级的星、月、日、地、天之分。武者又分为子、士、人、师、将、王、尊、君、圣、神十阶，每一阶有九级，主要运用紫金水、软鲸甲、纳灵戒、诛仙剑甚至圣宗长老等神器或翠青魔蛇等魔兽前进。唯爱文清和萧瑾瑜则选择在叙事进程中点明“武道境界之分”，并不清楚地分层展示，更注重的是玩法和神器的亮相。在这些作品中，就连爱情都变成了一场游戏，每解锁一级关卡就会有新的角色出现，这类人物如秦依、宁萱、绮柔、小魔女、蝶韵胰、林菲儿、雅典娜、沐颜、杜清溪、沐颜、卿秀衣、梵云岚等无一不是容颜身材姣好的女子。

① 于经纬、张学谦：《网络玄幻小说进化的叙事与复归的传统》，《南方文坛》2021 年第 2 期。

（四）虚拟时空的再现客体层

上述三个层面最终指向了再现客体层，三部玄幻小说都创造了奇特的虚拟世界，时间更是片段的连缀，空间则是感知性的存在，整体上有一种神幻迷离、时空错乱的强烈玄幻感。它们都穿行在充满杀戮复仇情结的人神魔三界，《异界魅影逍遥》主要在一方奇兰大陆或斗魅大陆讲述人的故事，它与《仙界无敌战神》都是重生穿越类的，但弈锋来自现代社会，在朋友婚礼上不小心触电身亡，然后重生在天才武者少年身上，不料为秦表姐挡住刺杀成为废物；叶天来自仙界，是在举办万寿宴会时被其他三大至尊和十方神帝谋杀。当然它们有共同的现代社会区间描述，弈锋五年后在父亲寿宴时归家，摸索口袋里的香烟而不得，用树枝代替耍帅；叶天流动于大学寝室，接触的是警察、公司高层等现代人物。《符皇》则以古代平凡人的身份去冒险，陈汐顷刻间一无所有，天资平平、亲人失踪、婚约被退，但他卧薪尝胆，最终得以称霸天界。在刻意拉长的几百章甚至一千多章的叙事中，写手们绞尽脑汁要造出一个新的世界，但这一世界又离不开古老的动物图腾崇拜（龙、蛇等）和中国的传统文化信仰（氏族文化等）。至于再现客体层的形而上质，这应该是玄幻小说的致命弱点，它充斥的往往是个人英雄主义、独立冒险精神、世态炎凉、草根逆袭等，不足以从娱乐消遣中升华出令人扼腕深思的形而上意韵，特别是这三部玄幻小说完全解构了才子佳人叙事理想，男主周旋在一众绝色佳人中风花雪月，充斥着畸形欲望的爱恋、将女性欲望化的菲勒斯中心主义，恰恰显示了沉溺世俗红尘的凡庸物欲的过度泛滥，女性看似华丽的出场恰恰反衬了男权凝视下女性的悲剧人生。

事实上，四个微观文本层次的对比只是解决了三部玄幻小说在叙事、艺术、审美方面的同中之异问题，至于它们的异中之同却离不开宏观消费文化生态中商业娱乐机制的审视。鲍德里亚在《消费社会》中说：“休闲因而并非就意味着一种享受自由时间、满足和功能性休息的功能。它的定义是对非生产性时间的一种消费。”[1]在数字化复制时代，印刷体的书面阅读受到电子刷屏活动的冲击，凝神静观的古典审美更多地被随意共时消遣的移动阅览代替，相比于洋溢着气韵的传统美文创作，游戏的具身的数字文娱活动更为火爆和流行。嬉戏喧哗的形而下资本利益驱动成为网络文娱中不可忽视的推手。自2003年电子阅读付费模式逐渐推广以来，网文生产消费的商业化进程持续加快，男性向的玄幻小说以游戏般的审美情境和模式化的逆袭叙事吸引着存量可观的青少年、中青年男性读者争相付费。部分人如曾经的唯爱文清一度非玄幻小说不看，干脆不再停留在原来的阅读或互动层面上，自己直接做了职业网络写手。质量较好的玄幻小说既能赢得点击率和打赏量，又能吸引IP视线，打造完整的ACGN产业链，延伸到影视剧、音频、出版、周边等各个部门。就像纯情犀利哥的《异界魅影逍遥》一经面世就取得了当时小说类百度总搜索前十的好位次，并授权相关公司开发成《异界逍遥》游戏上市；《诸天至尊》得到掌阅小说网第一个百万盟的成就，且发行同名手游、动漫和网络电影。类似情况在《仙界奇侠传》《诛仙》《斗罗大陆》等的生产消费实践中也屡见不鲜。我们是否可以谨慎地乐观期待天地古今皆可游思的玄幻小说在未来能更多反思自我，传承历史上的文化遗产，熔铸新机，增加中华优秀文化的内涵和元素，以更具文化自信的姿态走向世界，迎来“网文出海”的新高潮。

（郭敏　何志钧）

---

① ［法］让·鲍德里亚：《消费社会》，刘成富、全志钢译，南京：南京大学出版社2014年版，第153—154页。

三、不一样的网络民国小说

——评寐语者的《衣香鬓影》

《衣香鬓影》三部曲（《回首已是百年身》《千秋素光同》《明月照人来》）是寐语者（别名阿寐、Amei）继《帝王业》之后的又一力作，是网络民国题材小说的一部经典之作。衣香鬓影，顾名思义，是形容妇女的衣着穿戴十分华丽（多指人多的场合），借指妇女。被誉为四大言情天后之“浓情天后”的寐语者，以她作为女性所特有的细腻和敏感，塑造了沈念卿这样一个鲜亮光辉的人物。《衣香鬓影》系列正是围绕着这么一个女子展开了一段段旖旎的故事。

（一）从一部小说看不一样的民国题材

民国小说涉及军阀题材，无疑给人留下“军阀混战，民不聊生”这样的固有印象，而寐语者的民国题材则独辟蹊径，从一个崭新的视角道出了她心中民国的模样，更是挖掘了在这样一个时代背景中一个又一个可歌可泣的故事。

1. 历史背景：真实和虚构

《衣香鬓影》三部曲主要取材于民国历史之中，跨越民国军阀混战、国共内战、国民党败北潜逃台湾，以及中华人民共和国成立这样一个时间幅度，在尊重整个历史大背景的前提下，同时又不拘泥于历史的桎梏，以超高的文学造诣虚构了一部可歌可泣的英雄史和一曲缠绵悱恻的浪漫爱情曲。阴谋、混战、柔情、国破家亡、波谲云诡等词恰如其分地可以列为这部小说内容的主要关键词。目前，我国网络小说的创作普遍陷入模式化、同质化、单一化的误区，《衣香鬓影》的创作积极挖掘传统历史题材，按照作者心中民国形象的新视角独辟蹊径，同时向传统文学创作汲取营养，创作手法多元新颖，为今后网络小说的题材和创作突破提供了借鉴。

2. 军阀题材：告别脸谱化

自古以来，江山美女、枭雄佳人的模式备受作家的喜爱，也是每位受众的情结所致，本书也毫无例外地走上了带有传统创作色彩的江山美女题材之路。但是本书塑造的霍仲亨，这样一个倾尽一生为家国谋统一强盛的英雄形象却不一般，他爱江山也爱美人，然而他爱江山不是自己武力征讨坐拥天下，而是为民族为国家为天下人的江山统一去战。戎马一生也不过是为了“以兵养兵，以战养战”这样一个信念，为此他在国家统一之时不惜放下兵权决然离去，之后仍以军工振兴为己任，死而后已。他不是当下大多数网络写手“意淫”之下的战无不胜的将军，也不是大多数作家手下反动的军阀，寐语者笔下的霍仲亨，虽然不是某个乱世军阀的原型，但他所具备的正义感也为不少心有大义的武者正名。寐语者笔下的这样的一个英雄人物是超越时代的，也是具有现实因素的，她打破了我们想到民国军人即视为豺狼虎豹，对其抱着罄竹难书的固有观念，激励更多作者去挖掘军阀割据的民国乱世的另一面。

3. 故事基调：国仇家恨与儿女情长

儿女情长本是一件美好的事情，然而当爱情遇上战争，儿女情长贯穿于国仇家恨中，一切就不得不蒙上一层悲怆的色彩，然而有时又闪现光辉。霍仲亨与沈念卿、沈念卿与薛晋铭，他们之间的感情纠葛在阴谋与动乱的环境下，跌宕起伏，扣人心弦。以国家统一强盛为己任的霍仲亨，“家国家国，国不可一日有负，家却总被遗忘在身后”，而沈念卿却不曾一日有悔，终身相伴，“两情若是久长时，又岂在朝朝暮暮”书写的不正是他们吗？这样一段爱情遇上了战争，虽然在历经磨难之后珠联璧合，却也仍然难以贪享耳鬓厮磨的欢愉，为他们的宿命蒙上了一层悲怆。而薛晋铭对沈念卿，近在咫尺时却没有珍惜，失去后却不得不以一生去弥补，生死相随，含情脉脉，一片“念卿，只要你过得好我才甘心”的痴心，让人心疼爱惜。小说的结局是圆满的，国家走向复兴，儿女情长柳暗花明，然而将从旧到新的几十年娓娓道来，留下的不仅是荡气回肠，也是无尽的酸楚，这样的一个结局是破碎式的圆满。

（二）从两个视角看《衣香鬓影》的创作特色

在写法和创作功底上，《衣香鬓影》有许多可圈可点之处，显示了作者不俗的创作功底和巧具匠心的构思，也蕴含了网络写作可以具有的艺术可能。其中有两点在读完小说之后让人印象深刻。

1. 字字可入画：造诣深厚的文笔

《衣香鬓影》美妙的文字，精致的结构不可辩驳地证明了寐语者作为文科生深厚的文字写作功底，显示了一流的文艺青年格调。文中充满了诸如

“眼前的薛先生也变了神情，目光静静地投向某处，夜空一样深邃的黑眼睛像被海风吹出来的迷雾遮住”“父亲脱下外衣，穿着一尘不染的白衬衣，松开领带，牵起她的手，领她循着音乐的节拍，一小步一小步，慢慢融入曼妙音符，在流淌的乐曲里想象自己化身游鱼，穿梭于碧荇水苔，追逐阳光投映在水面的光斑……”“看着敏言眼里的光亮，仿佛最薄的冰片，脆得一触即碎”之类的文字。又如，敏言瞒天过海去刺杀汉奸生父之后对于薛晋铭的一段刻画：“蕙殊怔怔地望着他，看他缄默半晌，缓缓伸手从衣内取出烟盒，修长手指弹出盒盖，却不知为何良久也没能取出烟来，那双能熟练摆弄枪械也能优雅地弹奏钢琴的手，此刻竟僵得取不出一支烟。”这段细致入微的细节和神态描述，使我们眼前呈现出了一幅父亲担忧女儿而失神的画面。王维被后世称为“诗中有画”的代表，而寐语者在小说书写方面也相当具有了“文中有画”的造诣，字字可入画。

作者不俗的文字表达功力还表现在，几十万字之多的篇幅竟然不会让人感到有多余的成分，在当下追求文字注水的创作潮流中显得更加难能可贵，以小说开篇云漪出场为例，受众跟着程以哲的脚步，移步换形，目睹奢靡豪华的一切。小说中每个人物的每句话都为中心人物的出场做了华丽的铺垫，云漪的出场则将小说情节推至高潮。而在人物刻画方面，主要人物浓妆色彩，从神情到服饰面面俱到，次要人物也同样得到了比较传神的刻画，对主角的描写起到了很好的陪衬，整个背景描写浑厚饱满，让人读起来像是走进了属于那个年代的一幅画面，真切地感受到人物的一举一动，一颦一笑。

2. 文字蒙太奇：多元的写作手法

《衣香鬓影》内容上悬疑丛生，故事情节跌宕曲折，环环相扣，高潮也随之层层递进，以讲故事式的口吻、舞蹈式的节拍，一轻一重，一快一慢，一收一放，生动地讲述了一段民国年间的传奇。小说第一部以姐姐沈念卿担心妹妹沈念乔发现自己浓妆艳抹的事实和报社程主笔偷窥念卿生活而引出沈念卿倾城名伶“中国夜莺”的身份开局。小说第二部以颜世则和祁蕙殊的感情纠葛拉开序幕，以鸽血石为线索，让薛晋铭以神秘的富商身份高调登场。小说第三部以两位神秘游客在茗谷废墟相遇作为开端。开篇即是连环悬念，高潮迭起，此起彼伏，一环扣一环，曲折的情节贯彻书本始终。尤其是作为小说收官之作的第三部，大胆而巧妙地采用了蒙太奇的手法贯穿小说始终，战时重庆老一辈的过去正在进行时和现在茗谷后辈的现在进行时，时空和地点交错交织，像十指环扣，紧密契合，将往事回放和现代追寻糅合在一起，书写了薛晋铭和沈念卿，启安和艾默两代人的命运和情感走向，而沈念卿与薛晋铭后代艾默和启安的相遇、相知和相爱恰到好处地变相成全了沈念卿和薛晋铭的云里雾里、相伴一生的情感。小说以沈念卿日记手稿为线索和突破口，过去和现在同时合力推动情节发展，从而让历史谜团和现代故事两条脉络在现实中达到了惊人的重合，就像明河与暗流同时涌动，最后汇入一处，以至于结局达到豁然开朗，别有洞天的效果。

在叙事角度方面，文章跳出人物叙述的限制，以全知视角来叙述。民国题材于今相对遥远，这样的方式更像是在听历史故事，也让小说读起来更真实，而辅以个别人物的视角叙述，比如沈霖以自己的角度描述了父亲、母亲和薛晋铭3个人之间的关系，以及父亲去世的事实等。全视角和内视角讲述的结合，使得文章中人物形象和细节的刻画灵活而全面。这部小说的题材、情节发展、创作手法等方面总体偏向传统言情模式，在商业化写作的大背景下，几乎没有网络小说敢于大规模地使用倒叙、插叙、蒙太奇，也更不说语言操练与诗性叙事。[①] 而《衣香鬓影》系列正是当代文学江河中的一股清流，不仅让我们看到了作者扎实的写作功底，更让我们看到了作者的诚意。

---

① 杨早：《逃离中的陷落——网络小说体制中的资本元素影响》，《文艺争鸣》2015年第12期。

（三）从三个维度看《衣香鬓影》的立意取向

小说除了在艺术风格上引人注目外，主题立意等方面也同样占领高地，这都使这部作品由外到内都达到了一个新的高度，为网络小说艺术创作的可能性打开了新的局面。

1.《衣香鬓影》的人物立意：人性多面与真情永恒

品读《衣香鬓影》，将延伸到两个重要的关节点。首先，这部小说在人物塑造上告别了当下网络小说惯用的“二元对立”、非黑即白的方法，每个人都是一个复杂的人性的集合体，没有单纯的坏人，也没有单纯的好人。霍仲亨为民族大义戎马一生，可身后难掩其历史的污点和人生的遗憾。他不仅不得不以血腥手段镇压“闹事”分子，更是辜负了结发妻子，冷落了儿子，父子滋生嫌隙，矛盾重重。薛晋铭同样年轻时险些背负汉奸罪名，后以军火商的身份介入军阀混战，再以国民党高级特务将领的身份实施暗杀，都是为了一腔豪情壮志，为了保护自己身边的人。再说前清遗老秦爷，老旧固然可恨，但是他为大清鞠躬尽瘁的忠心不得不让人钦佩；秦爷安排在沈念卿身边控制她的仆人陈太得沈念卿恩情，以命相报……寐语者笔下的人物形象丰满，展现了人性的复杂和多元，告别了简单粗暴式的二元对立式的人物角色刻画。

其次，《衣香鬓影》内在表达的是一种真情的永恒，人性虽然复杂，爱却是永恒的。这部文字数量宏大、年代历经长久、人物角色众多的长篇叙事小说，向我们讲述了一个关于爱情、关于亲情、关于善良与坚强的故事。真情永恒是这部“一个女人漫长的苦难史”中的温暖所在，指引着人物的坚强，也同样是受众欲罢不能的源泉。小说最鲜明地表达了一种爱情的坚定，第一，是沈念卿坚定地委身于霍仲亨，即使在被毒药威胁时，依然为所爱舍身冒险，绝不背叛。在婚后也没有抱怨督军的无暇照顾，而是与之同甘共苦，为他分忧。而薛晋铭对于沈念卿的爱的坚定，拥有时没有珍惜，到失去后才倍感痛苦，他选择用自己的一生去守护这片痴心。第二，是亲情的坚定，这里表现在沈念乔虽然一度痛恨姐姐，但在茗谷豹子兽性大发之时依然用自己的身躯替沈念卿挡住了致命的一口。

最后，是关于善良与坚强的故事，沈念卿感化了监视她的保姆，用美丽的歌声安慰即将逝去的战士，用真性情暖化了霍仲亨桀骜不驯的儿子，在后方为前线的战士捐赠药品，为后方的遗孤提供住所。沈念卿在经历战争不息，丈夫逝世，女儿被"活埋"，身边敏言等相继战死的痛苦下依旧坚强地生活。小说中所有的人物感情纠纷、情节趋向，无不为真情永恒的主题所敞开，无不为情感叙事所驱动，又无不以心灵救赎来矫治、以真情回归为皈依，作者用有温度的文字来表达痛苦的人生旅程中又无处不在的真情和温暖，让真、善、美渗透了情和欲，并最终用善良、坚强、温暖的暖色格调描画出了故事的底色。

2. 看《衣香鬓影》中的新女性形象：个性独立，巾帼不让须眉

《衣香鬓影》毫不吝啬笔墨地塑造了战场英豪霍仲亨和情场痴子薛晋铭两个形象丰满的男性形象，两人几乎囊括了自古女子所钟情的男性的特点。另外，小说刻画的新女性人物形象是这部小说的一大亮点，也是题目主旨所在。寐语者作为女性，在刻画女性方面具有得天独厚的优势和细腻，从沈念卿再到沈霖、林燕绮、蕙殊、敏言等，这些形形色色的人物无疑是立体和丰满的，即使是配角也未被作者忽略，都具备了鲜明个性，使读过小说者皆对其刻画的女性形象印象深刻。主要人物沈念卿的刻画无疑是最不惜笔墨的，人物把自己定位为旧式人，却同时具备了新旧女性共有的难得的品质。再看沈霖，第二篇以她对流浪孩子的关怀和尊重走入受众视野，她坚持不把英国人拍摄的援华物资去向的胶卷归还，并晓之以中华民族大义，让我们对这个女孩有了初步的认识——善良和正直。在懵懂的爱情上，

她虽然喜欢高彦飞，但坚持要寻得对自己一心一意者而拒绝与之订婚，体现了这个女孩性格上的倔强和独立，再到因敏言和高彦飞离世带来愧疚而自我放逐，宁愿被活埋也不愿苟且，不愿侮辱父亲姓氏，我们看到了一个心理和人格结构完整而独立的女性。再看林燕绮将错就错与深爱的男人离婚，冒生命危险在前线救死扶伤；看蕙殊突破家族束缚与颜世则解除婚姻，自由恋爱；看敏言得知身世真相，制订严密计划去刺杀大汉奸生父，视死如归。这些女性的形象与沈念卿大多有相同的品质，同时又更加突破时代和传统的束缚，就像在小说中沈念卿对林燕绮亲口所说的："你和我的确是不同的，你属于新的时代，而我和仲亨都是旧式人，我们的时代已过去了，往后一切都是新的。我不让霖霖在家做大小姐，而要她读书，要她学着像男子一样处身立世，便是希望她能成为你这样的人，能去做我想做而做不到的事。日后必是你们这样的新女性，才可堂堂正正生存于世。"

3. 看《衣香鬓影》的历史巨著：历史正义与史诗传奇

这篇长作所寄寓的不仅是爱的永恒，还具有讽喻现实的批判精神。透过小说的阅读会发现，作者的感情叙述所彰显的是时代的脉象，第一部和第二部小说所描绘的霍仲亨时代是英雄造时势的时代，是一股"清流"孤军奋战的时代，他"以兵养兵，以战养战"的理想终究因为时势的风云变幻而破产，他的消逝也是一个时代的消逝。而第三部所绘的"后霍仲亨时代"是时势造英雄的时代，帝国主义的疯狂入侵打破了人们对于帝国主义的幻想，全民抗战的时势召唤着英雄儿女在枪林弹雨中前仆后继。国难当前，妇女儿童亦不能置身事外，林燕绮作为医生奔赴在战争前线，沈念卿在后方举全家之力为前线战士筹备军资，为战争遗孤安置栖身之所。一句"六岁的孩子纵然再聪颖，又怎会懂得生死"更是发人深省。《衣香鬓影》一如既往地继承了作者的写作风格，但其针砭时弊、讽喻现实的方式不是犀利的，而是内敛式的，人世的坎坷正是无止息的战争所造成的。情感的波澜，日常叙事的铺陈和收放，再伴以战乱的此起彼伏和人物命运的曲折离奇，虽不惊天动地，却自有动人心旌的力量。小说中的重庆，难民云集和达官显贵歌舞升平形成鲜明对比，更是直接鞭挞了政府的腐败。

小说三部曲尾声以薛晋铭的题词“今人犹是故人，他乡知是故乡，千秋共此素光”开始，薛晋铭“希望有朝一日落叶归根，能够迁葬故土”，而表示今生不再踏入故土的沈念卿也终于在即将百寿之时回故园与血亲骨肉相聚。百寿之辰、茗谷重建、白茶花花苞欲放都昭示着故事的结局朝着好的方向发展，暗含着对于祖国大陆和台湾骨肉至亲终将团圆的信心。与传统小说创作鲜明的立意不同，本篇小说优美如画的笔风更是掩盖了强行批判的露骨和乏味。这部网络小说以这样柔婉的风格来批判并没有带给人缺乏深度之感，因为这恰恰是网络小说的叙事特点所带来的优势，以《衣香鬓影》为代表的网络小说给人的精神思考是“润物细无声”式的、潜移默化的。

综合各种因素审视《衣香鬓影》，它相比传统文学的优秀民国题材小说也毫不逊色，为民国类小说创作带来一股清新之风。从这部小说的语言特色、创作手法和主旨大意等方面，我们看到了网络小说创作对传统文学的优秀基因的继承及其自身的创新发展。《衣香鬓影》不只是用艺术的笔触刻画了一个战乱时期风华绝代的女性形象，更重要的是在一个特定的时代镜像中，借沈念卿这样一个女子的经历和坚强，展现了中华儿女在战乱的年代所经历的身心苦难，以及为实现国家统一和振兴中华的奋勇抗争，由此构成了中国近代社会人们生活变迁和心理悸动的一个缩影。

当然，《衣香鬓影》虽然创下了不俗的佳绩，但仍有一些值得商榷和改进的地方。比如说，主角形象的塑造饱满光辉但是却不圆满，沈念卿的形象太过完美，虽然自己定位为旧式人，但与新式女性相比有过之而无不及，而霍仲亨的救世主形象太过光辉，这样一个依照真实的时代所创作的小说容易使人和历史对号入座，以至于产生不真实感。另外，作品所体现的对于现实的批判被文中所充斥着的大义和优美的文字表述不露痕迹地遮掩，以至于整篇作品读下来虽然让人热血沸腾，但缺少了对于现实的批判和反思，削弱了小说的人文价值。再者，小说中缺少了人物日常的生活琐碎、生活细节的描述，加之英雄美女、才子佳人的题材，大团圆的结局，缺少与大多受众亲近的芸芸众生的形象，也不免有落入童话故事、玛丽苏小白文式的俗套窠臼之嫌。在网络小说创作的现阶段，层见叠出的网络小说不乏有优美的语言和情节，如何能够在时代的冲洗下依旧靓丽，则是网络小说面临的重要问题，而以思想取胜则是主题。与根基深厚、模式成熟的传统文学相比，这部小说仍然让我们看到了正在逐步成长成熟的网文，我们需要对它抱有更多的宽容和耐心，辅之以文艺指导，我们有理由期待网文盛世的到来，我们也期待寐语者为我们带来更多精品力作。

（苗雪宁）

四、网络文学的诗意体验与精神“钙质”

——评顾漫《何以笙箫默》

青春不是短暂的热点，它是永恒的流行。一部仅有11万字的网络青春言情小说，从2003年开始创作，历时两年付梓，在晋江的总积分共950多万，豆瓣评分高达8.0，时隔10载又在文娱全产业链开花，据之改编的电视剧、电影火爆荧屏，绝不是一句受众对纯爱青春的怀念所能够概括的。《何以笙箫默》之所以能够被冠以“网络文学经典”之名，跻身爆款IP行列，归根结底，是诗意校园、都市生活、恪守初心的结果，更是年轻时代未竟的青春梦与网络文学商业性诉求的双重胜利。

故事的最初模型，原本就是一场大学恋爱，无论热烈或是冷漠，轻盈或是钝重，青春的故事似乎从来不可能步履如登、水银泻地。尤其是年少时的爱情，难免折腾、拧巴，充斥着挥之不去的荷尔蒙，迷惘里还透出些混蛋的气息。人们常说，自以为是或不可理喻，是青春的另一个名字。然而《何以笙箫默》不同，它仍以现实为叙述基础，却打破了初恋有憾的情节惯例，何以琛与赵默笙在大学相识、相恋，先是因他人之故横生误会，又遭逢赵默笙家庭变故远渡重洋。随后，长达7年的痴心等待和寻找，延宕出两人的命运与离合，将学生恋爱的纯真和至诚延展到成年恋爱与婚姻之中，温热与力量扑满而来，分寸得当地把握住了受众对青春的缅怀和对未来的期待。

作品以时空交叠的叙事时序和细腻诗意的语言表达，塑造了一对鲜活的恋人形象，借助大量青春怀旧符号和都市生活场景，使感性的生活细节贯穿叙事，奠定了一种与凛冽的现实手法划分界限的浪漫基调，创造出更多想象性体验和感性指向的受众共鸣。诗化的青春与爱情，为年轻人舒缓焦虑提供了真善美的价值导向和克服困难的精神“钙质”，体现出作品卓越的文学美感和文化价值。

书写青春谈不上困难，不落窠臼则实属不易，尤其是以青春男女为主角的爱情在网络文学世界中，已然形成不少为人诟病的模式。比如，说爱就爱、说走就走的天雷地火；大同小异的车祸、劈腿和打胎；此外，要拆解爱恨离合的残局，必须借助外力，作为纯洁校园的对应物，晦暗的社会长期背着黑锅。类型化小说最怕乏善可陈，在大批“残酷”青春与“腐朽”青春中，《何以笙箫默》对青春爱情的诗意书写，使其脱颖而出。

其一，在行文结构上，采取时空交叠的叙事手法，回忆与现实交互，跳脱了线性叙事的套路。故事在不同的叙事时序之中穿梭，沉淀出充沛的情感和诗化的浪漫。

甫一落笔，便是重逢。在离开何以琛 7 年之后，赵默笙在归国的第一天就遇到了心心念念的爱人和当初引发两人误会的何以玫。赵默笙如此深情，为什么何以琛却只是冷漠一瞥？ 7 年前的他们是什么样的境况？又是怎样的误会让赵默笙离开她深爱着的何以琛？自第一章起，这些疑问就推动着故事的发展，并成功地吸引了受众的好奇心和阅读兴趣。随后的章节中，作者巧妙地以两人的视角分别回忆了 7 年前和 7 年之中发生的一切。大学时代的赵默笙对法学系大才子何以琛一见钟情，开朗直率的她“死缠烂打”地倒追，以与众不同的方式吸引了何以琛的目光，一段纯纯的校园爱情悄然发生。然而，何以琛寄养家庭的妹妹何以玫，鼓起勇气向赵默笙宣战。当赵默笙去找何以琛证实，没想到竟然得到何以琛冷酷的回应。误以为何以琛和何以玫在一起的赵默笙，落寞地服从父亲的安排，前往美国深造。

这些回忆的描述是符合受众心理的，所有前提情节的铺设，积蓄了重拾过往的欲望。同一人物在人生不同阶段中出现的性格断层也为故事的情绪升华提供了基础。7年后，成为摄影师的赵默笙回来了，再次遇到那个无法忘却的男人——何以琛。这对分手7年的爱人，横在他们中间的，有赵默笙为生活所迫在美国已结婚的事实，有痴情前夫应晖，更有多年前两家父亲的恩怨，但这些并没有让这对分手的恋人继续错过，反而在各种误会及现实考验中更加了解了这些年来彼此爱的心绪。真爱值得等待的诗意韵味就此延绵。

其二，在场景设置上，大量运用青春怀旧符号，精雕细琢的感性细节贯穿叙事，奠定了一种与凛冽的现实手法划分界限的浪漫基调，创作出更多想象力和感性指向的浪漫场景与画面。

这主要体现在校园青春的部分。活力葱郁的校园、挥洒汗水的操场、明亮宽敞的教室、亲密热闹的学生宿舍等青春校园的场景符号，都见证了何以琛和赵默笙的相遇、相识、相恋的纯美爱情；而勤工俭学的好朋友林少梅、学生社团里的师兄师姐、大学食堂的招牌菜和暗黑料理的小细节，似乎在每个人的大学日常里存在着，使得文本更具真实感而富有生活气息。尤其突出的是对爱情发生情节的描写，阳光里穿白衬衣肤色干净的何以琛倚靠在树上读书，就这样不经意间闯入了赵默笙的镜头里，爱情就在这一眼发生了，接着上演了一个“女追男”的桥段，何以琛发现被偷拍、生气离开，赵默笙紧紧追随、急于辩解，最终成功要到男主角的联系方式，生动地表现了男主角的羞涩谨慎与女主角的活泼开朗的性格。此外，引发怀旧的另一叙事元素，则是具备浓郁校园印记的人物外形符号——齐耳短发、白衬衫、校服，以及贯穿影片始终的道具——借书证的证件照；意境之美的留白运用也突出了其青春风格，如赵默笙名字来自徐志摩的诗句“悄悄是别离的笙箫，沉默是今晚的康桥”等。

其三，在语言风格上，清新细腻的遣词造句，塑造了文本的诗化气质。全文仅11万字，叙事紧凑，语言凝练，省却了大段的冗余和灌水章节，文本句式简短，行文十分流畅，对故事进行了一种娓娓道来的诗化讲述。

作者顾漫，曾荣膺第三届中国网络文学节最佳作者奖，因为写作速度很慢常被受众昵称“乌龟漫”，另一位有名的网络写手明晓溪在为《何以笙箫默》作序时曾说：“能写文写得这么慢，没有几分天才还是很难做到的，尤其是在她居然每天都写的情况下。她写得慢，也是因为她对文的要求太严格了。每一句话，每一个词，每一个过渡，她都反复地修改斟酌，用心体会不同表达方式的细微差别。”这一评价，是恰切的。发端于亲身经历的现实生活，顾漫的描写看似拉家常的信笔，校园里学生的模样、社会里人情与礼数、情境与名物，延宕开来颇有温润之感。对话描写与心理刻画也称得上传神细腻，比如向恒与老袁（何以琛的合伙人）的对话，“你觉得以琛是个什么样的人？”向恒不答反问。“冷静、理智、客观。”老袁中肯地评价。“那么，这个人就是他的不冷静、不理智、不客观。”就在反映何以琛人物性格的同时，巧妙地体现了何以琛对赵默笙的在意之深，更不用说全文写就了不少这样轻松诙谐的对话，增添了阅读的趣味。此外，文本金句频出，最火热的时候，社交媒体上遍是“何以体”（网民对小说中经典语句的戏仿和二次创作），比如：“既然我找不到你，只好站在显眼的地方让你找到了。”“你以后会明白，如果世界上曾经有那个人出现过，其他人都会变成将就，我不愿意将就。”

读《何以笙箫默》，内心是温暖的。这部经历了一见倾心、七年远别、人海重逢、矛盾升级、解决问题然后获得圆满结局的爱情悲喜剧，在现实与回忆时空的交织间呈现了故事的文学性，在“寻找丢了的爱情”和“不将就”的主题中高扬着真爱的可贵和青春的澎湃诗意。

毕业季是分手季，还是最难就业季？无论是否经历了痴情难续和现实逼仄，校园生活和社会生活间确乎存在着断崖式的鸿沟。在严酷的社会环境和激烈的市场竞争中，艰难地转变与执着地坚持，其合力给年轻人带来心理上的剧烈震荡。《何以笙箫默》就取材于从大学校园生活到初涉职场 3～5 年的社会生活，具有浓重的“缅怀青春又期待未来”的印痕。这个年龄阶段的受众，阅读着以自身正在经历的现实生活为基调的文本内容，既带着对已经或即将逝去的校园青春的追忆，又有对不确定的将来的惶惑迷惘与美好期待，《何以笙箫默》这部倡导真善美的作品就带来了特别的慰藉感，并在一定程度上起到了正确的价值引领作用。

首先，作品以难得的分寸感，对人物命运沉重的百转千回进行了克制化表达，以保持希望作为推动情节发展的内在驱动力，将何以琛和赵默笙的结局，设置得温情而可观，为受众提供了克服困难的精神“钙质”。

作为被屡屡模仿的网络言情小说经典，《何以笙箫默》的体验生产力惊人。其间有金玉声，往好里说，主角视线营造出独特的空间身份位置，代入感使受众对爱情的甜蜜与悲辛感同身受。可与此同时，由于主观意愿过于强烈，普遍的故事多少显出殊异，也容易失准。确凿的是，顾漫笔下的场景、人物，无论高尚、平凡、温柔、热烈，都是鲜活的，延宕出温暖的、唯美的情感体验，为挫折后的脆弱精神提供属性为坚强的“钙质”，一定程度上舒缓了年轻人的焦虑。

在这个故事里没有单向的人物和人生。如果用心体味，会发现在每一个推动故事发展的重要节点上，都设计了伏笔和互文，也称得上千回百转。比如默笙的父亲早年间接导致以琛的父母意外去世，使其成为孤儿，而默笙也无依无靠在国外漂泊 7 年，在时间的纵轴上给男女主人公造就重合的经历，以解释重逢后两人更投契的内心世界和更深沉的感情。

精英律师何以琛，没有父辈的财产可继承，靠着自己的知识和努力，零起步、一点一滴地积累他的财富；不谙世事的赵默笙，从市长千金一夜变成囚徒之女，还被入狱前的父亲远送异国他乡。即便是作为两人感情阻隔的默笙前夫应晖和曾造成两人误会的何以玫，也有自己的坎坷与曲折。对命运的沉重，作者尽可能轻拿轻放。轻的背后，是紧绷的劲头。这劲头，便是故事里的人物，都有着自己的希望。得益于希望，人生的千回百转，才不至于跨不过去。

其次，在进行人物塑造时，温情而体贴。男女主人公的性格坚韧脱俗，作为阻碍因素的情敌应晖与何以玫，也没有戴上恶毒的脸谱，而是在放弃与反省的过程中，实现了自我内心的通拓，对受众有很好的示范意义。

纯美的青春爱情小说，容易塑造出偶像。何以琛成为不少受众心中的理想对象或标杆。抛开帅气的外形不谈，这个人物可圈可点的是其精神内核。比如对待养父母，他像是对待自己的亲生父母一样，从小就懂事，经常做家务；在事业蒸蒸日上的时候，他更是没有忘记养父母的收养之恩，准备给他们换一套大一点的房子；在婚后一有空就带妻子回家见养父母，陪养父母住几天。让人更为动容的是，赵默笙的父亲并不是直接导致何以琛亲生父母死亡的凶手。然而，何以琛在面对自己的岳母时却丝毫没有失于礼数，虽然他神色严肃，但他并没有表示出敌意，仍表示出尊敬。他并没有把仇恨扩大化，而是自己默默承受那些失去父母的伤痛。一句“他们给我十年，我要默笙一辈子。我屈从于现实的温暖”，惹下不少受众的泪水。

再来看女主角赵默笙，乍一看故事情节，赵默笙不过是一个傻白甜。但慢慢地，默笙的单纯和善良彰显出她的高贵气质。正是这份高贵支撑起一个男人长达 7 年的等待。校园中，她勇敢追求真爱，她为了维护何以琛的自尊隐瞒了自己优越的家境；在国外，她天真地以为捐出父亲的钱就可以救父亲的命，在她孤苦伶仃、衣食无着之际还在帮助报纸上求助的陌生留学生和隔壁邻居家的小男孩儿；7 年后重逢时，她默默地忍受以琛的“报复”、周围人的非议；她对生活和工作的积极与热情、对朋友的宽厚与谅解，处处洋溢着她的人格魅力。这样的女孩儿没有人不喜欢。守住本真、诚挚待人之后，可期待的是自由与安定的内心。

最后，7 年等待的时段设计可圈可点。作为世俗爱情崩坏符号的“七年之痒”，被巧妙置换为七年痴情，实现了作品对真爱“不将就”这个爱情观的表达。它所言的是真正的爱情值得等待和寻找；它所言的是即便没有坦荡的通衢，只要坚持自己想要的，不迷失，终究有善果。令受众动容的同时，传递着诚挚的爱情观。

在阅读小说的过程中，“七年”这个概念，勾连起所有关乎爱情的美好期待，比如真诚、等待、唯一。笔者想，7 年的时间并非随意确定，而是对爱情和婚姻有着特殊的指涉，在现实生活中，“七年之痒”常被看作婚姻与爱情逃不过的考验，迈不过去的坎儿。可何以琛却在以为赵默笙背叛他的情况下，等待了她 7 年，赵默笙亦然，跨国公司的老总应晖不是不够体贴和照顾她，可她总在应晖开发的搜索引擎里搜索“何以琛”的名字。顾漫对时间的设计，正是对“七年之痒”的宣战。

不仅是对恋爱的温馨过程进行一一展示，在小说的后半部和番外篇里，以大量的篇幅描绘他们和谐的婚后生活。何以琛的暖男形象深入人心，早晨在妻子未睡醒时，他就已经忙碌着煮早餐了；即使自己的公司与老婆的公司不同路，也每天接送妻子上下班。而赵默笙的独立与温柔也很好地展现出来，婚后仍坚持自己的爱好与事业，体贴工作辛苦的何以琛，尽管有小失误，但全心全意帮助以琛翻译卷宗等。这是一份持守了 7 年的等待，证明了“七年不痒”，真挚的爱情，值得持守与经营。

常有人说：“当一个人开始怀旧，证明他已经老了。”如果说大部分青春怀旧网络小说的基调，都是失去了什么，那么《何以笙箫默》无疑是在和受众分享值得坚持的是什么。顾漫在小说有限的篇幅里，精心勾勒出一个温情又可观的故事。这个乍看简单的重逢里，有克制，有隐忍，有体谅，有希望，最重要的是还有一份对美好的坚持。在这个普遍把时代回忆当作私人体验来进行文本创作的网络时代，这种植根于自己的成长岁月、萌芽的自我意识、身份与位置，以及个人身心灵安放的心路历程的个人体验，在最极致处与某个群体最普遍的集体境遇和生活状态相沟通的关照、关切与关怀，是引发共鸣的作品，更是具备精神“钙质”的作品。

平心而论，《何以笙箫默》确是近年来网络文学的佳作，叙事流畅、情感真挚，赢得大量“自来水”。但以目前的受众评价来看，恐怕也略有言过其实的成分。12 个章节的骨架，撑起的是稍许单薄的内容。主题与命意虽然鲜明有价值，却不够丰富。之所以口碑极好，想必也是书迷们目睹类型化小说陷入简单的自我重复之后的同质化与佳作断档，有支持和鼓励的意思在。

并非苛责《何以笙箫默》，恰恰相反，小说走俏的背后，有更深的意蕴。2015 年开始的网络文学 IP 热潮持续至今，《何以笙箫默》是近乎火药引线式的存在。尽管与传统文学相比，网络文学在文学性与叙事技巧上尚显稚嫩，但已经具备出佳作的能力，也尚有大量的挖掘空间和可能性。网络文学的快速发展，不仅应该在数量上大幅增长，更应该在艺术价值和精神内涵上着力。除了怀旧与伤感之外，还可以有感悟、鼓励、鞭策等多种情感的表达，应朝着多元化的方向去发展。

（张若玉）

五、情义千秋写权谋

——评《琅琊榜》

小说《琅琊榜》在全国范围内的声名鹊起源于同名电视剧，这部高还原度的电视剧被广大观众盛赞为2015年最具良心国产剧，这使得原著《琅琊榜》也被推上了神坛，一跃成为网络小说翘楚。

《琅琊榜》的主线十分清楚，不世出的少年名将林殊从惨烈的梅岭一战中奇迹生还，这位从地狱中归来的少帅背负万千人的冤屈，在好友蔺晨的帮助下改头换面，化身为惊才绝艳的江左梅郎。他用尽一生智慧谋篇布局，从江湖朝野走向高台庙堂，所有人皆成为他复仇棋局中的棋子，麒麟才子梅长苏从此名动天下，太子、誉王争相拉拢，就连高高在上的天子梁帝都被其玩弄于股掌。故事的最后，梅长苏借莅阳长公主之口在金殿众人眼前捅破最后一层纸，为祁王、林燮等当年一众枉死者鸣冤，势孤的梁帝在形势所逼下最终应许了众人请愿，情义千秋终得成全。一如所有英雄小说，梅长苏的历程成为神话，在此间与其并肩同行的靖王萧景琰、郡主穆霓凰、侯门之子言豫津、世家公子萧景睿，禁军统领蒙挚等人都成为小说中不可磨灭的闪光点，最终，梅长苏决定回到战场找回当年的林殊，风起由他，浪静亦随他。

（一）权谋矛盾双向并行　情义主题升华全书

《琅琊榜》书本情节安排得十分精巧，恢宏格局下的精密叙事也让不少受众直呼过瘾，细读下来，全书最大的看点也正如其书本介绍一般——权谋。权谋斗智更诛心，在权谋中挣扎的人总是在经历着智力与情感的双重挣扎，这就构成了《琅琊榜》一书中环环相扣的情节。虽然就缜密度而言，此书并不能算得上严丝合缝，但这并不妨碍它超越众多毫无逻辑的网络小说。正如书中主角梅长苏将一个一个写有太子、誉王身边人姓名的木牌烧掉一样，梅长苏的复仇更像是在游戏通关，解决掉一个一个 BOSS 之后，主角的使命也就完成了。但在通关的过程中，各方矛盾的引爆成了各个小章节中的高潮，在小矛盾蓄积的力量达到顶点时，最大矛盾的爆发则让受众心神激荡。太子与誉王的明争暗斗、萧景睿的身世之谜、夏江对夏冬的欺瞒等都是作者有意铺垫的矛盾，在秘密被公开化、矛盾被最大化的时候，下一个矛盾又从这个矛盾中生长出来，让受众的思维不自觉被情节催眠。矛盾的设置既可以说是全文逻辑的需要，也可以说是文本情感的需要，甚至，正因有矛盾牵制着受众的情感，才可以令受众在阅读的同时忽视逻辑上的弊病。以矛盾写权谋，其实也就是以情义写权谋。

同时，情义也是小说的核心主题。雪夜薄甲、逐敌千里的少年将军，和病骨支离、年寿难永的阴沉谋士是支撑起整部小说的关键。不同于一般的网络小说，《琅琊榜》中的男女之情在全书中分量极少，贯穿全书的感情线是情义和忠贞。林殊怀揣万千人的冤屈从梅岭惨案的地狱中爬出来，复仇、情义、忠贞、权谋成为贯穿全书最鲜明的主题。这使得《琅琊榜》跳出了传统网络小说的套路，不再靠偶像剧一般的爱情来吸引受众，而是将兄弟情、权谋与人性、道德与责任这些更为实际的情绪传达给受众，因此，这也成为《琅琊榜》不仅吸引女受众的原因。男人所追求的兄弟情义与女人所看重的人物美感在“情义”这一主题的渲染下，恰到好处的弥合，成为书中众多角色的灵魂，也赋予受众内心的激荡。

（二）POV手法多维叙事 多点开花巧设配角

《琅琊榜》是一部第三人视角的网络小说，这种方式可方便文本叙事的多线展开，而小说的POV写作手法（视点人物写作手法）更为小说提供了多维度展开的可能。

小说一开始是从萧景睿的视角描写的，因梅长苏的神秘而让人与萧景睿一般，对其充满好奇，随着故事的深入展开，作者才悄无声息地将行文重点转移到了梅长苏身上。在人物的转换中，作者运用蒙太奇式的叙事手法，让受众能够全面清晰地了解每一个角色的性格和想法：在太子、誉王的眼中，梅长苏是谋士，是能够助自己登上皇位的重要因素，而朝廷百姓乃至梁帝都不过是他们前进路上的铺垫；在靖王、蒙挚、穆霓凰眼中，梅长苏则是挚友、亲人，是失而复得的宝物，他们追随他，一片赤诚之心也让受众赞叹；而梅长苏眼中的自己，则是从地狱爬出来的阴魂，身负血案，一心只为平怨，他拥有的宝藏则是作为林殊的少年时光，他不敢去触碰回忆，也再无法重回林殊的身份。还有梁帝、谢玉、夏江等人，在他们的视角中受众又是完全不同的感受。多种维度的交织让书中每一个角色都更为丰满，这令每一个角色的情感都更纤细，令人不仅只看到主角的光环。

此外，《琅琊榜》中的配角可谓全书成功的另一大原因，巧妙的人物设置，和穿插在人物间的暗线为全书的叙事搭建出了看似纷繁却井然有序的立交桥结构。靖王萧景琰、郡主穆霓凰和梁帝大概可算除主角之外最令人难忘的3个角色。其中，梁帝这一角色的设立更是让人拍案叫绝。一个英明的王子带领一群有志之士好不容易登上皇位，却在皇权常年的侵蚀下变得阴冷多疑。分明是英明神武的皇帝和慈爱温柔的父亲、丈夫，却在权术操弄下变得残忍嗜血。作者对梁帝的描写可谓入木三分，一个皇权下的扭曲者和面目可憎的君主在冲突下极富有戏剧效果，因此，梁帝这条线完全可称为全书故事推进的关键。

除了上述人物之外，莅阳长公主之子萧景睿、言侯之子言豫津、琅琊阁主蔺晨、梅长苏身边的侍卫飞流、誉王、太子等角色都是值得玩味的配角，而从未以“活人”身份出现的前太子萧景宣、宸妃林乐瑶也为剧情增色不少。众多配角交织在一起，更衬托出主角的心路历程，形成众星拱月之势，将主角梅长苏的隐忍、才智、果敢、重情烘托得更为鲜明，不仅丝毫未减主角风采，更突出了主角的形象。

（三）欲扬先抑方显层次　情感叠加又添美感

对于一部以“复仇”为主线的小说，《琅琊榜》对于情感的处理与其他同类别小说有鲜明的区别，跟一些同样以主角遭遇灭门惨案的小说相较，《琅琊榜》的情感一开始显得十分微弱，甚至让受众完全感受不到主角的愤怒与悲伤，这大概与主角梅长苏一开始的出场方式有关。无论是秦岭上的初遇，清风观的再会，还是浔阳城月圆夜梅长苏对萧景睿的安抚，作者以一种“人未至，声先到”的手法，将梅长苏的音、形、姿以半留白的方式传达给了受众，给人以无限想象，奠定了梅长苏这一人物的第一印象。随着情节的推动，梅长苏的全部形象一点点被揭开，病弱难支、智计无双、隐忍坚强、情义深重这些形象一层一层叠加，少年的际遇反衬出梅长苏的可敬，于是行文情感也得以升华。这种欲扬先抑的处理手法让前期积聚的情感爆发力度更大。

再回味整部小说，小说情感层次的变化十分鲜明。小说的前半部分，行文情感一直处于一个较为平稳的阶段，直到梅长苏进入朝堂，文本才有了明显的情感波动。从太子到誉王，从谢玉到夏江，梅长苏与每一个重要人物的碰撞都在积累情绪。此种叠加不仅为后文作了铺垫，更形成一种砌砖式的美感，受众可以清楚地感受到文中人物乃至自身情绪的变化，直到小说大成，累积的情感便如建好的高楼一般，巍然耸立，令人震撼且印象深刻。这种情感在莅阳长公主金殿首告的时候达到沸点，与主角一起累积的种种感受在这一章节犹如高楼一夕倾塌，让人难以遏制心中的激愤与痛快。此类翻转令受众对小说有一个完整且鲜明的情感印象，戏剧化的美感使人读之难忘。

（四）中国式基督山伯爵　文化底蕴托举权术

朱莉亚·克里斯蒂娃提出了“文本间性”这一著名思想，她认为：“任何作品的文本都像许多行文的镶嵌品那样构成，任何文本都是其他文本的吸收和转化。”即作者文本（前文本）和阅读文本（后文本）相互影响，主体文本和其他文本又相互影响，在复杂交错的文本系统中，所有文本都是相互影响，一个确定的文本总是在引用、改写、吸收、扩展，或在总体上改造其他文本。《琅琊榜》与《基督山伯爵》便是这种文本间性的具体体现。

不少人将《琅琊榜》与《基督山伯爵》相比较过，在众多受众中，认为《琅琊榜》的人物设定和故事框架与《基督山伯爵》有极大相似的人亦不在少数，甚至有人在网上高呼《琅琊榜》就是脱胎于《基督山伯爵》的中国基督山复仇记。的确，从大体上来看，二者的确有极多相似之处。比如第一才子梅长苏和聪明绝伦的基督山，美丽飒爽的穆霓凰和优雅高贵的梅尔塞苔丝，欢喜兄弟萧景睿、言豫津与阿尔贝、弗朗兹，甚至连主角的少年天纵都如此相似，可见二者相似度之高。但细读之下，两者的差别即刻便能够感受得到。

首先就人物而言，《琅琊榜》更为理想化，里面的主角及主角的盟友都代表着光辉正面，而《基督山伯爵》里的人物则更真实复杂。还有就是叙事方法不同，《琅琊榜》一开篇就写了梅长苏，而梅长苏的过去——林殊，则是活在回忆里的人物。而《基督山伯爵》则是按部就班式的写法，将唐泰斯到基督山的转变描写得极为详实。最为重要的一点是，两者的立意完全不同，一个是国仇一个是家恨，这决定了小说整体带给受众的感受。在极具古意的小说语言中，《琅琊榜》设定为整个国家的惊天冤屈为全文铺垫出一种富含中国特色的厚重感。中国人自古以“国”为大，家国天下的历史底蕴和情义公道的传统思想将《琅琊榜》中的复仇转化为一群忠贞之士的史诗。小说最后，林殊又重回战场，史诗画上了圆满的句号，中国式悲剧猝然收场，正如一场战争的偃旗息鼓，充满寂寞荒凉。这令人想起岳飞捐躯，又让人想到杨家将战死金沙滩，令人思绪万千。

底蕴是《琅琊榜》能够取得成功的一大内因，中国受众对国家底蕴源自骨血里的亲近感则是外因。《琅琊榜》的确是《基督山伯爵》的翻版，只不过就小说主旨来看，它似乎更具有中国传统意义上的宏大性和厚重感。

《琅琊榜》是网络小说中，尤其是以古代架空为题材的网络小说中的上乘之作，但这也带给其网络小说的通病——过于理想化的人物、情节，主角光环刺眼，部分逻辑不够严谨等。网络小说往往寄托了人们更理想的美梦，因而在塑造角色时，重要角色永远都是风姿绰约，卓尔不群，主角也往往都能逢凶化吉。《琅琊榜》为人诟病最多的便是作为琅琊榜上第一才子的梅长苏，其智商似乎并不如作者所想塑造的那么高，反而是靖王母亲静妃、梁帝身边的亲信高湛表现出的不露声色的助力，更让人惊艳。作为一篇主打权谋的小说，其情节里各方势力角逐过程中的焦灼感、压迫感远远不够，几方争斗也不够烧脑，让人感觉权谋的描写远不如情义的抒发精彩，甚至第二号角色靖王萧景琰的设定也让受众直呼拿了女主角的剧本。从太子、誉王的倒台到萧景琰上位显得过于轻松，细节的不自然让某些情节的过渡显得生硬了几分，有刻意为之之感。总体细读下来，斧凿的痕迹在全书显得略重。

瑕不掩瑜，《琅琊榜》已经超越一般网络小说的高度了，无论是其厚重的立意还是其宏大的叙事格局，都能够让受众在通读小说后有无尽的回味。这也可以看出，随着文化水平的提高，网络小说受众不再只关注男女情爱、修道飞仙，而是将目光放到更人性化的层面，受众思想高度和审美高度的提升是《琅琊榜》获得成功的主要原因。随着《琅琊榜》电视剧在海内外的热播，这部小说也被更多人推崇，可以看出，审美意向的回归是媒介转型后市场给出的答案，文化市场中网文的扩张和提升已经成为不可逆转的趋势。

（孙敏）

六、穿越千年的文字想象

——《步步惊心》漫评

作为清朝宫廷穿越小说经典之作的《步步惊心》(作者桐华)2005 年于网络上连载后首次出版，引发了广大网友火热关注，并与《梦回大清》《独步天下》并称为“穿越小说的三座大山”。《步步惊心》引发了一场持续至今的穿越小说热潮，更在 2011 年由唐人影视改编为同名电视剧。《步步惊心》能够在良莠不齐的海量网文中呈现出趋向经典的品质，与其穿越小说的题材内容、古典清丽的语言风格、现代悲剧意识的思想内蕴有着深刻联系。

穿越小说的题材内容。《步步惊心》是一部“既典型又不典型”的穿越小说，说其典型，主要是从其题材及影响来谈的。在题材上，《步步惊心》以清代康熙年间“九龙夺嫡”为主要背景，以因一场事故不小心从现代穿越附身成为清朝将军之女马尔泰·若曦的都市白领张晓为女主人公，讲述现代人物凭借已知历史和现代社会造就的才干在古代存活的故事。在《步步惊心》中，穿越到清代的张晓凭借其八王爷侧福晋之妹、进宫待选秀女的身份，得以最近距离地参与到数百年前的那场政治权力斗争之中，并且和诸位阿哥结下了深厚的友情或爱情。

在《步步惊心》中，整部小说以虚构人物张晓为叙述者，以康熙朝时间年号变化为主要时间叙述线，铺陈出若曦在紫禁城中步步惊心的穿越经历。若曦最起初以进宫待选侍女身份寄居八王府中，因其活泼俏皮、古灵精怪的性格吸引了十阿哥的注意力，并且因为其洒脱不羁向往自由的天性与十三阿哥相似，两人夜奔对饮而结为终身知己。情窦初开的若曦被温润如玉的八阿哥吸引，若曦为护八阿哥性命周全逼迫其放弃皇位，结果闹得两人不欢而散。四阿哥对若曦发起强烈攻势，若曦起初不以为然却最终被其坦诚相待的真心感动。然而红颜薄命，经历一系列误会，若曦与四阿哥有情人未能终成眷属，若曦最终在十四阿哥的怀抱中香消玉殒。

除却女主角的爱情经历之外，《步步惊心》也以部分野史和正史为依凭，以九龙夺嫡为另外一条叙述线，讲述康熙末年诸位皇子为争夺皇权而触发的一系列惊心事。太子的两废一立，八阿哥被削爵思过，十三阿哥更是十年幽禁，十四阿哥与四阿哥的皇位继承之谜……激烈的政治权力角逐使得小说题材不再仅仅局限于男女私情的卿卿我我，也使得整部小说的视野更为开阔，气魄更为沉雄。

这种因为某种原因而离开主人公生活的空间，穿越到另一个过去的时代，在过去的时代展开一系列活动，见证历史并且穿插主人公爱情经历的小说题材模式，以《步步惊心》为先河，逐渐成为穿越小说的程序化格式。九龙夺嫡、二废太子、八党之乱、雍正即位加之康熙的家宴、狩猎、南游等情节，几乎成了每部清宫穿越题材小说都无法绕过去的情节套路。而《步步惊心》能够在清宫穿越小说尚未成型之时，便集合了日后穿越小说的各种热门元素，的确堪称一部经典的穿越小说，因此，它能够受到受众如此青睐也就不难理解了。

按照日后大为泛滥的网络穿越小说的模式，为了迎合读者阅读心理，穿越小说往往存在恶搞历史、过分戏说等问题。如张小花的《史上第一混乱》中，秦始皇变成了超级玛丽的死忠粉，荆轲眼睛严重散光，刘邦好赌专赢低保户的买菜钱，李师师成了把 Hello Kity 半袖 T 恤穿出比基尼效果的美女……从这一角度分析，《步步惊心》可以算得上是穿越小说中的不典型代表了。《步步惊心》很好地把握住了小说题材的分寸感，避免了恶搞历史、过分戏说的潜在槽点。主人公虽从现代都市穿越到清代，却毫无争荣夸耀之心，只是随着历史的缓慢前进，心甘情愿在康熙皇帝身边做奉茶宫女。这种女主角的性格设定以及不雷人的剧情走向难免会让广大读者眼前一亮。对于若曦而言，她清醒地认识到眼前的繁华不过是过眼云烟，她即将面临和经历的乃是皇族子嗣之间激烈凶猛的权力角逐和互相残杀，她完全可以凭借自己预知历史的能力和聪慧敏锐的头脑，成为这场角逐的中坚力量。但是若曦却恰恰相反，她明白波谲云诡的宫廷斗争究竟有多么的血腥残酷，她选择了沉默，尽力做一名历史的旁观者。

总而言之，《步步惊心》的题材使得其既具备依托历史进行写实的可能性，又因为其穿越小说的形式而为作者的虚写言情创造了很大的空间。一虚一实，在桐华的笔下处理得恰到好处。部分野史杂谈的穿插使得《步步惊心》在通俗言情小说之外增添了几多历史沧桑的深沉严肃。而大的历史背景下的言情设置又使它较之史传多了几缕柔情。从这一角度进行分析，不难解释在穿越小说尚未呈现出井喷式增长的2005年，为什么《步步惊心》会备受受众喜爱与追捧。

古今融合，风格多变的语言风格。除却穿越小说的题材内容，《步步惊心》为广大受众喜爱的另一个重要原因是其古今融合又风格多变的语言风格。

一部优秀的穿越小说，既需要满足受众以现代语言为基调的阅读接受习惯，不能失之艰涩；同时又要考虑到题材的特殊要求，需要有适当的古文进行加持。《步步惊心》的语言恰恰兼顾了两方面的要求。同时，《步步惊心》的语言风格又能随着主人公性格的前后变化而呈现出不同的风格特色。

《步步惊心》在整体上是以穿越到清代贵族小姐身上的现代都市白领为叙述者，自然其叙述语言是现代风的。用现代眼光看待清代朝廷的波诡云谲，以现代语言来讲述人生故事，也容易让读者将自己代入角色当中，更易激发读者的阅读兴趣。

“已是在古代的第十个日子，可我还觉得这是一场梦……我现在的名字是马尔泰·若曦，而这个白得的姐姐叫马尔泰·若兰，是清代历史上颇有点儿名气的廉亲王八阿哥允禩的侧福晋。这个姐姐的性格说好听了是温婉贤淑，说难听了是懦弱不争，一天的时间总要花半天念经……”

在第一章《梦醒处，已是百年身》中，作者便简明扼要地以现代语言介绍了若曦的前世今生及她的生活环境。在此时也就是张晓穿越之初时，张晓的思维方式和行动处事风格都是现代式的，举手投足间带足了好奇，初时的若曦，敢于和格格吵架，和阿哥夜奔畅饮，更是将“拼命十三妹”的名声传到了康熙皇帝的耳中。正如她对自己的评论，是个不折不扣的“富贵闲人”。于是在这里，小说的相应语言风格是活泼轻快的。

“等打扮停当，才知道古代的女人有多遭罪，头上的，脚上的，到处都密不透风，和裹粽子差不了多少，偏偏还是大夏天，要多难受有多难受。我在凳子上不停地扭着……刚开始的那股子新鲜劲渐渐消失，越发坐不住，站起来，从丫头手里抢过扇子，一阵猛扇……”

而随着小说情节的发展，随着若曦的进宫及在康熙皇帝身边的无意当红，若曦再也不能像之前在八王府里那样无忧无虑地生活，她一步步地被推入政治权力的争夺中去。在此种情势下，若曦不得不步步小心、时时在意，以往的那份天真烂漫的少女心性渐渐消退，取而代之的是为求自保的谨言慎行。随着主人公性格的变化，小说的语言风格相应地变得沉稳老练。

“笑容仍在，却渐渐苦涩，我躲来躲去，没想到却落到了风暴中心。以前一直是旁观者的角色，看着各人走向他们的结局，如今自己也被拖进了这幕戏中，将来我该何去何从？以后不是不出错就无事的局面了，而是只怕我不动，风暴都不会放过我了。”

除此之外，作为一部古代言情小说，《步步惊心》中言情部分的语言风格在整体上呈现出清丽古典的特质。这首先主要体现在中国传统古典诗词的巧妙穿插上。例如八阿哥于年初一托人递给若曦的情诗，“东门之墠，茹藘在阪。其室则迩，其人甚远。东门之栗，有践家室。岂不尔思？子不我即”，这几句诗词出自《诗经·郑风》，原意即表达了君子对于所思慕者的所思却不可得的落寞之情，在这里八阿哥借先人之言表达对若曦的爱慕之情，在全文中既显得温润含蓄，又符合八阿哥温润如玉、学识渊博的谦谦君子形象，想是任何一位女子，在收到心上人如此赤诚又含蓄的表白后，都难免会心生欢喜面红心跳。

除了中国传统古典诗词的巧妙穿插外，作为一部优秀的言情小说，《步步惊心》的细节描写和心理描写也有其可圈可点之处。《步步惊心》虽然没有过分华丽的辞藻，但在那清丽简洁的文句掩映下，若曦与诸位阿哥之间的爱恨嗔痴分外牵人心肠。四阿哥的外冷内热，八阿哥的温润如玉，十阿哥的耿直忠厚，十三阿哥的名士风流，十四阿哥的体贴骁勇……在塞外的广袤草原上，在紫禁城的漫天飞雪中，在作者的每一勾勒每一描画里，每一位人物都呼之欲出。

现代思想内蕴。《步步惊心》作为一部穿越题材的言情小说，自然通篇讲情，但其情恋书写中洋溢的现代思想旨趣格外值得注意。古代与现代思想价值观的碰撞，深知世事无常却又无法改变分毫的无力感、借助穿越者张晓的视角向读者传达出的命运荒诞无常之感，现代眼光、现代内蕴拓展了这部穿越小说的内涵，使其具有独特的艺术张力。

作为一名从古代穿越到现代的特殊人物，张晓身上充满着现代女性的追求自由平等的现代意识。她和桐华笔下的其他女主角阿珩（《曾许诺》）、罗琦琦（《那些回不去的年少时光》）等一样洋溢着现代女性风情，她们的情感历程和人生遭际都一样凄美，都让人感到无奈。与《曾许诺》中身不由己的轩辕妭（西陵珩）类似，身处封建宫廷的张晓也无可回避地面临现代与古代思想、文化、人生的交锋。桐华对于这种矛盾冲突的处理是冷静理智的，她沉静地用淡笔铺陈出了古今交锋的凄美哀怨的人生悲剧。

张晓在25岁之前受到的教育，信奉的人生信条都是现代式的，她相信人人生来平等，命运掌握在自己的手中，依靠后天的努力争取自己想得到的地位财富是完全合情合理的。但是当她穿越到古代以后，却发现自己所信奉的现代社会生活准则在这里是行不通的。在这里，森严的等级犹如漫天密布的牢网，不会给你任何喘息、逃避的机会。每个人的命运在天子看似云淡风轻的诏谕下，却可能发生天翻地覆般的变化。更为无力的是，这种命运的变幻不仅不被掌握在自己手中，就算是步步合乎规矩礼法，却依旧无法阻挡那被决定被左右的命运。这种差异和交锋在十阿哥被赐婚一章得到充分体现。

“最后，十阿哥满脸的哀求、心痛、愤怒全部化去，只剩一脸漠然。他慢慢转回头，手紧抠在地上，慢慢地、重重地磕了三个头……高声说道：‘儿臣谢皇阿玛！’”

“我难过不是因为他的婚事，而是因为他的婚事是别人强加给他的，他并不想要。我难过是因为为什么自己的命运要听别人摆布，为什么不可以自己决定？”

作者为若曦设置了十三阿哥这一同样具有现代反叛意识的知己形象，借助二人之间的对话交流，来实现古代与现代思想文化的交流碰撞。在与十三阿哥相处时，若曦可以暂且抛开层层的礼法规矩束缚开怀畅谈，脱离了封建社会强压在他们身上的权力身份，从宫中琐事说到古今趣闻，从浩瀚漠北谈到烟雨江南，从山水诗词聊到古今贤士，并且以嵇康和阮籍为切入点，讨论到与现代文化触类旁通的平等、自由、个人意识。这种内在的追求自由的思想一直隐藏在若曦的思想深处，也为后来在若曦身上发生的古今冲突造成的悲剧埋下了伏笔。

在十阿哥被强行赐婚之后，张晓便开始冷静地思考自己应该如何在古代生存的问题，她是冷静、明智的，自知凭一己之力无法撼动历史，只求能够躲避纷争保全性命。看淡名利，一心只求在权力争夺游戏中自保的若曦，身处此中又怎么可能独善其身？入宫侍奉康熙皇帝成为当红侍女，随驾草原，苏完瓜尔佳王爷亲自赠予其象征干女儿身份的玉佩。这玉佩虽然给她带来了更多的恩宠，但是同时也将她推到了权力斗争的风口浪尖之上。太子向皇上请求赐婚，不过将她作为一枚棋子，想要借助她拉拢苏完瓜尔佳王爷。她以病为由暂时躲过一劫，但是此次风波却使若曦成为众矢之的，之前若曦想要出宫平淡安稳度过后半生的愿望彻底化为泡影。蓦然回首时，她却发现自己已经身处权力斗争旋涡的正中心，进也不是，退也不是。

即使沉稳如若曦，在康熙皇帝身边谨言慎行，步步小心，却依旧被波涛汹涌的历史无情地裹挟进去。她清楚每个人的命运走向，却唯独看不透自己将命归何处。历史的车轮并不会因为她的介入而慢下分毫。当昔日史书上记载的纷争在她的面前上演时，她只能为之哀婉叹息，却无法改变丝毫。若曦清醒地认识到，历史是不可能因其一己之力而发生任何改变的，她能做的，只能是独善其身。那份清醒于世却无济于事的无力感制约着若曦，也因其描写得入木三分而分外牵动着读者的心。

在众多网文中，《步步惊心》以其言情穿越小说的题材内容，古典清丽又风格多变的语言，以及小说内蕴的现代悲剧意识，在良莠不齐的网文中脱颖而出，具备了成为优秀网文的可能性。同时，同名电视剧的改编及其高人气的收视率也在另外一个方面给原著增加了人气。

（张玉莹　何志钧）

七、蕴于奇幻的现代性

——试析小说《花千骨》的现代元素

《花千骨》是由 Fresh 果果于 2009 年完成写作的一部奇幻仙侠小说。该小说的叙事背景是渗透了古代神话与道教因素的封建宗法制社会，但作者在叙事背景的具体建构、人物的设定和情节的发展中并未局限于刻板的古典文化，而是用奇幻而轻松的笔调，将作者自身的现代意识投射于小说中，在古代人文底色上建构起了一个与中国古代传统相对的现代女性理想绽放的世界，从而使奇幻的古代仙侠小说散发出了璀璨的现代光彩。这主要体现在小说叙事背景、人物性格中蕴含的现代性元素以及贯穿于书中的现代性文化旨趣。

（一）现代性叙事背景的建构

其一是自然背景。仙侠题材所设定的自然叙事背景大多数是中国古代神话与道教文化中常出现的地名，比如蜀山、茅山、昆仑山、蓬莱岛等。这些背景在《花千骨》中也多有提及，这是古代仙侠小说的共性。但小说并未将其进行具体细致的描绘。小说中着笔较多的自然环境是作者新建构的环境，比如异朽阁、神界、长留山及妖神出世的虚洞等。

小说中的异朽阁是一个对世界一切事情无所不知的地方。这个地方因为收集死人的舌头而得以汇集世上的信息。这种信息集中的模式颇类似于互联网的大数据模式，体现着信息时代的特点。而且小说对异朽阁的描写充满着魔幻般的知觉感受，有着幻觉与梦境般的场景，流露出魔幻现实主义色彩，超越了古代志怪小说志异域、记神妖的局限。如异朽君说："这些舌头，每条都很听话的，它们有时候也需要浇浇水，有时候也需要把窗户打开，让它们晒晒太阳。"死人的舌头能记下主人生前所有的信息本就离奇怪诞了，还要给予阳光和水就显得更加神秘梦幻了，而这种神秘与梦幻就好像出自人的单纯而魔幻的梦境。

小说中提及的妖神出世的虚洞和流放有罪之人的蛮荒的设定都体现了现代科幻小说中的虚幻空间以及黑洞之类的现代科幻元素。写妖神出世的虚洞是"柔和的光亮一片，什么也没有，没有天，没有地，没有任何东西"。而蛮荒则是"类似于虚洞的，时空完全独立于六界之外的贫瘠大陆"。类似的场景在小说中多次提及，如花千骨与朔风等人在寻找神器玄镇尺时进入了一片漆黑，而"这种漆黑是一种虚空，无论他们如何凝神也没什么也都看不见，因为似乎根本什么东西都没有，甚至连地面都没有，他们却很自然地在一个平面上行走"。

至于妖神所变幻出的除了花什么都没有的花海，以及绝情殿、瑶池芳菲如雨的桃花，很明显都打上了作为现代女性的作者的自我意识的烙印。作者作为现代女性，尤其是涉世未深的女孩，摒弃世上一切丑与恶，追求至美至简的乌托邦是其挥之不去的情结，这直接影响了她的想象和书写。显然这样的环境是很难出现于纯粹的古典小说中的。

其二是人文背景。小说中人物活动的中心地点是长留仙山，这也是小说主人公花千骨最主要的成长环境。长留山的自然环境与中国古典小说中所叙述的仙境无明显区别。但长留山的修仙体制及人物活动特点则注入了许多现代元素，营造出了一个作者理想中的成长环境。

小说根据花千骨入长留修仙这一活动线索，建构起了一个具有现代人文色彩的长留仙山。首先是长留的修仙制度。长留弟子八千，根据仙资高低分为“甲、乙、丙、丁、戊、己、庚、辛、壬、癸十个仙班，每个班大概五十人”。一年后，修仙之人拜师后便“大部分时间伴在自己师父左右，每个师父都有各自不同的教导徒儿的方法，管教和态度也各有不同”。这很明显是现代教学体制中的班级授课制和高校中的导师制教育模式，而且修仙课程中规定的体能课、理论课、历史课、五行课、实践课都神似当代课程体系，俨然是一种素质教育构想。而且长留每个修仙者都有仙号，显然也是源于现代教学体制学生均有学号这一体制的。还有就是长留人的生活习俗。在长留修行的人并非像传统仙侠小说中那般清心寡欲、一派肃然严谨之气，而是颇有生活气息的。小说中提到的沐剑节就很能体现出这一特点。修仙之人和常人一样需要娱乐活动，而这些娱乐活动包括御剑射箭、空中蹴鞠、海底寻宝捉鱼等显然有现代游园会元素的注入。凡此种种让小说的人文背景生动而充满活力。小说在建构起具有现代元素人文背景的同时也对传统修仙圣地的神圣严肃形象进行了解构，体现出了作者的当代文化意识。

（二）现代性人物性格的渗透

《花千骨》作为长篇仙侠小说，涉及人物众多。仙、人、妖、魔各有各的特色。最具现代性性格的两个人物是杀阡陌和花千骨。

杀阡陌是小说中统领妖界和魔界的魔君，他在妖魔界中法力最强，“做事一向随性，只求自己痛快，心狠手辣，不择手段”，却有一副绝世容颜，他的美让六界都黯然失色，书中说：“他的美是超越性别，超脱万物之造化所能达到的极致。”因此，即便他是男性，其在小说中的行为举止却表现出大多数女性身上矫情、忸怩、任性的特点，以至于花千骨第一次见到他就称其为“姐姐”。而且在她的梦境和潜意识中，杀阡陌也是以女性身份存在的。这样的人物设定有着当代跨性别的意味。随着男女平等思想的普及与女性主义的传播，男女两性的传统性别分工和刻板的性别角色差异客观上在逐步消弭，中性风时有体现，甚至有一些人认为两性趋同统一是最完美的男女平等方式。现代社会男性女性化、女性男性化、男女中性化的多元势态也越来越让大众见惯不惊。如“伪娘”“异装癖”就被用于指生理为男性，却表现出女性性格的群体。杀阡陌不仅长得美，而且爱美，要睡美容觉，怕长痘，爱手，爱指甲，将爱美视为最重要的事儿。这些性格特征很明显是与其男性身份相悖的。因此，不难看出杀阡陌的性格中渗透了当代的跨性别意识。

花千骨的性格特点随着情节的发展，在不同的阶段具有不同的特点。初入长留的活泼、张扬，成为妖神后的冷漠、强势，以及贯穿始终的坚毅、勇敢、执着，这些性格特点一反传统女性文静、温顺、内敛的性格特征，具有很浓的现代色彩。她入长留后，为了实现拜白子画为师的目标，勤学苦练，克服重重困难最终如愿以偿。为了替师父解毒，她甘冒天下之大不韪竭尽自己所能做到的极致去争取。这种不屈服于命运、积极抗争的性格特点足以媲美现代文学中那些具有强烈现代性色彩的女性如巴金的小说《寒夜》里的曾树生、杨沫的小说《青春之歌》里的林道静等。她对爱有着执着的追求，一直到生命最后一刻也没有放弃。这一反传统女性在面对爱情时的自我压抑以及爱情失败后的自怨自伤又恰似张爱玲的小说《红玫瑰与白玫瑰》里的娇蕊。作为新文明熏染下的女性，她的性格与有着传统性格的烟鹂不同，她想成为自己的主人，所以对爱有着执着的追求，为了和爱的人在一起，她抛弃了一切。这种对抗传统道德、勇敢追求爱情的大胆行为体现了鲜明的现代色彩。同时，花千骨身上体现的活泼乐观、爱玩爱闹、善良坚毅、勇敢追求爱的性格也是现代女性的典型特征，是作者理想女性人格的投射。从这一角度讲，花千骨的性格也极具现代元素。

（三）现代性思想意识的彰显

《花千骨》有着独特的时空意识。随着现代科技的进步和对时间空间研究的日趋深入，人们对时空的想象和体验也不断拓展、深化。相比于古人，现代人有着更为复杂多元的时空意识。《花千骨》就体现了现代人的独特时空意识。同样是建构人、神、妖、魔、仙、冥六界故事的仙侠小说，《花千骨》超出了仅仅是六层平面空间的构想，多了一些类似于虚洞和独立空间的构想。如小说中所提到的虚鼎，“那是存在于意念和精神的另一个空间”。这个空间可随人移动，因此可“用来随身携带大件物品和收藏宝贝”。至于小说中十方神器所代表的10个方位，则体现了时间和空间的交会。平面空间的东南西北、立体空间的上下、时间的过去与未来以及代表生命出现与消失的生门、死位构成一个独特的十方世界。小说中多次提及的幻境与时空转移，以及番外中的梦境空间，则有现代科幻小说的影子。

《花千骨》隐含着女权话语。话语是特定社会语境中，人与人之间从事沟通的具体言语行为。话语是一种实践，且受社会程序的制约。当它与权力结合后会发展为话语权。女权话语，简而言之就是女性对世界社会的认知和判断，是女性价值观的反映，是女性自我觉醒的声音。作为现代女性的作者难免受现代女性主义思潮的影响。这使得《花千骨》在展示女性生存状态、构建女性人格、确立女性地位等方面也隐含了女性话语。小说在建构“花千骨”这一完整形象的同时，冲破了长期以来父权、男权等主流话语的控制，建构起了女性话语权，力图重构女性个体生命的完整图景。

仙侠小说虽脱离实际的政治历史背景，具有很强的主观性和虚幻性，但其人物活动的背景始终脱离不了男女两性、权力、地位等因素。因此，即便人物活动背景是虚构的，它仍可以反映出权力与地位的倾向。小说中女性地位的确立，表现在男性女性对权力控制的平等性以及一定程度上男性地位的失势上。花千骨和幽若均是女性，却可以继承掌门之位，这体现了男女对权力掌控的平等性。而男性地位的失势在书中也多次体现。如长留众弟子下山历练，半路遇到妖魔莫小声，作为众弟子首领的落十一败下阵来，昏迷过去，带领众人突围的重任落在了花千骨身上。这既使花千骨这一人物形象得以凸显，也确立了其掌门首徒的地位。小说将花千骨设定为世上最后一个神，是世间万物的守护者。这种凸显女性神圣地位的做法似乎是一种精神回归，让人联想到原始母系社会。

在《花千骨》中，除了女性地位的确立外，女性人格的建构也很值得关注。在男性主导的网文话语中，女性形象往往是不够立体的，往往流于单薄和片面，而在女性文学话语中女性的形象却往往要鲜活许多，如丁玲的小说《莎菲女士的日记》中的莎菲、张爱玲的小说《倾城之恋》中的白流苏、严歌苓的小说《少女小渔》中的小渔。花千骨作为女性写手创造的人物形象自然也是立体多维的，在她鲜活的行为性格中昭显了女性特有的母性理想人格。最明显的表现即花千骨对灵虫糖宝的关心照顾和对孩童般大的妖神小月的教导与保护。当得知小月即将被处死，为了救小月，她不顾一切地从蛮荒逃了出来，冒险去闯七星阵、瑶池。她将小月当作自己的孩子，因此要拼尽一切保护他。当她被囚于长留海底 16 年，看到糖宝变成人形的样子，首先是为自己错过了糖宝的成长而自责，而糖宝的去世则成了压弯她生命的最后一根稻草。自我牺牲精神也是母性人格的特点之一，毫无怨言的牺牲精神也在花千骨身上得到了体现。这种精神几乎贯穿了整个小说：历练时怕连累众人单独行动、太白山与妖魔抗战拼死守护神器、师父中毒将毒全部吸入自己体中、因救师父盗神器入狱而无半句怨言，只一心求死以保全师父名节，一直到最后耗尽自己的妖神之力炼化神器，以自己的死换回了六界太平。这种自我牺牲精神、甘愿受难的意识与严歌苓笔下的扶桑精神相通。母性还表现为本性的善良与宽容。母亲总是温和善良、心胸宽广，充满着爱的。小说中花千骨成为妖神后具有毁天灭地的能力，但她却不杀人，她的本性始终是善良的、宽容的。尽管明知墨冰仙要杀自己，她不仅不在意，还帮他。尽管蓝羽灰是亲手将她推向万丈深渊的人，她也从不记仇，还帮她化解了和斗阑干的误会。她从不去恨，本心善良、包容，正如小说中说的“她爱这个世界，虽然世人谤她毁她骗她伤害她，她依旧是爱的，是真的从骨子里就想要去保护，去给予，如同糖宝，是她的孩子一般……”作为神的她，对大地与世界的守护就如同母亲对子女的守护，白子画说这就是她的本性。

《花千骨》对女性生存状态的呈现也值得一提。虽然小说的故事背景是虚构的，没有具体的政治历史背景的依托，但从作者建构的这个故事中却可以得知作者理想中女性的生存环境、生活经历、精神状态等生存状态。如前文所述，故事中女性的生存环境，不仅风景优美而且生动丰富。花千骨作为仙侠剧女主，其活动经历虽不免降妖除魔、打打杀杀，但简化来看，却是一个小女孩逐渐成长的故事。小说中以小石头、小鸟、太阳来隐喻她人生的3个阶段。在她生存的世界有自由的平台去实现自己的梦想，在实现梦想的路途中有轩辕朗、东方彧卿、杀阡陌、白子画等人的帮助和引导。在成长中，她坚守着理想、爱、勇敢和善良，当命运要带走她每一个重要的人时，她积极地去争取与抗争，呈现出一种乐观积极的精神状态。这即是作者建构的现代女性理想中的生存状态。简单但充满着爱与善良的积极因素，是挣脱掉男权社会的束缚与制约的生存状态。

个人主体性在《花千骨》中充分彰显。从明清现代文化因素萌芽到新文化运动，个人主体性的确立成为现代文学中的不容忽视的因素。个人主体性的彰显体现为自我呈现，即个人主体获得充分自由，表现为个体自觉化与个性化。在《花千骨》中，个人主体性的彰显主要围绕花千骨与白子画师徒恋这一核心展开。面对师徒恋，尽管二人对彼此都有感情，但他们对待这段感情的态度是完全相悖的。这正是因为他们二人中一个是自我呈现意识占主导地位，一个是社会角色意识占主导地位。如前文所说，花千骨的性格中渗透了许多现代性因素，它具有明显的个人主体性意识，所以她的行为都是被自己主观意愿支配的，因此她不逃避自己的感情，勇敢承认，即使知道这段感情没有结果也积极争取。但白子画不同，他是一个牢记社会使命、严格自律的人，小说中说他的世界里只有应不应该，没有喜不喜欢，他以保护六界、拯救苍生为己任，将自己牢牢禁锢在伦理道德和道教灭绝七情六欲的思想的双重枷锁之中，时刻扮演着长留上仙的角色。所以面对这段感情，他极力否认掩盖，为了否定这段感情，他不惜以剐肉削骨来毁灭自己喜欢花千骨的证据。随着花千骨的去世，他的真性情才最终得以彰显。“我没变，我只是怕了，心里只容得下她，再容不下那么多的是与非对与错了。”最后他终于冲破了禁锢自我心性的枷锁，挣脱掉了淹没自我的力量，完成了自我主体性的建构。整部小说即以花千骨个人主体性的呈现和白子画个人主体的构建而画下句号，也获得了与中国现代文学息息相通的现代性品格。

小说通过建构具有现代特色的背景、刻画具有现代性性格的人物形象，以及渗透于全书的现代意识使完全架空的仙侠小说也具有了一定的现实感。我们在领略其古典风味和奇幻境界时，也能体会到作者注入文中的对现代世界的认知、对女性生存状态的关注和对女性生活的理想世界的构想。

（黄辉　何志钧）

八、《繁花》盛败，再现逝去的上海

说起方言小说，我们会想起清代文学中的《海上花》，在当代文学中则无法绕过《繁花》。2011 年，《上海文学》编辑金宇澄在当时盛行以方言谈天说地的“弄堂网”上注册账号“独上阁楼”，连续发帖，用上海话记录一个螃蟹老板与沪生在露天菜市场的八卦，一发不可收，成就了日后大红大紫的《繁花》。金宇澄的《繁花》横空出世后，一时间斩获大奖无数。作者以一种蒙太奇式的手法，以一种碎片化的描摹来呈现一幅完整的、变动的上海市民生活图景。在中国当代文学中，以孙犁、刘绍棠、莫言、贾平凹等为代表的乡土文学长期以来繁荣昌盛，而城市写作在当代文学中一直处于弱势，鲜有重量级作品。在这座历经风雨飘摇的城市——上海，大都市生活体验、都市人生景观并不匮乏，因此我们看到了王安忆的《长恨歌》和金宇澄的《繁花》。

惊艳语调，沉稳笔触。《繁花》首先让人惊艳的是它的语言。自从清代的《海上花列传》之后，《繁花》是这么多年来唯一一部用吴方言写作的长篇小说。其特殊意义不言而喻。但《繁花》并不是完全的方言小说，作者在写作时用吴方言承担人物对话，用普通话来叙事。作者为了消除语言障碍，在写作中显然是将吴语改良了的，他保留的是诸如“事体”“小开”“潨浴”“小囡”等具有实际意义的词，这些词即使读者不明白本身意思和发音，也可以根据语境判断意义、用普通话来读音。

除了保留上海方言的词汇外，对话还保留了上海人说话的腔调。即使不懂上海语言的语调，在读完后也能感受到其语言韵味。例如："二楼娘子说，啊呀呀呀，有啥多讲呢，多管闲事多吃屁。小毛拎起煤球炉。楼上窗口探出二楼娘子银盆面孔，糯声说，小毛呀，唱得真好，唱得阿姨馋唾水也出来了，馋痨虫也出来了，全部是年夜饭的好小菜嘛，两冷盆，四热炒，一砂锅，一点心。赞。"这段话反映出活脱脱的上海日常生活场景，一段音意兼备的话语让读者读后即刻在脑海中浮现出鲜明的场景，仿佛说话人的腔调与声音就在耳畔响过，读者身临其境一般。

20世纪以来的白话文改革使得现代文学创作突破了文言句式的樊篱，大大推动了文学的发展。但与此同时，标准的普通话写作也束缚了方言的发挥，方言在文学中的活力受到了限制。无论是莫言的高密东北乡还是沈从文的湘西世界，这些洋溢着地方风情性的文学书写，我们可以感受到其中的情趣与风俗，却不能充分体会其韵致与风骨。当年胡适在《〈海上花列传〉序》中大谈的方言文学长于表现人的神情口气的可贵，在当代文学中失落久矣。因此，《繁花》的这种独特又惊艳的方言韵味的笔调，这种显现江南语态、气质、味道的书写在文学语言上的价值是极为难能可贵的。

除了鲜明的上海腔调外，《繁花》在语言艺术特色上还有一个鲜明特点，就是语言叙述的超稳定控制。说到这一点，我们必须强调的就是作者在《繁花》中标点符号的具体运用。由于生活中人的情绪的复杂多变，所以纵观所有的文学作品，各类标点的应用丰富齐全。同样是由对话组成的段落，贾平凹在他的作品中用的最多的是冒号，但《繁花》通篇只有逗号和句号。这样的做法可以有效地控制故事的跌宕起伏，使通篇的语言沉稳大气、平静如水。即便是在描写特殊年代中的磨难和惨烈的场景时，也没有任何的渲染夸张，依然克制和沉稳。作者就用这种淬尽浮躁、平静沉稳的笔调贯穿了数十年的变幻人生。

低态说书，引缩全局。作者以一个姿态极低的说书人的身份，平静地讲述了军人家庭出生的沪生、资本家家庭出生的阿宝和工人家庭出生的小毛3个童年伙伴的成长历程。全书以10岁的阿宝开始，以中年的小毛去世结束。起于20世纪60年代，终于90年代。

全书的开篇处有一篇引子。细读全篇后，我们不难发现，这个引子作为全书的开篇，不仅引出了全书中的核心人物，也暗示了人物的命运，是全书的浓缩。在引子中，沪生遇到陶陶，由此引出了芳妹、白萍等人物，又使沪生想到梅瑞、阿宝等。最后还硬是被陶陶拉住要讲一段上海滩男女偷情的故事。陶陶的讲述犹如中国传统的说书人，而全书确实是以一种说书人的语气来展开的。这是叙述方式的暗示。明明是讲述别人的故事但陶陶却讲得犹如身临其境，绘声绘色，而最后他也确实讽刺般地陷入了一场他曾经满腔激情地讲述过的偷情、出轨的风波中去。生活就像导演，让他以旁观者的视角看遍别人的故事，然后发现逃不出相同的结局。这又是对人物结局的暗示。

读罢全文再回头琢磨引子的精妙之处，还可以发现，他对全书其他人物结局的暗示与伏笔。全书的主人公是3个年龄相当的童年到中年的小伙。然而在引子中，却只出现了沪生与阿宝两个人，而同样作为主人公的小毛却只被提及一次，那就是前两位主人公强调的小毛好多年不见了。显然，小毛在引子中是缺席的。而整部作品是以小毛的去世而结束的，由此我们不难理解引子中隐藏的深意。不得不说，这是引子的暗示，也是全书的首尾呼应。

除了引子，还有一个引子中的引子，那就是全书扉页的一句话："上帝不响，像一切全由我定！"这句话在全书中共出现两次。第一次是与小毛结婚时，春香说的。第二次是小毛去世时说的。上帝不响，意味着上帝的缺席，任由各人选择各自的命运，也各自承担命运遭遇之苦。而最初这一句话也在此奠定了全书的悲凉与无奈的基调。

繁花败落，世相反观。《繁花》是一部什么类型的小说呢？尽管描写的是平凡人物，但它并不像老舍式的市井小说。尽管横跨几十年，但也非成长小说。读罢通篇，无论是单数章的成长意味还是双数章的灯红酒绿，尽是对社会现实的剖析和对人性的叩问。所以，从这方面看，《繁花》就是一部具有批判性色彩的社会世相小说。

小说的批判性反思主要从两个方面展开：一是对历史的批判反思；二是对现实的批判反思。而对于历史和现实的分界则可以从全书章节的划分中体现出来。全书共分31章，单数章是从20世纪60年代说起，一直到20世纪70年代末期。双数章从20世纪90年代说起，直到20世纪末期。耐人寻味的是，单数章部分都是用繁体字标注的章节，双数章部分则都是用简体字标注章节。而全书的两个部分在28章开始对接合流，此后皆是用简体字标注章节。由此，我们可以认为，单数章是对过去的历史的叙述，而双数章及28章以后的是对当今的叙述。

姝华是沪生、阿宝的同龄人。她爱阅读古书和外国书，这一爱好带给她独立的思想，却也埋下了祸患。姝华在那段特殊岁月中遭遇惨烈，知青下乡的时候被发派到了吉林，后来嫁给当地的男人，并成了3个孩子的母亲。等到沪生再见到她时，她的精神已经出现了严重的问题。精神恍惚，语言错乱，浑身散发着一股恶臭。通过重逢时的外貌描写我们不难想象出姝华这些年的遭遇。而蓓蒂这个纯真无邪、晶莹剔透的小姑娘，父母被拘捕后，与仆人阿婆相依为命。她从小弹钢琴，文中也多次谈及她的钢琴，这是她的灵魂寄托。然而在抄家时钢琴被抢走了，后来蓓蒂去找钢琴，再后来，从姝华的口中我们得知蓓蒂与阿婆变成了两条金鱼。我们不难想象蓓蒂与阿婆这一老一小的遭遇与结局。

对现实的批判反思体现于双数章的20世纪90年代后的叙事中。为什么作者要略过80年代而直接描写90年代呢？这可能是因为相较于80年代，物欲的喧嚣在90年代表现得比较充分。进入到双数章就会发现，出现得最多的场景就是一场接一场的、没完没了的饭局。这一部分出现了很多人，尤其是很多女性形象，如汪小姐、小琴、李李、玲子等。而这些人与男性之间周而复始地除了饭局，就是一场又一场的偷情。物的繁茂极大地丰富、满足、刺激了人的各种欲望，而饭局则是交流情感、眉目传情的温床。在这一部分出现的女性都身陷多种情感纠葛。首先是梅瑞。她本是沪生的女友，后来认识了阿宝这个老总，又倾心于他，但因阿宝无意于她而最终无果。然后与北四川路的男朋友成家，接着又与康总发生情感纠葛。最后竟然卷入了与自己姆妈和姆妈的再婚丈夫的三角恋情中。生意失败后一无所有，只能去前夫家照顾瘫痪前夫。这是一个欲望过于强烈、过于偏执的女性，最后在作者的笔下，她被全部剥夺，不得不说，这是作者对喧嚣的欲望、畸形的社会风气的强烈批判。作品中的李李、汪小姐、小琴等人也个个都是欲壑难填的红尘女子。李李心怀旧恨，最终遁入空门以求救赎，汪小姐外遇怀上怪胎，小琴在夺去人夫的当天报应般地坠楼身亡。而陶陶，也在小琴死后，通过日记得知自以为的深情挚爱不过是对方虚与委蛇的圈套罢了。作者笔下的所有这些女子都有着不幸的遭遇，繁花败落的悲凉结局昭示着作者对物欲横流的犀利批判和深刻反思。

同样具有讽刺意味的还有最后出现的芮福安与安娜。他们雄心万丈地想写一部发生在老上海的法国工厂主爱上中国纺织女工的剧本。这两位法国青年满脑子想象中的上海传奇，即使多方面都遭到沪生、阿宝的与现实严重不符的反驳，依然一本正经地辩说，创作需要虚构与想象。此处四人的对话让读者忍俊不禁。作者暗讽，当下的很多上海传奇故事都有着媚俗的套路和不切实际的想象，仿佛出自外国人之手一般。作者将此置于全书的结尾，既是对真实上海故事叙事作品回归的呼唤，也是对本书展示真实老上海社会图景的对比反衬。

小说《繁花》表现的是宏观大历史下小人物对随波逐流的命运无常的无奈。《繁花》用自己的腔调和风格，以日常叙事的方式来叙述大上海风云变幻中的琐碎又世俗的生活本相。而这也是作者金宇澄自己经历的、理解中的上海和上海精神。书中出现的每条道路、每个场所、每座建筑都倾注着作者对这座城市的情怀。《繁花》是一部上海的成长史，也是作者对逝去的上海的心灵献礼！

（魏晨　何志钧）

九、历史的别样解读

——简评《明朝那些事儿》

网络传播媒体的多元化、媒体传播技术的融合化智能化、网络平台的商业化开放化与网络创作的自由性使21世纪以来的网络小说创作与发表呈指数型增长态势，网文已然成为当代网络文娱产业中举足轻重的类型。而网文的影视改编更促使近几年的网络小说创作呈井喷之势。从早期的半架空历史剧《步步惊心》《芈月传》，到近年的《琅琊榜》《花千骨》，网络小说的影视改编使得网络小说的受众大大增加，改编网络小说甚至逐渐成为国内影视业的重要趋势。一度热播的《三生三世十里桃花》与《香蜜》的大火更是让玄幻言情在网络小说中脱颖而出，成为影视改编的热门文类。这些网络小说或以其机灵聪敏极具个性、反柔弱、反绿茶，甚至略带腹黑的人设赢得广大读者、看者的喜爱，或以其域外题材、丰富想象力、仙魔气场使人眼前一亮，而改编成电视剧后，虽人设与原著有落差，但对原著的基本还原使得这些电视剧在大大火了一把的同时也增长了小说的人气。

作为早期网文的《明朝那些事儿》（作者当年明月，本名石悦）即使未改编成电视剧（由于跨度容量内容的限定似乎也不太可能）也已经俘获了业内业外广大受众的心。2006年3月，当年明月在天涯社区开始连载创作其《明朝那些事儿》，引发好评如潮，后转战新浪博客，改作网站后月点击率均超过100万人次，2006年9月到2009年3月由中国友谊出版社和中国海关出版社分别出版了该作纸质版7部。其独特的语言风格与叙述视角使得原本捧着厚重的历史书逐字啃食的人们眼前一亮——原来历史可以这样精彩。捧着历史课本的中学生更是大呼将此作为历史课本定能考满分。

与《花千骨》《香蜜》等玄幻言情不同，《明朝那些事儿》着眼于严肃的历史题材，与《琅琊榜》《步步惊心》等历史架空、半架空小说相比，依托史实的它又多了历史的严谨与肃穆，但与《三国演义》这样的传统历史小说相比，它又多了几分网络小说的轻快调皮，通篇的网络用语更添网络时代的气息。在浩如烟海的网络小说中，《明朝那些事儿》别出机杼。

传统题材，别出新意。《明朝那些事儿》并不是第一部，也不是唯一一部以历史为题材的小说，中国传统历史小说前有《三国演义》，后有《东周列国志》，现如今在网络平台下产生的诸如《回到明朝当王爷》《琅琊榜》等历史架空、半架空小说更是不胜枚举，但与这些都不同的是，《明朝那些事儿》在题材上既追陈，又出新。

第一，它讲的是明代的历史，依傍于史实，作者研读了《明实录》《明通鉴》《明史》等正史资料和大量野史、人物传记等，以年代及人物为主线，在尊崇史料的前提下采用小说笔法和心理分析的方法，将从1344年到1644年明代300年间的历史活脱脱地展现在读者面前，用现代化的语言勾勒战场的金戈铁马腥风血雨、官场的尔虞我诈朝升夕替、政治经济制度的或强或衰、文臣武将的忠肝义胆或丑恶卑劣，由此摆脱了由文言写就的传统史书艰涩乏味的陈规，却又不似其他历史架空小说般天马行空，不顾史实而胡编乱造。虽是小说，但大部分经得住正史的推敲。无论是明朝十七帝、各色王公权贵都有史可稽。

第二，这不是正经的史书，而是以小说笔法写历史，从题材上可定义为小说而非史书。应当说，写明史的当代书目还是很多的，那些由研究明史的学者们写就的史书不乏优秀之作，如《万历十五年》《正说明朝十六帝》等。但这些都是以学者的笔法写的严肃的论说文，而作者却能守史实之中而出其外，以小说笔法写之，可以说，《明朝那些事儿》秉承了《三国演义》等传统小说的历史遗风，着笔更多的是官场政治、帝王心术、世态炎凉。

文风自然贴切，轻快幽默。《明朝那些事儿》有着网络语言幽默调皮、活泼生动的自然特点，同时也体现出作者的机智。可以看出，作者力避正统史书枯燥乏味的局限，要把历史讲得生动有趣。他不像史官那样板着面孔端起来讲庄严肃穆的历史大事、名垂千古的历代圣贤，而是用无厘头的现代语言调侃式地讲逸闻趣事，话各色人物，生动诙谐，让人不禁哑然失笑。小说第一卷写洪武年间历史介绍明太祖朱元璋时，作者是这样写的：

> 我们从一份档案开始，姓名：朱元璋；别名（外号）：朱重八、朱国瑞；性别：男；民族：汉；血型：？学历：无文凭，秀才举人进士统统的不是，后曾自学过；职业：皇帝；家庭出身：（至少三代）贫农；生卒：1328—1398；最喜欢的颜色：黄色（这个好像没得选）；社会关系：父亲，朱五四，农民；母亲，陈氏，农民（不好意思，史书中好像没有她的名字）。
>
> 座右铭：你的就是我的，我的还是我的。

完全现代式的语言，又略带点调侃，将历史中高高在上的皇帝还原到现代的普通人，让人见之便忍不住往下读。再比如，对人物的调侃也幽默十足，小说第二卷写到明代文官集团与宦官制度时分别有这样的介绍：

> 文官集团特点如下：饱读诗书，特别是理学，整日研习所谓圣贤之道。坚持宽于律己，严于待人的原则，以圣人的标准来要求别人。（一部分）擅长骂人，掐架，帮派斗争。
>
> 座右铭：打死不要紧，青史留名在。
>
> 太监是怎样炼成的

先要说明，这个话题与生理方面无关，也不探究那要人命的一刀，只谈谈这个特殊的群体，及其参与政治的真正原因。

太监这个名词大家都十分熟悉，而且大多数人还会在这个称呼前面加个死字，骂起人来十分提神，且通俗易懂。

这样的调侃，足见作者段子手的功力与史学者的犀利。当然，书中不单有幽默与调侃，还有充满真知灼见的论断与感慨："畏惧是一个人真正强大的开始，也是做一个英雄的起点。""成功的唯一标准，是以自己的方式度过一生。"

除了语言，《明朝那些事儿》吸引人眼球，也是与正统史书迥然有别的地方便是心理分析了，这尤其体现在各色人物的心理分析上。历史中的人物、行动、对话，史书不过记一大体事件而已，至于人物行动动机、心理活动，独室之中的二人对话，焉有第二第三人知晓？因采用小说笔法，作者可以不受这些限制，穿行于历史之中，又跳出历史之外，从历史之中寻找蛛丝马迹，由此推演出人物的心理斗争与思想活动。

如写于谦在北京保卫战中的活动：

于谦，你真的毫无畏惧吗？

不，我畏惧过，我并不是武将，我没有指挥过战争，没有打过仗，没有亲手杀过人，在过去二十余年中，我的工作只是在文案前处理公务和政事。

那你为什么要站出来挽救危局，指挥战争？

在我看来，这是我应尽的责任。

你真的准备好了吗，走上战场，去指挥你从未经历过的战争？

是的，我已经准备好了，少年时，我曾立志做一个像文天祥那样的人，无论寒暑，我在孤灯下苦读不辍，踏入仕途，我曾青云直上，也曾郁不得志，曾经登堂入室，也曾身陷牢狱，经历了数十年的磨砺和考验，我终于走到了这一步。

我已无所畏惧。

作品以心理分析的方法把于谦当时可能有的心理展现出来，使得人物更丰满、形象。

另外，在讲到明朝的政治经济制度等复杂难懂的干货时，作者还采用趣味课堂式的方法深入浅出地为受众科普。在解释明代的科举制度与分权制衡理论时即采用了此方法。而分析战争的胜败及制胜关键时也用了生动有趣的方法，让人轻松一笑的同时了解战争背后的玄机。

饱满鲜活的人物形象。《明朝那些事儿》让受众分明感觉到历史就是一堆堆阴差阳错的故事和一个个鲜活的人物，而不是僵死的发黄的故纸堆。作品中的人物，从皇帝贵胄到忠臣奸相，从文臣武将到宫女太监，都是历史上实有的人物，作者以现代的、老百姓喜闻乐见的讲故事的方式，从另一角度去展现他们，他消解了皇权的威严，蜕去历史的神秘，脱下包在文臣武将身上“忠臣”“奸恪”的外衣，以柴草堆旁侃大山的方式为我们重新解读这些历史人物。我们看到的是一个坚毅、冷酷，有着优秀的军事才能与独到眼光，凡事“要么不做，要么做绝”的朱元璋；我们看到的是一个在兵戈铁马之中成长起来，在战场上恣意纵横的朱棣，他是不逊于李善长的谋士，不输于徐达、常遇春的将才，不差于朱元璋的帝王。冷静亦冷漠，高情商高智谋，心智与谋略都是朱元璋一级的。北鱼儿海之战他不费一兵一卒收降乃儿不花，靖难之战他多次陷于死地九死一生，登帝位后，他修史书（《永乐大典》），迁京都，资助郑和下西洋，创成永乐盛世，他“或许不是一个好人，却是一个好皇帝”。除了帝王，那些历史中的忠臣奇人在作者笔下也重新焕发了各自的光彩。王阳明不再是历史书上只会格物致知的道学先生，而是“为生民立命，为天地立心，为往世继绝学，为万世开太平”的奇才和狠角色。作者也不仅把笔墨局限于这些忠臣名将，还有历史关键时刻表现出无上气节的小人物，如铮铮铁骨尽义务守诺言忠义如山宁死不屈的黄观，为朝廷奋斗到最后一刻的黄子澄、齐泰，听说京城沦陷后投湖而死的樵夫……一个个气节如松，作者给他们留下了足够的空间，树立了一个个君子形象。

在作者笔下，这些人成了有血有肉的普通人，他的“重讲”历史让我们知道，皇帝并非如想象中的那么高贵独尊，他也有自己的无奈，一旦坐上了这个位置，他所承受的是众叛亲离，他既受所有人朝拜，又要与所有人为敌，包括他的父亲儿子兄弟妻子。朝堂上的他，并非随心所欲唯我独尊，他要受群臣的制衡，他更要有出色的政务处理能力，不能近奸佞，不能好女色，否则就要受言官的弹劾。

新鲜活泼的主观化褒贬评价。《明朝那些事儿》全景式地展示了明朝近300年间上至王公贵族，下到黎民百姓的人生遭际、悲欢离合，当然绕不开当时的政治制度、经济状况、社会局势、人伦道德，需要对此进行品评分析。虽说作者对人事物态的评价大部分是参考史书中的评价来的，但通读全书，我们还是可以看到作者明显的崇明倾向，并且在评价人物时，可以看出作者的褒贬，并且这些褒贬是有作者的主观情感在里面的。如对朱元璋的评价：“朱元璋的那个时代有着无数的厉害角色，陈友谅、张士诚、王保保个个都不是省油的灯。朱元璋用他惊人的军事天赋战胜了这些敌人，可以说，在那个时代，最优秀统帅的称号非朱元璋莫属。他几乎是赤手空拳，单枪匹马凭借着自己的勇气和决心建立了庞大的帝国。六百多年过去了，但笼罩在朱元璋身上的争论似乎并没有停止的迹象。他有过不朽的功勋，也有过严重的过失，这些争论可能再过六百年也不会停止。”当年明月把自己的日常生活感悟和对历史人物的品评注入了小说，这也拉近了与受众的心理距离，使遥远的历史旧闻与当下的人生渗透为一，能带给受众诸多启迪。我们可以看到作者对祸国殃民的奸恶小人的耻笑谩骂（如王振），可以看到对高洁之士的敬仰推崇（如于谦），不知不觉，我们也会被作者的情绪所感染，或喜或怒，或悲或叹。

其实《明朝那些事儿》并不算严格意义上的网络小说，至少他与今天商业化盈利化一度迎合读者口味的网络小说是不同的，虽有调侃，但最终还是秉承历史，见机发挥的。但它又不可作为正统的历史科普书来读，它有小说的笔法，人物事件有失严谨性。同时，因有作者的主观意绪在内，无疑给不了解这段历史的人增添了迷雾，而书中的有些地方是有待考证核实的。不过，作为引发兴趣的历史入门读物，这本书还是蛮有魅力的。据报道，截至 2014 年，这套书累计销量过了 1000 万册，为作者石悦收获了版税 4000 多万元。其市场感召力可见一斑。

（李青　何志钧）

余论　数字化审美研究回顾与21世纪数字美学发展前瞻

审美实践和美学理论建构总是与它所植根的时代生活息息相关。每一个时代的新的审美实践总是会为这个时代的美学理论建构提供新鲜血液，带来新的启迪，激发新的灵感。从20世纪90年代开始，伴随着数字媒体技术、数字化生活在世界各国的蓬勃发展，数字化审美日益引人注目。数字化审美的中国实践、中国经验尤其值得称道。1994年4月20日，也就是中国大陆接通国际互联网的那一刻，可谓是中国大陆数字化生活、数字化实践的起点，这为中国数字化审美实践的异军突起奠定了基础。近30年的时间里，中国网民在上网人数、拥有电脑、手机等网络终端设备数量、上网时长、网际交往的深入全面、电商的蓬勃发展、共享经济的高度繁荣、数字文娱审美实践的全面绽放上都一骑绝尘。万物互联、移动支付、网文出海、虚拟现实与沉浸体验使得中国网民全面步入数字化生存境界，走出了一条有着鲜明中国特色的数字化产业、数字化生活、数字化审美之路。

随着数字化审美促使社会各界人士对之进行思考、探索、论析，一种与基于传统的“再现说”“表现说”的“真实美学”、模拟技术和艺术的“模拟美学”大为不同的“数字美学”也异军突起。数字化审美研究与数字美学发展从异域到本土的理论旅行、中国数字化审美实践的骄人成就、独特经验和本土理论探索均值得我们进行理论总结、分析透视，以资立足中国数字化审美实践，细致、深入分析中国数字化审美实践的独特经验，从中国本土的大量审美案例中提炼出美学范畴、美学观点，培植新的美学生长点，探索数字化审美与数字美学发展的中国道路。

（一）数字化审美研究和数字美学建构的域外成果

20世纪后期，数字化审美研究和数字美学建构在国外从少到多，由自发到自觉，渐成星火燎原之势，日益引人注目。国外学者结合自己的专业思考、行业实践经验、创新探索从多层面、多角度对数字化审美进行审视，进而尝试数字美学理论建构。他们对光谱实验室、算法与推理、艺术设计、建筑艺术、休闲娱乐经济、互动叙事、网络游戏、数字马赛克、数字电影、后人类世、人工智能等涉及的交互美学、数字美学进行了分析。对美学的重构、数字美学、后数字美学、生物－数字美学的建构进行了不少论述。

这使数字化审美和数字美学逐渐成了一个比较明确清晰的研究领域，为围绕数字化审美的跨学科、交叉学科研究以网络状、发散式的态势拓展提供了契机。也逐渐汇聚了一批具有基本共识、广泛学科、行业背景研究者。

国外数字美学研究专家队伍初具规模，其中不乏在西方学界已很有影响力的知名学者如肖恩·库比特、马克·波斯特、史蒂芬·霍尔兹曼、梅瑞狄斯·霍伊、安妮·霍伊、大卫·M.柏瑞、迈克尔·迪特、维托·坎贝奈利、莫妮卡·塔瓦雷斯等学者。国外数字美学研究开花结果，收获了一批学术论著。其中比较有代表性的有史蒂芬·霍尔兹曼（Steven Holtzman）《数字化拼贴艺术：赛博空间的美学》（Digital Mosaics：The Esthetics of Cyberspace）（1997年出版，尚无中译本）、肖恩·库比特的《数字美学》（中译本2007年由商务印书馆出版）、约翰那·德鲁克的《光谱实验室：推理计算中的数字美学和项目》（尚无中译本）、约兰达·维多利亚·芳多拉的《走向数字美学》（尚无中译本）、约翰那·朱科的《数字美学：艺术运动还是矛盾修辞？》（尚无中译本）、西蒙和舒斯特的《数字马赛克：网络空间的美学》（尚无中译本）、大卫·M. 柏瑞等的《后数字美学》（尚无中译本）、卡佳·卡瓦斯特克的《数字艺术中的交互美学》（尚无中译本）等。书名不含“数字美学”，但是所涉主题关乎数字化审美，对数字化审美有所涉及的学术论著则要多得多。尼葛洛庞帝的《数字化生存》（1996 年，中译本 1997 年由海南出版社出版）、沃尔夫冈·韦尔施的《重构美学》（中译本 2002 年由上海译文出版社出版）、马克·波斯特的《第二媒介时代》（中译本 2000 年由南京大学出版社出版）、《信息方式——后结构主义与社会语境》（中译本 2000 年由商务印书馆出版）、《互联网怎么了？》（中译本 2010 年由河南大学出版社出版）、莱恩·考斯基马的《数字文学：从文本到超文本及其超越》（中译本 2011 年由广西师范大学出版社出版）、罗伊·阿斯科特的《未来就是现在：艺术，技术和意识》（中译本 2012 年由金城出版社出版）、唐娜·哈拉维的《类人猿、赛博格和女人——自然的重塑》（中译本 2012 年由河南大学出版社出版）、凯瑟琳·海勒的《我们何以成为后人类：文学、信息科学和控制论中的虚拟身体》（中译本 2017 年由北京大学出版社出版）、W.J.T. 米歇尔的《图像何求？——形象的生命与爱》（中译本 2018 年由北京大学出版社出版）、《生控复制时代的艺术作品》（尚无中译本）等在论述数字化生存、日常生活审美化与美学转型、数字文学、人工智能与虚拟现实等问题时均不乏对数字化审美的散银碎玉式的感思，值得披沙拣金、提炼整理。

在各类期刊论文中，涉及或专论数字化审美、数字美学的也缤纷陆离。如法兹（M. Beatrice Fazi）的《数字美学：离散与连续》、帕斯奎若（Claudia Pasquero）和珀兰涛（Marco Poletto）的《作为生态智慧的美：作为后人类世建筑价值体系的生物 - 数字美学》、斯科特（Contreras Koterbay Scott）的《数字美学的目的论性质——人工智能先行的新美学》、Kate Mondloch 的《从点到像素：数字美学的谱系》、Fetveit、Stald 的《表演数字美学：互动叙事形成理论的框架》、Jensen 的《混合媒介：从数字美学走向一般传播理论》、Meredith

Anne Hoy 的《从点到像素：数字美学的谱系学》等。

（二）中国学界二十多年来对数字化审美的研究、探索

20世纪末到21世纪初期，数字媒体技术、数字化生活首先在海内外华人中产生影响。旅居北美的图雅、少君、阿待、路离等华人利用早期的万维网、因特网发帖，传达信息，抒写人生感喟，借助网络邮件、网络论坛进行在线交往，逐渐延及中国，为中国数字化审美实践的兴起和数字美学的出现提供了孵化温床。1994年4月20日，中国大陆接通国际互联网的那一刻，可谓是中国大陆数字化生活、数字化实践的起点，也为中国数字化审美实践的异军突起奠定了基础。随着1994年中国阔步迈入信息化时代，信息技术、信息文化、数字文娱、数字化与网络化对审美的影响也逐渐引起人们的关注。从那时起，国内文艺界、美学界的学者逐渐开始关注网络上出现的各种文艺文本、新的数字化文艺审美现象、数字化文艺审美的原理问题，提出了不少新知新见。

1997年10月，《中国计算机用户》1997年第30期刊发了三月撰写的《艺术的碎片，数字化美学》一文，该文对曾在麻省理工学院的媒体实验室工作，当时是Perspecta公司的主要负责人的史蒂芬·霍尔兹曼（Steven Holtzman）1997年在Simon & Schuster出版的国外数字美学研究著作《数字化拼贴艺术：赛博空间的美学》（Digital Mosaics: The Esthetics of Cyberspace）进行了评介。霍尔兹曼在该书中列举了各种各样的赛博艺术，还尝试讨论其美学原理。他声称：对Web、数字化艺术、音乐和交互式多媒体等赛博现象，人们已经有可能对其进行美学的描述和研究。他认为这种美学必将出现，虽然当时还处于原始阶段。虽然此文影响有限，并未引起高度重视，但它是目前可见的最早评介国外数字美学研究成果，明确阐述“数字化美学”的文章。随之，来自异域的研究成果陆续译介为中文，域外

著述和本土的数字化审美实践一起促进了国内的数字化审美研究。

2001年余纪连续在《文艺研究》和《北京电影学院学报》发表《数字化生存中的电影美学》《数字化电影的宠儿——灾难片的美学及相关问题》等论文，是目前可见较早对此进行思考、分析的代表性论文。他意识到数字化时代的降临使电影的美学特质发生了变化，虚拟成像技术对电影美学提出了挑战，已开始思考数字化时代电影美学本体论如何重建的问题。[①]2002年前后，黄鸣奋也指出当代西方美学理论发生了巨大变化，出现了生态学转向、传播学转向和机械人转向[②]，他对欧美的电子超文本、数码艺术新探索予以高度关注，他的“超文本诗学”在国内领新媒介文艺学风气之先。在此后，黄鸣奋在其《超文本美学巡礼》《屏幕美学：从过去到未来》《碎片美学在“超现代”的呈现》《嵌入美学与数码艺术》等论文中对“超文本美学”“屏幕美学”“嵌入美学”等也进行了持续的研究。2004年是中国数字化审美探索历程中值得重视的时间点，这一年涌现出了聂庆璞的《数字化艺术对传统美学观念的挑战》、梁国伟和李松林的《影视声音技术数字化的美学意义》、袁涛的《数字化与设计美学——谈设计美学的量化教育》等多篇论述数字化审美相关问题的论文，它们开始从美学观念、设计美学、声音传播的美学意义等多种角度切入，进行多维度的思考、探索。欧阳友权在长期从事网络文学研究的过程中，也对文艺学美学转型问题投以关注的目光，从2005年到2018年，他对“数字化的哲学局限与美学悖论”“数字化语境下的文艺学”“网络文艺学”多有思考和论述。金惠敏从趋零距离、图像增殖、球域化等多种维度分析文学危机，为“第二媒介时代”的文艺学美学研究把脉。何志钧在《新媒介文化语境与文艺、审美研究的革新》《媒介文化生态的剧变与文艺美学的重构》《数字媒介转型与新世纪的文艺与审美》《数字化潮流与文艺美学的范式变更》等论文

① 余纪：《数字化生存中的电影美学》，《文艺研究》2001年第1期。

② 黄鸣奋：《超文本诗学》，厦门：厦门大学出版社2002年版，第449页。

中主张从传统文艺学着重于作家心性、纸质文本、文艺与外部世界和心灵世界关系的语言学思维模式转换到统括世界、心灵、影音媒介、现实、虚拟的数字媒介学文论研究模式，变更文艺美学的研究范式。祁林对界面思维进行了深究，对数字艺术与屏幕艺术的范式差异有着清醒认识。鲍远福对新媒体时代的图像表意问题进行了系统研究，对语图叙事的互动与缝合、叙事图像与图像叙事的联系与差异、各种新媒体图像表意的意指断裂与表征错位等作了潜细入深的学理化阐述。相关研究在最近20年里不一而足。

但国内多数学者习惯从诗学、叙事学、艺术学、媒介学、文艺批评等角度研究我国新的文艺形态和审美实践，数字美学研究相对滞后，起步较晚，不够自觉。2006年后，国内学者对数字美学的研究才逐渐增多，趋于自觉。出现了曹增节的《网络美学》（中国美术学院出版社，2005年版）、马立新的《数字艺术与数字美学》（中央文献出版社，2006年版）、张江南、王惠的《网络时代的美学》（上海三联书店，2006年版）、贾秀清、栗文清等的《重构美学：数字媒体艺术本性》（中国广播电视出版社，2006年版）、李小丽的《大片中的数字美学》（《当代电影》2008年3期）、何志钧的《网络传播正在改变审美范式》（《人民日报》2010年03月19日14版）、颜纯钧的《从数字技术到数字美学？》（《电影艺术》2011年4期）、孙恒存等的《文艺研究的数字审美之维》（四川大学出版社，2013年版）、孙恒存的《论数字审美的符号原理与美学原则》（《中国美学研究》2015年2期）、胡新桥的《智能化城市的数字美学》（《包装工程》2015年第6期）、陈海的《论当代美学的技术挑战及出路》（《中国文艺评论》2017年12期）、何志钧与孙恒存的《数字化潮流与文艺美学的范式变更》（《中州学刊》2018年2期）、《打造数字美学研究的中国学派》（《中国社会科学报》2018年12月3日）等不少相关著述。

除了中国大陆，在港台地区也涌现出了叶谨睿的《数位美学——电脑时代的艺术创作及文化潮流剖析》《数位艺术概论：电脑时代之美学、创作及艺术环境》等著述。作为数位艺术家的叶谨睿习画出身，通晓传统与科技媒材，20 世纪 90 年代起旅居美国，期间专注于互动媒体作品创作，创作有 1999 年探讨数位时代自我认知的《矫揉年代》油画系列、2004 年发表于纽约皇后美术馆的《液态蒙德里安》系列、2006 年收录于意大利 MAXXI 美术馆 Net Archives 的网络互动系列作品《Equal》、2009 年发表于柏林 Transmediale 新媒体艺术节的《视软 1.0：神话三部曲》、2012 年发表于台北当代美术馆个展的《全面否决》系列以及典藏于意大利国家美术馆网络艺术档案的《等于》系列、《我曾在此》系列、互动装置作品《十全十美》等众多美术作品。这些互动数字艺术作品意在检视数字科技对人的认知的影响，反思现代人的数字化生存状态。从 1999 年起，他也频频发表与数字艺术有关的论文，在 2003 年出版了台湾地区第一本介绍数字化艺术的著作《艺术语言 @ 数位时代》（2003，典藏出版社）。随后于 2005—2010 年又出版了《数位艺术概论：电脑时代之美学、创作及艺术环境》《数位美学——电脑时代的艺术创作及文化潮流剖析》《互动设计概论：后数位时代的网站、介面、产品以及软体设计的原则》等著述，代表了台湾地区数字化艺术实践和研究的水准。①

但国内的数字美学研究还处于起步阶段，还比较粗糙，不够系统。许多研究著述仅仅是提出了数字美学研究的初步设想，或者仅仅涉及数字审美的个别问题，仅仅关注了数字化文艺实践凸显的一些审美现象。曹增节所著的《网络美学》是出现较早的一部著作，该书对网络美学的发生于演化、网络美学特征与意义、网络审美结构与功能、网络审美要素与边界、网络艺术作品与创作、网络艺术观赏与展示依次进行了论述，对网络审美的跨地域审美感知、跨时间审美活动、互动式审美创作、匿名式审美过程、虚拟性审美事件也依次有所论述。但谈到网络美学特征时谈的却是网络艺术的特征：超文本链接、多媒体呈示、开放式结构、非线性叙事、多指向

① 参看《叶谨睿》http：//www.cjyeh.com/。

解读、交互式作品建构、数码化环境。张江南所著的《网络时代的美学》仅仅第四章“新审美结构的现实基础：网络”涉及网络的哲学美学阐释、网络艺术。贾秀清、栗文清等编著的《重构美学：数字媒体艺术本性》重点在数字媒体艺术美学构建，对传媒语境的当代构成、当代重构、现实结构、数字媒体艺术本性、数字媒体艺术美学价值实现、数字媒体艺术美学的核心问题、理念的重构、形式的重构、传播的重构依次论述，构筑了一个庞大的体系，但对相关问题的论述都比较粗略。

（三）数字化审美与数字美学发展的中国路径

肖恩·库比特在《数字美学》中文版序言中曾指出其“《数字美学》中的问题是放在欧洲传统中进行考察的”[①]。媒介美学、计算美学、人工智能美学、数字美学的异军突起首先出现在欧美。而基于中国数字化审美的骄人业绩、中国数字化审美实践的独特状况和景观，立足中国数字化审美经验讲好中国数字化审美实践的故事，促进中国数字化审美经验的分享和全球传播，彰显数字文艺审美实践的中国智慧、中国精神，探索数字化审美与数字美学发展的中国路径，打造数字化审美的中国文化品牌，提炼数字化审美良性发展的中国方案，打造数字美学研究的“中国学派”[②]在今天也就显得格外重要。

中国数字美学研究和探索需要立足中国数字化审美实践，细致、深入分析中国数字化审美实践的独特经验，从中国本土的大量审美案例中提炼

---

① ［新西兰］肖恩·库比特：《数字美学》，赵文书、王玉括译，北京：商务印书馆2007年版，中文版序言第2页。

② 何志钧、孙恒存：《打造数字美学研究的中国学派》，《中国社会科学报》2018年12月3日。

出美学范畴、美学观点，培植新的美学生长点。焕发民族文化自信，自觉担当，有所作为。

中国数字美学建基于当代数字技术实践和数字审美实践，以数字媒体、数字文娱为依托，它昭显了数字化生活的高级需求。因此，今天的数字美学研究必须关注数字审美相比于传统审美的巨大变化。如果说中国古典诗学和美学更推崇意境美，那么在数字化审美实践中灵境美则不容忽视。意境范畴作为东方抒情文艺传统的产物一直是中国古典美学的核心范畴。但在数字化文娱、虚拟审美兴盛一时的今天，仅仅从意境美的角度言说当前的数字审美显然会捉襟见肘。在虚拟现实和数字文娱中我们遭遇的不再仅仅是传统文学、美术、电影等中基于二维平面存在方式、特定上下文语境和心灵作用在头脑中勾画出的“意境”，而是一种可以身在其中、沉浸操控、与行为同步一体、几可乱真的多维灵境。

如果说中国古典诗学和美学更关注审美意象的创造，那么在数字化审美实践中我们更多遭遇的则是审美拟象。审美拟像与传统的审美意象也有很大不同，数字化的拟象看似富有视听冲击力，感性具体，栩栩如生，但它是没参照物的无根的浮萍，只是空洞的能指，与具有深度意义，指向传统的形而上意义世界的意象大为不同。数字化拟象的感性只是数码形式的虚张声势的空洞的形式化，是非肉身的，感性形式与感性内容是割裂的。感性形象的冗余、夸饰一方面造成了形象的过度繁荣，另一方面则使意义枯萎，欲望抽空，使真实与虚假、表象与内蕴的对立失去意义。

以往真实美学占据要津，而今虚拟美学引人瞩目。数字生成技术（Computer Graphic）可以无中生有，仅仅借助数码技术去创生现实中和日常经验中不存在的“超真实”，这种鲍德里亚所谓的“拟像社会”带来的不是错觉，也不是“真实感”，而是一种无法用传统的理论涵括、阐释的新的审美实践和审美体验。这势必促使人们重新去思考什么是“真实”，去反思传统的再现理论、表现理论对真实性、真实感的追求是否有效。比特文化重构了“真”，但这种真与原生的、物质形态的“真”显然不同，它是一种数码建构的“仿真”，高清、逼真，但丧失了物性，只是一种数码性的次生存在，是一种与现实毫无关联的拟像。这势必也会使审美经验与审美感知被扭曲。如果说机械复制技术曾在历史上使真本与摹本的界限趋于消弭，那么虚拟现实、“超真实”的拟像、奇幻叙事、沉浸体验则使现实与虚构的界限趋于消弭，使文艺领域中真实与虚假的对立面临失效，也势必使传统的再现性美学、真实美学遭遇数字美学、虚拟美学的挑战。

在古典审美活动中，联觉通感已属司空见惯，而在现在的数字化审美中，除了联觉通感，还需要重视行为跨界。数字化时代是视觉、听觉、触觉、嗅觉等各种感官合力并进的全觉文化时代。如同米歇尔用视觉性替换文学性，我们也应清醒意识到应该用触听嗅觉补充视觉，同时关注光电的、音响的、气味的、质量的、冷热的刺激与反应，统筹兼顾生理的、心理的、语言的、行为的等多方面的因素，立足全觉审美诠释数字化时代的文艺和审美。

传统的作家艺术家的审美创造常常表现为个体创造，而在数字化生存中，互娱审美更为活跃。在赛博空间，作者主体趋于虚拟化、分裂化、数据化、多重化，这不仅是指存在方式的多重化，还指作者的复数化、集体化及对群体合作的依赖，如网络小说接龙、微信朋友圈续诗狂欢等。朋友圈互娱审美已经成为大众审美生活、文化生活中不容忽视的景观。

传统的文艺传播方式也是复合传播，而绝非单一的传播，但在数字化时代，文艺传播往往呈现为“星丛传播”“全境传播”“全息传播”。数字化传播整合了单向、双向、多向传播与线性传播、非线性传播，形成了一种网络状的星丛传播而非复合传播（并非多种传播方式的简单叠加），数字化时代文艺、审美信息的传播必然呈现为全媒体、融媒体、智媒体传播。数字化传播的优势恰恰在于它是一种跨越鸿沟、联通门类、融通整合、立体多维的数字化“星丛传播”“全境传播”“全息传播”。

在传统的文艺、审美活动中，情境、语境举足轻重，而在数字化审美实践中，灵境随处可见。数字化技术直接改写了传统文学、美术、电影等基于二维平面的存在方式，与传统文艺和审美实践中的情境（aesthetic situation，借助想象、引申等心灵作用得以生成）、语境（context，借助对文字的解读和上下文意义关联的整合得以生成）不同，虚拟现实和虚拟审美创生的是一种灵境（virtual reality），它不再以二维平面的形式存在，而是一种玩家可以直接进入的多维场景。

在今日盛行的种种网络文娱、数字化审美实践中，图声文并茂，语言、图饰、音乐、影像、动画交汇，图像与拟像、现实与虚拟混融，审美主体需要同时调动视听嗅触思等多种感官和心智力量。传统的文体区隔、类别井然的理论言说已难以有效因应跨领域、跨媒体、跨门类、跨感官联动的审美潮流，美学研究范式、理念亟待变更。数字美学需要汲取哲学、美学、语言学、艺术学、传播学等多学科资源，拓展出新的审美路径和研究方法。数字美学天然具有跨学科、多学科特性，是科技哲学、信息传播学、技术美学与文艺美学的融汇，需要汲取哲学、美学、语言学、艺术学、传播学、计算机科学技术、信息科学、心理学、社会学等多学科资源，需要自然科学研究、社会科学研究、人文学科研究并肩协作，由此，美学研究的视野、路径、方法亟待拓展。既往的文艺学、美学研究的理念、图式、期待视野、概念术语、研究方法、言说路径需要“升级换代”，似乎只有这样，才能有的放矢、游刃有余地应对文艺、审美实践中出现的新现象、新动态、新问题，而不至于瞠乎其后，丧失言说现实文艺问题和审美问题的能力。

中国的数字美学研究需要理论和实践、原理研究与现象研究、宏观研究与个案研究、定性研究与定量研究齐头并进，相互支撑，相互激发。国内学者既需要围绕数字美学的核心范畴进行多维探究，深入勘查数字美学的理论资源，又需要将数字美学理论观点在国内诸多新的文艺审美形态和新的文化业态中进行实践操作和具体的分析应用。就数字美学的核心范畴而言，仅仅标举审美性而忽视“数字性”显然是行不通的。值得注意的是数字化审美和数字文娱产业兼具文、艺、科、娱、产的属性，是文、艺、科、娱、产的统一体。仅仅强调某一点，忽视其余，难免挂一漏万。与新型的数字化审美、数字文娱相适应的新型数字文艺美学需要以数字媒介为中心重新审查和审视文艺、审美实践，以开启文艺美学研究的新征程。

新世纪的中国数字美学研究需要大处落墨，细处着眼。一方面要着眼于理论体系、研究理路的宏观建构和审视，另一方面要致力于微观、具体问题，从多种角度进行深入细致研究，对一系列要素、范畴、节点进行扎实细致的研究，以大量扎实有力的案例研究、个案研究补充和深化、细化数字美学研究。如在数字审美知觉研究方面，罗伊·阿斯科特对赛博知觉、界面知觉正在取代个体感知的论述、迈克尔·海姆对界面作为技术系统所显示的有别于传统的屏幕艺术的意义表征机制的新的文化意味的论述都能带给我们多方面的启示，引导我们关注数字审美感知的新特点、新机制。智慧传播、生控传播的出现和生物技术、信息技术与文艺审美的交汇也势必使艺术和审美的信息传播、创作接受、存在形态呈现出全新的特点。钢铁侠、终结者、蝙蝠侠等艺术形象日益为我们所熟悉。人机一体成了数字艺术和审美实践的题中应有之义，人机一体、人机交互使审美主体今非昔比。

中国数字美学的发展有赖于自觉的理论建构意识，需要对数字美学进行系统、全面、深入、细致的研究、阐述。但目前国内有关数字美学的著述还不同程度地存在着概念秀的不足。多数研究著述是从具体的数字艺术与数字设计着手，多侧重分析数字电影、智能化城市设计、别墅空间设计、好莱坞大片、媒体艺术、故宫国宝的数字呈现等数字艺术与数字化设计作品。这些研究著述虽然使用了“数字美学”概念，能比较自觉地从数字美学角度切入，但是多止步于概念套用，多用力于具体现象的分析，并未对数字审美的根因和理路进行深挖细究，未能深入、多维地阐述数字美学的原理，阐析数字美学研究的路线图，也并未意识到数字美学在当下美学、艺术学研究中的枢纽作用，对其未来走向缺乏前瞻预判。出现这一状况的原因主要是国内研究者缺乏自觉的理论建构意识，理论穿透力不足，多擅长于、热衷于就事论事。没有充分认识到数字美学的研究潜力和学科凝聚力，更没意识到数字美学研究对当下和未来精神文化发展的重要意义。因此，对数字美学的论述往往比较浅表化，仅仅吉光片羽、蜻蜓点水般地略加说明，便转向了对具体艺术文化现象的扫描。相比于网络文娱、数字审美的火爆，数字美学研究显得滞后、粗疏。中国数字审美的“热实践”与“冷理论”间的悖论显示了加强数字美学研究的紧迫性。

中国数字美学的发展的最终目标是探索出一条适合国内数字审美实践的数字美学之路，为全球数字美学研究提供中国方案。我们应当把数字美学的本土思想资源和海外研究成果有机融汇，基于中国数字审美的独特实践和引人瞩目的原创成果，通过理论总结，形成一套独特的思想方法和理论体系，打造数字美学研究的“中国学派”。虽然中国数字美学研究在当下还未能给出一个既具有本土经验又兼具世界意识、世界水准的理论体系，也没有形成关于数字美学的中国学派。但中国数字审美实践的蓬勃发展、与世界上其他国家相比骄人的数字文娱实绩、中国独特的国情和文化传统、审美情趣都为中国数字美学研究奠定了得天独厚的条件，客观上标定了中国数字美学研究发展的独特路径和趋向，一旦形成自觉意识，数字美学研究的中国声音注定会坚定而有力、独特而有力。

当然，数字化审美和数字美学既有区域差异、国别差异，也有共同之处，因此，数字化审美与数字美学研究也需要注意人为设定的中西二元对立框架，需要打破非此即彼的极化思维，以“无问西东”的客观理性精神透视全球数字化审美实践，揭示其中呈现的共同问题。中国的数字美学研究当然要建基于中国本土的数字技术实践和数字审美实践，探索数字文明、数字化审美、数字美学发展的中国道路。同时也需要汲取异域理论的精华，在文明互鉴的过程中实现整合创新。以“他山之石，可以攻玉”的文明互鉴意识、眼光借鉴域外理论家散金碎玉式的感言、设想、探索，从中国古往今来的审美研究中汲取养分，进行整合创新。

（何志钧）

后　记

本书历时数载，几易其稿，现在终于完稿了。在书稿撰写、整理的过程中，数字化文娱的新实践、新进展、新的研究成果次第渗入行文，我和学界同仁的合作探究心路、碰撞交流中时时闪现的新见新知也不断被接纳进来。这使本书的写作也在某种意义上具有了“实时动态交互”的意味，恰与数字化文娱审美的气质相应相谐。

本书是我们课题组成员在完成国家社科基金一般项目“数字美学理论话语建构研究”（批准号：19BZW027）和我们新近立项的江西省高校人文社会科学研究项目“网络文艺的江西气象”（立项编号：ZGW21106）的过程中研究心得的具现。本书“物化”了我们课题组成员和学界同仁在完成上述课题研究过程中对数字化文娱审美、数字美学的种种思考、感悟，也见证了我们的友谊和合作。

在本书将作为国家社科基金一般项目“数字美学理论话语建构研究”（批准号：19BZW027）的中期成果、江西省高校人文社会科学研究项目“网络文艺的江西气象”（立项编号：ZGW21106）的成果推出之际，蓦然回首，不禁感慨万千。从2001年开始涉足数字化文艺、审美研究至今，转眼20年已逝，距离我们完成第一部数字化文艺生产消费著作，也已经10年时间了。在笔者策划和担纲的“数字化审美与数字美学”研究书系中，本书是我们所撰写的第 5 本著作，它和其他 4 本相关著作一起留下了我们在数字化文艺、审美研究征程中的一个个脚印。

何志钧

壬寅年初春于前湖